Владимир Набоков
Избранные сочинения

ЗАЩИТА ЛУЖИНА
СОГЛЯДАТАЙ

ナボコフ・コレクション

ウラジーミル・ナボコフ

ルージン・ディフェンス
杉本一直 訳

密偵
秋草俊一郎 訳

新潮社

目次

THE DEFENSE
THE EYE
By Vladimir Nabokov

Защита Лужина
Соглядатай

Владимир Набоков

Japanese translation published by arrangement with
The Estate of Dmitri Nabokov
c/o The Wylie Agency (UK) LTD.

Design by Shinchosha Book Design Division

ナボコフ・コレクション

ルージン・ディフェンス
Защита Лужина

密偵
Соглядатай

ルージン・ディフェンス
Защита Лужина

杉本一直 訳

I

月曜日から自分がルージンになると聞いて彼は本当に驚いた。何よりもそのことにびっくりした。彼の父親が現在のルージンであり、年配のルージンであり、作家ルージンでもあるのだが、その父が今、にやにやしながら息子の部屋から出てきて、手をしきりにもみながら（就寝前なのでイギリス製の透明なクリームを塗り込んである）、夜用のセーム革スリッパを履いたときの彼独特の歩き方で、自分の寝室に戻っていった。妻はベッドに横になっていたが、少し起き上がってたずねた。「で、どうなりました?」グレーのガウンを脱ぐと、彼は答えた。「無事に済んだよ。それほど騒ぎもせずに受け入れてくれた。ふう、肩の荷が下りたよ、まったく」「ああ、よかったわ!」と妻はゆっくりと絹のブランケットにくるまりながら言った。「ありがたいわ、ありがたいわ」

確かにこれでやっと肩の荷が下りたのだった。あっという間に過ぎ去った別荘でのひと夏、ライラックと干し草と枯れ葉の三つの匂いで構成されるひと夏、その夏のあいだずっと、いつどうやって息子に打ち明けるべきかを夫妻は話し合っていたのだが、何度も延期をくり返しているうちに八月の末になってしまった。夏のあいだふたりは、息子のまわりをしきりにぶらつき、びくびくしながら距離を縮めていったのだが、息子が顔をあげた途端に父はわざとらしい興味を装って晴雨計のガラスをコツコツ叩いたものだし（晴雨計の針は暴風雨を指したまま壊れていた）、母のほうはツリガネソウをぞんざいに束ねたひょろ長い花束をグランドピアノの上に置き忘れたまま、どこか家の奥の方へ姿を消したものだった。息子に『モンテ・クリスト伯』を読み聞かせては、かならず途中で朗読をやめて「かわいそうなダンテス！」と感極まって叫ぶ、ふくよかなフランス人女性の家庭教師は、自分が「雄牛の角を摑んで*」さしあげましょうかと夫妻に提案したのだが、本当は彼女自身、この雄牛が死ぬほど怖かったのだった。「かわいそうなダンテス」に何の同情も感じない彼は、家庭教師が教育用のわざとらしいため息をつくのを観察しながら、しきりに目を細めて、彼女のバストの盛り上がりをもう少し不気味に見えるように描きなおそうと、画用紙に消しゴムをこすりつけるのだった。

それから長い月日が経ち、うっとりするような明晰さが不意に訪れたある年のこと、ざわめく庭の底に浮かんでいるあのベランダでの朗読を、彼は気絶するほどの歓喜とともに思い出した。その記憶には太陽が染み込んでいた。そして甘草のスティックの甘いインクのような味が染み込んでいた。甘草のスティックは家庭教師がペンナイフで細かく刻み、舌の裏に入れるようにと渡してくれたものだった。それから、家庭教師の馬のような大きな尻の重みでパキパキと壊れそうな音を立てる籐椅子の座面に彼は画鋲を置いたことがあるのだが、彼の記憶の中では、その画鋲は太陽と同様に、庭のざわめきと同様に、また、擦りむいた膝に吸いついてうっとりしながらルビー色の小さな腹を持ち上げる蚊と同様に貴重なものだった——十歳の少年は自分の両膝のことを知りつくしているものだ、血が出るまで引っかいた腫れ物や、日に焼けた皮膚の上の白い爪あとや、まるで砂粒や小石や尖った枝が残した筆跡のようなさまざまな傷あとのことを。叩き潰そうとする手を逃れて蚊は飛び立ってしまい、家庭教師はじっとしていなさいと注意するのだが、彼は並びの悪い歯（ペテルブルグの歯医者がプラチナの針金で固定した歯）をむき出しにして、てっぺんに巻き毛のある頭を傾け、刺されたところを夢中になって五本の指で削るように引っかいた。するとゆっくりと、しだいに恐怖を膨らませながら、開いたままのスケッチブックのほうへと、信じがたいおぞましい似顔絵のほうへと家庭教師は身を乗り出したのだ。

「いいえ、息子には私が自分で言ったほうがいいでしょう」家庭教師の提案に対して、ルージン氏は自信なさげにそう答えた。「もう少し待ってから話しますから、とりあえず私のところでおとなしく書き取り問題でもやらせておくことにしましょう」「劇場にボックス席《ローシュ》はないというのは偽り《ローシ》である」と父は勉強部屋を行ったり来たりしながらリズミカルに口述した。「劇場にボックス席《ローシュ》はないというのは偽り《ローシ》である」息子はほとんど机の上にうつぶせに寝そべるような格好で、針金をまとった歯をむき出しにしながら書き取っていたが、「ボックス席《ローシュ》」と「偽り《ローシ》」のところはすっかり空白のまま飛ばしていた。算数のほうはもう少しましだった。苦労して書き写したとてつもなく長い数字が、何度も冒険した末に決定的瞬間が訪れ、ちょうど十九で割り切れたときには神秘的な悦楽を感じたものだ。

　ルージン氏が恐れていたのは、なんの個性もないトゥルヴォルやシネウス**や、Ѣ《ヤーチ》の文字を使う単語一覧表や、ロシアの主要河川を憶えることが、なぜそれほどまでに必要なのかを息子が悟ってしまったら、二年前と同じことが起こってしまうのではないかということだった——階段をみしみし言わせ、床板を踏みならし、やかましくトランクを引きずり、家じゅうを自分の存在で満たしながら、ゆっくりと重々しく、フランス人家庭教師が姿をあらわしたあのときと同じことが起こってしまうのではないかと。だが、そのようなことは何も起こらなかった——息子はおとなしく話を聞いていたのだ。そして、父ができるだけ興味をひきそうな、できるだけ楽しそうなディテールをどうにか拾い集めて並べ立てたあと、「ついでに」といった調子で、ひとりの大人としてこれからは苗字で呼ばれることになるのだと告げたとき、息子はぱっと顔を赤らめ、目をパチクリさせて、仰向けに枕に倒れ込み、口を開けて頭を横に振ったが（「そんなに照れなくてもいいよ」父は息子が動揺しているのを見て、泣き出すのではないかと思い、そっとそう言ってみたのだが）、泣き出したりはせず、そのかわりに何だか膨れっ面になったかと思うと唇をブーッと鳴らしながら枕に顔をうずめた。すると突然、さっと立ち上がった彼は、熱気を帯びて震えながら、これからは家でもルージンと呼ばれるのかと早口で尋ねた。

そして今、空は曇り、張りつめた雰囲気の日に、駅へ向かう道中、馬車に妻と並んで座った父ルージンは、頑としてそっぽを向いたままの息子の顔がこちらを向いたらすぐにでも微笑みかけようと身構えていたのだが、なぜ息子が急に、妻の言葉を借りれば「固まっちゃった」のか、見当がつかなかった。息子は前の座席に両親と向かい合わせに座っていて、茶色のマントに身をくるみ、水兵帽は斜めにずれてしまっていた——この状況でそれをまっすぐに直してあげる勇気のある者などこの世に存在しなかったであろう。息子はそっぽを向き、落ち葉でいっぱいになった溝に沿って立ち並ぶ白樺の太い木々が、くるくる回るようにして通り過ぎるのをながめていた。「寒くないかい」

馬車が橋に向かって道を曲がり、一陣の風が母の帽子の羽飾りを波立たせたとき、彼女は息子にそうたずねた。「寒い」と息子は川のほうを見つめたまま答えた。母は猫なで声でつぶやきながら彼のマントに手を伸ばそうとしたが、息子の目の表情に気づくと手を引っ込め、指を宙に泳がせるだけにとどめた。「ほら、くるまって、もっとしっかりくるまって」と彼女は言ったが、息子は身じろぎもしなかった。母は口にまとわりつくヴェールをはらいのけようとして、ほとんどチックのように絶え間なく唇をとがらせながら、助けを求めるように無言で夫を見つめた。夫もやはりマントに身をくるんでいたが、分厚い手袋をはめた両手をチェック柄の膝掛け毛布の上に置いていた――毛布はゆるやかに垂れて谷間を形づくったあとほんの少しだけ登って小さなルージンの腰まで届いていた。「ルージン!」と父はわざとらしい陽気さで話しかけた。「なぁ、ルージン?」そして毛布の下で息子をやさしく足でつついた。ルージン少年は両膝をぴったりくっつけた。てかてか光る苔をびっしり生やした農家の屋根がいくつも見える、それから今度は、文字(村の名前と農奴の人数)が半分消えてしまっているなじみ深い古い標柱、次は井戸のつるべ、桶、黒いぬかるみ、そして白い脚の農婦がひとり。村を後にし、馬がゆっくりと丘を登って行くと、後方の坂の下のほうに二台目の馬車が姿をあらわしたのだが、そこには互いに憎み合うふたりの女性、すなわちフランス人家庭教師と家政婦がぴったり寄り添ってすわっていた。御者が舌を鳴らすと、馬はふたたび軽快に走り始めた。収穫後の畑の上空を、色彩のない空を、一羽のカラスが飛んでいった。

屋敷から二キロほどのところにある駅の近くまで来て、馬車を響かせながらモミの林を滑らかに通り過ぎたところで、ペテルブルグ街道を横切り、さらに踏切をくぐって線路を渡ると、その先は未知の世界へと道が続いていた。息子が馬車から飛び降り、マントのウールがちくちくする首のあたりを動かしながら地面をみつめていると、父ルージンは「機械人形で遊んできたらどうだい？」と機嫌をとるような口調で言った。息子は差し出された十コペイカ硬貨を黙って受け取った。二台目の馬車からは、フランス人家庭教師と家政婦がそれぞれ右側と左側から重たげに這い出した。父は手袋を外した。母は顔のヴェールをめくり上げ、毛布を片づけている鳩胸のポーターを目で追った。風が吹き抜けて馬のたてがみをはためかせ、御者の深紅の袖をふくらませた。

プラットホームでひとりきりになったルージンは、ガラス箱に向かって歩きはじめた。ガラス箱の中では五体の小さな人形が裸足の足をだらりとさげ、硬貨投入の合図で生き返りクルクル回って踊れるのを待ちわびていた。だが、人形たちのそうした願いもこの日は無駄に終わった——というのも、自動装置が壊れているらしく、十コペイカ硬貨は何の役目も果たさずに落ちていったからだ。ルージンはしばらく待ってから、あきらめてプラットホームの端に近づいていった。右側には巨大な梱《こり》の上に少女がすわっていて、手のひらの上に肘をのせて青いリンゴを頬張っていた。左側にはゲートルを巻いた男が乗馬用の鞭を持って立ち、遠く、森の端のほうを見つめていた——あと数分もすれば、そこから汽車の到来を予知する白い煙があらわれるはずだ。前方の、線路の向こう側には、車輪を失った黄色い二等車両が地面に根を張り人家と化していて、その横で農夫が薪を割っていた。突然、こうしたすべてのものを涙の靄《もや》がおおいつくしてしまい、まつげが焼けるように熱くなった。これから起ころうとしていることに耐えられそうになかったのだ——父は切符を扇の代わりにして手に持つことだろう、母はスーツケースの数を目で数えることだろう、汽車がホームに飛び込んできて、ポーターが乗車しやすいように車両の入り口にタラップを立て掛けることだろう。あたりを見回してみた。少女はリンゴをかじっている、ゲートルを巻いた男は遠くを見つめている

――すべてが平和だ。まるで散歩でもしているような様子でホームの端までたどり着くと、突然、猛烈な勢いで前進し、階段を走り降りた。踏みならされた小径、駅長宅の小さな庭、垣根、木戸、縦の木――その先に小さな谷間があり、それを越えるとすぐに深い森に入った。

最初のうちは、シダの葉をさらさら鳴らしながら、赤みがかったスズランの葉の上を滑るように走っていった。ただ、帽子はゴムひも一本で首の後ろにどうにかひっかかっているありさまだし、都会風のウールのハイソックスを早くも履かされた膝は熱くてたまらなくなった――泣きながら走り、小枝が額を打つたびに子どもっぽい舌足らずなののしり声をあげていたが、とうとう立ち止まり、息を切らせてしゃがみ込むと、マントが両脚をまるごとおおった。

村から都会へ引っ越すこの日になって、はじめてわかったのだった。家中を風が吹き抜け、どこへも引っ越さなくていい庭師がうらやましく思えるような、もともと嫌な感じだったこの日になってはじめて、父が言っていた「節目」の本当の恐ろしさがわかったのだった。去年までは秋になってペテルブルグに戻ることがうれしかった。フランス人の家庭教師と毎朝出かける散歩――いつも同じ道順で、まずネフスキー大通りを歩いてからぐるりと回って河岸通りを経て帰宅するあの散歩は、もう二度とできないのだ。とても幸せな時間だった。河岸通りから歩き始めてはどうかと言われることもあったが、いつも拒んだ。それは、まだ幼い頃から習慣を守ることが好きだったせいもあるが、それよりも、家々のガラス窓を震わせ鼓膜をつんざくあのペトロパブロフスク要塞の大砲の重い轟音がひたすら怖かったからなのだ。それでいつも彼は(ちょっとした策略を練って)正午にはネフスキー大通りのなるべく大砲から離れた場所にいるようにした。もし散歩の順序が変更されたりすれば、爆音はまさに冬宮のあたりで彼に襲いかかったであろう。そう、すべてが終ってしまうのだ、ランチのあとにソファで縞模様の毛布にくるまっていろいろ考えたりすることも、貴重な風味を添えてくれる銀のカップに注がれたミルクが出てくる二時ちょうどのひとときも、屋根を開け放した馬車に乗りこむ三時ちょうどの楽しみも、すべてが終ってしまうのだ。こうしたすべてに代わってこれから現れてくるのは、新しく未知であるがゆえに醜悪なものであり、受け入れがたいありえない世界であり、そこでは続けざまに五時間も授業が行われ、恐ろしい少年たちが待ち受けている——この夏の七月に田舎の橋の上で彼を取り囲んでブリキのピストルを彼に向け、意地悪くゴムのキャップを外した小さな棒状の銃弾を一斉射撃した連中よりも、ずっと恐ろしい少年たちが待ち受けているのだ。

　森はひっそりとして、湿っぽかった。心ゆくまで泣いてしまった彼は、神経質に触角を動かす甲虫としばらく遊んだあと、石でそれを押しつぶし、中から液体が出てこなくなってしまうまで何度もつぶし続けた。しばらくすると、小雨がしとしとと降り始めているのに気づいた。そこで彼は地面から立ち上がると、見憶えのある小径を見つけて駆け出した——家にたどり着いたらひっそりと身を隠し、そこでひと冬過ごしてやる、お腹がすいたら貯蔵室のジャムとチーズを食べればいい、などと復讐めいたことをぼんやり考えながら走ったものだから何度も根っこにつまずいた。小径は十分ほど森の中を曲がりくねってから川へと下って行き——川面は雨の作る小さな輪にすっかりおおわれていた——さらに五分すると、製材工場と水車と橋が見えてくる、ここに来るとくるぶしまでおがくずに埋まってしまう。そこから上り坂になり、すっかり裸になったライラックの茂みを通り過ぎると、家に到着だ。壁づたいにそっと歩いて行くと、客間の窓が開いているのが見えたので、緑のペンキがはがれかかった軒蛇腹《コーニス》のところまで排水管をよじ登り、窓の敷居を越えて転げ落ちるようにして中に入り込んだ。客間のなかで立ち止まると、耳を澄ました。母方の祖父が写った銀板写真（黒い頬髭、両手に載せたヴァイオリン）が彼のほうをまじまじと見つめていたが、彼が移動して脇のほうから眺めた途端に肖像は完全に消えて、ガラスにとけ込んでしまった――これは彼が客間に来るたびに必ずやる悲しげな気晴らしなのだった。しばらく考え込み、前歯の矯正用ワイヤーを上下に滑らせようと上唇を動かしたあと、彼はそっとドアを開け、主人たちが立ち去ったあとにあまりにも早く引っ越してきた大きな反響音に身震いしながら、せわしなく廊下を駆け回ったかと思うと、そこから階段で屋根裏部屋へ上った。屋根裏部屋は小さな窓のある特別な場所で、そこから下を眺めると外の階段が見え、階段の茶色に輝く手すりが滑らかに曲線を描いて降りながら霧のなかへと消えていくのが見えた。家の中はほんとうに静かだった。しばらくすると、下の階の父の書斎から電話の鳴る音がかすかに聞こえてきた。その音は何度も途切れつつ、かなり長いあいだ続いた。それからふたたび静寂が訪れた。

彼はボックスの上に身を落ち着けた。すぐそばにもまったく同じボックスがあったが、そっちは蓋が開いていて、本がたくさん入っていた。部屋の隅の壁に立てかけた加工前の板とばかでかい旅行用トランクのあいだには、後輪にかぶせた緑のネットがやぶれてしまっている女性用自転車が、逆さにして置いてあった。何分か経つと、風邪をひいて喉にフランネルを巻かれ外出を禁じられたときのように退屈になった。ボックスのなかにたくさん詰まった埃まみれのグレーの本に指で触れて、指紋をつけてみた。本のほかには、羽が一本しか残っていないシャトル、大きな写真（軍楽隊）、ひびの入ったチェス盤など、たいして面白くもなさそうな物しか入っていなかった。

そんなふうにして一時間が過ぎた。突然、騒ぎ声がして、正面玄関のドアが泣き叫ぶような音を立てて開くのが聞こえたので、おそるおそる小窓から下をのぞくと、父が少年のように階段を駆け上がってきて、踊り場にたどり着く前に引き返してがに股で素早く降りて行くのが見えた。下から聞こえてくる声は、今や給仕係と御者と門番の声だとはっきりわかった。少しすると階段はまた賑やかになり、今度は母がスカートを持ち上げて素早く上って来たが、やはり踊り場までたどり着く前に立ち止まり、手すりから身を乗り出し、両手を広げたかと思うと急いで降りて行った。さらに少し時間が経ち、とうとう、全員が群れをなして上ってきた——父のはげ頭が光を放ち、母の帽子についた鳥が嵐の池に浮かぶ鴨のように揺れ動き、給仕の白くなった前髪が跳ねた。その後ろから、御者、門番、それになぜか牛乳絞りのアクリーナまでもが、絶えず手すり越しに身を乗り出しながら上って来た。さらには水車のある製材工場から黒ひげの男がやって来たのだが、彼はのちにルージンの悪夢に住みつくことになる男だ。一番力持ちのこの男こそが、ルージンを屋根裏部屋から馬車へと運んだのである。

訳注（＊）一〇頁　ロシア語の慣用句で、難事に敢然と立ち向かうの意。
訳注（＊＊）一一頁　九世紀に兄リューリクとともにロシアの前身となる国家を創設したとされる。

2

何冊もの本を書いてきた父ルージンは、息子がどんな才能を発揮するのだろうかと、よく考えたものである。忘れ去られた長編小説『忘我』を別とすれば、彼の著作はすべて児童向け、青少年向けに書かれたものであり、分厚い派手な表紙で売られていた。そうした著作のなかで常に見え隠れしていたのは、気まぐれにとんでもないことをすることもあれば、静かに物思いにふけることもあるブロンドの少年で、その少年は生来の美貌を失うことなくヴァイオリン弾きか画家になるのだった。父の考えによれば、息子以外の子どもたちは皆、何の取り柄もない人間（そんな人間がいるとしての話だが）になるに決まっていて、息子がほかの子どもたちとはわずかに異なっているように感じられるのは、才能がひそかに波打っているためだと理解していた。今は亡き義父が作曲家だったことがずっと頭のなかにあったので（とはいえ、かなり凡庸な作曲家で、全盛期にはきらびやかな名人芸に頼りすぎる傾向があった）、彼はリトグラフに似た心地よい夢のなかで一度ならず、夜、ろうそくを手にして階下の客間へと降りていき、そこで、かかとまである白いシャツをまとった神童が巨大な黒いグランドピアノを弾いているのを目にするのだった。

息子の非凡さは誰にでも見分けがつくにちがいないと彼は思っていた。もしかしたら、彼自身よりも他人の視線のほうがその非凡さをより見分けられるのではないかとも思っていた。息子のために選んだ学校は、いわゆる「内面生活」を大事にすることで特に有名で、ほかにも人間性、思索、友情の喜びなどが売り文句の学校だった。創立当初の時代には、長い休み時間に教師たちが生徒たちと一緒になって騒いで遊んだものだと、今でも語り種になっている——理科の教師は肩越しにあたりをうかがいながら雪の玉をこね、算数の教師は走りながら肋骨のあたりに硬い玉をくらい、校長先生自ら大声で声援を送ったと言う。こんなふうにして全員で遊ぶようなことはなくなったが、牧歌的な評判は今でも残っていた。息子の担任は文学の教師で、作家ルージンの気の置けぬ知人であったが、ついでに言っておけば、アナクレオン風の詩集を出版したことのあるなかなかの詩人でもあった。「ぜひ立ち寄ってください」彼がそう言ったのは、父ルージンが初めて息子を学校に連れて行った日のことだった。「木曜ならいつでもいいので。十二時くらいにどうぞ」そしてルージンは立ち寄った。階段はがらんとして静まり返っていた。ホールを通り抜けて職員室に向かおうとしていたとき、押し殺したような大勢の笑い声が二年生の教室から繰り返し聞こえてきた。そのあと再び静かになると、黄色い寄せ木の床を歩む足音がことさら大きく響いた。職員室では息子の担任が大きな机で手紙を書いていた。机の天板にはラシャ布が張られていて、筆記試験を思い起こさせた。

息子が入学してからというもの、まだ担任と話をする機会がなかった。入学から一ヶ月が経った今、彼の胸はむずがゆいような期待感とある種の興奮に満ち、気おくれも感じていた。これは、いつだったか、彼がまだ学生服の若者だったころに初めて書いた小説を編集者に送りつけ、少し後にその編集者を訪れたときとまったく同じ感覚だった。今回もあのときと同じように、賞賛の言葉を期待し（見知らぬ街で目覚め、まぶたを開く前から夢のような輝かしい朝を期待してしまうように）、いくら待ってもだめそうならこちらから耳打ちしてやりたい気持ちでいっぱいだったのだが、実際に彼が耳にしたのは、担任が息子のことを親の自分よりわかっていないということを痛感させる陰気で冷ややかな言葉だった。何らかの隠れた才能のことにはひとことも触れなかった。青白いひげ面を傾けた担任は、両脇にバラ色のくぼみのある鼻から眼鏡をやっとのことで引き剝がし、手のひらで両目をこすりながら口火を切った。ルージン少年はもっと勉強ができてもいいはずである、ルージン少年は級友たちとあまり仲がよくない、ルージン少年は休憩時間にあまり走らない、等々。「お子さんに才能がおありなのは間違いありませんが」目をこすってごまかすのをやめて担任はそう言った。「無気力さが多少あるようですね」ちょうどそのとき、下の階のどこかでベルが鳴らされると、その音は上の階へと飛び火し、耐えがたいほどけたたましく校舎全体を駆け抜けた。このあと二、三秒の完全な静寂があったかと思うと、突然何もかもが息を吹き返し、騒ぎが始まり、机の蓋がバタンバタンと音を立てはじめ、ホールは話し声と足音で満ちあふれた。「休憩時間ですよ」担任が言った。「もしよろしければ、校庭へ出て、生徒たちがはしゃぎ回っているところをご覧になりませんか」

生徒たちは手すりを抱きかかえるようにして、石の階段のすり減った縁にサンダルの底を滑らせながら降りていった。下に降りてみると、コート掛けのあたりの暗く狭いところで靴を履き替えている者もいれば、幅の広い敷居に腰かけて唸りながら大急ぎで靴ひもを結んでいる者もいた。彼は突然、身をかがめていやそうにブーツをケースから取り出している息子の姿を目にした。薄い髪色の少年があわてふためいてぶつかってきたので、ルージンは脇に飛ばされ、だしぬけに父の姿を見つけた。羊革の帽子を手にし、その天辺のなくてはならない溝を手で型押ししながら、父は息子に微笑みかけた。ルージンは目を細め、まるで父に気づかなかったかのようにそっぽを向いてしまった。父に背を向けて床にしゃがみ込むと、ルージンは靴を履くのに手間取っていたが、もう履き終えた連中は彼を踏みつけるようにして走っていくので、ルージンはどんどん身を屈めて闇に沈み込んでいくようだった。グレーの長いコートと羊革の小さな帽子を身につけ（いつも同じ腕白坊主がこの帽子をルージンの頭から払い落とそうとするのだった）、ようやく外へ出たときには、すでに父は校庭の向こう側にある門のところに立っていて、何かを待ち受けるような様子で息子のいる方を見つめていた。その傍らには担任が立っていたが、サッカー用のグレーのゴムボールがたまたま彼の足元に転がってくると、この文学教師は、かの魅惑的な言い伝えを本能的に継承し、ボールを蹴ろうとする様子を見せたが、無様に足をもつれさせて片方のオーバーシューズが脱げそうになり、人の良さそうな爆笑をしてみせた。父が彼の肘を支えてやると、その瞬間を逃さずにルージン少年は玄関に引き返したが、そこはもうすでに完全な静寂に包まれ、コート掛けの陰に隠れた守衛の間の抜けたあくびが聞こえた。扉にはめ込まれた星形のステンドグラス越しに覗くと、父が突然手袋を外し、担任と手短に別れの挨拶を交わして門の外へ消えていくのが見えた。それを見てようやく、彼はふたたび表に這い出て、遊んでいる連中を慎重に避けながら左手に進み、アーチの下の薪が積んであるところへ忍び込んだ。そこで彼は襟を立て、薪の上に腰かけた。

海外へ連れ出されることになる年まで、およそ二百五十回も彼は長い休み時間をこうして座り通したのだった。ときおり、担任が片隅から不意に現れることがあった。「どうしたんだい、ルージン君。いつも背中を丸めて座りこんで。みんなと一緒に走り回ってきたらどうだい」ルージンは薪から立ち上がって四角い裏庭へ回ると、何歩か進み、この時間にはことさら狂暴になる三人のクラスメートから等距離になる地点を探し出したり、誰かが音を立てて蹴り上げたボールをよけたりしたが、担任が遠くへ行ったことを確かめると、また薪のところへ戻っていった。彼がこの場所を選んだのはまさに第一日目、あの陰鬱な日のことだった。その日ルージンは、嫌悪と嘲るような好奇心とが自分に向かってどっと押し寄せてくるのを感じ取り、目が自然に熱い靄であふれた。見るものすべてが――悲しいかな、どこに視線を向けても、何かを見ざるを得ないのだ――、すべてが巧妙な光学的変容を遂げたのだった。青い格子模様のページは霧がかかり、黒板の白い数字は縮まったり膨れ上がったりした。あたかも等速度で遠ざかっていくかのように、教師の声はますますうつろに、ますます聞き取りにくくなっていった。隣の席の、頬に産毛のはえた口の達者な悪ガキが、声をひそめて満足げに「ほらほら、泣き出すぞ」と言った。しかしルージンは決して泣き出さなかったし、トイレでみんなが共謀して、黄色い泡が固まった便器に彼の頭を押し込もうとしたときでさえ泣かなかった。「みんな聞いてくれ」と最初の日々の授業で担任が言った。「きみたちの新しい仲間は作家の息子さんなんだ。この本をまだ読んでいないなら、ぜひ読んでみること」そして大きな文字を黒板に書いたのだが、あまりに力を込めすぎたせいで、チョークがバキッと音を立てて折れ、指先から飛び散った。「アントーシャの冒険　シルヴェストル出版」このあと二、三ヶ月のあいだ、ルージンはアントーシャと呼ばれていた。例の悪ガキが秘密めいた表情でその本を教室に持ち込み、授業中、ルージンに向けて意味ありげな横目使いをしつつ、こっそり仲間たちに見せていたのだが、授業が終わると、本の真ん中あたりを開き、わざと変な発音で音読し始めた。彼の肩越しにのぞき込んでいたペトリシェフがページをめくるのを邪魔しようとして、そのページは破れてしまった。クレプスが早口で「まったくの二流作家だって、パパが言ってたよ」と言った。「アントーシャに朗読させようぜ」とグローモフが叫んだ。嵐のような奪い合いの末、赤と金で彩られた派手な本を獲得したクラスのひょうきん者が「それよりみんなに一枚ずつ配ろうぜ」と舌を鳴らして言った。ページが教室中にまき散らされた。あるページに挿絵があった――街角で澄んだ目の中学生が自分のランチを毛の抜けた犬にあげている絵。翌日ルージンは、その絵が机の蓋の裏側に画鋲でていねいに張り付けられているのを見つけた。

とはいえ、じきにみんなはルージンを構わなくなり、ほんのたまにばかげたあだ名に火が付くこともあったが、彼がかたくなに返事をしなかったので、結局は鎮火してしまった。誰もルージンのことが気にならなくなり、誰も話しかけなくなり、クラスで唯一の無口な男の子ですら（どのクラスにも太っちょや、力持ちや、冗談好きがいるように、かならず無口な子がひとりはいるものだ）、ルージンの卑しめられた状況を分かち合うのが怖くて仕方なく、彼を避けていた。この無口な男の子は、六年ほどのちに、危険極まりないスパイ活動を成し遂げた功績で聖ゲオルギー十字勲章を授かり、その後内戦時に片腕を失った人物だが、学校でのルージンがどんなふうだったかを（一九二〇年代になって）思い出そうとしても後ろ姿しか浮かんでこなかった――教室で前の座席に座っているときの耳の飛び出た後ろ姿であったり、騒々しさから少しでも離れようとしてホールの出口に向かう後ろ姿であったり、馬車に乗り込んで家へ向かう後ろ姿であった――ポケットに突っこんだ両手、背中にはまだら模様の大きなランドセル、大雪が降っている……。彼は走って先回りし、ルージンの顔を覗き込もうとしてみるのだが、忘却という名のこの特別な雪が、音もなく大量に降り続くこの雪が、一面の白い濃霧となって記憶を覆い隠してしまうのだった。かつての無口な男の子は、今や心休まることのない亡命者となり、新聞記事の顔写真を見ながらこう言ったのだ。「こんなこと考えられますか。彼の顔をまったく憶えていないんです。ほんとにもう、まったく憶えていないんです……」

ルージン氏が四時頃に窓の外をながめていると、近づいてくる橇と、青白いしみとなった息子の顔を目にするのだった。息子はたいていすぐに父の書斎へ入ってきて、頬と頬をすり合わせて宙にキスをし、それからすぐにそっぽを向いてしまうのだった。「待ちなさい」と父は言った。「今日、何があったか、話してごらん。呼び出されたりしなかったかい?」

顔をそむけている息子を父はいつもむさぼるように見つめたが、本当は息子の両肩をつかみ、息子のからだを揺さぶり、息子の青白い頬に、目に、やさしく窪んだこめかみに、思いっきりキスしたくてたまらなかったのだ。入学して迎えた最初の冬、医者から処方されたヒ素注射のせいでルージン少年はひどいニンニク臭を放っていた。歯列矯正用のプラチナはすでに外されていたが、前からの癖で、歯をむき出したり上唇を折り曲げたりするのはやめなかった。イギリス製のグレーのスーツ姿——背中にはハーフベルトがあり、短めのズボンの膝のすぐ下にはボタンがついていた。彼はデスクの近くで片足でバランスをとりながら立っているのだが、手の施しようのない陰鬱さを前に、父はどうすることもできなかった。結局、息子は絨毯にランドセルを引きずりながら部屋を出ていくのだった——ルージン氏はデスクに片肘をつき(デスクの上に何冊も置かれた青い小さな学童用ノートに彼は新作小説を書きためていた――ひょっとしたら未来の伝記作者がこんな気まぐれを気に入ってくれるかもしれない)、隣のダイニングルームから聞こえてくるモノローグに耳を傾けていた。妻が静寂を相手に、ココアを飲むよう説得しているのだ。「恐ろしい静けさだ」とルージン氏は思った。「あの子は病んでいる、なにか心が重く沈んでいるようだ……学校に通わせるべきではなかったのだろうか。だが、そうは言っても、ほかのちびっ子たちとの集団生活に慣れさせなければならないし……どうしたらいいんだ、どうしたらいいんだ」

「ケーキだけでも食べなさいよ」と壁の向こうの声が悲しげに続けた――そしてふたたび静寂。しかし、まれにだが、恐ろしいことが起きることがあった。突然、これといううきっかけもなく、別の甲高いしゃがれ声が響き渡り、暴風さながらにドアがバタンと音を立てるのだ。そんなとき、父は飛び上がって、片手にペンを矢のようにして持ち、ダイニングルームへ駆け込む。妻は、ひっくり返ったカップとソーサーをふるえる手でテーブルクロスから拾いあげ、ひびが入っていないか確かめていた。「学校のことをたずねていたのよ」と彼女は夫の顔を見ずに言った。「答えたくなかったのね。そしたら、こんなふうに……狂ったみたいに……」彼らはふたりして耳をすませてみた。フランス人家庭教師は秋にパリに戻ってしまい、今や彼が自分の部屋で何をしているのか誰にもわからなかった。部屋の壁紙は白く、上のほうにはブルーの帯がめぐらされ、そこにはグレーの鵞鳥と赤毛の子犬が描かれていた。鵞鳥が子犬に襲いかかり、同じことを三十八回繰り返して部屋を一周していた。棚の上に置かれていたのは地球儀と、いつだったか「柳の土曜日」の市で買ったリスの剝製だ。肘掛け椅子の裾飾りの下から、緑色の蒸気機関車が顔をのぞかせていた。明るくて素晴らしい部屋だった。楽しげな壁紙、楽しげな物たち。

本もあった。表紙に金と赤のレリーフが施された父の著書は、どの本にも必ず一ページ目に直筆の献辞があった。「願わくば、我が息子がこれから先いつまでもアントーシャのように、動物や人間にやさしくできる人になりますように」そして大きな感嘆符。あるいは、「我が息子よ、私はお前の未来を思い描きながらこの本を書いたのだよ」。こうした献辞を見るとルージン少年は漠然とした恥ずかしさを覚えたし、本そのものが、コロレンコの『盲目の音楽家』やゴンチャロフの『フリゲート艦パルラダ号』と同じくらい退屈だった。プーシキンの大型本には、分厚い唇に縮れ毛の少年の肖像画が描かれていたのだが、一度も開かれたことはなかった。それに引きかえ、叔母が贈ってくれた二冊の本だけは特別で、彼はその二冊を生涯大事にした。あたかもルーペで拡大するかのように記憶に留めながら、あまりに熱中して読んだので、二十五年後にもう一度読みなおしたときには、それが無味乾燥なリライトかダイジェスト版にしか思えず、心のなかに留まっているあの再現不能な不滅のイメージとはかけ離れていた。もっとも、彼がフィリアス・フォッグの足跡をたどったのは遠い異国を遍歴したい願望からではないし、鷲鼻でのっぽの探偵がコカインを注射しては夢見心地にヴァイオリンを弾くあのベーカー街の部屋に彼が引きつけられたのも、子どもゆえに秘密めいた冒険が好きだったからではない。この二冊の本がどうしてあんなにも自分をわくわくさせたのか、このことが自分でもはっきりわかったのは、もっともっと後になってからのことだった。それは、正確かつ無慈悲に展開される幾何学模様のせいなのだった――シルクハットをかぶったマネキン人形フィリアスは、払うべき犠牲を払いつつ、複雑かつ優雅な自分の道を進むのだが、あるときは百万ドルで買った象に乗り、あるときは船に乗りながら船体の半分を燃料として燃やしてしまう。また、論理に幻想という魅惑を与えるシャーロックは、あらゆる種類の葉巻の灰について論文を書くと、それらの灰をお守り代わりに持ち歩き、唯一の光り輝く結論へ向け、いくつもの可能な推論が織りなす水晶の迷宮をくぐり抜けて行くのだ。クリスマスに両親が招待した手品師は、まるで彼のなかでフォッグとホームズがいっとき混ざり合うかのような技を見せてくれたので、この日ルージン少年が体験した奇妙な喜びは、ほかのすべての嫌なできごとを帳消しにしたほどだった。「学校のお友達に声をかけたらどうだい」という息子への珍しいリクエストを慎重に切り出したのだが、結局なんの結果も得られなかったので、ルージン氏はそのほうがためになるし楽しいだろうと信じて疑わず、子どもが同じ学校に通うふたりの知人に話を持ちかけ、そのほかに、遠縁に当たる子どもたちも招いた——物静かな、ぶよぶよ太った男の子ふたりと、髪をボリュームのある編み込みにした青白い女の子だった。招かれた少年たちはみなセーラー服を着て、ポマードの匂いがした。ルージン少年は、彼らのうちのふたりが三年生のベルセーネフとローゼンだと気づいてぎょっとした。このふたりは学校ではだらしない格好をして、ひどい乱暴者だったのだ。「さてと」ルージン氏は息子の肩に手を置いて陽気に言った（肩は徐々にその手から退いていった）。「とりあえずきみたちだけにしてあげるから、お互い仲良くなって、遊びなさい。あとでまた呼びにくるよ、サプライズが用意してあるからね」三十分後、彼は子どもたちを呼びに来た。部屋はしーんとしていた。女の子は隅っこにすわり、雑誌「ニーヴァ」*の付録をめくって挿絵を探していた。ベルセーネフとローゼンはどぎまぎした様子でソファに座り、ふたりとも顔を赤らめ、ポマードでてかてかした髪をしていた。ぶよぶよ太った甥たちは、部屋中をぶらつき、特に関心があるわけでもないのに、壁にかかったイギリス製の版画、地球儀、リス、だいぶ前に壊れて机の上に放置されている万歩計などをじっくり鑑賞していた。ルージン少年はといえば、やはりセーラー服姿で、胸に白い紐で笛をぶらさげ、窓際のウィーン風チェアに腰かけ、親指の爪を噛みながらなにか疑うような目つきをしていた。だが、手品師がすべてを償ってくれたのだ。翌日、ベルセーネフとローゼンがすでに本来の嫌な少年に戻り、学校のホールでルージンに近づいてきて深々とお辞儀をしたあと、馬鹿にしたような大笑いをし、腕を組んでよろめきながら急いで立ち去って行ったときも、そのときでさえも、彼らの嘲笑によって前日の魅惑が色あせることはなかった。息子にしかめ面でリクエストされて(今では何を言うにも、眉間に皺がより、しかめ面になってしまう)、母はペテルブルグ随一のデパートで、マホガニー色に塗られた大きな箱と手品の教科書を買って来た。その教科書の表紙には、燕尾服をまとい勲章をさげた紳士がうさぎの耳を持って引っぱり上げている絵が描かれていた。箱の中身は、二重底の小さな箱がいくつか、星柄の紙が巻いてあるステッキ、絵札の上半分がキングやジャックで下半分が軍服姿の羊だったりするできそこないのトランプ一式、仕切りが隠されている折りたたみ式のシルクハット、両端に用途不明の木片がついた組紐、等々。それから、しゃれた小さな封筒がいくつかあり、水を青や赤や緑に染める粉末がそれぞれ入っていた。結局、それらの物よりはるかに面白かったのが一冊の本で、ルージンはトランプマジックのいくつかを難なくマスターしてしまい、鏡の前に何時間も立って自分に向かって演じてみせた。手品が巧妙かつ精密に仕組まれていることに対して、彼は得体のしれない満足感を憶え、また知らない何か別の楽しみがぼんやりと約束されているようにも感じた。だが、それでも、何かが足りなかった。空気中からルーブル硬貨をつかみ取ったり、観客たちが密かに決めたクラブの七を照れているローゼンの耳から取り出したりしたあの手品師なら体得しているにちがいない何らかの秘密をルージンはとらえることができなかった。本にいろいろと書かれているややこしい仕掛けは彼をいらだたせた。彼が求めていた秘密とは単純さであり、最高に手の込んだ魔術よりもはるかに人を驚かせる、調和のとれた単純さなのだった。

クリスマスに郵送されてきた成績証明書はとにかく詳細に記載されていて、まず「全体的所見」の欄には長々しく言葉を連ねて、元気がない、反応が鈍い、すぐに眠たくなる、活発さがない、などと書かれていた。また、学科は点数ではなく言葉で評価され、ロシア語は「不可」だったが、「可」の科目もいくつかあり、そのなかのひとつが数学だった。ところが、彼はちょうどそのころ、「楽しい数学」という問題集に異常なほど熱中し、タイトル通り、数字の気まぐれな振る舞いや、幾何学直線のでたらめな戯れを夢中になって楽しんでいたのだが、それらはみな学校の問題集にはないものばかりだった。平行線の神秘を教えてくれる例証で、垂直線に沿って斜めの線が滑るように上って行くのを見たとき、彼は歓喜と恐怖の双方を覚えた。垂直線は、あらゆる直線がそうであるように無限で、斜めの線もやはり同様に無限で、垂直線に沿って滑りながらどんどん高くのぼっていくのだが、のぼり続ける運命にあり、軌道から滑り落ちることも許されない。そしてこの二本が交わるべき点は、ルージンの魂といっしょに、無限の道程をひたすら上に向かって連れ去られていくのだった。しかし彼は、定規の助けをかりて無理矢理二本の線を引き離した——つまり、平行になるように新たに直線を引きなおしただけなのだが、そうすると、無限の彼方で斜めの線が軌道から外され、想像もつかない天変地異が、名状しがたい奇跡が起こったように感じ、地上の直線たちが発狂してしまうこの天空で、彼はしばらくのあいだぼう然と立ちつくしたのだった。

一時期、ルージンはよく大人向けのジグソーパズルで遊んで過ごしたが、本気で取り組むには至らなかった。以前からある子ども向けの「プーゼリャ」と呼ばれるパズルは、プティブール・ビスケットのように端が丸い歯形で切り取られた大型のピースで、それらをしっかりつなぎ合わせて絵を完成させると、バラバラにならずに全体を持ち上げることができた。だが、その年にイギリスで、大人向けの複雑なパズルが発明されて流行し（ペテルブルグの玩具店「ペト」では、子ども向けのものと同様「プーゼリャ」と呼ばれていた）、こちらのほうはありえないほど気まぐれにピースが切り出されていた。ありとあらゆる形が勢揃いし、単純な円形（青空の一部になるはず）のピースもあれば、角や、岬や、地峡や、狡猾な突起に満ちた、この上なく手の込んだ形のピースもあり、どれがどこにはまるものやら、さっぱり見分けがつかなかった——このピースたちは、もうほとんど完成している雌牛のまだら模様の皮膚を補ってくれるものなのだろうか、緑を背景にしたこの黒い端の部分は、もっとわかりやすいピースに耳と頭の一部がはっきり見えているあの牧夫の、長い杖の影なのだろうか。やがて左側には少しずつ雌牛の背中が現れ、右側には草の上に角笛を持つ腕が現れ、上方では、何もなかったところに空の青色が敷きつめられ、青い丸いピースがその大空にぴったりはまり込むと、ルージンは異様なほどの興奮を覚えた。これほど種々雑多なピースたちが精密に組み合わされ、最後の瞬間にはっきりとした一枚の絵を形作ることに興奮せずにはいられなかったのだ。なかには、数千ものピースからなるとても高価で難解なジグソーパズルもあり、あるときそれを、陽気で優しい赤毛の叔母が買って来たのだ。するとルージンはトランプ卓に何時間もうつむいて過ごし、ピース同士がうまくはまるかどうか確かめる前に、まずひとつひとつの突起をよく目で見て確かめ、かろうじてわかる程度のわずかな目印を手がかりに、絵全体の本質をあらかじめ見極めようとした。客たちが騒いでいる隣室から叔母が「お願いだからね、ひとつもなくしちゃだめよ！」と声をかけた。ときおり、父が部屋に入って来てピースをながめ、手を卓のほうへ伸ばしてこう言うこともあった。「ほら、これは絶対にここに入るに決まっているよ」するとルージンは振り向きもせずこうつぶやく。「ばか、ばか、邪魔しないでよ」――そして父は唇でそっと息子の前髪に触れて出て行くのだった――金色に塗られた椅子を通り過ぎ、巨大な鏡を通り過ぎ、「水浴びするフリュネ」の複製を通り過ぎ、分厚いガラスの馬蹄と錦織の馬衣をまとった大きな無言のグランドピアノを通り過ぎて。

訳注(＊) 二八頁 一八七〇年から一九一八年までペテルブルグで出版されていた大衆雑誌で、ロシアや海外の作家の作品集が付録につき、それが好評を博した。

3

四月になってようやく、復活祭休暇のさなかに、ルージンにとって決して避けることのできない日がとうとうやってきた。まるでスイッチを切られたかのように全世界が突然真っ暗になったのだ。その暗闇の真ん中で明るく照らされているたったひとつのもの、それは生まれたばかりの奇跡であり、光り輝く小島であり、彼の人生のすべてがそれに捧げられる運命となったのだ。彼がしがみついてきた幸福は停止し、四月のこの日は永遠に凍りつき、日々の移ろいはどこか別の平面上で続いていった——都会での春、田舎での夏などは、彼にはほとんど関係のないぼんやりとした流れとなった。

ことの始まりは無邪気なものだった。義父の命日に、ルージン氏は自宅で音楽の夕べを催した。彼自身は音楽のことはほとんどわからず、恥ずかしいと思いながらも『椿姫』を密かに愛し、演奏会でピアノを聴いているのは最初のうちだけで、あとは音など聴かず、ピアノの黒い漆に映っているピアニストの手をながめるといったありさまだった。だが、亡き義父の曲を演奏する音楽の夕べをいやいやながらも催さざるをえなくなったのだ。もう新聞は義父のことをまったく取りあげなくなっていたし――完全なる忘却、重々しく絶望的な忘却――、それに妻が震える微笑みを浮かべて、これはみんな陰謀よ、陰謀よ、陰謀にちがいないわとか、生前も父親の才能をみんな羨んでいたとか、今では父親の名声をわざと隠そうとしているなどと、何度もしつこく言うようになっていたからだ。胸元のあいた黒いドレスに見事なダイヤモンドのチョーカーをつけ、ふっくらした白い顔に眠たげな愛想笑いを絶えず浮かべた彼女は、客を迎え入れるとき大声で叫んだりせずに、静かに、何か優しい響きの言葉を二言三言相手の耳にささやくのだったが、実のところは、内気さゆえに頭がぼうっとし、夫のことをいつも目で探していたのだ。夫はといえば、糊のきいたシャツが鎧と化してベストからせり出し、善良で慎み深い紳士として、あちこちと小股で歩き回りながら、自分がベテランの有名作家であると意識しすぎてからだがしゃちこばっていた。「また素っ裸でお出ましか」強めた照明のせいでとりわけ明るく浮き出たフリュネの脇を通りざま、美術雑誌の編集者が絵をちらりと見てため息とともに口にした。そのときルージン少年がちょうど彼の足にぶつかり、彼に頭を撫でてもらった。ルージンは後ずさりした。「あら、お宅のお子さんは大きくなったこと」と後ろのほうで女性の声がした。ルージンは誰かの燕尾服のうしろに隠れた。「いや、無理ですよ、勘弁してくださいい」とルージンの頭上で大きな声が響いた。「うちの出版社にそんな要求をされても、そりゃあ無理ですよ」決して大きくはなく、むしろその反対に、年にしては小さいほうだったルージンは、客たちのあいだを縫って、静かな場所を見つけようとした。何度か、誰かが彼の肩をつかみ、どうでもいいことをたずねた。大広間には金色に塗られた椅子が何列も、所せましと並べられていた。誰かが大事そうに譜面台を持ってドアから部屋に入ってきた。

気づかれないようにいくつか部屋を横切って、ルージンは父の暗い書斎へとたどり着くと、隅にあるオットマンに座りこんだ。遠くの大広間から、二部屋を通り抜けてヴァイオリンの優しげなうなり声が聞こえてきた。

膝をかかえ、少し開いたカーテンの隙間から漏れてくるレース越しの明かりを見つめて——通りのガス燈が薄紫がかった白い光となって燃えているのだ——、ルージンはまどろみながら耳を傾けていた。ときおり、神秘的な弧を描いて淡い光が天井をよぎり、輝く点がデスクの上にあらわれるのだが、それが何なのかはわからない——卵型をした重い水晶の文鎮が輝いているのか、あるいは写真立てのガラスが反射しているのか。彼がちょうど眠りかけたとき、机の上の電話が鳴り始めてびくっとしたのだが、そのとき、光る点の正体が受話器を置くフックだとすぐに気づいた。食事担当の召使いがダイニングルームから書斎に入ってきて、歩みを止めずに机だけを照らすライトをつけてから受話器を耳に当てたが、ルージンには気づかず、革装の紙挟みの上にそっと受話器を置いてまた部屋を出て行った。ほどなく彼はひとりの紳士を連れて戻ってきたが、紳士は光の輪のなかに入るとすぐに受話器を机から取り上げ、もう片方の手で背後にある椅子の背もたれを探り当てた。召使いが後ろ手にドアを閉め、遠くから聞こえる音楽のさざ波を遮った。「もしもし」と紳士が言った。ルージンは、からだが動いてしまわないように気をつけながらも、赤の他人が父の机でこんなにもくつろいですわっていることに動揺していた。「いや、ぼくの出番はもう終ったよ」と紳士は上を向き、白い手で机の上の何かを落ち着きなく触りながら言った。木煉瓦の道を辻馬車が通り、象蹄の音がうつろに響いた。「そうだな」と紳士が言った。ルージンは男の横顔をながめていた、象牙でできたような鼻、輝く黒髪、濃い眉。「そもそも、なぜきみがここに電話してきたのか、よくわからないな」と相変らず机の上の何かをせわしなくいじりながら、声をひそめて言った。「そんなことを確かめるためだけに……馬鹿だなあ、もう」彼は笑い出し、エナメル靴を履いた足をリズミカルに揺らしはじめた。それから受話器を耳と肩のあいだに上手に挟み込むと、ときどき「うん」とか、「いや」とか、「たぶん」などと答えながら、机の上でもてあそんでいた物を両手で持ち上げた。それは、先日、誰かが父に贈った光沢のある小箱だった。ルージンはまだその中身を見る機会がなかったので、今、男の手を興味津々で見守っていた。だが、男はすぐには箱を開けなかった。「ぼくもだよ」と彼は言った。「うん、何度も何度もね。愛してるよ、おやすみ」受話器を置くと、彼はため息をついて箱を開けた。しかしながら、男がからだを百八十度回転させてしまったので、その黒い背中に隠れてしまい何も見えはしなかった。ルージンはそっと身を乗り出したのだが、クッションが床に滑り落ちてしまい、男がすばやく振り向いた。「ここで何してるんだい？」彼は暗い隅っこにいるルージンを見つけて言った。「こらこら、立ち聞きはいけないな！」ルージンは黙っていた。「きみの名はなんていうの？」紳士は愛想よくたずねた。ルージンはソファから這いおりて彼の方へ近づいた。箱のなかには彫刻細工がたくさん詰まっていた。「素晴らしいチェスセットだな」男が言った。「お父さんがやるのかい？」「知らない」ルージンは言った。「じゃあ、きみがやるの？」ルージンは首を横にふった。「せっかくあるのに、もったいないじゃないか。憶えないとね。おじさんが十歳のときにはかなりの腕前だったんだよ。きみはいくつ？」

ドアが遠慮がちに開いた。ルージン氏がつま先立ちで書斎に入ってきた。ヴァイオリニストがまだ電話中だと思っていたルージン氏は、彼の耳元で「どうぞそのまま、どうぞ。ただ、終りましたら、みなさんが何かもう一曲聴きたがっていますので」と品よくささやくつもりだった。「どうぞそのまま、どうぞ」と、弾みで言ってしまったものの、息子の姿を見つけて口ごもった。「いやいや、もう終りましたよ」ヴァイオリニストはそう言って立ち上がった。「立派なチェスセットですね。おたくがなさるんですか？」「ほんの少しだけですがね」ルージン氏は答えた。（「ここでいったい何してるんだ？　お前も一緒に来て聴きなさい……」）「チェスはほんとうに素晴らしい」ヴァイオリニストは小箱の蓋を大事そうに閉じながら言った。「策略的《コンビネーション》な手筋は、まるでメロディーみたいなんです。わたしはね、変に聞こえるかもしれませんが、指し手のひとつひとつが聞こえるんです」「私が思うに、チェスには数学的才能がおおいに必要なんじゃないですか」ルージン氏が早口で言った。「私はそっちのほうはちょっと……さあ、皆さんがお待ちですよ、マエストロ」「一曲弾くより、一局指したい気分ですよ」ドアのほうへ向かいながらヴァイオリニストは笑い出した。「神々のゲームですよ。無限の可能性がそこにはあるんです」「大昔に発案されたゲームですよね」ルージン氏はそう言うと、息子のほうを振り向いた。「どうしたんだい、おまえ？　ほら、来なさい」しかしルージンは大広間にたどり着く前に、策をめぐらせ、テーブル上に前菜が並ぶダイニングルームにとどまった。そこでサンドウィッチを丸ごとひと皿手に入れ、自分の部屋に持ち込んだ。服を脱ぎながらかぶりつき、さらにベッドの上で食べ続けた。彼がもう部屋の電気を消してしまってから母がのぞきにきて、彼の上にかがみ込んだとき、首にかかるダイヤモンドが薄暗がりのなかできらめいた。ルージンは眠ったふりをしていた。母は立ち去り、音を立てないように、そーっと、ゆっくりドアを閉めた。

　翌朝目覚めると、彼はよくわからない興奮を感じていた。空は明るくて、風があり、舗道は光のせいで薄紫色に見えた。宮殿のアーチ近くの頭上では、巨大な三色旗が風をはらんで波打ち、空が異なる三つの色合いで透けて見えた。祝日には決まってそうするように、ルージンは父と一緒に散歩に出かけていたのだが、もう子どものときの散歩とは違っていた。正午の大砲にびっくりすることはもうなかったし、きのうの音楽会にかこつけて、何か音楽を始めてみたらいいんじゃないかとしきりにほのめかす父の話も堪え難くなっていた。昼食には、パスハという復活祭のピラミッド型ケーキの最後の残りと（すっかり低くなってしまったピラミッドの丸い頂上には灰色がかった襲撃の跡が残っている）、まだ手つかずのクリーチというこれも復活祭の円筒型ケーキだった。母のまたいとこにあたる、いつも愛らしい赤毛の叔母は、この日はとびっきり機嫌がよく、ケーキのかけらを投げ合ったり、こんな話をしたりした。「ラタムが二十五ルーブルでアントワネット号に乗せてくれるって言っているのに五日経ってもまだ飛べないでいるのよ、でもヴァワザンときたら、まるで機械仕掛けみたいに輪を描いて飛ぶの、それでね、あんまり低く飛ぶものだから、観客席の上で機体を傾けるとき、パイロットの耳に詰めた綿まで見えちゃうのよ」この日の、この昼食のことは、なぜだかルージンの記憶に鮮明に残った、長旅に出る前日のことを人が鮮明に憶えているように。昼食が済んだらアネモネが一面に咲いている島の野原へ馬車で出かけたらどうだろうか、と父が話しているとき、叔母が投げたケーキのかけらがまさに父の口のなかに飛び込んだ。母は沈黙していた――すると突然、メインディッシュのあと、震える顔をどうにか隠すようにして立ち上がり、「なんでもないのよ、なんでもないの、すぐに治まりますから」と何度もささやきながら、そそくさと退出した。父はナプキンをテーブルに投げ捨て、同様に退出した。何が起こったのか、ルージンには知る由もなかったが、叔母といっしょに廊下を通ったとき、母の寝室から静かなすすり泣きと、説得するような父の声が聞こえ、「考え過ぎだよ《ファンタジア》」という言葉を父は大声で何度も繰り返していた。

「どこか違うところへ行きましょう」こうささやいた叔母は赤面し、すっかり静かになり、目をきょろきょろさせていた。ふたりは結局父の書斎に落ち着いた。革の肘掛け椅子の上では光が円錐形を成し、そのなかを埃が回転していた。叔母が煙草に火をつけると、その光のなかで、幾重もの煙の層がやわらかく幻想的に揺れはじめた。ルージンにとって叔母は、一緒にいて窮屈な思いをしないですむ唯一の人間で、このときはとくに叔母と一緒で救われた。というのも、家のなかは奇妙な沈黙に支配され、まるで何かを待ち受けているような雰囲気だったからだ。「じゃあ、何かして遊びましょう」と叔母は唐突に言い、背後からルージンの首筋をつかんだ。「あら、ほんとうに細い首なのね、片手でも……」「ねえ、チェスはできる？」とルージンは猫なで声で言い、頭を叔母の手から解放させると、彼女の袖の、空色の絹地に気持ちよさそうに首をすりつけた。「トランプの〝ばか《ドゥラキー》〟ゲームのほうがいいんじゃないの」と彼女はぼうっとした様子で言った。どこかでドアがバタンと閉まった。彼女は顔をしかめて音のしたほうに振り向き、耳を澄ました。「ううん、チェスがしたいんだ」とルージンは言った。「でも難しいのよ、すぐには憶えられないわよ」彼は机のところへ行き、写真立てのうしろにある小さな箱の蓋をあけた。叔母は灰皿を取りに立ち上がり、考えごとの結論を歌にしたかのように口ずさんだ。「もしかしたら大変なことに、もしかしたら大変なことに……」「ほらこれ」ルージンはそう言って、象眼を施したトルコ製の低めのテーブルに小箱を置いた。「ほかにもチェス盤がいるわ」と彼女が言った。「あのね、チェッカーのほうが教えるのが簡単なの。ずっとシンプルだし」「だめ、チェスがいいんだ」とルージンは油布の盤をひろげた。

「まずは、駒を並べましょうね」叔母はため息をついてから説明を始めた。「こっち側が白で、そっち側が黒なの。王様と女王様は隣どうしね。この人たちが将校さん。これはお馬さん。これが大砲で、隅っこに置くのよ。次は……」突然、駒を宙に持ち上げたままドアを見つめ、叔母は凍りついた。「ちょっと待ってて」と彼女は不安げに言った。「ダイニングルームにハンカチを忘れたみたいなの。すぐに戻るから」彼女はドアを開けたが、すぐに引き返してきた。「放っておきましょう」そう言うと元の席にすわった。「だめよ、勝手に並べては。ごちゃごちゃになってしまうから。これはね、歩兵《ポーン》っていう名前なの。じゃあ今度は、駒がどんなふうに動くか見ていて。お馬さんはもちろん、こうやって飛びはねるの」ルージンは絨毯に腰をおろし、肩で叔母の膝に寄りかかり、プラチナのしゃれたブレスレットをはめた手が次々と駒を取りあげては降ろすのを眺めた。「女王様がいちばんよく動くんだね」彼は満足げにそう言うと、その駒を指ではさんで正方形のマスのちょうど中心に置きなおした。「ほかの駒を食べちゃうときはこんなふうにするの」と叔母が言った。

「まるで相手を押し出すみたいでしょ？　ポーンはこんなふうに、斜めに相手を押し出すのよ。相手の王様を取れる位置に駒が進んだら、それがチェックで、王様の逃げ道がなくなってしまったら、メイトって言うの。つまりね、あなたは私の王様を取らなくちゃならないし、私はあなたの王様を取るのよ。ほら、説明するのにもこんなに時間がかかるのよ。チェスをやってみるのはまた今度にしない？」「いやだ、今すぐやりたい」ルージンはそう言うと、突然、叔母の手にキスをした。「もう、ほんとうにかわいい子ね」叔母は抑揚をたっぷりつけて言った。「どうしてそんなに優しいの……。やっぱりあなたはほんとうに素晴らしい子ね」「お願いだから、チェスやろうよ」ルージンは絨毯の上を膝で歩いていき、そのまま小さなテーブルの前で膝立ちになった。ところが、叔母が急にその場から立ち上がり、あまりに急に立ち上がったものだから、盤にスカートを引っ掛けて、駒をいくつか落としてしまった。ドアのところに父が立っていたのだ。

「自分の部屋へ行ってなさい」彼は息子をちらりと見て言った。ルージンは生まれて初めて父の部屋から追い出されることになり、驚きのあまり、膝立ちのまま動けなくなってしまった。「聞こえないのか」と父は言った。ルージンは顔を真っ赤にすると、絨毯に落ちた駒を探しはじめた。「早くしなさい」父は、今まで出したことのないような大声で怒鳴った。叔母は慌てて、とにかくどうにか駒を箱に詰めてしまおうとした。手が震えていた。歩兵《ポーン》がひとつ、どうしても箱に収まってくれなかった。「いいから持っていって」と彼女は言った。「早く持っていって」ルージンはゆっくりと油布のチェス盤を巻き、屈辱に表情を曇らせながら箱を手に取った。両手がふさがっていたので、ドアを閉められなかった。父が素早く歩み寄ってきて、ものすごい勢いでドアを閉め、ルージンはチェス盤を落としてしまい、盤はたちまち床の上にひろがった。ルージンは箱を床に置き、もう一度その盤を巻くはめになった。ドアの向こうの書斎では、最初に沈黙がおとずれ、そのあと、肘掛け椅子が重みできしむ音がし、それから、叔母がささやき声でとぎれとぎれに何かを訊ねるのが聞こえてきた。きょうは家のなかが全部狂ってしまっている、と思って嫌悪感を覚えたルージンは、自分の部屋へと戻っていった。部屋に戻るとすぐ、叔母がやってみせたように駒を並べ、何かを分かろうとしながら長いあいだ駒を見つめていたが、それが終ると、とても几帳面に駒を箱にしまった。その日から、チェスのセットはずっと彼の部屋にあり、父はそれが自分の部屋からなくなったことに長いあいだ気づかなかった。その日から、彼の部屋には魅惑的で神秘的なおもちゃが現れたのだが、それを使いこなすことはまだ彼にはできなかった。その日から、もう二度と叔母が家に遊びにくることはなかった。

それから数日後のある日、一時間目と三時間目のあいだに空白ができた。地理教師が風邪を引いたのだ。始業の鐘のあと五分ほど経っても誰も教室に入って来る様子がなく、幸せの予感がとてつもなく大きくふくらんでしまったので、もしこのとき、期待を裏切ってガラスのドアが開き、地理教師がいつものようにほとんど駆け足で教室に飛び込んできたとしたら、心臓が破裂してしまうのではないかと思われた。ひとり、ルージンだけは平然としていた。机にかがみ込み、鉛筆の先を削って針のように尖らせようとしていた。教室では、興奮に満ちたざわめきがふくれあがってきた。幸福は確実に実現するに違いなかった。とはいえ、堪えがたい幻滅を味わわされることもときどきあった——病気の教師の代わりに、人の幸福を奪う小柄な数学教師が教室に忍び込んできて、音も立てずにドアを閉めると、意地の悪い笑みを浮かべながら、黒板の下の樋《とい》からチョークを選び始めるのだ。だが、十分を過ぎても誰も現れなかった。ざわめきがさらに大きくなった。うれしさのあまり、誰かが机の蓋を鳴らした。即座に、どこからともなく担任が姿をあらわした。「静粛に」と彼は言った。「静粛になさい。ヴァレンチン・イヴァノヴィチ先生はご病気だ。何か自習していなさい。ただし、静粛に」担任は立ち去った。窓の外では、ふかふかの大きな雲が光り、水が流れる音、しずくのしたたる音、雀がさえずる声が聞こえてくる。しびれるような、至福の時間。ルージンは何の関心も示さず、鉛筆をもう一本削りはじめた。グローモフが、言い慣れない卑猥な言葉を面白おかしく発音しながら、しゃがれ声で何かを話して聞かせていた。ペトリシェフは、何かの合計が二直角に等しくなる理由がわからなくて、説明してほしいとみんなに頼みこんでいた。突然、木製の何かが撒き散らされる特別な音が背後でしたのをルージンは耳にし、身体じゅうが熱くなり、心臓の鼓動が馬鹿みたいに速くなった。彼はおずおずと振り返った。クレプスと、クラスでただひとりの無口な男の子が、十五センチ四方の小型のチェス盤に軽い小さな駒を手早く並べているところだった。ふたりのあいだにあるベンチにチェス盤は置かれていた。ふたりとも横を向いてすわっているので窮屈そうだった。ルージンは鉛筆を削っていたことなどすっかり忘れ、歩み寄った。チェスを指すふたりは、ルージンにまったく気づかなかった。その無口な男の子は、何年も経ってから同級生だったルージンのことを思い出そうとしてみたのだが、空き時間にたまたま行われたこの対局のことは、決して思い出すことができなかった。日付を混同しつつ彼が過去から探し出してきたのは、学校でルージンがいつだったか誰かにチェスで勝ったという漠然とした印象にすぎず、記憶の奥で何かがムズムズするにはするのだが、その何かに手が届かないのだった。

「そこだと城に取られるぞ」クレプスが言った。ルージンは彼の手を目で追いながら、叔母は駒の名前を全部教えてくれたわけじゃなかったのかと考えて、一瞬パニックに陥った。だが、「城」というのは、叔母が教えてくれた「大砲」の別名だと判明した。「あ、ちょっとうっかりしていただけだよ」ともうひとりが言った。「まあいいや。もう一度やり直しなよ」とクレプスが言った。

じれったいような羨望の念と、むずがゆいような満たされぬ気持ちを抱きつつ、ルージンはふたりの対局を観戦していた。試合運びについてもまったく知識がなく、なぜこの手がいい手で、あの手がだめなのかもまったく分からず、どうやったら駒を失わずに相手の王様の陣地に忍び込めるのか見当もつかなかったのだが、それにもかかわらず、ルージンは、ヴァイオリニストが語っていた調和のとれたメロディーがいったいどこにあるのかを分かろうとしたし、このふたりよりも自分のほうが、どういうわけかチェスのことをよく分かっているのだとぼんやりながらも感じ取っていた。彼がすっかり気に入ってしまった、巧妙でおもしろい動きがひとつあった。それは、クレプスが「城」と呼んでいた駒と、これもクレプス側の王様とが、互いに互いを飛び越え合う手だった。その手のあと、黒の王様が味方の歩兵《ポーン》のすきまから抜け出し（歩兵《ポーン》の列が歯のようにひとつだけ欠けていたのだ）、途方に暮れて右往左往し始めるのをルージンは目にした。「チェックだ」とクレプスが言った。「チェックだぞ」――（ひと刺しされた王様は脇へ飛び退いた）――「こっちに逃げてもだめだよ、それにこっちもだめ。チェック、女王をもらうよ、そしてまたチェックだ」そのとき、彼自身が駒をひとつ取り逃し、一手やり直しさせてほしいと言い出した。するとそのとき、クラスの悪ガキがルージンの後頭部を指ではじくと同時に、もう一方の手でチェス盤を床にたたき落とした。チェスがいかにもろく崩れやすいものかをルージンが知ったのは、これで二度目だった。

翌朝のこと、まだベッドで寝そべりながら、ルージンは前代未聞の決心をした。ここでついでに言っておくと、ルージンはいつも辻馬車に乗って学校へ行くのだが、乗った馬車の番号をかならず分析して、記憶しやすいように特殊なやり方でその数を分割し、必要とあらばいつでも記憶からそのまま取り出すことができるように努めていた。だが、この日は学校までは行かず、興奮のあまり辻馬車の番号を憶えることもないまま、おそるおそるあたりをうかがいながらカラヴァンナヤ通りで降り、そこからは学校のある地域を避けて回り道をして歩き、セルギエフスカヤ通りにどうにか潜入した。途中、書類カバンを脇にかかえ、鼻をかんでは痰を吐きながら、とんでもない大股で学校の方角へ疾走する例の地理教師に出くわした。ルージンはあまりに勢い良く顔をそむけたので、あの内緒の物体がランドセルのなかで重たい響きを立てた。地理教師がまるで旋風のように駆け抜けたあと、ルージンは自分が美容室のウィンドーの前に立っていて、鼻の穴がピンクの、髪をカールさせた蠟人形の女性が三人、こちらをじっと見つめていることに気づいた。ひと息つくと、彼は濡れた歩道を歩きはじめたが、無意識のうちに敷石と敷石の境目にかかとがいつもぴったり触れるようにして歩こうとしていた。ところが、敷石の幅はみなそれぞれに異なっていたので、そんなふうにして歩くのは至難の業だった。そこで、彼は誘惑から逃れるために車道へ降り、歩道に沿ってぬかるみを歩き出した。とうとう彼は、目的の家を見つけた——アプリコットカラーの家で、バルコニーを支える裸の老人たちと、玄関ドアのステンドグラスが目印だ。門に入り込み、鳩の糞が白く残る台座のそばを通り、袖まくりしたふたりの男が豪華けんらんたる馬車を洗っている庭をそっと通り抜けると、階段を上ってベルを鳴らした。「まだおやすみでいらっしゃいますよ」びっくりして彼を眺めながら、小間使いがそう言った。「しばらく待っていてくださいね、こちらで。少ししたらお伝えしますから」ルージンは躊躇することなくランドセルを背中から降ろして傍らのテーブルに置いたが、その上には陶器製のインク瓶と、ビーズの刺繡を施した紙挟みと、見たことのない父の写真（片手に本を持ち、もう一方の手でこめかみを押さえている写真）があった。何もすることがなかったので、この絨毯にはいったいいくつの色が使われているのか、彼は数えはじめた。ルージンはたった一回だけ、この部屋に来たことがあった——それは、父の言いつけで、クリスマスにチョコレート菓子の大きな箱を叔母に届けたときのことだが、半分は自分で食べてしまい、気づかれないように残りの半分をきれいに並べ直したのだった。ほんの最近まで、叔母はルージンの家に毎日遊びに来ていたのだが、今はぱったり来なくなってしまい、この件については何も訊ねてはいけないという、何ともいえない禁止令じみた空気が家には流れていた。ルージンは絨毯の九つの色を数え終わると、こんどは葦とコウノトリが刺繍された絹のつい立てに目を移した。裏側にも同じようなコウノトリがいるのだろうかと想像しはじめたとき、やっと叔母が入ってきた――髪もまだ整えないまま、まるで翼のような袖の華やかなキモノをまとっていた。「いったいどういうわけなの？」と彼女は叫んだ。「学校はどうしたの？　もう、ほんとうに、おかしなぼうやね……」

二時間ほどしてから、彼はふたたび表へ出てきた。いまやランドセルは空っぽになり、軽すぎて肩甲骨の上で飛び跳ねていた。いつもの帰宅時間まで、どうにかして時間を潰さなくてはならなかった。タヴリチェフスキー公園に着くと、空っぽのランドセルが彼を苛立たせはじめた。第一に、用心のために叔母の家に置いてきた例の物が、何らかの理由で次回までになくなっているかもしれないから。第二に、夜な夜な自宅でそれが役立つかもしれないからだ。これからは別の方法でいこうと決めた。

「家庭の事情で」――翌日、欠席の理由を何気なく訊ねてきた担任に対し、ルージンはそう答えた。木曜日に早退したあと、三日連続で欠席し、喉が痛かったのだとあとで言い訳した。水曜日には再発。土曜日はいつもより早く家を出たのに、一時間目の授業は遅刻。日曜日は、友だちの家に招かれたと言って母親を仰天させ、五時間も家を留守にした。水曜日はいつもより早く学校が終わったのにもかかわらず（青空がひろがり、埃っぽい、四月の終わりのあの素晴らしい日々のさなかで、休暇が近いこともあって、怠け心に打ち勝てそうもない日）、ルージンはいつもよりかなり遅い時間に帰宅したのだった。それから丸一週間、欠席が続いた――うっとりするような、とろけるような一週間だった。いったい彼に何が起きたのか知りたくて、担任は家に電話をしてきた。電話を取ったのは父だった。

ルージンが四時頃に帰宅すると、父の顔からは血の気が失せ、目は飛び出るように見開かれ、母親のほうは、まさに舌を抜かれたかのようにぜいぜい喘いでいたかと思うと、今度は唸り声と叫び声を交えて大笑いしはじめたのだ。騒ぎがおさまると、父は黙ってルージンを書斎へと連れて行き、胸の前で腕組みしてから説明を求めた。ルージンは大事な重たいランドセルを小脇にかかえ、叔母は秘密を守ってくれるだろうかと考えながら、床をじっと見つめていた。「頼むから説明してくれないか」と父はもう一度言った。叔母は裏切ったりできる人じゃないし、それに、ずる休みがバレたってことを叔母は知りようがない。「どうしても答えないつもりか？」と父が訊ねた。それに、学校を休むことを、まるで叔母は気に入ってさえいるようだったし。「いいかい」父は和解を求めるかのようにそう言った。「友だちとして話そうじゃないか」ルージンは床を見つめたままため息をつくと、肘掛け椅子の肘の部分に腰をおろした。「友だちとしてさ」と父はさらに優しい口調で和解を求めてくり返した。「つまりさ、おまえが何度か学校を休んだことはもうわかっているんだよ。それで、お父さんが知りたいのはね、おまえがどこにいて、何をしていたかなんだよ。お父さんだってわかるよ、たとえばさ、天気があまりにいい日は、どうしても散歩したくなるものだよね」「はい、したくなるものですね」退屈になってきたルージンは、そっけなく答えた。息子がどこで散歩をしていたのか、息子が昔からそんなに散歩が大好きだったのか、父は知りたがった。そのあと、どんな人間にも義務というものがあって、それは市民としての義務だったり、家族としての義務だったり、兵士としての義務だったりするのだが、同じように生徒としての義務も存在するのだと父は述べた。ルージンはあくびをした。「自分の部屋へ帰れ」と父は絶望して言い放ち、息子が立ち去ると書斎の真ん中で長いあいだ立ち尽くしたまま、ぼんやりとした恐怖感をいだきなががら扉を見つめた。隣りの部屋で聞き耳を立てていた妻がなかに入ってきて、オットマンの隅に座ると、またもや泣き崩れた。「あの子には裏切られたわ」と妻は何度も言った。「あなたに裏切られたみたいにね。私は裏切り者に取り囲まれているってわけね」彼はただ肩をすくめ、こんなことを思った――生きるというのは何と悲しいことか。義務を果たし、会いたくても会わず、電話もかけず。一番行きたいところに行かないっていうのは、なんと難しいことか……さらには息子の件がある……変わり者だ……強情だし……。とにかく悲しい、悲しい、ただそれだけだ。

4

今は亡き祖父の書斎は、夏の一番暑い日々でさえ、たとえ窓を全開にしたとしても墓場のような湿気が立ちこめていて、というのも、窓の外には重苦しく暗い針葉樹林が生い茂り、絡みあい、一本一本の樅の木が判別できないほどに密林化していたからだが、その無人の部屋には、何も敷かれていない机の上にヴァイオリンを持った少年のブロンズ像だけがぽつんと置かれ、鍵のかかっていない書棚には、もう廃刊になっている分厚い挿絵入り雑誌が何冊も並んでいた。ルージンが素早く雑誌をめくり、見つけ当てたお目当てのページには、竪琴型のアラベスク模様で囲われたコリンフスキーの詩や、移動する沼地やらアメリカの奇人やら人間の腸の長さなどが雑多に取りあげられているる欄とともに、チェス盤が木版で刷られていた。雑誌のなかのどんな写真も、ページをめくるルージンの手を止めることは決してできなかった——あの有名なナイアガラの滝も、お腹が突き出て骨と皮ばかりの飢えたインドの子どもたちも、スペイン王の暗殺未遂事件も。この世の現実は、ページをめくる音とともに脇をかすめて通り過ぎていき、そして突然の停止が訪れる――聖なる正方形、詰め手問題《プロブレム》、序盤《オープニング》、対局の棋譜。

　夏休みが始まったころ、叔母や花を持った老紳士に会えないのがとてもさびしく感じられた――とくに、いい匂いのするその老紳士には会いたくてたまらなかった――彼は叔母のために持ってきた花の種類によって、スミレだったり、スズランだったり、花のいい香りを漂わせていた。彼はいつもちょうどいいタイミングでやってくるのだった――時計をちらりと見やって叔母が外出した数分後にやってくるのだ。「さてと、少し待たせてもらおうか」老紳士が濡れた紙を花束からはずしながらそう言うと、ルージンは、すでにチェスの駒が並べてある小さなテーブルのほうへ肘掛け椅子を引き寄せるのだった。花を持った老紳士の登場によって、かなり気まずいものとなっていた状況に救いの手がもたらされた。三、四回学校を休んだ頃、叔母がほとんどチェスをできないことがわかってしまった。叔母の駒は意味もなくひとところに集まり、そこから突然、孤立無援の裸の王様が飛び出してきたりするのだった。いっぽう老紳士のほうは、それはそれは見事なチェスを指した。叔母が手袋をはめようと引っぱりながら「残念だけど、わたし出かけなくてはならないのよ、あなた、ここで甥とチェスでもしていてくれないかしら、あ、すばらしいスズランをどうもありがとう」と早口で言ったあの初回に、老紳士が腰掛けてため息をつきながら「もうだいぶやってませんからねぇ……さてと、きみは左ですか、右ですか?」と言ったあの初回に、数手指しただけで耳が熱くなりどこへも逃げ道がなくなってしまった、まさにあの初回に、叔母が教えてくれたのとはまったく別の種類のゲームをしているのだとルージンは感じ取った。かぐわしい匂いが盤を包み込んでいた。老紳士は「女王」を「クィーン」、「城」を「ルーク」と呼び、相手にとって致命的な一手を指したあとはすぐにそれを元に戻して、あたかも高価な機械のメカニズムを分解して見せるかのように、相手が災難を未然に防ぐにはどうすべきだったのかを教えてくれた。最初の十五局は、指し手をいちいち考え込むまでもなく老紳士が楽勝し、十六局目の途中で突然、彼は考え込んでしまい、どうにか勝利を収めたのだが、最後の日、老紳士がライラックを一株持ってきたのにどこにも植える場所がなく、叔母はといえば、つま先立ちで寝室を駆け回り、そのあと、おそらくは裏口から出かけていったあの最後の日、まさにその日に、老紳士も鼻息を荒くすることがあるのだと判明したあの感動的な一局を終え、ルージンは何かを悟ったのだ。彼のなかの何かが解放されて晴れ渡り、チェスの視界を不快な濁りで曇らせていた思考の近視眼が消え去ったのだった。「うーん、これはドローですね」と老紳士は言った。壊れた機械のレバーを動かすかのように、彼はクィーンをあちらへこちらへと動かしてみてからもう一度言った。「ドローですね。パーペチュアル・チェックです」ルージンも同じように、レバーがほんとうに利《き》かないのかどうか、何度かちょっと引っぱったりしてみたあと、盤を見つめたまま力んで動かなくなった。「いやぁ、末恐ろしいですな」と老紳士は言った。「この調子で続けていけば、どこまでも行けますよ。すごい上達ぶりだ。私もこんなのは初めて見ましたよ……。いったいどこまで行くことやら……」

棋譜の簡単な仕組みを明かしてくれたのもこの老紳士だったが、雑誌に載っている対局の棋譜をいくつかなぞりながら、ルージンはほどなくして自分の能力に気がついた。それは、いつだったか、父が食事どきに誰かに語った彼の義父の能力と同じもので、そのときルージンは祖父のその能力をうらやましいと感じたものだ。祖父は何時間ものあいだ楽譜を目の前にして、音符を目で追い、ときには微笑んだり、ときには顔をしかめ、また、ときには小説の読者が名前や季節といった細部を確かめるのと同じように一瞬、前のページに戻ったりしながら、音楽の流れ全体を聴き取ることができたのだが、なぜそんなことができるのかまったく理解できないと父は話していた。「大変な喜びにちがいありませんね」と父は言った。「音楽をそのままの自然な状態で楽しめるなんて」指し手を示す棋譜の文字と数字に目を走らせながら、今やそれと似たような喜びをルージンは自分自身で味わいはじめていたのである。最初のうちは、過去のトーナメントの名勝負を盤上で並べなおすことを憶え、素早い視線を棋譜に走らせては音も立てずに盤の駒を動かしていた。妙手には感嘆符、悪手には疑問符がつけられ、続いて括弧で一連の手順が記述されていることがあったが、それは、その注目すべき一手が川のように支流を作り、その支流の行方を最後まで見届けてからでないとふたたび本流へ戻れないからだ。このように提示される二次的な駒の動きは、指し損じや、理想の一手の本質を解き明かしてくれるのだったが、ルージンは徐々に、それを盤上で実際に再現するのをやめ、連なる記号の流れから対局のハーモニーを感じ取るようになっていった。それと同様に、すでに一度盤上で並べ直したことのある対局なら、もう並べることをせず、単に再読することができるようになった——それができるようになって、誰かが部屋に入ってくるのではないかとつねに聞き耳を立てながらチェスの駒をこそこそいじらなくてもよくなったので、余計に好都合だった——実際、彼はドアの鍵を閉めるのだが、銅の取っ手が何度もガチャガチャと音を立てると、いやいやながらドアを開けることになるのだった——人の住まない湿った部屋で彼が何をしているのか見にきた父は、しかめっ面で耳を赤らめ、そわそわしている息子を目にする。机には雑誌が何冊か置かれていて、ルージン氏には息子が女性の裸体の絵を探していたのではないかという疑念がわいた。「どうして鍵をかけたりするのかい？」ルージン氏はそう訊ねる（するとルージン少年は首をすくめ、ぞっとするほどありありと、今にも父がソファの下をのぞき込み、チェスの盤と駒を見つけてしまう様子を思い浮かべてしまうのだった）――「ここはまったく凍えるような空気だ。それに、こんな古い雑誌の何が面白いんだい？　ほら、外へ行って、樅の木の下に赤いキノコ*がないか見てこようじゃないか」

赤いキノコはあった、たしかにあった。しっとりとしたやさしいレンガ色の傘には、針葉樹の尖った葉がはりついていたり、ときには細長い葉の跡がくっきり残っていたりした。傘の裏には穴があいていることもあり、ときにはそこに黄色いナメクジが陣取っていた――カゴに入れる前にルージン氏はナイフを使って、肉付きのいい、灰色のまだら模様の柄の部分から苔と土を削り取った。息子は背中で両手を組み、まるで小さな老人のように父から五、六歩遅れてついて行くのだが、キノコを探そうとしないどころか、満足そうに喉を鳴らして父が見つけたキノコを見ようともしなかった。ときどき、並木道の終るあたりに、色白でぽっちゃりした母が似合わない悲しげな白いワンピース姿であらわれ、日差しを浴びたり日陰に入ったりしながら、急ぎ足でふたりのほうへやってきた。すると、北国の森では年中絶えることのない枯葉が、白いサンダルの少し傾いた高いヒールの下でかさかさと音を立てた。七月のある日のこと、母はベランダの階段で滑って足を挫き、その後、長らく寝たきりだった――あるときはうす暗い寝室で、あるときはベランダで――ピンク色のネグリジェに、化粧もして、かたわらの小テーブルにはあめ玉の入った銀色の小さなつぼ。ほどなく足は治ったのだが、これが自分の定めであり、人生の宿命であると決めてしまったかのように、そのまま横になって過した。その夏はいつになく暑く、蚊がうるさくつきまとい、川のほうからは一日中、水浴びをする娘たちの金切り声が聞こえてきた。そんな物憂げなある日、黒い軟膏が強烈に臭う馬を虻たちがいじめ始める前の早朝に、ルージン氏は丸一日の予定で街へ出かけた。「いい加減にわかってくれないか。どうしてもシルヴェストロフに会わなければならないんだから」前の晩、ネズミ色のガウンを着たルージン氏は寝室を歩き回りながらそう言った。「おまえってやつは、ほんとに、変わっているよ。これが重要なことだってことぐらい、わかるだろう？　私だって、ほんとうはずっとここにいたいよ」しかし妻は顔を枕にうずめたままで、肉づきのいい孤独な背中がヒクヒクと震えていた。それでもやはり、朝方、彼は行ってしまった——息子は庭に立ち、庭と道とを隔てる低い樅の並木のぎざぎざしたラインに沿って、御者の胸と父の帽子が急いで走って行くのを見ていた。

彼はその日、ふさぎ込んでいた。古雑誌のあらゆる一戦を研究してしまったし、あらゆる詰め手問題《プロブレム》は解いてしまったし、あとは自分相手にひとりで指すしかないのだが、そうすると、どうやっても駒をすべて取り合ってドローになるのが落ちだった。それにどうしようもなく暑かったのだ。かんかん照りの砂の上にベランダが三角形の黒い影を落としている。並木道全体が日の光でまだら模様になっていて、目を細めると、それが明暗のきれいな升目模様に見える。ベンチの下の影は、くっきりとした格子模様を形作っている。庭園の四隅にある石の台座にはそれぞれ壺が載せられ、対角線上に互いに威嚇し合っている。ツバメたちが空を舞い、その様子はまるで、飛びながら何かの形をはさみで切り取っているようだ。ひとりで何をしたらいいのかわからなくて、川沿いの小径をぶらぶらしはじめると、向こう岸から陽気な悲鳴が聞こえ、幾人かの裸体がちらついて見えた。胸をどきどきさせながら、こっそり木の幹の陰に身をひそめて、彼はその白いちらつきを見つめた。枝に止まっていた鳥がけたたましく鳴くと、ルージンはぎょっとして急いで川から遠ざかり、引き返しはじめた。昼食は顔色の黄色い無口な老家政婦とふたりきりだったが、彼女はいつもコーヒーの香りを漂わせていた。そのあと彼は客間のソファーで寝転び、うとうとしながら、あらゆるかすかな音に耳を傾けていた――庭のコウライウグイスの鳴き声だったり、窓から飛び込んできたマルハナバチの羽音だったり、母の寝室から下げられてきた食器がお盆の上でカタカタと鳴る音だったり――こうした音が彼にしみ込んでいくと、夢うつつのなかで奇妙な変貌をとげ、黒を背景とした光り輝く複雑な模様を形作り、その模様を解きほぐそうとしているうちに眠り込んでしまった。母の言いつけで、小間使いが彼を起こしにきた。寝室はほの暗く、気が滅入るようだった。母は彼を自分のほうへ引き寄せようとしたが、息子は硬くからだをこわばらせ、かたくなにそっぽを向こうとしたので、母は手を放すほかなかった。「ねえ、なんでもいいから話してちょうだい」彼女は小声で言った。「なんにも話したくないの?」彼女はさらに小さな声で言った。彼は爪で膝を掻きながら首をすくめた。彼はナイトテーブルに目をやり、あめ玉を口に入れるとしゃぶりはじめた――ふたつ目を口に入れ、三つ目を口に入れ、さらにもうひとつ、さらにもうひとつと、鈍い音を立ててぶつかり合う甘いボールが口いっぱいになるまで続けた。「いいわよ、いいわよ、いくらでもお取りなさい」そうささやくと、片手を布団の中から出し、どうにかして息子を撫でようとしてみた。「今年は全然日焼けしなかったのね」しばらくしてから彼女はそう言った。「あるいは、よく見えないだけなのかも。ここの光は死んだみたいな光だから、何でもかんでも青白く見えてしまうもの。ブラインドを上げてくれないかしら。いや、ちょっと待って、やっぱりやめておくわ。もっとあとにする」あめ玉をしゃぶりつくしてしまうと、ルージンはもう行っていいかと訊ねた。母は、これから何をする予定なのかとか、七時の汽車で帰ってくる父親を迎えに行く気はないかなどと訊ねた。「もう出て行ってもいいですよね」と彼は言った。「ここは薬臭いから」

　学校ではやったことがなかったのだが、ルージンは学校のみんなと同じやり方で階段を降りてみようとした。だが、一段一段が高すぎた。まだ調べつくしていない棚が階段下にあり、彼はそこで雑誌をしばらく探してみた。雑誌が一冊見つかり、チェス盤の欄を発見したが、盤上にはぶざまで薄っぺらな駒が馬鹿面をして並んでいて、チェスではなくチェッカーだった。次から次へといくらでも出てくるのが押し花のアルバムで、乾いたエーデルワイスやら赤紫の葉などが貼られ、そこに細かい薄紫色の文字で書き込みがされていたが、今の母のものとは似ても似つかぬ筆跡だった、「ダヴォス　一八八五年」、「ガッチナ　一八八六年」。むしゃくしゃして葉や花をページから引きはがしはじめると、細かい埃のせいでくしゃみが出だし、取り散らかした本の合間にしゃがみ込んでしまった。しばらくすると、階段の下はもうだいぶ暗くなってきたので、新たにめくりはじめた雑誌のページは灰色の濁りのようにしか見えなくなり、ときおり何かの挿絵が彼の目をだまして、チェスの詰め手問題《プロブレム》に見えたりするのだった。どうにかこうにか本を棚に全部押し込むと、客間のほうへぶらぶらと歩き出し、給仕が石油ランプに火を入れているところを見るともう七時を過ぎたのだろう、と物憂げに考えた。階段の手すりにつかまりステッキにもたれながら、藤色の部屋着姿でつらそうに降りてきた母の顔には、怯えたような表情が浮かんでいた。「お父さんはまだ戻らないのよ、なぜなの？」彼女はそう言って、やっとのことでからだを動かしベランダへ出ると、ところどころ夕日で赤く染まる樅の並木道を見つめはじめた。

　十時近くになって父はやっと帰ってきた。汽車に乗り遅れたとのことだった。やることがたくさんあって、それから編集者と夕食に行って――あ、いいよ、いいよ、スープはいらないよ。彼は笑い、大声で話し、騒々しく食べた。ルージンはふと、父がさっきからずっと自分を見つめていることに気づき、自分がその場にいることに父がびっくりしているのだと感じた。夕食はいつのまにか夜のティータイムへと移り変わり、母はテーブルに肘をつき、黙ってエゾイチゴの皿を見つめ、目を細めていた。そして父が陽気に話せば話すほど、母はいっそう目を細めた。それから母は立ち上がり、静かに去っていったのだが、ルージンは、これとちょうど同じことが前にも一度あったような気がした。ベランダで父とふたりきりになったルージンは、父の奇妙な視線がしつこくこちらを見つめているのを感じて、頭を上げることができなかった。

「あなたは何をして過ごしておられたのかな？　何をなさっていたのかな？」と不意に父が言った。

「何も」とルージンは答えた。「では、あなたは今から何をされるおつもりで？」とルージン氏は、息子がいつも「あなた」を使って敬語で話す癖をまねながら、**おどけた不自然な声で続けた。「もうおやすみになりたいのでしょうか、それとも、もう少し私とここにいますか？」ルージンは蚊を叩きつぶすと、上目づかいに、そして横目づかいに、ひじょうに用心深く父のほうを見た。「えーっと」父がそう言うと、パンくずか何かが飛び跳ねた。「えーっと、何かゲームでもやらないか？　たとえば、チェスなんかどうだい、教えてやるよ」

　息子の顔がゆっくりと赤らんでくるのを見てかわいそうになり、父は急いで言い添えた。「カバラでもいいよ。そこのテーブルにトランプがあるしね」「この家にはチェスはないです」ルージンはかすれ声で言うと、ふたたび父の顔に用心深く視線を向けた。「上等なやつはペテルブルグに置いてあるけれど」と父は穏やかな声で言った。「古いやつが屋根裏にあったと思うんだが。一緒に見にいってみようか？」

そのとおりだった。父が掲げるランプの光のもと、箱の中であらゆるがらくたにまぎれているチェス盤をルージンは見つけたのだったが、このときもやはり、以前に同じことが一度あったような気がした——釘が横から突き出ているふたの開いた箱、埃にまみれた何冊もの本、真ん中にひびの入った木のチェス盤。ふたがスライド式の小箱も見つかり、中には貧弱なチェス駒が入っていた。チェス盤を探しはじめてから、見つけて下のベランダに運んでいくまでのあいだ、ルージンはずっと考えあぐねていた——父がチェスの話を切り出したのは偶然なのか、それとも何かを見られてしまったからなのか。単純すぎるほど単純な正解がルージンには思い浮かばなかった。それはちょうど、詰め手問題を解いているときに、可能な手の選択肢から当然のように漏れてしまうような、禁じられ、不可能に見える手が、実際には問題を解く鍵になることがままあるのだが、それと似ていた。

テーブルの上のランプとヨーグルトのあいだに盤が置かれ、父が新聞紙で盤を拭きはじめたとき、父の顔にはもうからかうような表情はなく、ルージンのほうは恐怖心も忘れ、秘密のことも忘れ、その気になれば自分の腕前を見せてやることもできるのだと考えて、ふと、高慢な気持ちがあふれて興奮を憶えたのだった。父が駒を並べはじめた。ひとつ足りないポーンの代わりに小瓶のようなすみれ色の不格好な物体。これもひとつ足りないルークの代わりにチェッカーの駒。ナイトにはどれも頭がなかったが、空になった小箱に（小さなサイコロと赤い点数用チップとともに）見つかった馬の頭はどのナイトにも合わなかった。盤上に駒が並んで準備が整ったとき、ルージンは不意に決心してつぶやいた。「少しはチェスできるんですよ」「いったい誰に教わったんだい？」と顔も上げずに父は訊ねた。「学校ですよ」とルージンは答えた。「やる人が何人かいるので」「へえ、それはすばらしいじゃないか！」と父が言った。「じゃあ、始めようか、もしその気なら……」

***

彼は若い頃からチェスをたしなんではいたが、たまたま居合わせた相手といい加減なゲームをしてきたにすぎなかった――ボルガ川の汽船で天気のよい夕べに一局、かつて弟が死にそうになった外国のサナトリウムで一局、そしてこの別荘では村の医者と一局（人間嫌いな男で、しばらく顔を見せないことがよくあった）――そんなふうにして偶然に交わされた、あくびと無駄な長考ばかりの対局は、彼にしてみればたわいのない息抜きか、話の弾まない相手と品よく黙って過すための手段にすぎなかった――短時間で終ってしまうこれらの単純な対局は、プライドともインスピレーションとも縁がなく、彼は相手の手の動きにまったく注意を払わず、序盤もいつも同じ戦法だった。勝負に負けてもがっかりしたりはしなかったが、それでも内心では、自分の実力はまあまあで、負けることがあったとしてもそれは不注意のせいか、お人好しのせいか、勇ましい不意打ちで試合を盛り上げようとしたせいだと考えた。また、教則本に載っているどんなギャンビット戦法で攻められようが、もし本気を出せば、定跡の知識に頼らずとも反撃できると考えていた。息子が夢中になってチェスを指す姿を見て彼は心底驚き、あまりに意外であると同時に、運命的で不可避なことのようにも思えた。真っ黒な夏の夜の煌々たるベランダで、息子であるこの少年と向かい合ってすわっていることは、とてつもなく奇妙で恐ろしいことだった――少年がチェス駒の上にかがみ込むやいなや、張りつめたその額がまさしく膨張して大きくなるように見えるのだ。こうしたすべてが、あまりに奇妙で恐ろしかったため、彼はチェスに集中することができず、考えるふりをしつつも、ペテルブルグでの奔放な一日をぼんやりと思い出したりしたが、そうすると恥ずかしいような感覚がよみがえってきてしまうので、今度は、息子が駒を動かす軽快でさりげない手つきを眺めていた。

そして数分後に息子が「そう指すならメイトだし、こう指したとしてもクィーン損になりますよ」と言うと、父はどぎまぎして指し手を戻し、頭を右に左に傾けながら本気で考え込み、ゆっくりと指をクィーンのほうへ伸ばしたかと思うと、やけどをしたかのように素早くその指を引っ込めた。そのあいだも息子は穏やかな様子で、彼にしてはめずらしく、取った相手の駒をきちょうめんに箱に片づけていた。やっとルージン氏が一手指すと、たちまち彼の布陣は崩壊しはじめ、その後、わざとらしく笑い声をあげたかと思うと、負けた合図として彼は自分のキングを倒した。そんなふうに彼は三局続けて負け、さらに十局指したとしても結果は同じだろうと感じつつも、それでもやめることはできなかった。四局目のまだ序盤で、息子は父の指した手を戻し、頭を横に二、三度振ってから、子どもらしからぬ自信に満ちた声で言った。「最悪の応手ですよ、それは。チゴーリンはポーンを取るように勧めていますよ」そして、訳の分からぬうちに絶望的な早さでこの一局にも負けてしまったとき、ルージン氏はまたさっきと同じように笑い声をあげ、震える手でカットグラスの器にミルクを注いだ——器の底にあったエゾイチゴの芯が表面に浮き上がってきて、すくい出されるのを嫌がるかのようにくるくると回っていた。息子はチェス盤と駒入れの箱を片付け、隅にあった籐のテーブルの上に置くと、無関心な口調で「おやすみなさい」とつぶやき、そっとドアを閉めて出ていった。

「まさか、こんなことになるとは」とルージン氏はハンカチで指先をぬぐいながら言った。「あの子のチェスはただの遊びじゃない、神聖な儀式だ、あれは」

毛がふさふさと生え、腹のふくれた、燃えるような目をした蛾がランプにぶつかり、テーブルの上に落ちた。庭でかすかに風がざわめいた。客間の時計がかん高い音で鳴りはじめ、十二時を告げた。

「いや、ばかばかしい」と彼は言った。「くだらない妄想だ。チェスの上手い子どもなんていくらでもいるさ。それほど特別なことじゃない。神経が高ぶっているせいだ、何もかも。よくないな。あいつが息子をその気にさせてしまったってわけだ。まあ、どうでもいいことだが……」

彼はふさぎ込んで考えた。これから作り話をして、説き伏せて、なだめなくてはならない。ああ、でも、もうこんな時間か……。

「眠りたい」彼はそう言ったものの、肘掛け椅子から立ち上がろうとはしなかった。

翌朝早く、庭のはずれにあるうっそうとした木立の、もっとも暗い苔むした隅に、父親のチェス駒の入った箱を埋めた。それがいろいろな面倒を避けるための一番単純な方法だと思えたし、それに、今や彼には公然と使える別の駒があったからだ。父親は好奇心を抑えることができず、彼よりはるかにチェスの上手い無愛想な医者のところへ出かけた。夕食後、にやにやして両手をもみながら、自分が悪いことをしているという意識を無理矢理に抑えつけ——とはいっても、なぜそれが悪いのか、自分でもよくわからないのだが——ベランダにある籐のテーブルに息子と医者を座らせて、自分は例のすみれ色の代用品について言い訳しながら駒を並べ、すぐとなりに腰を下ろすと、むさぼるように対局を見守りはじめた。医者は左右が離れた濃い眉を動かし、毛むくじゃらの大きなこぶしを肉付きのいい鼻にさかんに押しつけて、一手一手に長考し、そして、ときおり、まるで遠くからのほうがよく見えるのだと言わんばかりにからだをのけぞらせ、目を見開いたかと思うと、ふたたびかがみ込み、両手を膝に置いて重いからだを支えた。彼は敗れ、大きく喉を鳴らしてうめいたので、それに答えるように、葦で編んだ肘掛け椅子がみしみしと音を立てたのだった。「ああ、そうじゃないでしょ！」とルージン氏が叫んだ。「こう指せば負けなくて済んだのに。それどころかあなたのほうが優勢になりますよ」「いやいや、チェックをかけられているんですよ、私のほうは」医者は低い声でそう言い、駒を並べ直しはじめた。そして帰り際、父が庭に出て、橋に向かって下っていく小径のところまで医者を送って行くと、小径の両側を蛍が縁取るようにして光っていたが、そのとき、ルージン氏はずっと聞きたくて仕方なかったあの言葉を耳にした。ところが、今や、それを耳にして心が重くなってしまい、いっそのこと聞かないほうがよかったと思えたほどだった。

医者は毎晩姿をあらわすようになり、一度も勝つことができなかったとはいえ、本当に素晴らしい対局をすることができたのですっかり満足しきっていた。彼はルージンにチェスの教科書を持ってきてくれたのだが、あまりその本に熱中しすぎないように、疲れるまで読まないように、読むときは屋外で読むようにと忠告もしてくれた。彼は、以前に見かけたことのある偉大な名人たちの話や、最近のトーナメントの話、また、チェスの歴史や、かなりうさんくさいインドの王族の話、そして、音楽家としても有名な偉大なるフィリドールの話などをしてくれた。ときには、どこからか切り抜いてきた詰め手問題を「おみやげ」だと言って、さえない微笑みを浮かべて持ってきてくれたりもした。ルージンは夢中になって取り組んだ末に正解を見いだすと、これまで見せたことのないような表情で、喜びに目を輝かせ、「すっごいね、すっごいね！」と「す」の音を強調するかのように叫んだ。しかし、彼は詰め手問題の作成には心を惹かれなかった。それは、内に秘めたあの戦闘的で圧倒的な卓越した力が、いたずらに消費されてしまうような気がなんとなくしていたからだ——彼が自分のそうした力を感じるのは、医者が毛むくじゃらの指でキングを隅へ隅へと退散させ、ついには動きが止まり、盤を見ながらうなずいて負けを認めるときだった。そんなとき、父はといえば、いつも対局を見守りながら息子が負けるという奇跡を待ち望んでいるのだが、息子が勝つと喜びと恐怖の両方に襲われ、その複雑に混ざり合った感情に苦しんだあげく、ナイトかルークを手に取り「まだ万事休すではない」と言って、望みのない対局の残りをみずから最後まで指し続けることもあった。

そして運命が動き始めた。ベランダでのこうした夜と、ペテルブルグの雑誌にルージンの写真が載った日とのあいだには、まるで何もなかったかのようだった――アスターの花に小雨がそぼ降る別荘での秋も、都会へ戻る旅も、学校生活の再開も、何もかもなかったかのようだった。ルージンの写真が雑誌に載ったのは十月のことで、チェス・クラブへのデビューから間もない日のことだった。ペテルブルグへ引っ越した日からその日まで、とにかく二ヶ月は経っていたのだが、その間に起こったほかの事がらは何もかもがぼんやりとしてもつれ合ってしまっていたので、後になってその時期のことを思い出そうとしても、いつ何があったのかを正確に言うことはできなかった。たとえば、学校でパーティーが開催された日、そっと隅のほうで、クラスメートからほとんど気づかれることなく、チェス好きで有名な地理教師を負かしたのだが、それがいつだったのか、あるいは、父親が白髪のユダヤ人をディナーに招待したのはいつだったのか、正確に思い出すことができなかった――そのユダヤ人は、老いさらばえたチェスの天才で、世界中のあらゆる街で勝利を収めてきたものの、今では無為な極貧生活を送り、ほとんど目も見えず、心臓を病み、情熱も、腕前も、幸福も、永遠に失ってしまっていた……。ルージンがたったひとつはっきりと憶えていることがあった。それは、学校で感じていた恐怖であり、チェスの才能のことをみんなに知られてしまったらあざ笑われるにちがいないという恐怖であった。後年、ルージンは、この確かな記憶を頼りに、パーティーのあとはもう学校へは行かなかったにちがいないと結論づけた。というのも、彼は学校で味わったぞっとするような出来ごとをすべて憶えているのに、パーティーの翌朝にクラスのみんなが訳知り顔で、好奇の目をこちらに向けたときに味わったはずの恐怖を思い浮かべることができなかったからである。また、写真が雑誌に載ってからは学校へ行くのを拒否したことははっきり憶えているのだが、パーティーと写真とをつなぐ記憶の結び目を解きほぐすことができず、どちらが先でどちらが後なのかわからなくなってしまった。彼に雑誌を持ってきたのは父親で、写真は前年に別荘で撮影したものだった——庭の木の幹、そのかたわらに立つ彼、額には木の葉の模様、少しだけ傾けた顔に浮かぶ陰鬱な表情、よくボタンがはずれてしまうぴっちりしたズボン。父が期待した笑顔は見せず、彼は無表情なままだった。だが、それでも、密かな喜びは感じていた——これで学校生活ともおさらばだ。一週間のあいだ、両親の説得が続いた。母が泣いたのはもちろんのことだ。父は新しいチェス用具を取りあげるぞと脅した——モロッコ革の高級なチェス盤と巨大な駒だ。そして突然、事態は自然に解決した。彼は家を飛び出したのだ——以前、家出に失敗したあと、冬物のコートは隠されてしまったので、秋物のコートを着て飛び出した。そして、どこに身を隠したらよいのかわからないまま（刺すような雪が降って軒蛇腹に白く積もり、風がその雪を吹き飛ばして小さな吹雪を際限なくくり返していた）、結局、春から会っていない叔母の家にたどり着いたのだった。玄関のところでルージンは叔母に出くわした。黒い帽子をかぶり、花束の紙包みを手にし、葬式に出かけるところだった。

「あなたの昔の対戦相手が亡くなったの。一緒に行きましょう」と彼女は言った。寒いのに暖をとることができないことにも、雪が降っていることにも、叔母の感傷的な涙がヴェール越しに光っていることにも腹を立てた彼は、さっと踵《きびす》を返して立ち去り、一時間ほど歩きまわってから家路についた。帰宅したこと自体、彼は憶えていなかったし、何より興味深いのは、帰宅前の行動の記憶が実際にはこれとは別のものだったかもしれないことだった。というのも、彼は病気で一週間も熱に浮かされ、そのときの幻覚があとで記憶に追加されたからだ。ルージンはとても病弱で神経が興奮しやすかったので、病気から回復できないのではないかと医者は考えていた。病気をしたのはこれが初めてではなかったので、このときの病気の感覚をあとになってよみがえらせようとすると、これとは別のときにかかった子ども時代の病気のことがたくさん思い出された――とくにはっきりと思い出されたのは、まだほんとうに幼かった頃、縞模様の厚い毛布をマントがわりにして、ひとりで王様ごっこをしたときのことだった――王様ごっこが何よりも愉快だった理由は、マントが悪寒を防いでくれたからで、額に手を当てられ、体温を測られ、急いでベッドに寝かせられるという事態をできるだけ先延ばしにしたかったのだ。だが、この十月のチェス病は過去のどんな病気とも似ていなかった。チゴーリンを負かした白髪のユダヤ人、花につつまれた亡き老紳士、ずるそうな笑顔を浮かべて雑誌を持ってきた父、メイトをくらって凍りついた地理教師、若者たちが彼をぎっしり取り囲んだ煙草のけむるチェス・クラブの部屋、受話器をなぜかヴァイオリンのように頬と肩のあいだに挟んだ演奏家のきれいに髭を剃った顔――こうしたすべてが彼の幻覚に登場し、そして、非現実的で座りの悪い、果てしなく広がっていく盤の上で展開される恐ろしいゲームのようなものへと化していったのだ。

健康が回復すると、前より痩せて背の伸びた彼は海外へ連れ出された。最初に行ったのはアドリア海沿岸で、そこの庭園で日光浴をしながらも頭のなかでチェスを指していたが、それを禁じることなど誰にもできなかった。次はドイツの保養地だったが、父は息子を散歩に連れ出し、ブナの凝った手すりをめぐらせた小径をふたりで歩いた。そのときから十六年が経ち、この保養地をふたたび訪れてみると、大きくなりきれいになったホテルの前には、色砂利で縁取られたいくつもの花壇のあいだに、昔と同じように髭の生えた土器の小人たちがいたし、丘の上の暗い湿った森にも見覚えがあったし、油性塗料で塗られた様々な色の目印も昔のままだった（いくつもある散歩コースが色分けされていて、ブナの幹や分れ道の小岩に塗られた色のおかげでのろまな旅人は道に迷わなくて済むようになっていたのだ）。泉の近くの売店では、凸面ガラスの底にエメラルドブルーの螺鈿《らでん》で風景が描かれた、十六年前とまったく同じ文鎮が売られていた。そして、庭園の板張りのステージでは、まるで昔と同じ楽団がオペラのメドレーを演奏しているかのようで、楓が生き物のような影を投げかけているテーブルでは、人々がコーヒーを飲み、くさび形のアップルタルトにホイップクリームをのせて食べていた。

「あそこに小さな窓がいくつも並んでいるのが見えるでしょう」と彼はステッキで、横に広がったホテルの建物を指して言った。「あのときは、あの部屋でちょっとしたトーナメントが行われたんですよ。ドイツで最強のプレイヤーたちが集まってね。ぼくは十四歳でした。三位を取りましたよ、ええ、三位です」

今ではすっかりなじんでしまったちょっぴり年寄りじみた仕草で、彼はふたたび両手を太いステッキの上に置き、そして、音楽に耳を傾けるかのように、頭を傾けた。

「何ですって？　帽子をかぶれというのですか？　太陽が照りつけているですって？　やめてくだ

さいよ、いったいどうして？　日陰にすわっているじゃありませんか」

それでもやはり、テーブル越しに差し出された麦藁帽を彼は手に取り、メーカーの商標の上に黒い汚れのついた底の部分をポンと叩いてから、ゆがんだ微笑を見せてかぶった。彼の微笑はまさにゆがんでいた――右の頬が軽く持ち上がり、唇の右端から煙草のヤニだらけのひどい歯がむき出しになる――それ以外の笑い方を彼は知らなかったのだ。まだ三十代になったばかりにはとても見えなかった――鼻の両脇からは深いたるんだ皺が下に向かってのび、両肩は丸く曲がり、からだ全体に病的な重苦しさが感じられ、彼が突然、蜂から肘で身を守ろうとして勢いよく立ち上がるときなどは、太りすぎているのが一目瞭然だった――幼いルージンからは、鈍くて醜いこの肥満体はまったく予想できなかった。「なんだってこいつは私につきまとうんだ！」さっきから肘を上げたままの体勢で、もう一方の手でハンカチを取り出そうとしながら、彼はかん高い泣きそうな声で叫んだ。蜂はもう一度旋回してから飛び去っていったが、彼はそのまま機械的にハンカチを振り続けて蜂を見送り、少しすると、砂利の上に金属の椅子をしっかりと置き直して、落ちたステッキを拾い上げ、ぜいぜい言いながらふたたび腰を下ろした。

「なにがおかしいんですか？　ほんとうにいやな虫ですよ、蜂ってやつは」彼は顔をしかめてテーブルに視線を落とした。彼のシガレットケースと並んで、黒い絹の半円形のハンドバッグが置かれていた。彼はなにげなくそのハンドバッグに手を伸ばすと、留め金をパチパチいじりはじめた。「しまりが悪いですね。〈ある晴れた日に〉何もかもなくしてしまいますよ」彼は目を上げずに言った。

彼はため息をつき、ハンドバッグを脇へやると、まったく同じ声の調子でこう言い添えた。「そう、ドイツの最強のプレイヤーたちがね。それに、ひとりオーストリア人がいました。私の亡くなったパパは、そのときは運が悪かった。ここまで来れば、チェスのことを熱心に考えている人なんていないだろうと踏んでいたのですがね、ちょうどトーナメントにかち合ってしまったのですから」

建て増しされたせいか、ホテルの建物は昔とは違って見えた。いずれにせよ、かつて彼らはそこの二階の部屋に滞在していた。秋までそこに滞在し、そのあとロシアへ戻ることが決まっていたので、その年に入ってから父も敢えて口にしなくなった学校生活の亡霊が遠くにちらつきはじめた。母はそれよりもずっと早く、夏の初めには帰ってしまっていた。彼女はロシアの田舎がどうしようもなく恋しいのだと言っていた。この、むずむずするような、うずくような、真ん中のアクセントを長く引き延ばした「どうしよーもなく」という言い方は、息子が記憶しているほとんど唯一の母の口調となった。とは言うものの、彼女はあまり気が進まないまま帰国したのだった――自分でも帰国したほうがいいのか、とどまったほうがいいのかわからなかったのだ。彼女はだいぶ前から息子に対して妙な疎外感を抱きはじめていて、まるで息子がどこか遠くへ船出してしまったかのように感じていた。彼女が愛しているのは、このすっかり成長した少年ではなく、新聞でもてはやされているチェスの神童でもなく、ちょっとしたことでも床に転がって足をばたばたさせて泣き叫んでいた、あの小さくて温かい、どうしようもない赤ん坊だったのだ。そして、何もかもに嫌気がさし、何もかも投げ出したかった――駅舎の庭に咲く、ロシアのものとは違うあの貧弱なライラックも、ノール・エクスプレスの寝台車のチューリップ型ランプも、胸が締めつけられて窒息しそうなこの感覚も――もしかしたら狭心症かもしれないし、あるいは、夫の言うように、ただ神経が弱っているだけかもしれない。母は去っていき、手紙ひとつよこさなかったが、父は陽気になり、少し小さめの部屋に移った。それから少し経った七月のある日のこと、ルージン少年が別のホテルから帰る途中――彼には同年代の友人はいなかったが、チェスの相手をしてくれる元気な老人のひとりがそのホテルに滞在していたのだ――丘の斜面にある木の手すりのところに、夕日を浴びて父が女性と一緒に立っているのを偶然に見かけた。その女性はまぎれもなくペテルブルグの赤毛の叔母で、彼はとても驚いてしまい、なぜか恥ずかしくなり、父には何も言わずにおいたのだった。そんなことがあってから数日後の早朝、ルージンは父がまるで大声で笑いころげるような声を出して廊下を走り、自分の部屋へ向かってくるのを耳にした。ドアが猛烈な勢いで開き、手に持った紙切れをからだから遠ざけるようにして差し出しながら父が入ってきた――電報だった。まるで顔に水をかけたかのように、涙が鼻づたいに頬を流れ、むせび泣きながら、喘ぎながら、こうくり返した、「いったいなんだこれは？　いったいなんだこれは？　こんなのは間違いだ、打ち間違いだ」――そして、相変らず紙切れをからだから遠ざけていた。


訳注（＊）五三頁　ロシア語で「赤いきのこ」とはキンチャヤマイグチのことを指す（ヨーロッパでは代表的な食用きのこととして扱われている）。

訳注（＊＊）五七頁　ロシア語では、二人称複数形の代名詞とそれに相応する動詞の変化形が話し相手に対する敬語の役割を果たす。それに対し、二人称単数形は親しい間柄でのくだけた表現として使用される。

訳注（＊＊＊）五九頁　英訳版にはこの台詞の前に、「プーシキンの、死ぬ運命にある決闘者の言葉を引用して」という補足説明がつけ加えられている。アレクサンドル・プーシキン作『エヴゲーニイ・オネーギン』第六章二十七連で、主人公オネーギンの決闘相手レンスキイが決闘直前に言った台詞を指す。

5

彼はいろいろな町でチェスを指した——ペテルブルグ、モスクワ、ニジニ・ノヴゴロド、キエフ、そしてオデッサ。教育係とマネージャーを足して二で割ったような役割のヴァレンチノフという男が現れた。黒い腕章をつけた父は——妻の喪に服していたのだ——、地元の新聞記者たちにたいして、もし息子が神童でなかったならこうして祖国をじっくり見て回る機会などなかっただろう、と語った。

トーナメントではロシアの一流選手たちと対戦し、ほかにも目隠しでの対局もしたし、二十人のアマチュアと同時に指したこともあった。ルージン氏は、何年も経ってから（そのころは、亡命ロシア人の新聞に載る彼の小品がどれも自分の白鳥の歌であるように思えたものだが、そうした叙情と誤植に満ちた白鳥の歌がいったいどれくらいあったのかは誰にもわからない）、まさにチェス選手の少年を主人公にした中編小説を思いつき、その少年は父（小説のなかでは養父）と一緒に町から町へとチェスの旅をするのだった。彼がその本を書きはじめたのは一九二八年で、自分以外に誰も出席しなかった会議から帰宅したあとのことだった。ベルリンのカフェの個室に座って、ほかの参加者を待っているとき、その本の構想があまりに思いがけなく、ものすごく鮮明に思い浮かんだのである。彼はいつものように時間通りにカフェにやってきたが、まだテーブルが並べられていないのに驚き、給仕にすぐに並べるよう命じ、紅茶とコニャックを注文した。その個室は清潔で、照明は明るく、壁には静物画がかかっていた――カットした西瓜《すいか》のまわりに美味しそうな桃が並んでいる。テーブルが並べられ、清潔なテーブルクロスが軽やかに宙を舞ってからその上に広がった。彼は紅茶のなかに砂糖をひとかけら入れ、血の巡りが悪くいつもかじかんでいる指をグラスであためながら、泡が浮かんでくるのを眺めていた。となりのメインホールでは、ヴァイオリンとピアノが『椿姫』のなかの一曲を演奏していた――甘美な音楽と、コニャックと、テーブルクロスの白さのせいで、老ルージンはとても悲しくなったが、その悲しみがじつに心地よいので動くのがこわくなって、片肘をつき、指を一本こめかみにあてたまま座っていた――ニットのベストと茶色いジャケットを着た、痩せて、目を赤らめた老人。音楽が奏でられ、人気のない部屋は光に満ち、西瓜の切り口は真っ赤だった――そして会議にはまだ誰もやって来ない。彼は何度か時計に目を向けたが、しばらくすると音楽と紅茶のせいで時間のことは忘れてしまい、静かにあれこれと考えはじめた――たまたま手に入ったタイプライターのこと、マリインスキー劇場のこと、たまにしかベルリンを訪れない息子のこと。そのあと、はっと我に返ると、もうかれこれ一時間も座り続けていて、テーブルクロスにはまだ何も置かれておらず真っ白なままだった。この明るい何もない空間が彼には神秘的に思えた。開催されない会議のために用意されたテーブルについた彼は、もう久しく姿を見せることのなかった作家としての霊感が今こそ自分に訪れたのだと、唐突に結論づけたのだった。「そろそろ最後のまとめにとりかからなくては」彼はそう考えると、まるで有名人が生まれた部屋を眺め回すかのように、この何もない部屋を見回した――テーブルクロス、青い壁紙、静物画。そして、だいぶ前からあたためていた小説の筋書きが、たった今、この瞬間に作り出されたばかりのような気がしてきて、老ルージンは想像力で未来の伝記作家を招待し（逆説的なのだが、時間の上では近づけば近づくほど、この伝記作家はますます幻のようになり、ますます遠い存在になってい った）、たまたま小説『ギャンビット』を生み出すこととなったその部屋をもっとよく検分してもらおうとした。紅茶の残りを一気に飲み干し、コートと帽子を身につけ、給仕から今日は水曜ではなく火曜だと聞かされ、かなり満足そうに自分の不注意を認めて微笑み、そして帰宅するとすぐにタイプライターから黒い金属製カバーを外したのだった。

彼の目の前に何よりも鮮明に浮かび上がっていたのは、作家の想像力が少しばかり修正を加えたこんな記憶だった――照明の明るいホール、二列にずらりと並んだテーブルと、その上に置かれたいくつものチェス盤。どのテーブルにもひとりずつ席についていて、そのうしろにはチェス盤をのぞき込む人だかりの山。テーブルとテーブルのあいだの通路を、誰にも目をくれずに急ぎ足でやってくるのは、ほら、あの少年だ――まるで皇太子のような白い優雅なセーラー服姿の少年が、チェス盤を順に巡り、立ち止まっては素早く一手を指すか、ほんの一瞬だけ栗色がかった金色の頭を傾けて考え込む。もし門外漢がこの光景を見たら、何が起こっているのかさっぱりわからないにちがいない――四角い盤の前に陰気な顔をして座っている黒服姿の年配の人々、盤の上にぎっしりと並んだ複雑な形の人形、一方、いったいなぜこんなところにいるのかまったく不明な、軽やかでおしゃれな少年がひとり、張りつめた奇妙な静寂のなかをテーブルからテーブルへと軽やかに渡り歩いている、麻痺して動けない人々のなかで少年ひとりだけが動いているのだ……。

記憶を類型化してしまっていることに、作家ルージン自身も気づいていなかった。さらには、チェスの神童というよりは、どちらかといえば「音楽の神童」にふさわしい風貌を息子に与えてしまっていることにも気づいていなかった——妙なヴェールにおおわれた瞳といい、巻き毛といい、顔の透き通るような白さといい——ある種の病的な、天使にも似た容貌だった。だが今や、ある困難に直面していた——あらゆる不純物を浄化し、この上ない優しさにまで到達した息子のイメージを、一定の日常生活で包み込まなければならないからだ。そこで彼はあることを決心した——それは、この小説の子どもを成長させないことだった。ときどきベルリンにやってきては、何を聞いても「はい」か「いいえ」でしか答えずに目を伏せて座り、お金の入った封筒を出窓のところに置いて出て行く、あの不機嫌な人間にしてしまってはだめなのだ。

「そう、その子は若くして死ぬんだ」彼は声に出して言い、カバーを外したタイプライターのまわりをぐるぐる回るようにして、落ち着かない様子で部屋中を歩いた——タイプライターはすべてのキーを光らせて彼を目で追っていた。「そう、その子は若くして亡くなるんだ、彼の死は運命的なもので、大きな感動を生むだろう。ベッドで生涯最後の対局をしながら息を引きとるんだ」彼はこの着想がすっかり気に入ってしまったので、本を結末から書き始めることができないことを悔やんだ。いったいなぜ結末から書くことができないのだろうか？　試してみたっていいな……。彼は思考を逆向きに働かせてみた——はっきりと見えるその感動的な死から後戻りして、はっきりとは見えない主人公の出生にまでたどり着こうとしたが、突然身震いすると、机の前に腰を下ろして新たに一から考えはじめるのだった。

以前、これと似たような小説を書こうと夢見ていたとき、ふたつの事柄がどうしても彼の邪魔をした。大戦と革命である。息子の才能が本格的に花開いたのは大戦が終ってからのことで、そのとき彼は神童からマエストロに生まれ変わった。大戦というものは、均整の取れた小説の筋書き作りに記憶が役立とうとするのを大いに邪魔するのだが、その大戦のちょうど前夜に、彼は息子とヴァレンチノフと連れ立って、ふたたび国外へ出発したのだった。ウィーン、ブダペスト、ローマでの対局が待っていた。チェスの教則本に名前が出てくるような選手をすでに二、三人倒しているロシア人少年の名声が相当に高まってきたせいで、海外の新聞では、彼自身の慎ましやかな文学的名声についてもついでに言及されたりした。オーストリア皇太子暗殺の事件が起きたとき、彼らは三人ともスイスにいた。いろいろな事情を考慮した結果、といっても、そのときたまたま頭に浮かんだ事情にすぎないのだが（息子のためには山の空気がいい……今のロシアはチェスどころじゃないのに息子はチェスのみに生きているというヴァレンチノフの言葉……それに加えて、戦争は長続きするまいという考え）、彼はひとりでペテルブルグへ戻った。数ヶ月経つと、彼はたえられなくなり、息子を呼び寄せようとした。ヴァレンチノフが送ってよこした返信には、その手紙がたどった緩慢なまわり道にふさわしい奇妙な凝った文体で、息子が帰りたがっていないと書かれていた。ルージン氏はもう一度手紙を送ったが、前回と同様にいんぎんな凝った文体の返信が投函されたのは、すでにスイスのタラスプではなくナポリだった。彼はヴァレンチノフを憎みはじめていた。かつてないほどの憂鬱にとりつかれる日々が続いた。とはいえ、ヴァレンチノフは次の手紙で、息子にかかる費用は自分が負担しておくので、「身内の清算はあとでいい」（原文のまま）と提案してきた。時は流れ、従軍記者という思いがけない任務を命じられた彼はコーカサスへ飛ばされた。手紙だけはまめに送ってくるヴァレンチノフにたいする激しい憎しみと憂鬱に満ちた日々が去り、心安らぐ日々が訪れたが、それは、息子にとってはロシアにいるより外国にいたほうがいいのだろうと判断したからだった(ヴァレンチノフもそう断言していた)。

それから十五年が経とうとしている今となっては、大戦中のこうした日々は刺激の強い障害物となってしまい、創作の自由を侵害するものとなった。というのも、ひとりの人間が少しずつ成長していく様子を描く本においても、大戦についてまったく触れないわけにはいかないし、主人公が夭折したとしてもそうした状況は変わらないからだ。息子のイメージを取り巻く人物たちやさまざまな事情のなかには、残念ながら、大戦を背景にしてはじめて着想されるものもあり、その背景なしでは存在し得ないものもあるのだ。革命となると、もっとまずい。一般的見解では、革命はロシア人全員の人生の進路に影響を及ぼしたことになっている――主人公に火の粉がかからないように革命を通過させることなどできないし、革命を避けて通らせるわけにもいかない。これはまさに、作家の自由にたいする暴力行為である。とはいうものの、革命は彼の息子の人生をかすめただろうか? かすりさえしなかったのではないか? 一九一七年の秋、待ちに待ったその日、いつものごとく陽気に、大声で、華やかな服を着たヴァレンチノフが姿をあらわし、そのうしろには、口ひげの生えかけた太った若者がいた。悲しみと狼狽と不思議な幻滅の瞬間だった。息子は何も言わず、窓の外をちらちらとうかがっていた(「銃弾が飛んできやしないかと怖がっているんですよ」――ヴァレンチノフが声をひそめて説明した)。はじめのうち、こうしたすべてがまるで悪夢を見ているようだった――だが、そのうちに慣れてしまった。ヴァレンチノフは相変らず「身内の清算はあとでいい」と請け負ってくれた――彼は密かに大事業を営んでいて、お金は連合国のあらゆる銀行に分けて預けてあるらしかった。息子は街で一番静かなチェス・クラブに通うようになったが、それは市民が大混乱に陥っているさなかでも揺るぎなく繁盛しているクラブだった。そして春になると、息子はヴァレンチノフとともに姿を消した――ふたたび海外へ出かけたのだ。それから先は、ただの個人的記憶、魅力の薄い記憶、食料不足（まあいいだろう）、逮捕（まあいいだろう）、そして突然のごとく訪れたのが――喜ばしき追放、合法的国外追放、清潔な黄色い甲板、バルト海の風、魂の不滅をめぐるヴァシレンコ教授との議論。

こうしたすべてのことがらから、こうしたすべての乱雑な寄せ集めから（執拗につきまとい、記憶のあらゆる片隅からしきりにでしゃばり、自由な思考の行く手を阻もうとする、このひどい寄せ集めから）注意深くひとつひとつ破片を削り出して、まるごと本のなかにどうしても取り込まなければならない人物がいた――それはヴァレンチノフだ。何か彼の悪口を言いたくて仕方ない連中でも、彼がどんな人間かと聞かれれば、まぎれもなく才能のある人間だと彼を表現する以外なかった――変わり者で、何をやっても名人級、アマチュア演劇の公演には欠かせない人物、エンジニア、卓越した数学者、チェスとチェッカーの愛好家、彼自身の触れ込みでは「最高に楽しい男」。素晴らしい褐色の瞳をしていて、笑い方がとびきり魅力的だった。人差し指には髑髏をかたどった指輪をはめていたが、それは、彼に決闘の経験があることをほのめかしていた。彼は一時期、ルージン少年が通っていた学校で体育を教えていたことがあり、生徒にも教師にもとても印象的だったのは、リムジンに乗った謎の女性が彼を迎えにくることだった。それから、彼はびっくりするような金属製の舗装道路を考案し、それがペテルブルグのカザン聖堂付近のネフスキー大通りで試用されたこともある。また、ウィットのきいたチェス・プロブレムをいくつか創作し、いわゆる「ロシア風」テーマの先がけとなった。宣戦布告されたとき彼は二十八歳で、とくに病気を患っていたわけではない。「兵役忌避」という貧血じみた言葉は、この陽気で頑丈で機敏な男にはおよそ似合わないのだが、とはいっても、それ以外の言葉を選ぶこともできないのだ。戦時中、彼が外国で何をしていたのか、いまだに不明のままだった。

そんなわけで、この男をフルに活用することが決まった。この男が登場すれば、どんな筋書きも異様なほど活気づき、冒険の雰囲気に包まれる。だが、もっとも重要なことをまだこれから考え出さなければならなかった。というのも、ここまでのところは、ただ色彩があるだけで、確かに暖かくて生き生きとはしているけれども、色彩がばらばらの斑点となって浮遊しているにすぎない――今後はさらに、はっきりとした模様と鋭い線を見いだす必要があった。作家ルージンが小説を構想するにあたって、思わず色彩から手をつけてしまうのはこれが初めてだった。

こうした色彩が想像力のなかで鮮明になればなるほど、彼はタイプライターに向かうのが難しくなっていった。一ヶ月が経ち、二ヶ月が経ち、夏がやってきたが、彼はまだ見えてこないテーマに、この上なく立派な色彩をずっと着せつづけていた。ときおり、その本がすでに完成しているような気がすることがあり、組版がはっきりと見え、余白に赤い象形文字の入った校正刷りのページが見え、それから、手のなかではじけるような音を立てるできたての見本刷りが見えてくるのだが、そのあとに続くのはうっとりするほどすばらしいバラ色の霧で、それは今までのさまざまな失敗や、無名なままに終ったことを償う甘美なご褒美だった。彼は知り合いという知り合いの家を訪れ、自作について滔々と語った。ある亡命ロシア人新聞には、彼が長い沈黙の末に新作小説を執筆中だというコラムが載った。自分で書いて新聞社に送ったこのコラムを興奮して三度ほど読み返してから、彼は切り取って財布にしまったのだった。弁護士や有閑マダムたちが催す文学の夕べにも彼は以前より頻繁に姿をあらわすようになり、きっとみんなが自分のことを好奇心と尊敬のまなざしで見ているにちがいないと考えていた。雲行きの怪しいある夏の日のこと、彼は郊外へ出かけ、なかなか見つからない白いきのこを探しているあいだに夕立でずぶぬれになり、翌日には寝込んでしまった。闘病は孤独で、長くは続かず、その死は穏やかなものではなかった。亡命作家同盟の理事会は起立をして故人の霊に敬意を表した。

6

「きっと、全部こぼれ落ちてしまいますよ」とルージンはもう一度ハンドバッグを手にして言った。

彼女は素早く手を伸ばすと、ハンドバッグでテーブルをパタンと叩くようにして少し遠くへ押しやった――そうすることで、いけませんということを強調するかのように。「いつも何かをかまっていないと気が済まないのね」と彼女はやさしく言った。

ルージンは自分の手を見つめ、指を広げてはまた閉じたりした。爪は煙草で黄色くなってざらざらとささくれ、関節のところには太い横皺が伸び、少し下には短い毛がまばらに生えていた。彼はテーブルの上に手を置き、彼女の手と並べてみた。彼女の手は乳白色でやわらかそうで、短くきれいに爪が切ってあった。

「あなたのお父様にお会いできなかったのが、とても残念ですよ」少しして彼女はそう言った。

「お父様って、きっととても優しいお方で、とても真面目で、とてもあなたを愛していらしたんでしょうね」

ルージンは何も答えなかった。

「何でもいいからもっと話してくださいよ——ここでどんなふうに過ごしていたんです？　あなたがかつては子どもで、走り回ったり騒いだりしていたなんて、信じられないわ」

彼はまたステッキの上に両手を置いた——彼の顔の表情や、眠そうに垂れたまぶたや、あくびが出そうでわずかに開いた口の様子からして、もう退屈しはじめ、思い出すことにうんざりしているのだろうと彼女は結論を下した。それに、彼は昔を思い出すときもまったく平常心を失わない——一ヶ月前に父を亡くしたばかりだというのに、子どもの頃に父と過ごしたホテルを今こうしてながめていても涙も見せないということが、彼女には不思議に思えた。しかしこのような冷静さにさえ、ぎこちない言葉にさえ、そして、まるで寝ぼけて寝返りを打ってはまた眠り込んでしまうかのような彼の感情の鈍い動きにさえ、彼女は何か心を揺さぶるような、いわく言いがたい魅力をぼんやりと感じていて、それは初めて出会った日から彼女がずっと感じてきた魅力だった。また、さらに不思議なことに、父親にたいする彼の態度は明らかに冷めていたにもかかわらず、それでもやはり、彼は今回ほかならぬこの保養地の、ほかならぬこのホテルを選び、まるで、かつて目にした物や風景の助けを借りて心が震えるのを期待しているかのようだった。ホテルへの到着時から彼は際立っていて、小雨の降る、緑色と灰色の日に、毛羽立った不格好な帽子をかぶり、ばかでかいオーバーシューズを履いてホテルに姿をあらわしたのだが、専用バスからのっそりと降りてくる彼の姿をホテルの窓から眺めていた彼女は、この見知らぬ到来者が、保養地に滞在するほかの誰とも似ても似つかぬ特別な人物であると感じとった。その日の晩、その男がどこの誰であるかを彼女は知ったのである。レストランにいる誰もが、この太った陰気な男に注目していたのだが、男はむさぼるようにだらしなく食べては、ときどきテーブルクロスに指を走らせて考え込んだりしていた。彼女はチェスをやらなかったし、チェスのトーナメントにも一度も興味を持ったことがなかったのだが、どういうわけか彼の名前は知っていて、知らず知らずのうちに強く記憶に残っていた。ただ、最初にその名前を耳にしたのがいつだったか、彼女には思い出せなかった。長らく便秘に苦しみ、そのことばかり話したがる工場主がいて、単純だが善良で愉快な、なかなかおしゃれな男だったが、その工場主が突然、便秘のことなど忘れ、人々が鉱泉水を飲む回廊で、例の陰気な紳士についての驚くべき情報をいくつか教えてくれた。当の陰気な紳士はといえば、毛羽立った帽子を古いかんかん帽にかぶり替えて、円柱に埋め込まれたショーウィンドーの前にたち、売り物の手工芸品に見入っていた。「あなたと同郷者のあの人はね」と工場主は眉の動きで彼のほうを指し示しながら言った。「有名なチェス・プレイヤーですよ。トーナメントのためにフランスからやってきたんです。トーナメントは二ヶ月後にベルリンで開かれますがね。もしそこで勝てば、こんどは世界チャンピオンに挑戦するんです。お父さんが最近亡くなられたようですよ。ほら、新聞のここに、そういうことが全部載ってますよ」

彼女は、その人物と顔見知りになってロシア語で話してみたくなった——彼女にとって彼が魅力的に映ったのは、彼が不器用そうで、憂鬱そうで、低い折り襟のせいでなぜか音楽家のように見えたからだった——それに、このホテルにいる独身男性たちが決まってするように、彼女をじっと見つめたり、どうにか話すきっかけを見つけようとはしないところも気に入ったのだった。彼女自身はといえば、とびきりの美人というわけではなく、整った小さな顔立ちには何かが欠けていた。それはまるで、彼女のそのままの顔立ちに、言葉にしがたい何か大切なものをつけ加えて美人に仕上げてくれるような、最後の決定的な一押しがなされなかったかのようだ。だが、彼女はまだ二十五歳で、流行のカットにした髪が流れるように美しく、ふと振り返った瞬間に、例のありうべき調和がほのめかされ、最後の瞬間に果たされずに終ってしまった本物の美への約束が告げられるのだった。かなりシンプルでとても仕立ての良いワンピースを着て、なめらかな初々しい肌を少しばかり見せびらかすかのように、腕とうなじをあらわにしていた。彼女は裕福だった――父親がロシアでひと財産失い、それからドイツでひと財産儲けたのだ。母親がもうすぐこの保養地にやってくるはずだったが、ルージンがあらわれてからというもの、母の騒々しい到着のことを思うとなんだか嫌な感じがするようになりはじめていた。

彼女がルージンと知り合ったのは、彼がホテルに来てから三日目のことだったが、それはまるで古い小説か映画のなかのような出会いだった。女がハンカチを落として、男がそれを拾うというやつである――ただ、少し違っていたのは、彼女が男のほうの役にまわったことだ。小径で彼女の少し前を歩いていたルージンが、次々と物を落としていったのだ――ポケットのなかのごみがこびりついた異様に汚らしいチェックのハンカチ、折れて潰され中身が半分なくなってしまった煙草、胡桃、そしてフランスのフラン硬貨。彼女はハンカチと硬貨だけを拾い上げ、今度は何を落としてくれるのかと興味津々で彼のあとをゆっくりついていった。ルージンは右手にステッキを持ちながら歩き、木の幹やベンチがあるごとにそのステッキで触れ、左手はずっとポケットのなかを探っていたが、とうとう立ち止まると、ポケットを裏返して、そこにあいた穴をじっくり見はじめた。そうしているあいだにも、また硬貨が一枚落ちてきた。「すっかり穴があいていますね」彼女からハンカチを受け取ると、彼はドイツ語で言った（「まだありますよ、ほら、これも」彼女はロシア語で言った）。「まったく汚らしい布切れですね」続けてそう言った彼は、顔も上げず、ロシア語に切り替えることもなく、落とし物が戻ってきたのは当然だとでもいうように、驚いた様子が全然なかった。「あら、またそこに入れちゃだめですよ」彼女はそう言って笑いころげた。するとようやく彼は顔を上げ、不機嫌な表情で彼女を見た。うまく髭が剃れずに頬に傷のついた太った灰色の彼の顔に、放心したような奇妙な表情があらわれた。彼はすばらしい目をしていた——両目のあいだが狭く、わずかに斜視で、重いまぶたが半分閉じて埃におおわれているかのようだったが、そのふかふかした埃を通して青味がかったうるんだ輝きがこちらに向かってかすかに洩れてきて、その輝きには何か狂気にも似た、魅惑的なものが感じられた。「もう落とさないでくださいよ」彼女はそう言うと、彼の視線を背中に感じながら立ち去った。その晩、レストランに入ってきた彼女が思わず遠くから彼に微笑みかけると、彼は暗くゆがんだかすかな微笑みで応えたのだが、その微笑みは、テーブルからテーブルへと音もなく忍び寄るホテルの黒猫をときおり見つめるときの微笑みと同じだった。翌日彼は、洞窟と噴水と土器の小人のある庭園で彼女に歩み寄り、悲しげな太い声でハンカチとコインのお礼を述べはじめた（そのときから彼は漠然と、ほとんど無意識のうちに、彼女が何か落としはしないかと絶えず見守るようになった——それはまるで何か秘密のシンメトリーを回復させようとしているかのようだった）。「どういたしまして、どういたしまして」と彼女は応え、さらにそれと似たような言葉をたくさん口にした——本物の言葉の哀れな親戚たち——、早口で語られ、一時的に空虚を満たしてくれるこうした小さな屑のような言葉の何とたくさんあることか。彼女はそうした言葉を使いながらその無意味さを感じつつ、この保養地は気に入りましたか、長く滞在なさるのですか、ここのお水は飲まれましたか、とたずねた。彼は、気に入っています、長くなります、水は飲みます、と答えた。それから彼女は、その質問の馬鹿さ加減をわかっていながらも自分を抑えることができず、チェスをはじめてもう長いのですか、とたずねた。彼が何も答えずに顔をそむけてしまったので、彼女はうろたえ、昨日、今日、明日の天気の特徴を列挙しはじめた。彼は黙りつづけ、彼女も黙り込んで必死に会話のテーマを探そうとハンドバッグのなかをひっかき回しはじめたが、見つかったのは折れた櫛だけだった。すると彼は突然、彼女のほうを向いてこう言ったのだ。「十八年と三ヶ月と四日です」その言葉は彼女の心をうっとりするほど軽くしてくれ、その答えの優雅さが彼女を何だかいい気分にさせてくれた。ところがまもなく、今度は彼のほうが何か聞いてくれてもよさそうなものなのに、彼からは何の質問もなく、彼女がそこにいるのは当たり前だとでもいうような態度なので、彼女は少し腹立たしくなった。

「芸術家なのね、すごい芸術家なのね」彼女はよくそう考えた――彼の重々しい横顔や、太った前屈みのからだや、つねに湿っている額にはりつく黒い前髪を目にしながら。それはもしかすると、彼女がチェスのことをまったく何も知らず、彼女にとってチェスとは単なる室内ゲームとか、愉快な暇つぶしではなくて、芸術と見なされているあらゆるものに並ぶ、ひとつの神秘的芸術だったからかもしれない。こうした人々と彼女が出会うのは初めてだった――彼を誰かと比べるとしたら、才能ある奇人か音楽家か詩人くらいのもので、とはいえそのイメージときたら、ローマ皇帝とか異端審問官とか喜劇に出てくる吝嗇家みたいにはっきりかつぼんやりと知っているにすぎないのだが。彼女の記憶の中には、すぐに見て回れる程度のうす暗いギャラリーがあり、そこには、彼女の想像力を刺激した人物が全員ずらりと並んでいた。まずは、学校時代の記憶――短くて埃っぽい、路面電車も通らない通りに沿って、校舎の正面に変わった蔦がからむペテルブルグの女学校、そこに、ある地理教師がいて、彼は男子校でも教えているという——目が大きく額の白い男で髪は乱れ、肺病を病み（という噂）、ダライ・ラマに招かれたことがあり（という噂）、上級生のある女生徒に恋していて（という噂）、その女生徒というのが、白髪で青い目をした女教頭の姪で、その教頭の部屋はこざっぱりしていて、青い壁紙と白いペチカが心地よかった。地理教師はそれと同じ青色をバックに、青い空気につつまれて彼女の記憶に残り、いつもの癖であわてて騒がしく教室に早足で近づいてくるのだが、突如として溶けていなくなり、別の人物に場所を譲り、この人物もまた彼女のなかではほかの誰とも似ていない独特の存在だった。この人物が登場する前に女教頭の長々しい説教があり、笑ってはいけませんよ、どんなことがあっても笑ってはいけません、とのこと。それはソヴィエト政権最初の年のことで、クラスにいた四十人の女生徒のうち、残っているのは十七人だけで、「今日も授業があるのですか」という質問で教師を迎え、するといつもこんな答えが返ってきた。「まだ最終的な指示は届いていませんから」今から人民委員会のお方がいらっしゃるけれど、その方が何をおっしゃろうが、どんな振る舞いをなさろうが忍び笑いひとつ漏らしてはいけない、と女教頭は命じた。そして、そのお方が登場し、彼女の記憶のなかに住みついてしまったのだった、まったく別のとんでもない世界からやってきたとてつもなく滑稽な人間として。男は足が悪かったが、とても活発でじっとしていられず、目はきょろきょろと素早く動いていた。女生徒たちで満員の静まり返ったホールで、彼は片足を引きずりぎみにしながらも素早く動き、猿みたいに器用にくるりと向きを変えたりしながら、縦横無尽に歩き回った。そして、ヒールを二重につけた片足を器用にひきずって女生徒たちのすぐ前を通りすぎるとき、右手で空気を均等に薄く切り分けたり、ラシャを伸ばすようになでつけたりしながら、自分が担当する社会学の講義についての話や、間もなく男子校と合併される話などを口早に長々としゃべりまくるのだった——頰骨が痛み、のど元が引きつるほどに、笑いがこみ上げてきて抑えるのが大変だった。そして、そのあとがフィンランドでの記憶だ。フィンランドは、本物のロシアよりもっとロシアらしいところとして彼女の心のなかに残っているのだが、それは、おそらく、木造の別荘や、樅の木々や、針葉樹が映り込んで黒くなった湖面に浮かぶ白いボートがとりわけロシア的だと感じられ、ロシアの別荘地ベロオーストロフでは禁じられたものがとりわけ価値あるものに思えたからだろう。まだ別荘地生活の盛んな、まだペテルブルグ的な匂いのするこのフィンランドにおいて、彼女は遠くから何度か、ある有名な作家を目にしたのだった。彼はとても青白く、あごひげが目をひき、敵の飛行機が飛びはじめていた空をいつも見上げていた。そして奇妙にも、彼女の記憶のギャラリーでは、この作家はのちにクリミア戦争で片腕を失うことになるロシア人将校と隣り合っているのだが、彼女はその内気なおとなしい将校といっしょに夏はテニスをし、冬にはスキーを楽しんだ——その雪の日を思い出していると、突然、夜をバックにして、ふたたび有名な作家の別荘が浮かび上がり（作家が亡くなったのもその別荘だった）、きれいに雪かきされた小径が浮かび上がり、電燈に照らされた雪溜まりや、暗い雪の上の幻想的な筋が浮かび上がってくるのだ。それぞれに違った魅力を持つこうした人々は、各々の決まった色で記憶を彩っていた（青い地理教師、カーキ色の人民委員、作家の黒い服、樅の球果をラケットで打ち上げる白いテニスウェア姿の男）。そのあとに続くのはぼんやりとしたちらつきにすぎず、つまりはベルリンでの生活や、たまにおこなわれる舞踏会や、帝政支持の集会や、大勢の似たような人々があらわれてくるのだが、こうしたことはみな、まだまだ最近のできごとなので、記憶はどこに焦点を合わせてよいのかわからず、何が貴重で何が屑なのかを見分けることができずにいて、それに今はそんなことをしている暇はなかった。というのも、この無愛想で前代未聞の謎の男、彼女の知っている誰よりも魅力的なこの男が彼女のなかであまりに大きな場所を占めていたからだ。彼の芸術そのもの、つまりチェスそのものが彼女には神秘的だったし、チェスの見た目も、チェスで使われる記号もすべてが神秘的だった。毎晩夕食後に夜遅くまで彼が仕事に取り組んでいるのだと、彼女はほどなくして知った。だが、彼の夜の仕事を彼女は思い描くことができなかった。というのも、その仕事がイーゼルにも、グランドピアノにも結びつかないからで、彼女の思考は芸術を象徴するまさにそういうエンブレムを求めてしまうのだった。彼の部屋はホテルの一階にあって、葉巻を手に闇に包まれた庭園を散策する人々のなかには、彼の部屋のランプや、彼のうつむいた顔を見た者もいた。彼女はようやくのことで、彼が何も置いていないチェス盤に向かって座っているという情報をある人物から手に入れた。どうしても自分の目で見たくなり、最初に彼と言葉を交わしてから数日後のある晩、キョウチクトウに挟まれた小径を通って彼の部屋の窓に忍び寄った。ところが、突然気恥ずかしくなり、部屋には目をやらずに通り過ぎると、ホールから音楽が聞こえてくる並木道に出たが、やはり好奇心を抑えきれず、また窓のほうへ戻ると、こんどは、のぞきにきたのではないのだと自分に言い聞かせるためにわざと砂利を踏みしめて音を立てた。部屋の窓は開いていて、ブラインドもおりていなかったので、その明るい穴ぐらで、彼が上着を脱ぎ、首をふくらませてあくびをしているのを彼女は目にした。そのときの肩のゆっくりとした重たい動きは、彼女が大急ぎで暗がりを抜けてホテルの前の明るい場所へと立ち去るあいだ、何度も目の前で再現され、彼女はその動きのなかに、神秘的なすごい仕事を終えたあとの強烈な疲労感を見たような気がした。

実際、ルージンは疲れていた。最近の彼は、むやみやたらに多くの対局をこなしていたし、とくに彼を疲労困憊させたのは目隠し対局という彼が好んでやりたがったパフォーマンスだったが、報酬はかなりよかった。この目隠し対局に彼は底知れぬ喜びを見いだしていたのだが、それは、目と耳と手で駒に関わる必要がないからだった。駒というものは、ひどく手のこんだ彫刻や木という物質性によっていつも彼のじゃまをするので、目に見えないすばらしいチェスの力を覆い隠してしまう粗末で現世的な殻のように彼には思えた。目隠し対局をしていると、このチェスの力を様々な形で、元々の純粋な姿で感じ取ることができた。そういうとき、彼にはナイトの突き出したたてがみも見えず、ポーンのてかてかした頭も見えず、そのかわり、想像上のいくつもの正方形がしっかりと集中力で満たされるのを感じた──それゆえ、彼にとって駒の動とは、放電であり、打撃であり、稲妻であった。チェスの広野は緊迫で震え、彼は電気のパワーを集めては、ときにそれを解き放ちつつ、その緊迫を支配した。そんなふうにして、十五人、二十人、三十人を相手に対局をし、もちろん人数が多ければ多いほど対局に時間がかかり、それだけ疲労は増すのだが、こうした肉体的な疲労は思考のもたらす疲労と比べれば何ということはなかった──思考のもたらす疲れは、いわば、この世ならぬ次元において霊的スケールでおこなった対局にともなう緊張と至福がもたらす報いであった。それはさておき、目隠し対局とそこでの勝利にある種の慰めを彼は見いだしていた。実のところ、ここ数年間、彼はトーナメントでのツキを失ってしまい、幽霊のような邪魔が入り、彼が優勝するのを妨げるのだった。ヴァレンチノフは数年前、姿を消す直前にこのことを予言していた。「輝けるうちに輝きなさい」終戦後最初の、ロンドンでの忘れがたいトーナメント終了後（覇者は二十歳のロシア人）、彼はそう言ったのだ。「輝けるうちにね」とヴァレンチノフはおどけてもう一度言った。「神童にもうすぐ終わりが来るんだから」まさにこのことがヴァレンチノフにとってかなり重要なことだった。彼がルージンと関わりを持ったのは、あくまでルージンに希少価値があったからであった――ルージンは、ダックスフントの曲がった短い足のように、いくらか奇形的であるとはいえ、それゆえ魅惑的な希少な現象だったのだ。ルージンとの共同生活のあいだずっと、彼は絶えずルージンの天賦の才を励まして伸ばそうとしたが、人間としてのルージンには一瞬たりとも配慮しなかった――ヴァレンチノフだけではなく、生活そのものが人間としてのルージンを見落としてしまっているようにも見えた。ルージンのことを彼は、目を楽しませる怪物として金持ち連中に見せてまわり、ルージンを介して有力なコネを作り、数えきれないほどのトーナメントを企画したが、神童が単なる若手のチェス選手に変貌しつつあると察しはじめると、ようやくロシアの父のもとに連れ帰った――その後、自分が早まってしまったとわかると、つまり、希少価値としての余命がまだ二、三年残っているとわかると、なにか貴重品でも運ぶようにしてまたもやルージンを連れ去っていった。やがて、その余命も尽きてしまうと、うとましくなった愛人に手切れ金を贈るようにルージンにお金を贈って彼は姿を消した――次に見いだした気晴らしは映画関係の仕事で、それはまるで占星術のように神秘的な、写本を読んで星を探し出す（台本を読んでスターを探し出す）仕事だった。銀幕の哲学や、大衆の好み、そしてカメラレンズの屈折率に関する知識などを語り、それとともにかなりの金儲けをする、あの威勢がよくておしゃべりな、詐欺師のようにもったいぶった連中の仲間入りをしたヴァレンチノフはルージンの世界から降りたのだったが、そのことがルージンに安らぎを与えてくれた――悲恋を清算したときに感じるような、不思議な安らぎだった。まだロシア国内をチェス巡業していた頃、ルージンはヴァレンチノフにすぐになついてしまい、その後は、のんきでとらえどころがなくクールな父親にどれほど好きか言えないでいる息子のような態度で、彼はヴァレンチノフに接してきた。ヴァレンチノフはチェス選手としてのルージンにしか関心はなかった。アスリートにつきっきりのトレーナーが決められたメニューを情け容赦なく守らせるような、そんな一面もときにはヴァレンチノフには見られた。たとえば、チェス選手は煙草を吸ってもいいが（チェスにも煙草にもどこか東洋的なところがあるという理由で）、どんなことがあっても酒は飲んではいけないとヴァレンチノフは断言し、ふたりの共同生活のあいだはずっと、戦時中で閑散としていた一流ホテルのダイニングでも、通りがかりに入ったレストランでも、スイスの居酒屋でも、イタリアの食堂でも、ルージン青年には決まってミネラルウォーターを注文したのだった。食べ物に関しては、思考力が自由に働くようにとルージンには軽いメニューを選んだが、なぜだか（これもまた漠然と「東洋」に関係があるのだろうが）ルージンがもっと甘いものを好むようにしきりにすすめた。やがて、ルージンの場合は性欲の芽生えとチェスの才能が不可分であり、チェスは性欲が特殊な形で屈折したものだという独自の理論を打ち立てたヴァレンチノフは、ルージンが人間本来の方法で性欲という有益な緊張を解消し、貴重な力を浪費してしまうことを恐れ、彼を女性たちからなるべく遠ざけ、童貞らしい陰鬱さを見て楽しんでいた。そうした一連のすべてのことには、何かしら屈辱的なものがあった。ルージンはその当時のことを思い出しながら、ヴァレンチノフが優しい人間らしい言葉をひとこともかけてくれなかったことに気づいて驚いた。それでもやはり、あまりに居心地が悪くなって最終的にロシアをあとにしてから三年後にヴァレンチノフが姿を消してしまうと、支えを失ってしまったむなしさを感じたが、それは避けられないことなのだと納得し、ため息をつくと、くるりと振り返ってふたたびチェス盤に没頭した。戦後はトーナメントがより頻繁におこなわれるようになった。マンチェスターで指したときには、よぼよぼのイギリスチャンピオンと二日間戦ったあげくにドローに持ち込まれ、アムステルダムで指したときは決勝戦で制限時間を越えてしまったために負け、相手は興奮して叫びながらルージンの対局時計を思いっきり叩くありさまで、ローマで指したときはトゥラーティが自らの名高いオープニングを初めて使って勝ち、ほかにもたくさんの街で指したが、ルージンにとってはどの街も同じようなものだった――ホテル、タクシー、カフェやクラブのホール。これらの街や、均等間隔で立ち並ぶ黄色い街灯は（すぐそばを通り過ぎたかと思うと、不意に前に突き出て、広場の石の馬を取り囲む黄色い街灯の列）、木製の駒や白黒のチェス盤と同様に、見慣れた不要な殻にすぎず、生活のこうした外面は避けるわけにはいかないがまったくつまらないものだと彼は見なしていた。自分の身なりや日常生活にも同様に関心がなく、ただ曖昧な本能のままに、考え込むこともなく、下着はめったに換えず、夜になると機械的に時計のねじを巻き、カミソリはまったく切れなくなるまで同じものを使い、食事は気の向くままに簡単に済ませた――夕食には悲しき惰性でいつもミネラルウォーターを注文するのだが、その泡が鼻をつき、目の端をくすぐり、いなくなったヴァレンチノフをしのぶ涙を誘った。彼は自分が存在していることを、ほんのたまにしか気に留めなかった――たとえば、重いからだの復讐で息切れがして、階段の途中で口を開けたまま立ち止まったときや、歯が痛くなったときや、あるいは、夜更けにチェスに没頭しながら、手を伸ばしてマッチ箱を振ってみたもののカチャカチャ鳴る音が聞こえず、すると途端に、まるで誰かがいつのまにか彼の口に突っ込んだような煙草が急に大きくなって重たくなり、固くて生気のない物体と化し、彼の生命全体が煙草を吸いたいという欲求に集中するときくらいのものだった――それにしても、彼はいったいどれほどの量の煙草を無意識のうちに吸ってきたことか。およそ彼を取り巻く生活はぼんやりと単調なもので、生活上で何か苦労をするということがなかったので、まるで誰かが(目に見えない神秘のマネージャーが)、トーナメントからトーナメントへと彼を連れ回しているように思えることもあった。また、ときには不思議な感覚に襲われるときもあり、あまりの静けさにホテルの部屋のドアを開けて廊下をのぞくと、ほかのどのドアにも靴、靴、靴が並び、そんなとき、耳のなかで孤独がざわめくのだった。父がまだ生きていた頃のことだが、もし父がベルリンにやってきたなら父に会って、何か世話をしたり、何か話したりしなくてはならないだろうと考えるとルージンは気が滅入ったものだった――いつもニットのベストを着て、ルージンの肩を不器用に叩く、外見は陽気そうなこの老人がいやでたまらなかったのだ。それはまるで、顔をしかめて歯を食いしばってうめきながら追い払わずにはいられない、恥ずべき思い出のようなものだった。パリにいたルージンが父の葬儀にやって来なかったのは、何よりもまず死体や棺や花輪が恐ろしく、さらには、そうしたすべてと結びつく自分の責任が怖かったからだった――しばらく経ってからやっと、ルージンは墓地へ赴き、雨の降るなか、泥で重たくなったオーバーシューズを引きずって墓の合間をとぼとぼ歩いたのだが、父の墓は見つからず、木立の向こうに墓守らしい人影を見かけたものの、奇妙な無気力と臆病のせいで場所をたずねる気になれなかった。ルージンは襟を立て、待たせてあるタクシーのほうに向かって荒れ地をのろのろと歩いていった。父の死によってルージンの仕事が中断されることはなかった。今はベルリンでのトーナメントに向け、参加予定者のなかでも一番の強敵であるイタリア人トゥラーティの複雑なオープニングに対抗するディフェンスを考案するという、はっきりとした方向性のもとに準備を進めていた。このイタリア人選手は、チェスの最新の潮流の代表格とも言える存在で、対局の序盤で中央付近にポーンを集めずに両脇のポーンを前進させ、横から中央に向かって危険きわまりない影響力を発揮するのだった。キャスリングの心地よい安全策を毛嫌いする彼は、駒と駒とのあいだに意外すぎるほど意外な、とてつもなく奇抜な相互関係を作り出そうとするのだった。すでに一度、ルージンはトゥラーティと対戦して負けたことがあり、その敗北は彼にとって格別に不愉快なものとなった。というのもトゥラーティは、気質の面でも、対局のスタイルの面でも、見たことのないような駒の配置を好む点でも、ルージン自身とても似通っていたのだが、ただトゥラーティのほうが先を行っていたからだ。天才少年だった頃のルージンは、前代未聞の大胆さと、チェスの原則とでもいうべきものをまったく無視するやり方でベテランたちをあっと言わせたのだが、それも今では、トゥラーティの輝くばかりの過激な攻めの前では少し古くさく見えるようになっていた。ルージンが陥っていた状況は、ある種の芸術家が経験するものと似ていた——創作活動の初期において芸術の最先端だともてはやされ、独自の手法で一世を風靡したものの、ふと気づいてみれば、知らないうちに周囲で大きな変化が起きていて、どこの誰だか知らない奴らが現れ、かつては斬新だった彼の手法を古めかしいものにしてしまう、すると、何かを盗まれたような気がしてきて、自分を追い抜いた連中を恩知らずな模倣者と見なしはじめ、本当は何も進歩していない自らの芸術のなかで身動きもできない自分が悪いのだということがわからなくなってしまっている、そんな芸術家の状況と似ていた。

十八年あまりのチェス生活を振り返ってみると、まず、最初の頃の山のような勝利の数々が見え、そのあとに不思議な凪《なぎ》が見えてくるのだが、そこでは、そこかしこで勝利の閃光が見られるものの、いらつくような絶望的なドローが大半を占め、そのせいでいつのまにかルージンは慎重で、つかみどころのない、つまらない選手だという評判が立ってしまった。そして不思議なことに、想像力が大胆に働けば働くほど、トーナメントの合間に密かに準備しているときのひらめきが冴えれば冴えるほど、いざ対局が始まると彼は自分の無力さをぞっとするほど感じるようになり、おずおずとした用心深いプレーをしてしまうようになったのだった。かなり以前から国際グランドマスターの列に加わって名を馳せていたし、チェスの教則本にはかならず名前が載っていたし、他の五、六名と並んで次期世界チャンピオンの候補者だったのだが、そうした好意的な評価が得られたのはデビュー当時の躍進劇のおかげであって、そのせいで彼のまわりには光りのようなものが、選ばれし者の後光が、栄光のヴェールが漂っていたのだ。父の死は、自分が歩んできた道のりを確かめるひとつの道標のようなものになった。そこに向かって振り返ると、最近の歩みがいかにのんびりしているかを痛感してぞっとし、そう痛感するや、陰気な情熱が湧いて新たな算出に没頭した——彼が今、考案しようとしているものは、必要な一連の指し手が奏でる調和であり、目のくらむような戦術《ディフェンス》だったのだが、彼はすでにぼんやりとそれを予感していた。墓地への小旅行からベルリンのホテルへ帰った晩は、気分がすぐれなかった——動悸がして、妙な考えが浮かび、まるで脳が木でできていてラッカーを塗られているような感覚を憶えた。翌朝診てもらった医者は、どこか静かなところへ行って休息するように勧めてくれた。「できればまわりに緑のあるところとか……」と医者は言った。そしてルージンは目隠し対局の予約をキャンセルし、医者が「緑のあるところ」と口にしたときにすぐにはっきりと頭に浮かんだ場所へとやって来たのだった——世話好きな記憶力にぼんやりとした感謝の念を憶えさえした、というのも、彼の記憶がちょうどいい保養地の名前を折よく挙げてくれて、面倒なことは全部引き受けてくれて、すでに出来上がって準備の整ったホテルへと彼を落ち着かせてくれたのだ。

適度に美しく、彼を守って安らぎを与えてくれるこの緑の舞台装置のなかに身を置いてみると、確かに気分がよくなったように思えた。そして突然、よく見世物小屋で絵模様の紙の幕に星形の穴が空いて本物の人間の顔がそこから笑いかけてくるように、まったく思いがけない顔見知りの人物がどこからともなく現れ、まるで、これまでずっと消音器を通して鳴っていた声が突然、いつものくぐもりを振り払ってちゃんと鳴りはじめたかのように、その人物の声が話しはじめたのだ。この人物が顔見知りだと思われた理由をどうにか解明しようとしていた彼は、まったく見当違いであるとはいえ、あきれるほどの鮮明さで、うら若い娼婦の顔を思い出した——肩をあらわにし、黒いストッキングを履いたその娼婦は、名もない小さな街の暗い路地で、明かりの灯された戸口に立っていた。そして、ばかばかしい考えだが、今ここにいるのはまさしくあの女であり、誘惑的なルージュを洗い落としたかのようにいささか艶を失い、品のいい服に着替えたせいで、前よりも近づきやすくなったのだと、彼には思えたのだった。ルージンが彼女と出会い、自分が彼女と話していることに気づいてびっくりしたときの第一印象はそんなふうだった。彼の心には、自分の過去に散らばるいくつもの奇異な兆しに基づいて最上級の美女が幻覚のように浮かんでいたが、彼女がそこまで美しくはないことが少しくやしかった。彼はそのことには心の折り合いをつけ、彼女のおぼろげな原型のことは次第に忘れはじめて、そのかわり、本物の生きた人間が、こうして彼と話をしてくれて、彼のことをかまってくれて、彼に微笑んでくれることに安堵と誇らしさを感じるようになっていた。そして、鮮やかな黄色のスズメバチが鉄製のテーブルにとまって下向きに触角を動かしている庭園のテラスで、ルージンが唐突に、かつて子どもの頃にこのホテルに滞在していたときのことを話しはじめたその日、彼独自の恋の告白を静かな一連の指し手（その意味を自分でもぼんやりとしかわかっていない指し手）によって開始したのだった。「ねえ、何でもいいからもっと話してくださいよ」ルージンが不機嫌な顔で退屈そうに黙り込んだことに気づきながらも、彼女はもう一度そう言った。

彼はステッキにもたれかかるようにして腰かけたまま、陽に照らされた斜面に立つこの菩提樹をナイトとして動かせばあそこの電柱を取れるな、と考えながら、それと同時に、ついさっきいったい何について話していたのかを思い出そうとしていた。ボーイが鉤形にした指に一ダースの空のビールジョッキを引っ掛け、長い客室棟の前を走り抜けたとき、まさにあの客室棟で開催されたトーナメントのことを話していたのだと思い出し、ルージンはほっとした。彼は興奮し、からだが熱くなり、帽子がこめかみを締めつけたが、なぜこのように興奮してしまったのか、そのときの彼にはまだまったくわからなかった。「行ってみましょうか」と彼は言った。「お見せしますよ。今は誰もいないはずです。それに涼しいでしょうし」彼は重い足取りでステッキを引きずり、ステッキが砂利を鳴らして敷居のところでポンと跳ねると、先に建物に入った。「礼儀を知らない人ね」彼女はそう思い、思わず首を横に振ったが、何か少し違うとも感じた——礼儀の問題ではないと感じたのだ。「たぶん、ここではないかと思います」ルージンはそう言って、すぐ脇のドアを押した。火が燃え上がり、白衣の太った男が何か叫んでいて、塔のように積まれた小皿が人間の足を生やして走っていった。「いや、もっと先だ」ルージンはそう言って、廊下を先に進んだ。彼は別のドアを開けたが、あやうく転落しそうになった——そこには下に降りる小さな階段があり、その先に灌木とゴミの山があって、雌鶏がぴょこぴょことした足取りでおそるおそる逃げていった。「間違えました。おそらくこっちでしょう、右です」とルージンは言った。汗が熱いビーズ玉となって額にぎっしりたまっているのを感じ、帽子を脱いだ。ああ、広々として誰もいない、あの涼しいホールのイメージがこれほどはっきり頭に浮かぶのに、実際に見つけ出すのがこんなに難しいとは！「このドアを試してみましょう」と彼は言った。ドアには鍵がかかっているようだった。ドアノブを何度か回してみた。「どなたです?」不意にしゃがれ声がして、ベッドがきしんだ。「ちがう、ちがう」とルージンはぶつぶつ言ってさらに先へと進み、そのあと振り返って、立ち止まった――ひとりきりだった。「彼女はどこへ行ってしまった?」足踏みして辺りを見まわしながら、彼は声に出して言った。廊下。庭に面した窓。壁にはいくつもの正方形の小窓が仕掛けられた装置があって、小窓はホテルの各部屋を示していた。どこかでドアのベルが鳴り響いた。すると、ひとつの小窓から部屋番号が斜めに飛び出してきた。まさに悪夢のなかで道に迷ったかのように、彼は不安になり頭が混乱し、急いで引き返した。「変な冗談だ、変な冗談だ」と何度も何度も小声でつぶやきながら。彼が思いがけず庭に出ると、ベンチに座っているふたり連れが彼のことを興味深げに見つめた。不意に上のほうから笑い声が聞こえ、彼は顔を上げた。彼女が自分の部屋のバルコニーに立って笑っていた。両肘を手すりにつき、手のひらを頬に押しつけて、とがめるように、そして茶目っ気たっぷりにうなずきながら。彼女は、彼の大きな顔と斜めにかぶった帽子をながめながら、彼が今度はどう出てくるかと待ち受けた。「あなたが早すぎてついていけなかったんです」と彼女はまっすぐに立ち、何かを説明するかのように両手を広げて、叫ぶように言った。ルージンはうつむくと、建物に入っていった。もうすぐ彼が来て、彼女の部屋のドアをノックするだろうと予想し、部屋が散らかっているからと言って中には入れないでおこうと彼女は考えた。だが、ノックの音はしなかった。夕食をとりに下へ降りたが、レストランに彼の姿はなかった。「怒ってしまったのね」彼女はそう決め込んで、いつもより早く眠りについた。翌朝、彼女は散歩に出かけ、彼がいつものように庭のベンチに座って、新聞を手にして待っているのではないかと見渡してみた。庭にも回廊にも彼はいなかったので、彼抜きで散歩に出かけた。昼食にも彼があらわれず、ずっと前から彼のテーブルに目をつけていた老夫妻が彼に代わってそこに座っているのに気づくと、彼女はフロントへ行き、ルージン氏は病気なのかとたずねた。「ルージン氏は今朝、ベルリンにお発ちになりました」フロントの若い女性がそう答えた。

一時間後、彼の荷物がホテルに戻ってきた。ドアマンとボーイが、今朝運び出したばかりのいくつものトランクを事務的に平然と運び入れた。ルージンは駅からホテルへ歩いて帰っているところだった——気を落としたこの太った紳士は、靴がほこりで真っ白になり、暑さに押しつぶされそうだった。彼はベンチがあるたびに腰かけて休み、二度ほど野いちごを摘んで、そのすっぱさに顔をしかめた。砂利道を歩いていると、片手にビールの空き瓶を持った金髪の少年が自分のあとをちょこちょこ歩いてついてくるのに気づいた。少年はわざとルージンを追い越さないようにしながら、子ども特有の耐えがたい遠慮のなさでこちらを見つめている。ルージンが立ち止まった。少年もやはり立ち止まった。ルージンが動き出すと、少年もまた動き出した。ルージンは腹が立ち、うしろを振り返ってステッキでおどした。少年は立ちすくんだが、びっくりしたようなうれしいような笑顔を浮かべていた。「こいつめ……」とルージンは太い声をあげると、ステッキを持ち上げて少年のほうへ歩み寄った。少年はその場で飛び上がったかと思うと、走って逃げていった。ルージンはぶつぶつ言いながら鼻息荒く先に進んだ。不意に、とてもコントロールよく投げられた小石が、彼の肩甲骨に命中した。彼はウッと言って振り向いた。誰もいなかった——人気のない道、森、ヒースの木。「あいつ、殺してやる」とドイツ語で大声を出すと、スピードを上げ、背後からの射撃を恐れる人がするように（何かで読んだことがあったのだ）蛇行しながら、何の効力もないおどしの言葉を繰り返し口にして前進した。息をするのも苦しく、疲れ果てて、ホテルにたどり着いたときにはもう少しで泣き出してしまいそうだった。「考え直したんです」と通りすがりに、フロントの格子に向かって彼は言った。「考え直したんです、もう少しここにいます」「きっと自分の部屋にいる」階段をのぼりながら彼は声に出して言った。まるでドアに頭突きをくらわすようにして勢いよく彼女の部屋に入ったルージンは、ピンクのドレス姿で寝椅子に横たわる彼女がぼんやりと目に入ると、「こんにちは、こんにちは」と早口で言い、部屋のなかをぐるぐると円を描いて歩き回りはじめた。スマートに、軽やかに、楽しく、すべて事は済むだろうと予想したのだが、それと同時に興奮のせいでとても息が荒くなってしまった。「そういうわけで、先ほどの続きですが、あなたがわたしの奥様になるということをお伝えしなければなりません、ぜひこのことにご同意ください、立ち去ることはできなかったのです、絶対にできなかったのです、これからは何もかもが変わります、すばらしくなりますから」そこまで言い終えると、スチーム暖房のかたわらにある椅子に腰をおろし、彼は両手で顔をおおって嗚咽しはじめた。それから、片方の手でハンカチを探しはじめ、もう片方の手の指をひろげて顔を隠そうとしたが、指の間から、涙で揺れるかすかな光を通して、二重にぼやけてにじんだピンク色のドレスが見え、それはさらさらと音を立てて彼のほうに近づいてきたのだった。

「もういいですから、やめてください、やめてください」と彼女はなだめるような声で何度も言った。「大の大人が、こんなに泣くなんて」彼は彼女の肘をつかみ、何か冷たくて固いもの（手首の腕時計）にキスした。彼女は麦わら帽子を脱がせ、彼の額を撫でてあげた――そして、何かをつかもうとする彼の不器用な手の動きから逃れて素早く脇へしりぞいた。ルージンはハンカチに向かって鼻のラッパを大きく高らかに鳴らし、またもう一度鳴らした――そのあと、目と頬と口を拭くと、スチーム暖房にひじをつき、輝く濡れた瞳で前方を見つめながらほっとしてため息をついた。そのとき彼女にははっきりとわかった――好きだろうが好きではなかろうが、今となってはこの人を人生から追い出すことなど不可能だし、彼はもうしっかりと、べったりと、おそらくは末永く、ここに腰を据えて動かないのだ。それと同時に、この人をどうやって父と母に引き合わせたらよいのか、客間に腰をおろした彼はどんな振る舞いをするだろうかと考えてしまった――何しろ独特の色と形をした、次元の違う人間だし、どんな人ともどんな物とも合わない人間だし。

彼女はまず家族とその生活に、さらには家の家具にさえ、あれやこれやとルージンを重ね合わせてみてから、想像上のルージンを部屋に招き入れ、母親と会話をさせ、自家製の大きなピローグを食べさせ、外国で買った豪華なサモワールに彼の姿を映してみた――こうした想像上の訪問はいつもとんでもない破局を迎えた。ルージンが肩を不器用に動かして家を押し倒してしまい、まるで不安定な舞台装置のように崩れおちる家は埃だらけの深いため息をつくのだった。彼女の家はまさに高級マンションで、設備も整い、ベルリンの巨大なビルディングの二階にあった。ふたたび富を手にした彼女の両親は厳格にロシア風に暮らしはじめることに決めたのだが、それはどういうわけか、教会スラブ語の装飾文字や、悲しみに沈んだ貴族の令嬢を描いた絵葉書や、色鮮やかにトロイカか火の鳥が焼絵された漆塗り《パレフ》の小箱や、さらには、だいぶ前に廃刊になった美しい装丁の雑誌（古い地主屋敷や陶器のすばらしい写真が載っている）などと結びついていた。父が友人たちに語っていたところによれば、どこの誰とも知れない連中と会って仕事の話をしてきたあとに、本物のロシアの快適さに浸って本物のロシア料理をいただくのは格別の気分とのことだった。一時期は、ベルリン近郊の難民施設から連れてきた本物のロシア兵の従卒を召使いとして雇っていたのだが、これという理由もなく異様に無礼な態度を取りはじめたため、代わりにポーランド系のドイツ人女性を雇っていた。母親はがっしりとした腕の太い女性で、自分のことを「しっかりもの」とか「コサック」と呼び（『戦争と平和』のぼんやりとして歪んだ記憶によるものだ）、ロシア的主婦の役割を申し分なく果たし、神智学に傾倒し、ユダヤ人の発明だという理由でラジオを嫌っていた。すこぶるお人好しだが、へまをすることも多々あった。そして、自分のまわりに築き上げた、下品に塗りたくったような作り物のロシアを心から愛していたのだが、ときおり耐えがたいほど気がふさぐことがあった――彼女の言い方を借りれば「自分のロシアをそのままここへ持ってきた」はずなのに、何かが足りなくて、何が足りないのか正確にはわからなかった。娘のほうは、閑静なペテルブルグの屋敷とは似ても似つかぬ、この陳腐なマンションにはまったく関心がなかった――ペテルブルグの屋敷では、家具にも、さまざまな物たちにもそれぞれの魂があり、聖像箱には忘れがたいザクロ石の輝きと神秘的なオレンジの花があり、肘掛け椅子の絹の背もたれには太った利口そうな猫が刺繡されていて、とにかくいろいろな物や香りや陰影に満ちあふれ、そうしたものが一緒になって、うっとりするような、心をかきむしるような、他の何ものにも代え難いものを形作っていた。

彼らの家を訪れる若者たちは、彼女のことをとてもかわいらしいけれどもちょっと退屈なお嬢さんだと見なしていたが、母親は彼女のことを（薄笑いを浮かべて低い声で）家ではインテリゲンチアとデカダン派の代表者なのだと言っていた――それが、『詩の朗読』のなかで見つけたバリモントの詩を彼女が暗唱していたからなのか、それとも他の理由からなのかは不明だ。父親は彼女の自立心と、しとやかさと、微笑むときに目を伏せる独特な表情が気に入っていた。だが、彼女のなかの一番魅力的な部分を、まだ誰も突き止めることができずにいた。それは、かつて子どもの頃に（魂の直感力があやまつことのない時期に）心惹かれ、心を痛めたものだけをその後の人生において嗅ぎ分ける、魂の秘めた能力であり、楽しいことや感動的なことを探し出してくる能力であり、また、寄る辺なく不幸に生きるものにたいするやりきれない優しい哀れみを絶え間なく感じ続け、千キロ離れたシチリア島で毛むくじゃらのお腹をした細い足のロバの子が乱暴に殴られているのも感じ取るような秘めた能力であった。実際に虐げられている生き物に出会ったときには決まって、伝説にあるような日蝕の感覚に襲われ（説明不能な夜が訪れ、灰が宙を舞い、壁には血がにじみ出る）、もしも今――今すぐに――助けてやって、この他者の痛みを止めることがもしできないのなら（幸福にこそふさわしいこの世界に、このようなものが存在すること自体、まったく説明がつかない）、彼女自身が窒息して心臓が耐えきれず、死んでしまうであろう。それだから彼女は、いつも新たな熱情か新たな哀れみを予感しながら、密かな興奮のなかにつねに身を置いて生きていたのだ。そんな彼女のことを、犬を溺愛し、すぐにお金を貸してくれる女だと人は言っていたが、そんなつまらぬ噂を耳にすると、子どもの頃によくやったあのゲームの最中のような気がした――あなたが部屋を出て、他の連中は部屋にとどまり、あなたについての種々さまざまな意見を考え出す。あなたは座って、呼ばれるのを待ちながら、となりの部屋の声を盗み聞きしてしまわないように誠実にも何か歌を口ずさむ、あるいは、たまたまそこにあった本を開くと、解き放たれたバネのように小説の断片が飛び出し、意味のわからない会話の羅列が目に入る。となりの部屋でしばらく過ごした彼女を迎え入れるゲームの参加者のなかに、つまり、どんな意見を持っているかを彼女が当てなければならないこれらの参加者のなかに、今や、かなり無口で、腰の重たい、彼女のことをどう考えているのかさっぱりわからない人物が加わったのだった。そもそも彼は何の意見も持ち合わせていないのではないか、彼女の生活環境や暮らしぶりについてまったく想像しようともしないのではないか、だから、あんなとんでもないことを口にできたのではないか、彼女はそんなふうに疑っていた。

これだけ席を外せばもう十分だろうと判断し、彼女は髪を撫でつけながらうなじにそっと手を這わせ、微笑みを浮かべてホールに戻っていった。さきほど彼女に紹介されたばかりのルージンと母は、シュロの木のそばの籐椅子に座っていて、ルージンのほうは眉をひそめ、膝のうえに置いた場違いな麦わら帽子を見つめていた。彼女はその瞬間、ルージンが母にどんな印象を与えたかを想像して怖くなったが、それと同時に、彼がどんな言葉で彼女のことを話したかを想像して（もちろん、話したとしてのことだが）同じくらい怖くなってしまった。その前日、母が到着して、窓が北向きだの、ナイトテーブルのランプがつかないだのと文句をいいはじめて間もなく、彼女はそれまでしゃべっていた口調を変えないように努めながら、ルージンという著名なチェス選手ととても仲良くなったのだと打ち明けた。「たぶん芸名なんじゃないかしらね」と化粧ケースを探っていた母が言った。「ルービンシュテインとかアブラムソンみたいなものよ」「とっても、とっても有名なのよ」娘が続けた。「それにとても感じのいい人だし」「それより、私の石けんを一緒に探しておくれよ」

と母が言った。そして今、ふたりを紹介してから、レモネードを注文しにいくという口実で向かい合わせになったふたりを残してきた彼女だが、ホールに戻りつつ、あまりの恐怖と、取り返しのつかない破局が起こってしまったのではないかという激しい後悔のせいで、まだふたりに近づきもしないうちから大声で話し出し、絨毯の縁でつまずくと両手でバランスを取って大声で笑い出した。意味もなく麦わら帽子をもてあそぶ姿、沈黙、びっくりして輝いている母の瞳、彼がスチーム暖房を抱えて泣いた先日の記憶——そうしたすべてがあまりにも堪え難かった。だが突然、ルージンが顔を上げると、彼の口がいつもの陰気な微笑みに歪んだ——すると彼女の恐怖はたちまち消え去り、これから起こるかもしれない不幸が何かとんでもなく楽しいもので、起こったからといって何も変わらないような気がしてきた。ルージンは、まるで退却するために彼女を待っていたかのように、喉を鳴らして立ち上がると、立派に会釈をし（「品のない会釈」——その会釈を母の言語に翻訳し、彼女はうきうきしながらそんな言葉を思い浮かべた）、階段に向かって歩き出した。途中で、レモネードのグラスをトレーに載せて運んでくるボーイに出くわした。彼はボーイを呼び止めてグラスをひとつ手にとると、それをからだの前で慎重に捧げ持って液体の揺れる動きを眉でまねしながら、階段をゆっくりと上りはじめた。階段を折り返して彼が姿を消すと、彼女は大げさすぎるほど丁寧にストローの薄紙をはがしはじめた。「品がないわね」母はかなりの大声でそう言い、娘はといえば、外国語の単語を辞書で調べたら予想通りの意味だったときに味わうのと同じ満足感をおぼえた。「あんなのは人間じゃないわ」怒りと驚きをぶちまけて母は続けた。「あれはいったい何なの？　だって、あんなの人間じゃないでしょう。私のことをマダムって呼んだのよ、ただマダムって、まるで店員みたいじゃない。人間じゃないわ、あれが何なのか誰にもわからないわよ。それに彼は、きっとソ連のパスポートを持っているんだわ。そう、ボリシェヴィキよ、ボリシェヴィキっていうだけのことだわ。私なんて、馬鹿みたいに座っていただけよ。まあ、くだらないおしゃべりばかりで。シャツの袖がまったく汚らしかったわ。あなた気がついた？　まったく汚らしくてぼろぼろだったわよ」

「くだらないおしゃべりって、何について？」彼女は微笑みながら上目遣いにそうたずねた。

「ええ、マダム、いいえ、マダム。ここは心地よい雰囲気ですね。雰囲気と来たわ、どうよ？　ご立派な言葉よね？　私はね、何でもいいからとにかく話そうと思って、ロシアを出てからだいぶ長いのですかって聞いたの。そしたら、黙っているだけ。ただ黙っているのよ。彼はそれからあなたのことを話したわ、清涼飲料がお好きなんですねって。清涼飲料がどうだっていうの！　それにあのひどい顔ときたら何よ、あの顔ときたら。だめよ、だめよ、なるべく距離を置きなさい、あんな……」

意見を当てる例のゲームを続けながら、彼女はルージンのところへ急いだ。失敗に終った旅立ちのあいだに、彼の部屋は他の客に明け渡されてしまい、今は上階の別の部屋に移っていた。彼はデスクに両肘をついて、まるで悲しみに打ちひしがれたかのように座っていて、火を消しきれていない煙草が灰皿でくすぶっていた。机にも床にも、鉛筆で何かをびっしり書き込んだ紙切れが散らばっていた。請求書かな、と彼女はちらっと思ったが、あまりに枚数が多いことにびっくりした。窓から入り込んでいた風が、彼女がドアを開けたときに突風となり、するとルージンは物思いからさめて床の紙切れを拾い、彼女に微笑みかけて目をしばたたかせながら紙切れをきちょうめんに揃えた。「それで？　どうでした？」彼女はたずねた。「対局するときには形をなしてくるものです」とルージンは言った。「ただ単に、可能性をいくつかメモしていただけですよ」彼女は、扉を間違えてしまい、行こうとしていた所とは別の所へ来てしまったような気がしたが、この思いがけない世界は心地よくて、意見を当てるゲームをしていたあの世界へ戻りたくなくなってしまった。だが、ルージンはチェスの話を続けるのではなく、そうではなくて、椅子に掛けたまま彼女に近づいてくると、優しさに震える手で彼女の腰をつかみ、どうやって取りかかったらよいのかわからないまま、彼女を膝の上にすわらせようとした。彼女は彼の肩に手を押しつけて突っ張り、まるで紙切れを見つめるようにして顔をそむけた。「これは何なの？」彼女はたずねた。「何でもありません」とルージンは言った。「いろんな対局の記録なんです」「放してください」かん高い声で彼女が訴えた。「いろんな対局の記録なんです、記録なんです……」ルージンは同じ言葉をくり返しながら、彼女を自分のほうへ押しつけるように抱き寄せ、細めた目で彼女の首筋を下から上まで眺めた。彼の顔が不意にゆがみ、目が一瞬、表情を失った。そのあと彼の顔立ちがなんだか柔らかくなって、両手が自然にゆるみ、彼女は腹を立てながら彼から離れたのだが、なぜ腹を立てているのか自分でもわからず、彼が彼女を解放したことに驚いてもいた。ルージンは咳払いをしてから、よくわからないおどけた表情で彼女を目で追いながら、むさぼるように煙草を吸った。「来なければよかったかしら」彼女は言った。「第一、仕事の邪魔をしてしまいましたし……」「まったくそんなことありません」ルージンは思いがけない陽気さでそう答え、膝をポンと叩いた。「それに、本当は、あなたがどんな印象を持ったか知りたくて来たんですよ」「上流社会のご婦人です」ルージンは言った。「すぐにわかりました」

「ちょっといいですか」相変らず腹を立てたまま、彼女は大きな声を上げた。「あなたは教育というものを受けたことがあるんですか？　学校へ行ったことはありますか？　そもそもあなたは人と会って、人と話したことがあるんですか？」

「ぼくはたくさん旅をしました」ルージンは言った。「あちこちと、あらゆるところをね。どこも少し滞在しただけですが」

「ここはどこ？　この人は何なの？　これからいったいどうなるの？」彼女は心のなかで自分に問いただし、部屋を眺め回した――紙切れが散らばった机、しわくちゃになったベッド、「ジレット」の錆びた替刃が転がった洗面台、半開きになった引き出しから蛇のように飛び出している赤い水玉模様の入った緑のネクタイ。そして、この散らかった味気のない空間の真ん中には、幻のような芸術にたずさわる誰よりも難解な人間が座っていた。彼女はどうにか踏みとどまろうとした。彼のあらゆる欠点と異様さを生け捕りにして、この人は自分には似合わないと、きっぱり自分に言い聞かせようとした――と同時に、きわめて鮮明に、教会でこの人はどんな振る舞いをするだろうか、この人に燕尾服姿は似合うだろうかなどと心配してしまうのだった。

7

ふたりはもちろん別れなかった。哀れなご婦人は、自分の娘と怪しげなルージン氏が離れがたい仲だと気づきはじめ、恐ろしくなった――ふたりのあいだには、彼女にはよくわからない会話や、まなざしや、オーラのようなものが交わされていて、それが彼女には危険すぎるように思われたので、嫌悪感をどうにか我慢して、ルージンをなるべく自分のそばにいさせるようにしようと決心した――それは、彼のことをもう少しわかりたいというためでもあったが、一番の理由は、娘があまり頻繁に姿を消して彼のところへ行かないようにするためだった。ルージンの職業はどうでもいいような、馬鹿げたもの……。こんな職業が存在するなんて、呪わしき現代のせいだとしか思えない、無意味な競技記録に執着する現代人の趣味のせいだとしか思えない（太陽まで飛びたがる飛行機たち、マラソン、オリンピック競技……）。かつて彼女が青春時代を過ごしたロシアでは、チェスだけで食べている人間なんてありえなかったのではないか、と彼女は考えた。とはいえ、今の時代だってそんな人間は見たことも聞いたこともないので、チェスはカモフラージュかフェイントのようなものではないのだろうか、ルージンは何かまったく別のことにたずさわっているのではないだろうかというぼんやりとした疑念が彼女のなかに生じた——この狡猾な悪党が無邪気なゲームの背後に隠している怪しい、犯罪の匂いのする活動のことを想像すると（フリーメイソンかもしれない）、彼女は息が止まりそうになるのだった。しかしながら、そうした疑惑は少しずつ消えていった。こんな間抜けな男が手の込んだ悪巧みを成しとげるなんて、考えられるだろうか？　それに、この男はじっさいに有名人なのだし。自分のまったく知らない名前が世間に知れ渡っているということに、彼女は驚き、少しいらついた（ただ、昔たまたまその名を耳にしたことがあり、その響きは遠い親戚の人物と結びついていた。ルージンとかいう地主がその親戚のところへよく来ていたのだ）。保養地のホテルに滞在するドイツ人たちは、聞き慣れないロシア語特有の「ジ」の摩擦音を見事に克服し、恭しくその名を発音していた。ベルリンで出ているイラスト入り雑誌の最新号を娘が見せてくれたのだが、クイズとクロスワードのページに、最近ルージンが勝利した注目すべき対局とやらが掲載されていた。「それにしても、どうしてこんなつまらないことに熱中できるのかしら？」ぼう然として娘を見据えながら、彼女は叫ぶようにそう言った。「こんなくだらないことで人生を浪費するなんて……。ほら、あなたの伯父さんだって、チェスも、トランプも、ビリヤードも、何だって上手だったけれど、伯父さんにはちゃんとお仕事もあって、キャリアもあって、全部そろっていたわ」「彼にもキャリアはあるわよ」と娘は答えた。「それに、本当に本当に彼は有名なんだから。お母さんがチェスに一度も興味を持ったことがないからといって、誰が悪いわけでもないけど」「手品師だって有名な人くらいいっぱいいるわよ」彼女は不満そうにそう言ったが、それでも少し考え込んだ末、ルージンの名声が彼の存在をいくらかは正当化しているのだと心のなかで結論づけた。とはいうものの、彼の存在はやはり不快だった。とくに彼女がいやだったのは、彼がどうにか工夫してかならず彼女に背を向けて腰かけようとすることだった。「背中を向けて話すのよ、あの人は、背中を向けて」彼女は訴えるように言った。「人間らしい会話というものがまったくないのよ、ほんとうに。真面目な話、あの人と話していると、何か異常としか言えないものを感じるわ」ルージンは一度として彼女に何かをたずねることもなかったし、どうにも嚙み合わなくなった会話を立て直そうと努力することもなかった。日差しがまだら模様を作る小径で、何度か忘れがたい散歩をしたことがあった——あちこちに心地よい日陰があり、気の利いたどこかの天才がちゃんとそこにベンチを配置してくれていた——この忘れがたい散歩のあいだじゅうずっと、ルージンの足の一歩一歩が彼女を侮辱しているように感じられたのだ。肥満と息切れをものともせずに、彼が突然、異様なほどスピードを上げると、同伴者たちは取り残され、母は唇をきつく結んだまま娘を見つめ、絞り出すようなささやき声で娘にこう言うのだった——もしこの記録破りの駆け足が続くのなら、今すぐに（いいこと？　今すぐによ！）家に帰るつもりだと。「ルージン！」と娘は呼んだ。「ひと休みしたら？　疲れてしまうわよ」（娘が彼のことを苗字で呼んだのも不愉快だった——だが、彼女がそのことを指摘すると、娘は笑ってこんなふうに答えるのだった。「ツルゲーネフに出てくる娘たちもそうやって呼んでいたわよ。何がいけないの？」）ルージンはすぐに振り返ると、ゆがんだ薄笑いを浮かべてベンチに腰をおろした。すぐそばには、金属の網でできた屑入れがあった。彼はいつものようにポケットをひっかき回し、何かの紙切れを見つけると、几帳面にそれを細かく破って屑入れに投げ込み、そのあと、くっくっと声を上げて笑った。彼のちょっとしたいたずらの一例だ。

それでも、三人一緒の散歩であったにもかかわらず、娘とルージンはふたりきりになる時間を見つけだし、そうした逢い引きのあとには、母はちょっとした悪意を込めて娘に問いただしたものだった――「で？　彼とキスでもしてきたの？　キスしたのね？　絶対そうよ、キスしたんだわ」けれど、本人はただため息をつき、退屈を装ってこう答えた。「ねえ、ママ、よくそんなことが口にできるわね……」「激しい長いキスなんでしょ」――彼女はそう決め込んで、夫に手紙を書き、自分が不幸で不安だということと、娘が危険な陰気野郎とあり得ないアヴァンチュールをしていることを知らせた。夫は、ベルリンに戻ってくるか、別の保養地に移ることを勧めてきた。「何もわかっちゃいないんだわ」と彼女は考えた。「まあ、いいわ。もうすぐ全部終るんだから。われらがおぼっちゃまは、もう出発するんだから」

ルージンがベルリンに発つ三日前になって突然、あるちょっとした出来ごとが起こり、それが彼女のルージンにたいする態度を大きく変えることはなかったにせよ、彼女を何となく感動させたのだった。彼らは三人で散歩に出かけていた。空気が止まったような八月の夕方で、絞りきって潰しまくったオレンジのような、ものすごい夕焼けだった。「なんだか寒くなってきたわ」と彼女が言った。「何か持ってきてくれるかしら」すると娘はうなずき、草の茎をしゃぶりながら「ふん、ふん」と言って、両手を少し振り回すような仕草でホテルへ急いで舞い戻っていった。

「うちの娘はかわいいでしょう、そう思いませんか？　脚もすらっとしているし」

ルージンはうなずいた。

「火曜日に発たれるということでしたよね？　で、そのあとは、試合が終ったらパリへ戻られるのでしょう?」

ルージンはふたたびうなずいた。

「でも、パリにもそれほど長くはいらっしゃらないのでしょう? またどこかへ招待されて出場されるのでしょうね?」

まさにそのときだった。ルージンはあたりを見回して、ステッキを遠くに向けた。

「小径でした」彼は言った。「いいですか、小径だったんです。私は歩いていました。そこで私が誰に出会ったと思いますか。いったい誰だと思います? 神話から飛び出してきたやつです。キューピッドなんです。でも、矢じゃなくて、小石を持っていました。その小石が私に命中したんですよ」

「何のお話ですか?」と彼女は不安に駆られて言った。

「いいえ、そのまま聞いてください、お願いですから」ルージンは指を一本立ててそう叫んだ。

「聞いてもらわなくてはならないんです」

彼は彼女に近寄って、奇妙な具合に口を少しあけたので、そのせいで、苦難に満ちた優しさとでも言うべき、いつもとは違う表情が彼の顔にあらわれた。

「あなたは善良で、思いやりのある女性です」彼はゆっくりと言葉を強調してそう言った。「ここに、謹んで、お嬢様との結婚をお許しいただきたく存じます」

あたかも芝居の台詞を言い終えたかのように、彼はくるりと別のほうを向いてしまい、ステッキで砂の上に模様を描きはじめた。

「はい、ショールよ」背後から、息を切らした娘の声がして、肩にショールが掛けられた。「いいの、暑いから、いらないわ、ショールなんか……」

その日の夕方の散歩は、いつにもまして黙りがちだった。ルージンにどうしても言わなければならない言葉が、彼女の頭のなかを駆け巡っていた——経済面のことをそれとなく聞いてみなければ——たぶん、金持ちではない、ホテルだって一番安い部屋に泊まっているし。それに、娘ともきちんと真面目に話し合ってわかってもらわなくては。とても考えられないような結婚だし、このうえなく馬鹿げたもくろみにすぎないのだから。だが、そうやっていろいろと考えをめぐらせたにもかかわらず、彼女にはルージンがあれほど気を昂らせて、あんなふうに旧式に、まず自分に申し出てくれたことがうれしかった。

「事件が起きたわよ、おめでとう」その晩、彼女は娘にそう言った。「関係ないような顔をしないでよ、ちゃんとわかっているんでしょう? 結婚したいんですってね」

「ママと彼が話し合ったって意味ないじゃない」と娘は答えた。「私と彼だけの問題なんだから」

「最初に出会ったろくでなしのところに嫁ぐなんて……」彼女はむっとしてそんなことを言いはじめた。

「やめてよ」娘は冷静に言った。「これはママとは関係ないことよ」

そして、とても考えられないようなもくろみだと思われたそのことが、驚くべき速さで進展していった。出発の前夜、ルージンは丈の長いパジャマ姿で自室のバルコニーに立ち、黒い木の葉から揺れながら解放されていく月を眺めていたのだが、対トゥラーティ戦でルージンが使うディフェンスに応じた予期せぬ反撃のことを考えつつも、そうしたチェスの思考を通り抜けて耳鳴りのように響き続ける声に耳を傾けていた——その声はいくつもの長い直線となって彼の存在を縦横無尽に貫き、主要な地点をすべて支配した。それは、たった今ここで、彼女と交わしたばかりの会話の残響だった――彼女はまたもや彼の膝の上にすわり、約束してくれた、約束してくれた、約束してくれたのだ。二、三日したらベルリンに戻ると、もし母がここに残りたがったら自分ひとりで戻ると。目覚まし時計の光り輝く半球型のベルが夢を貫くようにして浮上した途端に、夢がはじけて散り散りになってしまうことがあるが、そんな夢と同様に彼女が消えてしまうことはないのだという確信、彼女が自分についてくるのだという確信――この確信と比べれば、彼女を膝の上に乗せて抱きしめていることなど、たいしたことではなかった。片方の肩で彼の胸にもたれたまま、彼女が指でそっと彼のまぶたをもう少し持ち上げようとしたのだが、すると、眼球を軽く押しつけられたせいで奇妙な黒い光が飛び跳ねた――その飛び跳ね方はあたかも、一番最近の対局のときと同様にトゥラーティがもし七手目でポーンを動かしたとして、ルージンの黒のナイトが単純にそのポーンを取りにいくときの飛び跳ね方とそっくりだった。ナイトは、もちろん失われてしまうのだが、その損失は黒の巧妙な攻撃が埋め合わせてくれて、その時点で黒のほうに勝算が生まれる。たしかに、クィーンサイドに弱点はあった、それは弱点というよりちょっとした疑念だった――こんなのはすべて幻想であり、花火みたいなものではないのかという疑念、それに、自分は耐えきれるだろうか、心臓は耐えきれるだろうか、あるいはまた、耳のなかで響く声はやはり裏切って、自分についてこないのではないかという疑念。だが、月はごつごつした黒い枝の陰からすっかり姿をあらわした――まん丸な重みのある月、勝利の明らかなしるしだ――そして、ルージンがやっと向き直って部屋に踏み込んだとき、その床にはすでに月光の巨大な正方形が横たわり、その光のなかには――彼自身の影がいた。

8

フィアンセにはどうでもいいようなことが、思ってもみなかった感動をルージンに与えた。それは空気そのものがロシアの民族衣装サラファンのようだという評判のマンションで、ルージンがそこを訪れたのは、とにかく粘り強いハンガリー人を退けて最初のポイントを稼いだ直後のことだった――確かにその対局は四十手で中断し指し掛けになっていたものの、その後の展開をルージンは完全に読み切っていた。顔のない運転手にむかって葉書(「到着しました。夜、いらしてください」)に書かれた住所を読み上げ、ぼんやりとした気後れを人知れず克服して、ライオンの顎から鉄の輪を慎重に引っぱり出してみた。ノックは即座に効果をあらわし、扉が勢いよく開いた。「あら、コートも着ないでどうしたんです？　入れてあげませんよ……」しかし、彼はすでに敷居をまたいでいて、片方の腕を振り、頭をぐるりと回して息切れをおさめようとしていた。素敵な抱擁に向けて準備が整うと、「プフーフ、プフーフ」と大きく息をついたのだが、そのとき突然気づいたことには、すでに横に広げられた左手は不要なステッキを握っていて、右手は、おそらくタクシーで支払いを済ませたときからずっと、財布を握っていたのだった。「またその黒い帽子なのね……。あら、どうなさったの、そんなに固まっちゃって。さあ、こっちへいらして」ステッキは花瓶のようなものにうまく入り込んだ。ポケットに押し込もうとした財布は、一度は失敗したものの、二度目でしかるべき場所に落ちついた。帽子はフックに吊り下がった。「やっと着きましたよ」とルージンは言った。「プフーフ、プフーフ」彼女はすでに玄関の間の奥へと遠ざかっていて、うれしそうに上目遣いでルージンを見つめながら、むき出しの腕を伸ばしてドアを横に押しやった。ドアのすぐ上の壁には大きな明るい色彩の油絵が掛かっていて、すぐさま目に入ってきた。ふだんのルージンならそのようなものには気をとめないのだが、ぎらつくライトのせいで油絵の色彩が日射病のように彼を襲ったため、目に入ってきたのだった。赤いプラトークを眉までかぶった農婦がリンゴをほおばっている絵で、木の塀に映った彼女の影も、もうひと回り大きいリンゴを食べていた。「ロシアの農婦ですね」ルージンは美味しいものを目の前にしたようにそう言って、笑い出した。「さあ入ってください、どうぞ、どうぞ。そのテーブル、ひっくり返さないでくださいね」客間に入ると、どういうわけか全身が満足感で緩みきってしまい、トーナメントでなぜかいつも着ているビロードのベストの下では、彼の腹が笑いに震えて感極まっていた。すりガラス製のあめ玉みたいな飾りのついたシャンデリアが、妙になじみ深い振動を起こして彼に応えた——アンティークの長椅子の脚が映り込む黄色い寄木の床にはグランドピアノが置いてあり、その前には、まるで輝く床の深い空間を飛んでいるかのように、シロクマの毛皮が手足を伸ばしていた。部屋には小さなテーブルやバーや棚が無数にあり、そこにはありとあらゆる派手な小物が飾ってあって、ピラミッド型の飾り棚にはルーブル銀貨のようなものが銀色に輝いていたし、鏡のフレームからは孔雀の羽根が一本そそり立っていた。そして、壁には絵がたくさん掛かっていた——またもや色鮮やかなプラトーク姿の農婦たち、白い駄馬に跨《またが》った黄金に輝くロシアの英雄、青白い雪の羽根布団を掛けた農家……。ルージンにとっては、こうしたすべてが感動的なけばけばしい輝きとなってひとつに溶け合い、そこから一瞬だけ個々の物体が飛び出してくると——陶器のヘラジカ、暗い目をしたイコン——、ふたたびうれしさのあまり目の中でさざ波が起きるのだ。北極産の毛皮に彼がつまずいて端がめくれ上がると、レース模様の赤い裏地が見えた。もう十年以上も彼はロシア風の家に足を踏み入れたことがなかったので、こうして今、見本市さながらに、飾り立てたロシアがにぎやかに展示された家に身を置き、思わず手を打ち鳴らしたくなるような、子供っぽい歓喜を覚えた——こんなに心が軽くなり、心地よい気分になるのは生まれて初めてだった。「復活祭のときのものですね」金色の模様がほどこされた大きな木製卵を小指で指し（慈善ダンスパーティでのくじ引きで当てた賞品）、彼は確信を持ってそう言った。その瞬間、両開きの白いドアが開け放たれて急ぎ足で入ってきたのは、歩きながらすでに片手を差し出しつつ、鼻眼鏡をかけて前髪を立てた、いやに姿勢の良い紳士だった。「ようこそ。お会いできてうれしいですよ」紳士はそう言うと同時に、まるで手品師のように、アレクサンドル一世の鷲の紋章が蓋に描かれたハンドメイドの煙草入れを開いた。「吸い口のついたやつですね」ルージンは中の煙草を横目で見てから言った。「そういう類のものは吸わないんですよ。そういうのでなくて……」彼は、あちこちのポケットをくまなく探して、紙のパッケージからこぼれ出た太巻きの煙草を数本取り出した——そのうちの何本かを手から落としてしまい、紳士が如才なくそれを拾いあげた。「おーい、灰皿をこっちに持ってきてくれないか」と彼は言った。「どうぞおすわりください。失礼ですが、フルネームは何とおっしゃるので？」クリスタルガラスの灰皿がふたりのあいだに置かれ、同時にふたりが手を伸ばしたので、煙草の先端同士がぶつかり合ってしまった。「失礼《ジャドゥブ》」曲がってしまった煙草をまっすぐに伸ばしながら、ルージンはチェス用語を使って優しくそう言った。「いえいえ、気になさらずに」紳士は早口で言い、急に鼻をすぼめると、そこから二本の細い煙を吹き出した。「さてさて、安らかなるわれらがベルリンへようこそいらっしゃいました。娘から聞きましたが、選手権に出られるためにいらしたとか」彼は糊のきいたカフスのボタンを外し、両手を腰に当ててからだを反らせ、言葉を続けた。「ところで、いつも疑問に思うのですが、こうすれば必ず勝つというやり方がチェスにはあるのでしょうか？　私が言っていることがおわかりにならないでしょうか、ただ、あなたにお聞きしたかったのは……失礼、フルネームは何とおっしゃるので？」「いや、わかりますよ」考え込んだ末にルージンが言った。「チェスには静かな手と力強い手があるんです。力強い手というのは……」「そうそう、それを聞きたかったんですよ」紳士はうなずき始めた。「力強い手というのはですね」ルージンはうれしそうに声を高めて続けた。「絶対的な優位をすぐさまもたらしてくれる指し手のことです。たとえば、相手の重要な駒を取って二重王手《ダブルチェック》をかけるとか、あるいはポーンがクィーンの階級に昇格するとか。まあ、ほかにもありますが。ほかにもいろいろと。一方、静かな手というのは……」「なるほど、なるほど」と紳士が言った。「それで、選手権というのはだいたい何日間くらい続くものなんですか？」「静かな手というのはですね、それはつまり策略であり、罠であり、相手を混乱させることなのです」懇切丁寧に答えようとしているうちに、ルージンは自らその話題に熱中してしまっていた。「対局の場面を何か例にあげてみましょうか。たとえば白が……」彼は灰皿を見つめたまま考え込んだ。「残念ですが」と紳士はいらいらして言った。「私はチェスのことが全然わかりませんのでして。私がお聞きしたかったのは、ただ……。いや、もういいんです、つまらないことですから。さあ、そろそろダイニングルームへ行きましょうか。なあ、おまえ、お茶の用意はできているんだろう?」「そうだ!」ルージンが叫んだ。「今日指し掛けになった、終盤戦の配置を考えてみるのが手っ取り早いですね。白は、キングc3、ルークa1、ナイトd5、ポーンb3とc4です。それで黒は……」「複雑なんですね、チェスというのは」紳士は素早く言葉をはさむと、はじかれたように立ち上がって、黒側の文字や数字が溢れ出てくるのをさえぎろうとした。「そこで、こう仮定してみましょう」ルージンは重々しい口調で言った。「黒が、この局面における最良の手を指す、つまりe6をg5に進めるのです。それに対して、こんどは私が静かな指し手で応じるのです、どういう指し手かというと……」ルージンは目を細め、そっとキスするかのように唇をすぼめて、ほとんどささやき声で、言葉でもなく、指し手の単なる記号でもない、最高に優しく限りなく壊れやすい何かを発音した。翌日、この指し手を盤上で実践したときにも、ルージンの顔には同じ表情が浮かんでいた——幼児の顔から小さな羽毛を吹き飛ばそうとしている人の表情だ。対戦相手のハンガリー人は、夜を徹して(ドローに持ち込めるような)ありとあらゆる可能な指し手を調べ上げたせいで顔が黄色くなっていたが、この秘められた連続技《コンビネーション》だけは見落としていた。彼は盤に向かって考え込んだまま固まってしまい、その間ルージンはもったいぶった咳払いなどしながら、愛しげに、指したばかりの手を用紙に書き込んでいた。間もなくハンガリー人選手は投了し、ルージンは次にロシア人同士の対局を迎えることになった。この対局は興味深い序盤戦で始まったので、まもなくふたりのテーブルのまわりにはぎっしりと観客の輪ができてしまった。好奇心、圧迫感、関節を鳴らす音、見知らぬ連中の息づかい、そして何よりもひそひそささやく声――さらに大きく響く苛立たしい「しっ!」という声でさえぎられるささやき声――これらが幾度となくルージンを苦しめた。チェスの深淵にあまり深く入り込めないでいるときには、こうした関節の音や、ささやく声や、嫌な熱気をルージンは生々しく感じ取ってしまうのだった。群がり集まった人々の脚が視界の隅に見えていたが、暗い色のズボンの群れにまぎれた、光沢のあるグレーのストッキングをまとった女性の両脚がなぜかとくに彼を苛立たせた。この脚は絶対にチェスのことなんてわかっていない、なぜここにやって来たのだろう……。ストラップのついた、青みがかった尖ったパンプスは、舗道をコツコツいわせているほうが似つかわしいだろうに――もっと離れろ、ここからもっと離れてくれ。時計に目をやるときや、指し手を書き込むときや、あるいは取った駒を脇に置くときなどに、ルージンはじっと動かないこの脚を横目でちらりと見ていたのだが、一時間半が経ち、対局に勝利し、ベストを伸ばしながら立ち上がったときになって、その脚がフィアンセの脚だということに初めて気づいたのだった。彼女が勝利の場に居合わせてくれたことにルージンは強烈な幸福を感じ、チェス盤やこの騒がしい連中が一刻も早くみんな消え去って彼女に触れたいと渇望した。だが、チェスはそうすぐには消え去らず、明るいダイニングルームが視界に入り、銅の輝くサモワールが目の前にあらわれてもまだ、白いテーブルクロス越しに規則正しい正方形がぼんやりと浮かび上がってきたし、ケーキの上には、疑いもなく、チョコレートとクリームでできた同様の正方形が並んでいた。フィアンセの母親は、前日にチェスの話題をさえぎって登場したときと同じように、寛大ぶった、わずかに皮肉を帯びた優しさでルージンを迎え、一方、昨日の紳士は、見たところ彼女の夫だと思われるが、自分がロシアに持っていた領地や屋敷がいかに立派だったかを事細かに語っていた。「あなたのお部屋に行きませんか」とルージンが少ししゃがれた声でフィアンセにささやくと、彼女は唇をきつく結んで目を丸くした。「行きましょうよ」と彼はくり返した。しかし彼女は、如才なく、エゾイチゴの絶妙な味のジャムを彼のガラスの小皿に盛りつけ、するとこのネバネバした目のくらむような赤さの甘味がすぐに効き目をあらわした。ジャムは粒状の炎となって舌の上にひろがり、いい香りの甘さが歯をおおったのだ。「メルシー、メルシー」二杯目をよそってもらうあいだ、ルージンはそう言いながらお辞儀をし、それから墓場のような沈黙のなか、紅茶の熱が残るスプーンをふたたび舐めはじめ、魅惑の果汁を一滴でも無駄にしてしまわないようにぴちゃぴちゃと音を立てはじめた。そしてやっと、望み叶ってふたりきりになることができたとき――とはいえ彼女の部屋ではなく、けばけばしい客間でのことだったが――ルージンは彼女を引き寄せ、手首をつかんだままドシンと腰をおろしたが、彼女は何も言わずにうまく逃れて、目が回ってしまったかのように大きなクッションに座りこんだ。「あなたと結婚するかどうか、まだ何も決めていませんからね」と彼女は言った。「そのことを忘れないでくださいよ」「もうすべて決まっているんです」とルージンは言った。「あの人たちがもし反対するのなら、ぼくは力ずくでもサインさせますから」「サインって、何のことです?」彼女はびっくりしてそう言った。「いや、よく知らないのですが……。何らかのサインが必要なようですから」「もう、ばかね、ほんとうにばかね、ばかだわ」彼女は何度もくりかえし言った。「底なしのばかよ、治しようのないばかだわ。ああ、あなたのこと、どうしたらいいんでしょう。どうやってあなたとやっていけばいいんでしょう……。あなた、ほんとうに疲れているみたい。あんなにたくさん試合をしてはいけないわ、体に悪いですよ、絶対に」「そんなことありません《アク・ヴォー》」とルージンは言った。「ほんの二試合ですよ」「それに、夜になってもチェスのことばかり考えているんですもの。そんなのだめですよ。もう遅いですわ。もうお帰りなさいよ。あなたには睡眠が必要なの、それが一番大事なことなんです」ところが、彼はストライプ模様のソファに座ったまま動こうともしなかった。彼女はこんなふうに考えた、ふたりが交している会話はいったい何なのだろう、適当な、いい加減な言葉ばかり。それに彼はちゃんとキスをしてくれたことが一度としてないし、いつだって、歪んだような、変なキスになってしまう。それに、彼がからだに触れようとする動きときたら、普通の人間がする抱擁とはなんだか違う。だが、彼の瞳に宿る寂しげなひたむきさや、それから、さっきチェス盤に向かっていたときに彼を照らしていた神秘的な光……。翌日も、狭くて騒がしい通りにある大きなカフェの二階の、物音ひとつしない部屋に、ふたたび彼女は吸い寄せられていった。今度は、ルージンはすぐに彼女に気づいた。肩幅の広い、髭をきれいに剃った男と、ルージンは小声で話していた。その男の短く刈った髪は、まるで頭にぴったりと被せられているようで、岬の形となって額に向かっていて、厚い唇がまとわりつくように火の消えた葉巻を吸い込んでいた。新聞社から派遣された画家が、頭でっかちの人形みたいに、頭を上げたり下げたりしながら葉巻をくわえた横顔を急いで描いていた。彼女が通りすがりにそのスケッチブックにちらりと目をやると、描きかけのトゥラーティと並んで、もうすっかり描き上がっているルージンが見えた。陰鬱さが誇張された鼻、黒い点々のついた二重あご、そしてこめかみには、彼女が「巻き毛」と呼んでいるなじみ深い髪の房。トゥラーティがドイツ人のグランドマスターと対戦するために席に着くと、ルージンは彼女に歩み寄り、眉をひそめ、申し訳なさそうな薄笑いを浮かべながら何か支離滅裂なことを長々と話し始めた。退出してほしいと彼が自分に頼んでいるのだということに彼女は気づき、驚きをおぼえた。「ぼくはうれしいんです。終ったあとならとてもうれしいんですよ」とルージンは懇願するような調子で説明した。「でも、まだ今は……今は、あなたがいると妨げになってしまうんです」チェス盤用のテーブルのあいだを通って彼女がおとなしく遠ざかっていくのを目で追うと、彼は真面目な表情で自分に向かってうなずき、すでに新たな対戦相手が着席しているチェス盤に向かった——その相手は、つねに冷静沈着なゲーム運びをし、つねに負けてしまう、白髪のイギリス人だった。今回も彼はついていなかったので、ルージンが勝ちを収め、翌日はドロー、その次はまたルージンが勝利した——そうこうするうちに、チェスの世界とフィアンセの家との境界線をはっきりと感じることがもうできなくなってきて、まるで、速度を増したせいで、はっきりとした縞模様が今や光のちらつきにしか見えなくなってしまったかのようだった。

彼はトゥラーティに遅れを取らないように前進した。トゥラーティが一ポイントあげれば彼も一ポイントあげ、トゥラーティが〇・五ポイントあげれば彼も〇・五ポイントあげた。そんなふうに、まるで二等辺三角形の等辺をよじ登るようにしてふたりは進んでいったので、決定的瞬間に彼らは頂上で出会う定めだった。

夜は、何かでこぼこだらけの時間だった。眠気に襲われても、どうしてもチェスのことを考えずにはいられなかったし、しばらく経つと、眠りは彼の脳に入り込むことができなくて密かな入り口を探すのだが、どの入り口にもチェスの番人が立っているようになり、それはぞっとするほどつらい感覚だった——ほら、眠りがすぐそこにいる、すぐそこだ、だが、脳の外側なのだ——ルージンのからだは部屋中にけだるく拡散して眠っているのだが、もうひとりのルージンはチェス盤を思い浮かべて眠れず、幸せそうな分身と一体化できない。さらにまずいことには、トーナメントの対局をひとつ終えるたびに、チェスの抽象的世界から抜け出すことがますます困難になり、日中でも不快な分裂が生じはじめたのである。三時間ほどの対局を終えると奇妙な頭痛に襲われるようになったが、頭全体が痛いのではなく、いくつもの黒い正方形の痛みが頭を襲うような感じで、その黒いまだら模様の頭痛に遮られてドアがなかなか見つけられなかったり、フィアンセの神聖な住所を思い出せなかったりした——さいわい、二つ折りになった古い葉書が折り目でちぎれそうになりながらも、ポケットのなかにまだ残っていた(「到着しました。夜、いらしてください」)。ロシアのおもちゃであふれたこの家に入るとき、彼はいまだに喜びを感じたが、その喜びもまた、まだら模様になっていた。対局がなかったある日のこと、いつもより早くフィアンセの家に彼が来てみると、家には母親しかいなかった。以前、夕暮れどきにブナ林で交わした会話の続きをしようと、彼女は心に決め、単刀直入にものごとを言う能力を十二分に発揮して(彼女はこの能力にたいそう自信があり、そのせいで、この家を訪れる若者たちは彼女のことをとても鋭い女性だと考え、恐れていた)、ルージンに迫り、まずは、すべての花瓶のなかや、床に横たわった熊の顎のなかにさえ見つかった吸い殻のことで彼を厳しくたしなめ、それから、今日、土曜の晩、夫が入浴したあとに、この風呂に入っていくよう勧めた。「たまにしかお風呂にお入りにならないのですよね、おそらく」と彼女は率直に言った。「たまに入られるだけなんでしょう? 白状なさったらどう?」ルージンは床をながめながら陰気な様子で肩をすぼめたが、床の上では、彼にしか見えないかすかな動きが湧き起こり、影が意地悪そうに分解しはじめていた。「それに、だいたい」彼女は続けた。「もっとちゃんとしないといけませんよ」そんなふうにして、聞き手に逆らえない気分を植えつけた上で、彼女は本題に移った。「どうなんです?」と彼女はたずねた。「もう娘とずいぶんふしだらなことをしているんでしょう？　あなたみたいなひどい遊び人は、まあそんなものですよね。でも、うちの娘は清純なんです、最近の若者たちとは違って。どうなんです？　あなたはとんでもない遊び人なんでしょう？」「いいえ、マダム」ため息をつきながらルージンはそう答え、それからしばらく眉をひそめると、靴底を素早く床の上で滑らせ、すでにはっきりと濃くなった何かをこすり消そうとした。「そもそも、あなたのことは何も存じていませんし」と早口に響く声が続けた。「調査する必要がありますわ——そうそう、調査よ——あなたが、その種の病気を持っていないか調べないと」「息切れはありますよ」とルージンは言った。「それに、軽いリューマチも」「そんなことを話しているんじゃありません」彼女はそっけなくさえぎった。「もっと大事なこと。どうやら、もうすでに婚約したつもりでいらっしゃるようですね、うちにはよくいらっしゃるし、娘とふたりきりで部屋にこもったりして。ですがね、次はすぐに結婚ということにはならないと思いますよ」「そういえば、昨年、痔になりました」とルージンがうんざりした様子で言った。「いいですか、私は今、とても大事な話をしているんですよ。あなたはおそらく、今日にでも、今すぐにでも結婚したいのでしょう。あなたのことはわかっていますよ。結婚して娘が妊娠して、そうしたらたちまち、娘に辛く当たるようになるんだわ」ルージンは一ヶ所で影を踏みつけたが、自分が座っている場所からかなり離れたところで新たなコンビネーションが床の上に生まれてしまっているのを、憂鬱な気持ちでながめた。「もし私の意見に少しでも関心がおありなら、言わせてもらいますが、私はこんな結婚はばかげていると思っていますからね。おまけに、あなたはひょっとして、私の主人が援助してくれると思っていらっしゃるんじゃないの？　正直におっしゃい。思っていますよね？」「生活を切り詰めるようにしていますす」とルージンは言った。「その気になれば、あまり食べなくても済みますし。それに、ある雑誌でチェスの欄を担当してほしいと言われていまして……」そのとき、不愉快なやつが床の上であまりにも我が物顔に振る舞いだしたので、ルージンは思わず片手を伸ばし、影のキングを光のポーンの脅威から救い出そうとした。客間は木製のさまざまな小物であふれていて、長いあいだそれらを見つめていると、その種の外見をひじょうにはっきりと帯びはじめてしまうため、ルージンはこの日以来、そもそも客間に腰かけることを避けるようになった。フィアンセは、トーナメントが一日終るたびに彼がますますやつれていくのに気づいた。目の回りには、紫色のぼんやりとした影があらわれ、重いまぶたはただれていた。フィアンセがしつこく言うので彼は毎朝髭をきちんと剃ってはいたのだが、顔色があまりにも青白くなっていたので、まるでうまく剃れていないように見えた。トーナメントが終了するのを彼女は今か今かと待ち受けていたが、彼がひとつの対局を勝ち進むのには、いったいどれだけのひどい苦しい思いをしなければならないのかと、想像しては心を痛めていた。かわいそうなルージン、謎めいたルージン……。朝、ドイツ人の女友達とテニスをしているときも、かなり前からうんざりしていた美術史の講義を受けているときも、ぼろぼろになった寄せ集めの本のページを自分の部屋でめくっているときも――アンドレーエフの戯曲『大洋』、クラスノーフの長編小説、『ヨガ入門』と題された小冊子――彼女はいつ何時も、ルージンがまさに今、対局の最中に先読みに没頭していて、闘い、苦しんでいるのだと考えてしまい、自分が彼の芸術上の苦しみを分かち合うことができないことを少しうらめしく感じていた。ルージンのチェスの天稟を彼女は無条件に信じていたが、彼女の信奉はそれだけにとどまらなかった――チェスは確かにものすごい世界なのだろうけれど、彼の天稟はチェスだけに尽きてしまうものではなくて、トーナメントという熱病が過ぎてしまえばルージンは落ち着きを取り戻し、からだも回復し、未だ見たことのない力が彼のなかでうごめきはじめ、彼という人間が開花し、目覚め、人生の他の領域においても才能をいかんなく発揮するだろうと彼女は確信していた。父親はルージンのことを「偏狭なファナティック」と呼んだが、とても素朴で誠実な男にちがいないとも言い添えた。母親はといえば、ルージンは日々ますます気が狂っていくどころか毎時間刻々と気が狂っていて、精神病患者は法的に結婚できないのだと言い張り、最初の頃はこの信じがたいフィアンセをすべての知人たちの目から遠ざけ、とりあえずはうまくいっていたが――母も娘も保養地に行っているのだとみんな思っていた――、ほどなくして、以前からよく家に遊びに来ていた人々がふたたび姿をあらわすようになった――そのなかには、たとえば魅力的な初老の将軍がいたが、彼は、みんなが恋しがっているのはロシアではなく青春時代なのだ、青春時代なのだと主張していた。それから、ふたりのロシア系ドイツ人、そして神智学者でリキュール工場経営者のオレグ・セルゲーヴィチ・スミルノフスキー、元将校が数人、令嬢が数人、歌手のヴォズドゥヴィジェンスカヤ、アルフョーロフ夫妻、それに、(有名なオペラにちなんで)「スペードの女王」と呼ばれている高齢のウマノフ伯爵夫人だ。彼女こそ、ルージンを最初に見つけ出した張本人で、フィアンセの母親が急いで取り繕った要領を得ない説明から、ルージンが何か文学とか雑誌と関係のある人物、つまり、ひとことで言えば作家なのだと結論を下した。「ところで、あれはご存知ですか?」と彼女は訊ね、丁重に文学談義を始めたのだった。「最近の詩のひとつで……少し退廃的ですが……矢車菊、『一面の矢車菊、矢車菊』というような……」* オレグ・セルゲーヴィチは、さっそくルージンにチェスの相手をしてほしいと頼んだが、残念ながらこの家にはチェス盤がなかった。若い連中は、ひそかにルージンに「お馬鹿」とあだ名をつけたが、例の初老の将軍だけはこのうえない親しみを込めて率直に彼と接し、最近生まれたばかりのキリンの赤ちゃんを動物園に見にいくようにとしきりに勧めた。こうして客たちが来るようになってからというもの、今や毎晩いろいろなコンビネーションを使って彼らが現れるので、ルージンは一瞬たりともフィアンセとふたりきりになることができなくなってしまった。そして、彼らとの闘い、つまり、群れなす連中をかき分けて彼女のもとへたどり着きたいという欲求は、ほどなくしてチェスの対局に似たニュアンスを帯びるようになった。しかしながら、彼らを打ち負かすのは不可能であったし、次から次へと新顔が現れるので、こうした無数の顔のない客たちがトーナメントの最中にびっしりと熱く彼を取り囲んでいるような幻覚がルージンを襲うのだった。

ある朝のこと、すべてを説明してくれるような出来ごとが起こった――ルージンは部屋の真ん中で椅子にすわり、たったひとつのことに精神集中していた――きのうは十ポイント目を獲得した、きょうはモーゼルに勝たなくてはならない。そこで突然、彼の部屋にフィアンセが入ってきたのだ。「まるで、ちょっとした神様みたいだわ」彼女はそう言って笑い出した。「そうやって真ん中にすわって、みんなが捧げものを持ってくるのね」彼女はそう言ってチョコレートキャンディーの入った小箱を差し出したが、不意に彼女の顔から笑いが消え去った。「ルージン!」と彼女は叫んだ。「ルージン、目を覚ましてください!　どうなさったの?」「これは現実?」小声で疑うように彼はそう訊ねた。「もちろん、現実ですわ。部屋の真ん中に椅子を置いてすわるなんて、何のまねです?すぐに正気に戻ってくれなければ、私、帰りますよ」ルージンは言われるがままに頭と肩をぐるぐる動かして目を覚ますと、寝椅子へと移動し、まだ疑わしい、まったく信じがたい幸福が彼の視界を滑走しはじめた。「ねえ、いったいいつになったら終るのです?」と彼女が訊ねた。「あと何試合残っているんですか？」「あと三つほど」ルージンは答えた。「今日の新聞で読みましたよ、あなたがトーナメントで優勝するだろうって、今回のあなたのプレーはずば抜けているって」「でも、トゥラーティがいますよ」ルージンはそう言って、人差し指を上に向けた。「吐き気がします」彼は憂鬱そうにつけ加えた。「それじゃあ、キャンディーなんていらないわね」早口でそう言うと、彼女は四角い箱をまた脇に挟んだ。「ルージン、私、お医者さんを呼びます。こんな状態が続くようなら、あなた、ほんとうに死んでしまいます」「いえいえ」と彼は眠たげに言った。「もう大丈夫ですから。医者なんて必要ありません」「気が気でならないんです。だって、まだ金曜日も、土曜日も続くわけでしょう、この地獄が……。それに、家にいても憂鬱なだけなんです。みんなが母の意見に賛成で、あなたと結婚してはいけないって言うんですよ。なぜ吐き気なんてするんでしょうね、何か悪いものでも召し上がったの？」「もう、治りましたよ、すっかり」ルージンはゆっくりそう言うと、自分の頭を彼女の肩にあずけた。「とにかくあなたは疲れきっていらっしゃる、顔色悪いですもの。ほんとうに今日も闘うんですか？」「三時間ですから。対モーゼル戦です。私の戦い方は……何と書かれていたのでしたっけ？」「ずば抜けている」そう言って彼女は微笑んだ。彼女の肩にのしかかった頭は大きくて重たかった――複雑で神秘なメカニズムを備えた、たぐいまれな器官。しばらく経つと、彼女は彼が眠ってしまったのに気づき、こんどはどうやって彼の頭をクッションに移動させようかと考えはじめた。彼女の動きはとても慎重で、うまくそれを成し遂げることができた――今、彼は寝椅子の上に半《なか》ば横たわり、窮屈そうにからだを丸め、クッションの上の頭部はまるで蠟でできているようだった。一瞬、彼が急死したのではないかという恐怖にかられ、やわらかくて温かい彼の手首に触れてみさえした。からだをまっすぐに伸ばしてみると、肩に痛みを感じた。「重い頭ね」彼女は眠っているルージンをながめながらそうつぶやき、今回は出番のなかったプレゼントを手にして、静かに部屋を出て行った。廊下でメイドに出会った彼女は、一時間後にルージンを起こすように頼み、音を立てずに階段を降りると、太陽のあふれる街へ出て、テニスクラブに向かった――そして、自分がそこでもまだ、音を立てないように、急激な動きをしないようにしていることに気づいた。メイドがルージンを起こすまでもなかった――彼は自然に目覚めるとすぐに、さっき見たすばらしい夢をむさぼるように思い出しはじめた――すぐに思い出し始めないと、あとになってからでは遅すぎることを経験で知っていたからだ。夢のなかの自分はなんだか奇妙な様子ですわっている――部屋の真ん中にすわっているようだ――そこに突然、夢ならではの馬鹿げた唐突さで、しかも幸福な唐突さで、フィアンセが入ってきて、赤いリボンをかけた小箱を差し出す。彼女の衣装もやはり夢ならではの仕様だ――白いワンピースに、音のしない白いシューズ。彼女を抱きしめたかったが、突然、吐き気がして、頭がくらくらしはじめた。そのとき、フィアンセが話していたのは、新聞が彼のことを異例な扱いで取りあげているということ、母親がそれでもなお、ふたりの結婚に反対だということ。おそらく、もっともっとたくさんのことがあったのだろうが、消え去っていく記憶に追いつくことができなかった――そして、少なくとも夢から救い出すことのできた断片だけは失うまいと、ルージンは用心深くからだを起こし、髪を撫でつけると、電話で昼食を注文した。昼食後はまた対局に臨まなくてはならなかったのだが、この日、チェスの抽象的世界は恐ろしいほどの力を発揮することとなった。一度も休息をとらずに四時間戦った末に勝利したのだが、タクシーのシートに腰を下ろしてしまうと、もう途中で、どこへ向かっているのか忘れてしまい、運転手にどの住所に行ってくれと言ったのか(「夜、いらしてください……」)忘れてしまったので、いったいどこでタクシーが停まるのか、わくわくして待ち受けていた。

ところが、タクシーが停まったのは彼がよく知っている家だった――またもや客、そして客――だが、ルージンは自分がさっき見た夢のなかに戻ってきたにすぎないのだと、突如として理解した。というのも、フィアンセが「どう？　吐き気はおさまった？」とささやくように訊ねたからだ――吐き気のことを彼女が知っているなんて、夢の続きに違いない。「ぼくたちは素敵な夢のなかにいるんですね」とルージンは彼女にささやいた。「もう、何もかもわかりましたから」彼があたりを見回すと、テーブルや、そこに座る人々や、サモワールに映る彼らの姿が見えた――サモワール独特の遠近法で――そして、心からほっとして、こうつけ加えた。「つまり、これも夢なんですね？この客たちも夢？　そうか、そうか……」「静かにして、静かに、何をぶつぶつおっしゃってるの……」彼女が不安そうにつぶやくと、ルージンも彼女の言う通りだと思えてきた――別に夢を追い払ったりする必要はないのだ、この人たちだって、このまま居座らせておけばいい、しばらくの間だけなのだし。この夢で一番不思議だったのは、まわりのものがどうやら、夢を見ている自分がとっくの昔に抜け出してきたロシアそのものだったことだ。夢の住人たちは、陽気な人々で、お茶を飲みながらロシア語で話していたし、シュガーポットは、何年も昔に、夏のエゾイチゴ色の夕方、あのベランダで粉砂糖をそこからすくったものと寸分たがわぬものだった。このロシアへの帰還を、ルージンは興味深く喜んで受け入れた。彼がこの夢を楽しんだのは、それが、ひねりを利かせて既成概念を再現したものだったからという理由が大きく、それはたとえば、ずいぶん前に理論的に解明されたチェス・プロブレム向けのコンビネーションが、実際の対局の盤上で、独特に屈折して再現されるのと同じだった。

とはいえ、この夢のなかにも、彼の本物のチェス生活の影がときには弱々しく、ときには鋭く、絶えず見え隠れしていて、それがついに殻を破って明るみに出てしまうと、そこにはもう、ただ、ホテルで過ごす夜と、チェスにまつわる思考と、チェスによる不眠と、トゥラーティのオープニングに対抗する鋭いディフェンスの考察だけしか残らなかった。そんなときの彼ははっきりと覚醒していて、あらゆる不純物を取り除かれた脳ははっきりと働き、チェス以外のすべては魅惑的な夢にすぎないのだと悟っていた――夢のなかでは、愛しい、澄んだ瞳の、腕をあらわにした令嬢のイメージが、月にかかる金色の靄のように溶けて広がっていた。彼の意識の光は、これまでは、彼を取り巻くよく理解できない世界に触れては拡散してしまったので、本来の力の半分を失っていたのだが、今や、そうした世界は蜃気楼と化して、もう気に病む必要もなくなったので、彼の意識の光も強まり、集中しはじめたのだった。本物の生活、すなわちチェス生活は、均整がとれ、輪郭鮮やかで冒険に満ち、この生活を支配することはとてもたやすく、そこではなにもかもが思い通りになり、彼の目論見に従順なのだが、そのことが彼には誇らしかった。ベルリンのトーナメントで彼が指してきた対局のなかには、チェス通たちが「歴史に残る対局」とすぐさま名づけたものもいくつかある。ある対局では、ルージンがクィーン、ルーク、ナイトを次々に犠牲にした上で勝利した。また別の対局では、ルージンが効き目のある位置にポーンを配置し、それが怪物のような力を手に入れて、あたかもチェス盤の急所にできた悪性腫瘍のごとく増殖し、ふくれあがり、とうとう相手にとって致命的なものになった。さらに、ルージンは観客からブーイングをくらうような、一見まったく無意味に思える手を指してから、複雑な罠を仕掛け、相手がその罠に気づいたときにはすでに手遅れだったという対局もあった。これらの対局をはじめ、今回の忘れがたいトーナメントで彼が指したすべての対局において、思考の驚くべき明晰さと、容赦なき論理が感じられた。だがトゥラーティもまた見事な戦いぶりで、奔放な想像力を駆使して相手に催眠術をかけ、今まで彼を見捨てたことのないチェスの幸運の女神をおそらく過信しながら、ポイントにポイントを重ねていた。ルージンとトゥラーティは決勝戦で対決することになるが、ルージンの澄み切った軽やかな思考力がイタリア人の荒れ狂う幻想を上回るだろうと言う者もいれば、猛烈な勢いで厚かましく食らいついてくるトゥラーティが先読みに耽るロシア人を打ち負かすだろうと予想する者もいた。そして、その一戦の日がやってきた。

ルージンはスーツ姿のまま、コートさえも着たまま目覚め、腕時計をちらりと見て、大急ぎで起き上がると、部屋の真ん中に転がっていた帽子をかぶった。そこで彼はふと我に返り、部屋を見回し、いったい自分がどこに寝ていたのかを理解しようとした。彼のベッドにはシワもなく、寝椅子のビロードもまったく滑らかなままだった。ただひとつ、確実にわかったことといえば、自分が遠い遠い昔からチェスを指してきたということだけで、記憶の暗闇のなかには、一本のろうそくを限りなく反射させ合う二枚の鏡のなかの映像のように次第に狭まっていく明るい透視図があるだけだった。チェス盤を前にしたルージン、またしてもチェス盤を前にしたルージン、ただ少し小さくなり、それからさらにもっと小さくなり、そんなふうにして無限に続いていく。だが、彼は遅刻していた、遅刻していたのだ、急がなくてはならない。彼は急いでドアの鍵を開けて部屋の外へ出ると、当惑して立ち止まった。彼の考えでは、ドアの向こうにはすぐにチェスのためのホールがあり、彼が席に着くべきテーブルがあり、彼を待つトゥラーティがいるはずだった。だがそうではなく、そこにはがらんとした廊下があるだけで、その先は——階段だ。その方向から、つまり階段のほうから、ひとりの男が駆け足であらわれ、ルージンを見つけると両手を左右に広げた。「マエストロ」と彼は叫んだ。「いったいどうなさったんですか？　みなさんお待ちですよ、みなさんお待ちです、マエストロ……。私は三度も電話しましたし、ノックをしても返事がないとみなさん言ってましたよ。セニョール・トゥラーティはとっくに席にお着きです」「片づけてしまったんですね」とルージンは不機嫌そうに、がらんとした廊下をステッキの先で指しながら言った。「何もかも移動させたなんて、私が知らないうちに」「あの、もしご気分が悪いようでしたら……」「さあ、案内してください！」ルージンは高い声で叫び、ステッキで床を鳴らした。「あ、はい、どうぞ、どうぞ」男はぼう然として、もぐもぐつぶやいた。自分の前を走る男の、襟を立てた短いコートだけを見据えながら、ルージンはこの訳の分からない空間をどうにか乗り越えようとした。「歩いていきましょう」先導者が言った。「歩いても一分で着きますから」なじみのカフェのガラス製の回転ドアが目に入るとルージンはほっとし、そのあと階段が見え、最後に、先ほどホテルの廊下で探していたものを目にした。ホールに入っていくと、彼は途端に人生の充実感と、安らぎと、明晰さと、自信を感じた。「さて、今日も勝つぞ」と彼は大声で言い、霧のようにかすんだ群衆が道をあけて彼を通した。「遅い《ターール》、遅い《タール》、遅すぎる《トレタール》」突如として目の前に現れたトゥラーティが、頭を振りながらまくしたてた。「いらっしゃい《アヴァンティ》」ルージンはそう言って笑い出した。ふたりのあいだにはテーブルがあり、その上にはチェス盤があり、戦いに向けてすでに駒が並べてあった。ルージンはベストのポケットから煙草を取り出し、無意識のうちに吸いはじめていた。

　ここで、奇妙なことが起こった。トゥラーティは白番だというのに、評判高い序盤《オープニング》の指し手を使ってこなかったので、ルージンが苦心してあみ出したディフェンスは無駄に終わることになった。

トゥラーティは、面倒なことになるかもしれないと予感したのか、あるいはこのトーナメントでルージンが発揮している不気味な力を知って慎重に戦おうと決めたのか、いずれにせよ、定跡通りのスタートを切ったのだった。ルージンは苦労が無駄に終わったのをちょっとだけ残念に思ったが、しかしながらうれしくもあった——これでもっと自由に戦えると考えたのだ。それに、トゥラーティはどうやらルージンのことを恐れているのかもしれない。ただ、まったく別の見方をするならば、トゥラーティが見せた素朴で冴えない序盤の指し手には、必ずや何かたくらみが隠されているわけで、ルージンもまた、とりわけ用心深く対局をはじめることにした。最初は、静かに、ひっそりと、まるで消音装置をつけたヴァイオリンが奏でるような始まりだった。ふたりとも、慎重に駒を配置し、何かを前方へ出すとしてもそれは慇懃な出方で、威嚇の気配はまるで感じられなかった——威嚇があったとしても仮定的な威嚇であって、そこは守りを固めたほうがよろしいのではないですかと相手にほのめかすためのものであり、相手も、そんなのはちょっとした冗談ですよと言わんばかりに笑みを浮かべつつ、しかるべき場所を強化し、自分もほんの少しだけ駒を前に進めるのだった。やがて、どこからともなく、弦楽器が甘美に歌いはじめた。トゥラーティが対角線上に配置した力のなかのひとつが奏ではじめ、すぐにルージンのほうにも、メロディーらしきものがそっと芽生えてきた。一瞬、秘められた可能性が見え隠れしたが、そのあとはふたたび沈黙が訪れた——トゥラーティが後退し、身を隠してしまったのだ。そしてまたもや、しばらくのあいだ、両者は攻撃する気などまったくないかのように、自陣の正方形の升目を美的に整えることに専念した——自陣で何かを育てたり、置き換えてみたり、撫で回したりしていた——すると突然、予期せぬ火花がまた発生し、いくつもの音が急速に結びついた——ふたつのほんの小さな力がぶつかり合ったが、どちらもすぐに一掃されてしまった――一瞬の卓越した指さばきでルージンが駒を取りテーブルの上に置くと、それはもう霊的な力を失い、ただの重たい黄色いポーンの駒と化した――そしてトゥラーティの指が宙できらめくと、こんどは頭の光る緩慢な黒のポーンがチェス盤から降りてテーブルの上に置かれる番だった。こうして、不意にただの木のかたまりになり下がったふたつの駒を脇にどけてしまうと、ふたりはほっとして、一瞬燃え上がった火花のことなどすっかり忘れてしまったかのようだった――盤上のその場所では、火花が完全に鎮火したわけではなく、相変らず何かが形を成そうと機をうかがっていた……。だが、これらの音も、望まれる和音とはならなかった――何かもっと別の、野太い低音が脇のほうで唸りはじめ、ふたりは、いまだに震え続ける正方形を見捨てて、盤の別の片隅に興味を移してしまった。だが、ここでもすべてはむなしく終った。管楽器のような声で、盤上の強者たちが何度か響きを交わしたが、またしても交換に終った――つまりふたつのチェスの力が、彫刻を施したぴかぴかの人形へと変容しただけだった。それから延々と長考が続き、その間にルージンは、盤上の一点から想像上の対局を続けざまに十通りもおこない、すべてに負けたのだが、突然、クリスタルガラスのように脆いが魅惑的なコンビネーションを探り当てた――だがそれも、トゥラーティの最初の応手によって、軽い音を立てながら崩れたのだった。とはいえトゥラーティもそれ以上は何もできず、時間稼ぎをするしかなく（チェスの宇宙の時間は容赦がないのだ）、攻撃と防御、攻撃と防御というふうに、両者はまったく同じ二手を何度もくり返し、そうしながらふたりとも、この機械的な指し手とはまったく関係のない、複雑きわまりないコンビネーションのことを考えていた。そしてとうとう、トゥラーティがそのコンビネーションに取りかかった――すると、すぐさま音楽の嵐のようなものがチェス盤に襲いかかり、ルージンはその嵐のなかに自分が必要とする、小さいがはっきりとした音をしつこく探し求め、それを雷のように鳴り響くハーモニーへと膨らませようとしていた。今や、盤上のあらゆるものが生き生きと息づき、あらゆるものがひとつのことに集中し、堅く、堅くからみついた——一瞬、駒がふたつ消えたことで緊張が緩んだが、それからまた激しさを取り戻した《フリオーソ》。ルージンの思考は、魅惑的だが危険な密林のなかをさまよい、ときおりそこで、自分と同じものを探し出そうとしているトゥラーティの不安げな思考と出くわした。そして、白がもうこれ以上その策略を展開できず、もはやリズムを失いかけているということを、両者は同時に悟った。トゥラーティは慌てて駒の交換を申し出て、盤上の力の数はさらに減少した。新たな可能性がいくつかほのめかされることはあったが、対局がどちらに傾いているかは、まだ誰にも判断できなかった。ルージンは攻撃の準備をしてはいたが、ヴァリエーションの迷宮を最初の一歩から探検しなければならず、そうなると、一歩一歩が危険なこだまを呼び覚ますので、長考に入ることになった。こんなふうに感じられた——最後にもう一度、死ぬ気で一踏ん張りすれば、勝利につながる秘密の筋が見えてくるのではないかと。突然、彼の存在の外側で、何事かが起きた、燃えるような痛みが走った——彼は大声で叫び、マッチの炎に咬まれた手を振った——マッチに火をつけたまま、それを煙草のもとへ運ぶのを忘れていたのだった。痛みはすぐに消え去ったが、何か堪え難いほど恐ろしいものを炎のあかりのなかに見てしまい、自分がすっかりはまり込んでしまっているチェスの深淵がいかに恐ろしいものかがわかった。本能的にチェス盤のほうへ視線を戻したが、彼の思考はこれまで経験したことのないほどの疲労感にうちひしがれていた。だがチェスは無慈悲で、彼をつかまえて引きずり込むのだ。そこがチェスの恐ろしいところだったが、しかしそこには、この世でただひとつの調和もあった。そもそも、この世界にチェス以外の何があるというのだ？　靄と、見知らぬものと、そして無……。彼はふと、トゥラーティがもう座っておらず、両手を折り曲げて伸びをしながら立っていることに気づいた。「指し掛けですよ、マエストロ」と背後で声がした。「次の手を書き込んでください」「いや、いや、まだですよ」とルージンは声の主を目で探しながら懇願するように言った。「指し掛けなんです」同じ声が、よく動き回る声が、また背後から聞こえた。ルージンは立ち上がろうとしたができなかった。自分が椅子ごとどこか後方へ退いていくように見え、ついさっきまで生命のすべてを注ぎ込んでいたチェス盤はといえば、そこには知らない連中がむさぼるように飛びつき、言い争ったり、やたらに騒いだりしながら、盤上の駒をあれやこれやと並べ替えているのが見えた。「なぜなんだ、なぜなんだ？」盤の上に覆いかぶさる黒くて痩せた背中の群れを通してどうにかチェス盤を見わけようとしながら、ルージンは訴えるように言った。その背中たちはすっかり細くなったあげく、姿を消してしまった。チェス盤上では駒たちがごちゃまぜになり、いくつもの山となって無造作に転がっていた。影が通りかかり、立ち止まると、駒を小さな棺に片づけはじめた。「もうおしまいだ」ルージンはそう言うと、渾身の力を込めて椅子から身を引き離そうとした。幽霊のような連中がまだあちこちに立っていて、何かを議論していた。寒くて、薄暗かった。幽霊たちはチェス盤と椅子を持ち去っていった。部屋の空間のどこに目をやっても、湾曲した透明なチェスのイメージがさまよっていた――ルージンは、自分が行き詰まってしまったこと、そして、今しがた考え出したばかりのコンビネーションのなかに自分が迷い込んでしまったことに気づき、ここから抜け出したい、どこでもいいから這い出したいと、死に物狂いに試みた――たとえ抜け出す先が「無」でもいいから。「さあ行きましょう、行きましょう」と誰かが彼に向かって叫び、音を立てて姿を消した。彼はひとり、取り残された。視界がますます暗くなり、彼はホールのなかのぼんやりとしたすべての物体から王手《チェック》をかけられていた――どうにかして逃れなくてはならない。彼は太ったからだ全体をゆすりながら前に進んだが、どうしたら部屋を抜け出せるのか、まったく見当がつかなかった――何か単純な方法があるはずなのだが……。白い胸をした黒い影が不意に彼にまとわりつき、彼にコートを着せ、帽子をかぶらせた。「何のために着るんです？」と彼はもぐもぐ言いつつ袖に腕を通し、面倒見のいい影と一緒にからだを回転させた。「こちらです」はつらつとした声で影がそう言うと、ルージンは前方に進み、恐ろしいその部屋から抜け出した。すると階段が目に入り、よじ上りはじめたのだが、そのあと考え直して下りることにした、というのも、よじ上るより下りるほうが楽だったからだ。彼は煙がもうもうとする場所にたどり着いたが、そこには騒々しい幽霊たちがすわっていた。部屋の隅々で攻撃《アタック》が熟しつつあった――小ぶりのテーブルや、バケツや（そのなかには、喉元が金色のガラス製の歩《ポーン》が入っている）、太鼓（たてがみの長いチェスの馬がからだをくねらせ、そいつを叩いている）を押しのけて、くるくると回転する輝くガラスのところまでたどり着くと、そこからどこへ向かえばいいのかわからずに立ち止まった。人々が彼のまわりに集まり、彼をどうにかしたいようだった。「もう出て行ってください、出て行ってください」憤慨した声がそうくり返した。「いったいどこへ行けというのです？」すすり泣きながらルージンは言った。「うちへ帰るのですよ」さっきとは別の声が、なだめるようにやさしくささやき、何かが彼の肩を押した。「なんですって？」ルージンは急にすすり泣くのをやめて聞き直した。「うちへお帰りなさい、うちへ」その声がそう繰り返すと、ガラスの輝きがルージンをつかまえて、夕暮れの涼しい外気へ彼を放り出した。ルージンは微笑みを浮かべた。「うちへ帰るわけか」彼は静かにそう言った。「そうすればコンビネーションの鍵が見つかるということか」

急がなければならなかった。チェスの罠が生い茂って、今にも彼をふたたび包囲しようとしているのだ。今のところはまだ、彼のまわりにあるのは夕暮れどきの霧だけで、それは綿のような濃密な空間を成していた。脇をかすめた幻に、夏の別荘への道をたずねた。幻は何のことかさっぱりわからずに立ち去った。「ちょっと待ってください」とルージンは言ったが、すでに遅かった。それから、ルージンは短い腕をしきりに振って足取りを速めた。青白い炎が泳ぐように通り過ぎ、悲しげな衣擦れの音を立てて空中に散らばった。うちへ帰る道を見つけるのは、この柔らかい霧のなかでは難しかった、とても難しかった。ルージンは左のほうへ行かなければならないと直感した。そうすれば大きな森があらわれ、いったん森に入り込めば、小径を見つけるのは簡単だ。ふたたび影が脇をかすめた。「森はどこです？　森は？」ルージンはしつこくたずねたが、「森《レース》」という言葉が通じないようなので、類義語を見つけようとした。「針葉樹林《ボール》は？　森《ヴァルト》は？」ルージンはもぐもぐとつぶやいた。「公園《パールク》はどうです？」と彼はへりくだるように言い添えた。すると、影が左の方向を指差して姿を消した。ルージンはのろのろしている自分を叱りつけ、絶えず追っ手を予感しながら、指示された方向へ歩きはじめた。その通りだった——木々が思いがけず彼を取り囲み、足元でシダがさらさらと鳴り、空気が湿っていて、あたりは静かだった。彼の重いからだは崩れ落ち、座りこんだ。ひどい息切れがして、涙が顔じゅうにあふれるように流れた。少ししてからルージンは立ち上がり、濡れた葉っぱを膝からはがして、木々の幹のあいだをしばらくさまよったあと、見覚えのある小径を見つけた。「進め、進むんだ」ぬかるんだ地面を歩きながらルージンは自分を励ました。もう半分くらいまでは来た。もうすぐ川と製材工場が見えてくるだろう、そして、葉が落ちて裸になった木々のすきまから屋敷が見えてくるだろう。あそこに隠れて、大きい瓶や小さい瓶に入った食料を食べればいい。隠れた追っ手は、まだまだやってこない。今度はもう捕まらない。いや、ちがう、ちがう。もっと楽に呼吸できればいいのだけれど——そうすれば、こめかみの痛みがなくなるだろうに、頭が麻痺してしまうようなこの痛みがなくなるだろうに。小径は曲がりくねってから広い道に合流し、その先の暗闇のなかに川の水面の光がちらついていた。あの橋も見えた、向こう岸には何かうずたかく積み重なったものが見えた、それに最初の一瞬、暗い空の向こうに（ほら、あそこだ）、別荘の見慣れた三角屋根と黒い避雷針が見えたような気がした。でもすぐに彼は、それがチェスの神々の仕掛けた巧妙なトリックだとわかった。というのも、雨に濡れて震える巨大な裸の女たちがいつの間にか橋の欄干に立っていたし、見たこともない何かが、川のなかで跳ね始めて光ったからだ。彼は岸を歩き、別の橋を見つけようとした。くるぶしまでおがくずに埋まるあの橋を見つけようとした。長いあいだ探しまわり、そしてとうとう、すっかりはずれた場所に、彼は幅の狭いのどかな小橋を見つけ、ここなら少なくとも安心して渡ることくらいはできると考えた。しかし対岸はまったく見知らぬ世界で、炎が走り回り、影が滑るように動いていた。別荘がそのあたりのどこかにあるのはわかっていたのだが、いつもとは違う方向からたどり着こうとしていたので、困難を極めていた……。脚はかかとから膝まで鉛を詰められたようで、チェス駒の底の部分に鉛が詰まっているのと同じだった。しだいに炎が消えていき、幻もまばらになり、重くて黒い波がしきりに彼に打ち寄せた。最後に反射した光のおかげで、彼は小さな庭と、丸く刈られた庭木を見つけることができ、製材工場の主人の家がどこにあるかもわかったような気がした。彼は柵のあるほうへ向かったが、そのとき、勝ち誇ったような痛みが彼を襲いはじめ、頭のてっぺんからのしかかり、のしかかり、彼はまるで押しつぶされ、押しつぶされ、押しつぶされ、それから、音もなく消え去ったのだった。

訳注（＊）　一二七頁　英訳版では「アプーフチンの詩」となっている。実際、アプーフチンの「狂人」という詩には矢車菊の一節がある（一九二一年にベルリンのМысль社から出版された詩集に所収）。

9

歩道が地滑りして、垂直に持ち上がったかと思うと、ふらふらとまた元に戻った。彼は苦しげに呼吸をしながら身を起こし、彼の相棒も、ふらふらしながら彼を支えてこうくり返した。「ギュンター、ギュンター、さあ歩いてみろよ」ギュンターはまっすぐに立ち上がった。何度目かの、この短い休憩を終えたふたりは、人気のない夜道を歩きつづけたが、道は星に向かって滑らかに上っていったり、下に向かって降りてきたりした。大柄でがっしりとしたギュンターは、相棒よりもたくさん酒を飲んでいた。クルトという名のその相棒は、ビールが頭のなかで大音量の強弱弱《ダクティル》のリズムで響いていたのだが、力を振り絞ってギュンターを支えていた。「どこだ、ほ、ほ……どこだ、ほ、ほ……」ギュンターは悲しげに、どうにかして訊ねようとした。「どこだ、ほ……ほかの、やつらは？」ついさっきまで、みんなでオークのテーブルを囲んで卒業五周年を祝って、大いに歌い、ビールジョッキをぶつけ合っては低い音を立てていたのだ。たぶん、三十人くらいだろうか、みんな幸せで、分別もあり、一年中よく働く連中だ。ところが今こうして、解散して家に向かった途端に、吐き気と、暗闇と、絶望的にぐらぐらする歩道に見舞われた。「ほかのやつらは行っちまったよ」クルトが大きくからだを揺らしてそう言うと、すぐそばの壁が不気味に命を帯びてしまい、壁は傾いて倒れそうになったが、ゆっくりとまたまっすぐに立ち直った。「タクシーで行ったやつもいるし、歩いて行ったやつもいるけどな」悲しげにクルトが説明した。「だけどカールが前のほうにいるぞ」ゆっくりと、そしてはっきりと、ギュンターが言葉を発すると、弾むようなビールの風がふたりを揺らして道の片側に追いやった。ふたりは立ち止まり、一歩うしろに下がって、また前進した。「あそこにカールがいるって言っているんだ、ぼくは」腹を立ててギュンターがそうくり返した。実際、歩道の隅のほうに、ひとりの男が頭《こうべ》を垂れて座っていた。だが、ふたりは自分たちの歩調がよくわかっておらず、通り過ぎてしまった。どうにか近づくことに成功したそのとき、男はくちびるをピチャピチャ言わせはじめて、ふたりのいるほうを向いた。たしかにそれはカールだったが、ひどいカールだった——顔からは表情が消え失せ、見開かれた目はうつろだった。「ちょっと休んでいるだけさ」と彼はどんよりした声で言った。「もうすぐまた歩きはじめるさ」突然、人気のないアスファルトの上を、小旗を掲げたタクシーがゆっくりと滑ってきた。「止めてくれ」とカールが言った。「それに乗せてくれ」車がこちらへ寄ってきた。ギュンターはカールが起き上がるのを助けようとして彼の上に倒れかかってしまい、クルトはグレーのゲートルに包まれた誰かの脚を引っぱった。運転手はいかにも人のよさそうな言葉をかけて、こうした光景を応援していたが、とうとう車から降りてきて自分も手を貸しはじめた。力なくもがいていた身体が、ドアの向こうの穴に押し込められると、すぐに車は出発した。「俺たちはすぐ近くだからな」クルトが言った。クルトと並んで立っている男がため息をついた——その男をよく見てみると、それはカールだった——つまり、タクシーが運んでいったのはギュンターだったのだ。「手を貸すからさ」クルトがすまなそうに言った。「行こうか」カールがうつろな子どもっぽい目つきで前方を見ながらクルトに寄りかかると、ふたりは動きだし、波打つアスファルトを向こう側へ渡りはじめた。「あれ、まだもうひとりいるぞ」クルトが言った。小さな庭の柵のところで、歩道に座っていたのは、帽子もかぶらず、うつむいている太った男だった。「あれはたぶん、プリヴェルマッハーじゃないか」とクルトがつぶやいた。「やつも最近はずいぶんと変わってしまったよな」「こいつはプリヴェルマッハーじゃないぜ」歩道に並んで座ったカールが答えた。「プリヴェルマッハーは禿《はげ》だよ」「まあ、どっちでもいいじゃないか」とクルトが言った。「こいつだって送り届けてやらなくちゃ」ふたりはその男の肩を持ち上げようとして、ふらついた。「柵をこわすなよ」とカールが警告した。「送り届けなくちゃな」とクルトがくり返した。「プリヴェルマッハーの弟かもしれないしな。弟も来てたよな」

　男はどうやら眠っていた、ぐっすり眠っているようだった。黒いコートに身を包み、襟の折り返しにはビロードのストライプが入っていた。重たげな顎と腫れた瞼《まぶた》の太った顔が、街灯の光でてかてかして見えた。「タクシーが来るのを待とうぜ」クルトはそう言うと、カールにならって歩道の縁に座りこんだ。「今夜も、もうすぐ終ってしまうな」彼は確信したようにそう言い、空に視線を移してこう言い添えた。「なんで回転するんだ」「星だからさ」カールがそう説明すると、ふたりはしばらくのあいだじっと動かずに上を見上げていた——白みがかった灰青色の深淵で、星たちが弧を描いて静かに進んでいた。「プリヴェルマッハーも見ているぜ」とクルトが沈黙を破って言った。

「いや、寝てるよ」じっと動かない太った顔に目をやって、カールが反論した。「寝てるな」とクルトも同意した。

光がアスファルトの上を滑るように動いて、さっきギュンターをどこかへ連れ去ったあの親切なタクシーが、すうーっと歩道に車を寄せた。「もうひとりいるのかね？」運転手は笑い出した。「いっぺんに乗せていくことだってできたのに」「いったいどこへ送り届ければいいんだ？」とカールがクルトにたずねた。「住所らしきものはないかな、ポケットの中とか」聞かれた方は曖昧に答えた。よろめいたり、惰性でうなずいたりしながら、ふたりは、ぴくりともしない男の上にかがみ込んだ――コートのボタンが外れていたおかげで、探索は楽なものになった。「ビロードのチョッキだぜ」とクルトが言った。「かわいそうに、かわいそうに……」最初に探ったポケットのなかに、二つ折りにした葉書が見つかったが、ふたりがつかんだので半分にちぎれてしまい、受取人の住所が書かれているほうの半分は滑り落ち、跡形もなく消えてしまった。ところが、残ったほうの半分にはもうひとつの住所が葉書を横切るように書かれているのが見つかり、そこにはしっかりとアンダーラインが引かれていた。その裏面には、一行だけまっすぐに文が書かれ、左半分がちぎれて失われていたが、たとえ失われた半分をつなぎ合わせることができたとしても、文の意味が明らかになることはとうていなさそうだった。「バック《Вас》・ベレポム《Вечером》」(「あなたを《ヴァス》、夜に《ヴェーチェラム》」)とクルトがロシア語のキリル文字をラテン文字として読んだが、それは無理のないことだった。葉書に書かれていた住所が運転手に告げられ、それから、死んだように重たいからだを車に引きずり込まなくてはならなくて、またもや運転手が手を貸しに降りてきてくれた。ドアの表面には、街灯に照らされて大きなチェス盤模様が浮かび上がっていた――ベルリンのタクシーの紋章だ。やっとのことで、ぎゅうぎゅう詰めのタクシーが動き出した。

カールは途中で眠り込んでしまった。彼の身体と、誰のだかわからない身体と、床に座りこんでいたクルトの身体は、曲がり角のたびに、なすがままに柔らかくぶつかり合い、しばらくすると、クルトが座席の上にいて、カールは床にすわり込み、誰だかよくわからない男は半分床に落ちていた。車が停まり、運転手がドアを開けたとき、最初はいったい車のなかに何人いるのかわからない状態だった。カールはすぐに目覚めたが、帽子をかぶっていない男は相変らずぴくとも動かなかった。「このお友だちをこれからどうするか見物ですな」と運転手が言った。「たぶん、こいつを待っている人たちがいるんじゃないかな」とクルトが言った。運転手は、もう自分の仕事は果たしたし、一晩で十分すぎるほどの重量を運んだと考え、小旗を掲げてから、料金を告げた。「俺が払うよ」カールが言った。「だめだよ、俺が払う」クルトが言った。「俺がこいつを最初に見つけたんだから」この言い分にカールは納得した。どうにかこうにか空になった車が去っていった。三人の男たちが歩道に残された——そのうちのひとりは石の階段を枕にして寝そべっていた。

よろめき、ため息をつきながら、クルトとカールは道路の真ん中まで歩いていき、それから、建物のなかでただひとつだけ明かりのついている部屋に向かってしゃがれ声で叫んだのだが、するとすぐさま、思いがけないほど敏感に、光を切り刻むブラインドが震えて、巻き上げられた。窓から、若い女性が顔をのぞかせた。どんなふうに切り出したらいいのかわからずにクルトは薄笑いを浮かべていたが、少ししてから、思い切って大声で叫んでみた。「お嬢さん、プリヴェルマッハーをお連れしました」女性は何も答えず、ブラインドがはじけるような音を立てて下ろされた。それでも、彼女が窓辺にとどまっているのは見てとれた。「通りで彼を見つけたんですよ」ためらいがちに、カールが窓に向かって言った。ブラインドがもう一度上がった。「ビロードのチョッキを着ていますよ」そう説明しなければと思ってクルトが言った。窓辺から人影が消えたが、次の瞬間には、玄関ドアの向こう側にあった闇が崩れ、明るく照らされた階段がガラス越しに出現した――最初の踊り場まで大理石でできているこの生まれたばかりの階段が、最後まで石化してしまう前に、素早く動く女性の脚が階段にあらわれた。鍵が錠にあてられ、ドアが開いた。歩道には、黒い服を着た太った男が、背中を石段にもたれかけて横たわっていた。

そうこうしているあいだにも、階段は人を生み続けていた……。寝室用のスリッパに、黒いズボン、襟のない糊のきいたワイシャツといった姿の紳士があらわれ、彼に続いて、青白くてずんぐりとしたメイドが裸足にスリッパをつっかけてあらわれた。みんながルージンをのぞき込むように身をかがめている一方で、きまり悪そうににやにやしている泥酔状態のよそ者たちは何かを説明していて、そのうちのひとりは半分にちぎれた葉書を名刺さながらにそそくさと手渡した。総勢五人でルージンを担いで階段をのぼっていく途中のこと、急に階段の明かりが消えてしまい、貴重な重い頭部を支えていたフィアンセは悲鳴をあげた。闇のなかで何もかもがぐらぐらし、ぶつかる音や、こすれる音や、喘ぐ声が聞こえ、誰かがドイツ語で神に祈った――それからふたたび明かりがつくと、よそ者のうちのひとりは階段に腰かけ、もうひとりはルージンの身体に押しつぶされ、上の踊り場では母親が派手な刺繍のガウンをまとって立っていて、彼女の見開いた輝く目は、夫がうめき声とともにぶつぶつ言いながら支えている息絶えた身体と、娘が肩の上に載せている大きな恐ろしい顔を見つめていた。ルージンは客間に運び込まれた。若いよそ者たちは、誰かに向かって自己紹介しようとしてかかとを鳴らしてみたり、陶器の置かれた小さなテーブルにぶつかりそうになって飛びのいたりしていた。あっという間に、どの部屋でも彼らの姿を見かけるようになった。おそらく彼らは帰りたかったのだが、玄関までたどり着けなかったのだろう。彼らは家中のすべてのソファの上でも、バスルームの中でも、廊下にあったトランクの上でも、あらゆるところで見つかったのだ、もはや彼らの存在を免れることはできなかった。何人いるのかは定かではなかった——変動する、ぼやけた人数。だが、しばらくすると連中は姿を消してしまった。メイドが言うには——ふたりは追い出したが、ほかの連中はまだそこらへんにいるだろう、酒は男をダメにしてしまうものだ、妹のフィアンセも酒飲みだ——とのこと。

「やってくれたじゃないの、すっかり酔っぱらっちゃって」服を半分脱ぎ、毛布にくるまって客間の長椅子に死んだように横たわるルージンを見つめながら、この家の女主人は言った。「やってくれたわね、べろんべろんよ」不思議なことに、ルージンが泥酔するまで酒を飲んだという事実が彼女には気に入り、温かい感情を彼女のなかに引き起こしたのだった。こんなふうにはめをはずすこと自体に、彼女は何か人間的なもの、自然なもの、そしておそらく、向こう見ずな大胆さや、度量の大きさのようなものを見てとっていた。彼女の知り合いの、善良で明るい人々も、よくこんなふうになることがあったのだ（彼女はこう考えていた——この混乱の時代のせいで人々が途方に暮れるのは無理のないことだし、ロシアを愛してやまない人々が折に触れて緑のワイン、つまりウォッカに慰めを見いだしてしまうのもよくわかる）。だが、ルージンからまったく酒の匂いがしないことに気づき、ルージンが酔っぱらいとはまったく違う奇妙な眠り方をしていることがわかると、彼女は幻滅をおぼえ、ルージンのなかにたったひとつでも人間らしい性癖を見いだした気になっていた自分が恥ずかしくなった。

明け方にやってきた医者が彼を診察しているあいだに、ルージンの顔に変化が生じ、瞼が持ち上がり、その下からは濁った眼球が姿を見せた。そのときになってはじめて、フィアンセは、玄関先に横たわる彼の身体を目にしてからずっと続いていた麻痺状態からやっと抜け出した。実際のところ、昨日の夕方以来、彼女は何か恐ろしいことが起きるのではないかと予感していたが、こんな恐ろしいことになるとは想像できなかった。夜になってもルージンがあらわれなかったので、彼女はチェス用のホールのあるカフェに電話をかけたが、対局はもうとっくに終っていると言われた。そこでこんどはホテルに電話をかけると、ルージンはまだ帰ってきていないとのことだった。もしかしたら錠のかかった玄関ドアの前で待っているのではないかと考えて表に出てみたり、もう一度ホテルに電話をしてみたり、警察に知らせたほうがいいのではないかと父親に相談してみたりした。「くだらない」と父親はきっぱりと言い放った。「彼の知り合いはひとりやふたりじゃあるまい。誰かの家へおじゃましているのだろうよ」だが、ルージンには知り合いなどひとりもいないことを彼女はよく知っていたし、ルージンが姿をあらわさないことにどうしても納得がいかなかった。

そして今、ルージンの大きな青白い顔をながめていると、彼女の心は苦しさと優しさの入り混じった哀れみであふれそうになり、もし彼女のなかからこの哀れみが消えたとしたら、彼女の命も消えてしまうのではないかとさえ感じられた。この無邪気な人が路上に転がっていた様子や、この柔らかな身体を酔っぱらいたちが抱きかかえる様子が彼女には想像できなかったし、したくもなかった。彼が神秘に包まれて気絶しているというのに、酔っぱらいがだらしなく眠りをむさぼっていると勘違いされたなんて、それに、誰も助けてくれなくて黙って倒れているというのに、どうせもうすぐいびきを轟かせるだろうと決めつけられていたなんて、考えたくもなかった。つらすぎる、かわいそうすぎる。それに、この着古した風変わりなチョッキときたら、見ているだけで泣けてくる。それから、悲しげな巻き毛と、子どもみたいに皺がよったむき出しの白い首……。みんな自分のせいだ——しっかり見ていてあげればよかった、しっかり見ていてあげれば。いつだって彼のすぐそばにいなければならなかったのだ、チェスをたくさんやらせすぎてはいけなかったのだ——ここまでよく車にひかれずに来られたものだ、それに、チェスのせいで疲れすぎてこんなふうに倒れてしまい、こんなふうにまったく動かなくなってしまうことをなぜ私は予測できなかったのだろう。「ルージン」と微笑みながら彼女は言った、まるでその微笑みが彼に見えているかのように。「ルージン、もうだいじょうぶですよ。ルージン、聞こえてますか?」

ルージンが入院するとすぐに、彼の荷物を取りに彼女はホテルに向かったが、最初は部屋に入れてもらえず、長々と説明させられるはめになり、それから厚かましいホテルの従業員と一緒に入院先のサナトリウムに電話をかけさせられ、さらにそのあと、一週間分のホテル代を支払わなければならなくなったがお金が足りずに、また説明しなければならず、この一連のやりとりのあいだずっと、ルージンがあざ笑われ続けているような気がして、彼女の目にはどうしても涙が浮かんでしまったのだった。ホテルのメイドがぞんざいに手伝おうとするのを断り、ひとりでルージンの荷物をまとめ始めたとき、哀れみの感情は最高潮に達した。彼の荷物の中には、存在すら意識しないまま捨てずにずっと持ち続けてきたような代物があった。まったく必要のない、思いがけない物たち——S字型の金属バックルと脇に小さな革袋がついた厚い麻のベルト、螺鈿のほどこされた小さなナイフ型の飾り、イタリアの絵はがきの束(どれも青空や、聖母や、ヴェスヴィオ山上空の藤色の煙といったものばかり)。それから、まちがいなくペテルブルグからずっと持ち歩いてきたもの

――赤と白の玉のついた小さなそろばん、まったくカレンダー向きではない年(一九一八年)の卓上用日めくりカレンダー。*こうしたものすべてが、なぜだか、清潔だがくしゃくしゃになったワイシャツにまぎれて、ワードローブの中に雑然と散らばっていた――ワイシャツの縞模様の色と糊のきいたカフスは、とっくに過ぎ去ってしまった時代の光景を思い出させるものだった。そこには、ほかにもロンドンで買ったオペラハット(折りたたみ式のシルクハット)が見つかり、そのなかにヴァレンチノフとかいう人物の名刺が入っていた……。洗面具類ときたらひどいありさまで、彼女はすべてそこに置いていこうと決心した――信じがたいほどぼろぼろのたわしの代わりに、ゴム製のスポンジを買ってあげよう。チェス盤と駒、メモや図面が詰まった紙箱、チェス雑誌の束、それらを彼女はほかのものとは別にまとめてしまった。今の彼にこんなものは必要ないのだ。スーツケースとトランクをいっぱいに詰めてから閉じ、彼女は部屋をもう一度くまなく調べたが、するとベッドの下からびっくりするほど古びてぼろぼろの、紐のとれた、黄色く変色している靴が一足見つかった――ルージンはそれを夜にスリッパとして使っていたのだ。彼女はそれをベッドの下にそっと押し込んで戻した。

ホテルを後にした彼女は、ルージンがステッキも帽子も持っていなかったことを思い出して、ひょっとしたらチェスホールのあるカフェに置き忘れたのではと考え、そこに向かった。トーナメント会場のホールには大勢の人が集まっていた。クロークのところに立っているのはイタリア人トゥラーティで、意気揚々とコートを脱いでいるところだった。ちょうどチェスの対局が始まるところで、ルージンの病気のことはどうやらまだ誰も知らないらしいと、彼女は悟った。「なるようになるでしょう」彼女は少し意地の悪い喜びを感じながらそう考えた。「待たせておけばいいわ」ステッキは見つかったが、帽子はなかった。小さなテーブルの上にはすでに駒が並んでいて、広い肩幅のトゥラーティは両手を揉むようにしながら、ステージに上がる直前のバス歌手さながら低い声で咳払いをしていたが、彼女は憎しみを憶えつつそうした光景を見つめ、そのあと、急いでカフェを出ると、ふたたびタクシーに乗ってサナトリウムに戻った——タクシーの屋根に積まれたチェック柄のルージンのスーツケースは、感動的なほど緑色が映えて見えた。

ゆうべの若者たちがふたたび家に姿をあらわしたとき、彼女は留守にしていた。深夜に騒々しく乱入してしまったことを彼らは詫びにきたのだった。ふたりともきちんとした身なりで、しきりにお辞儀をしたり、礼儀正しくかかと同士を打ち鳴らしたりしてから、ゆうべ自分たちが送り届けた紳士の具合を訊ねた。彼らは、送り届けたことを感謝され、世間体のための説明を聞かされた——同僚たちが婚約を祝ってくれた楽しい飲み会のあとで、彼はぐっすり眠り込んでしまっていたのだと。十分経つと彼らは立ち上がり、とても満足して帰っていった。ちょうどその頃、トーナメント関係者の小柄な男が取り乱した様子でサナトリウムに姿をあらわした。だがルージンとの面会は許されなかった——その男の応対をした、落ち着いた感じの若い女性が冷めた口調で言うには、ルージンは極度に疲労し、いつチェスの活動を再開できるかはわからないとのことだった。「それは大変だ、前代未聞ですよ」小柄な男は訴えるように何度かそう繰り返した。「まだ対局は終ってないんです！　それにほんとうにすばらしい対局なんです！　マエストロにお伝えください……。私の興奮ぶりをお伝えください……それから、マエストロにどうぞよろしく……」男は絶望したように片手を振ると、頭を横に振りながら出口に向かってとぼとぼ歩いていった。

さまざまな新聞で、ルージンが精神的過労により決勝戦を最後まで戦うことができなかったという記事が掲載され、さらに、f4のポーンが弱点となって黒は絶対に勝てないのだというトゥラーティの言葉も報じられた。そしてどこのチェス・クラブでも、チェス通たちが盤の局面をじっくり研究し、中断以降の可能な限りの展開を追跡した結果、白にはd3に弱点があることが指摘されたが、それでも、黒を間違いなく勝利へと導く決定的な鍵を誰も見いだすことはできなかった。

訳注（＊）　一五二頁　この年、ロシアではユリウス暦からグレゴリオ暦への転換が実施された。

10

　それから間もない夜のこと、恥ずかしいくらいの大声で、無益だが避けることのできない会話が交わされた――それは、ずっと前から機が熟し、ずっと前から単調な音を響かせていたが、とうとう重々しい爆音を響かせたのだった。彼女はサナトリウムから帰ってきたばかりで、むさぼるように蕎麦の実のおかゆ《カーシャ》を口にしながら、ルージンは回復していると言った。両親が互いに目配せをすると、それが始まりの合図だった。

「おまえが馬鹿な考えを捨ててくれるといいんだけれどねぇ」と母親の声が鳴り響いた。「おかわりをください」娘は皿を差し出してそう言った。「気を利かせていたんだよ」と母親が話を続けると、そこで父親がバトンを受け取った。「そうなんだよ。気を利かせて、お母さんはこのところ何も言わなかったんだ、おまえのお友だちの状態がはっきりするまではそっとしておこうと思って。だけどもう、そろそろ話をしなくてはならないな。お前だってわかっているだろう？　お父さんとお母さんがそもそも何を望んでいるか、何を心配しているか、どうしてほしいのか……つまり、おまえが苦労したりせずに、幸せになってくれて、そう、そういうようなことをいろいろと願っているんだよ。だから、そのためにはね……」「私が若かった頃なら、こんなこと絶対に許されなかったわよ」と母親が口をはさんだ。「それだけのことよ」「いやいや、許すとか許さないとかの問題じゃない。いいかい、聞いてほしいんだ。おまえは十八歳じゃなくて、もう二十五歳だ。何か心を魅了するような、素敵なことが、今のおまえの身に起こっているとはまったく思えないんだよ」「この子はね、とにかく逆らうようなことをしたいのよ」と母親がまた口をはさんだ。「こんなひどい悪夢みたいなことはもうたくさん……」「いったい何のこと？」とうとう娘は疑問の言葉を発して、そっとテーブルに両肘をつき、上目遣いに父親から母親へと視線を移しながら微笑んでみせた。「馬鹿な考えはもう捨てなくてはならないってことよ」母親が叫んだ。「頭のおかしい文無しと結婚するなんてばかげてるのよ」「えっ！」娘はそう言って、片方の腕をテーブルの上に伸ばし、その腕に顔を伏せた。「それで」父親がまた話し始めた。「イタリアの湖に行ったらどうかと思うんだ。お母さんと一緒にイタリアの湖にさ。ほんとうに、想像もできないような楽園なんだよ。イゾラ・ベッラを初めて目にしたときのことは今でもよく憶えているよ……」さざ波のような笑いが彼女の肩を震わせた——そのあと顔を上げてからも、目を閉じたまま彼女は静かに笑いつづけた。「で、いったい何を望んでいるのか、言ってごらんなさい」母親はそう問いただし、テーブルをバタンと叩いた。「第一に」と彼女は答えた。「そんな叫び声はもう聞きたくないということ。第二に、ルージンがすっかり回復することを私は望んでいるの」「イゾラ・ベッラというのは、イタリア語で美しい島という意味でね」と慌てて父親が話を続け、意味ありげなしかめ面をしつつ、自分ひとりでやってのけると妻に示そうとした。「おまえには想像もつかないと思うよ……。青みがかったるり色と、暑さと、モクレンの花、ストレーザにある素敵なホテル——ああ、もちろん、テニスやダンスも楽しめる……。とくにお父さんがよく憶えているのはね、あれはなんて言ったかな、ほら、あの光る虫だよ……」「じゃあ、そのあとはどうするのよ？」食いつくような好奇心で母親がそうたずねた。「だから、もし、おまえのお友だちが死ななかったら、そのあとはどうするのよ？」「それは、あの人次第よ」と娘はできるかぎり穏やかに言った。「私はね、あの人を運命の気まぐれにゆだねることなんてできないの。そんなことはしないわ。以上です」「ふたりで精神病院《黄色い家》行きってことね——そうなさい、どうぞ、そうなさい！」「黄色かろうが青かろうが……」と娘は微笑みを震わせながら言いはじめた。「イタリアに心をひかれないのかい？」父親が声を高めて明るく言った。「頭がおかしいわ……。おまえのせいで髪が白くなったのよ！　あんな、チェスしかできないろくでなしのところにはお嫁に行かせませんからね！」「ろくでなしは自分でしょ。お嫁に行きたくなったら勝手に行くわよ。偏屈で意地悪な女ね……」「まあ、まあ、まあ、いいから、いいから」と父親がもごもごつぶやいた。「もう二度とあいつを家に入れないからね」と母親は息を切らして言った。「絶対に入れないからね」娘は声を立てずに泣き出し、ダイニングルームから出て行く途中で食器棚にぶつかって「最悪！」と悲しげに声を上げた。食器棚は長いあいだ恨めしそうに鳴り響いていた。

「あそこまで言うことはなかったのに」父親がささやいた。「あの子の肩を持つわけね、どうぞ、どうぞ……」「いや、そういうつもりはまったくないけれど。ただ、いろいろなことが起こるものなんだよ。あの男は疲れきってしまって、まあ言ってみれば、ダウンしちゃったんだろうさ。おそらく――どうなるのか誰にも分からないけれど――でも、おそらく、あれほどの衝撃を食らったからには、やつはこのあと回復していくんじゃないだろうか……。あのさ、ちょっと見てくるよ、あの子がどうしているか」

　翌日、彼はルージンが入院しているサナトリウムの著名な精神科医と、時間をかけて話し合った。精神科医は黒いアッシリア風のあご髭をはやし、相手の話に耳を傾けているあいだずっと、その優しいうるんだ目は奇跡的なほどにきらめいていた。彼が言うには、ルージンは癲癇ではないし、進行性麻痺でもなく、今の症状は長期にわたる緊張のせいだとのこと、そして、ルージンと話し合うことができるようになったらすぐにでも、チェスに盲目的な情熱を注ぐと命取りになると教え込まなくてはならない、しばらくはずっとチェスの仕事から遠ざかってごく普通の生活を送るべきだと分からせなくてはならない、とのこと。「それで、そんな男が結婚なんてできるものでしょうか？」「もちろんですよ――インポテンツではないならばね」と教授は優しく微笑んだ。「それに、結婚は彼にとってプラスになります。彼には、世話をしてくれる人、いつも見ていてくれる人、楽しませてくれる人が必要ですからね。今回は、一時的に意識が混濁しただけで、それも徐々に治まりつつあるようです。見る限りでは、もうすぐ完全に意識が戻るでしょう」

　精神科医の話は、家族のあいだにちょっとしたセンセーションを引きおこした。「ということは、チェスはもうおしまいってことよね？」満足げに母親が指摘した。「それでいったい彼に何が残るっていうの――狂った頭だけかしら？」「いや、そんなんじゃないよ」と父親は言った。「彼が狂っているなんて話はまったく出ていないんだ。あの男は元気になるだろうよ。悪魔はその子どもたちほどには怖くない、*って言うじゃないか。今、お父さんは『子どもたち』って言ったんだよ、わかったかな?」だが、娘は微笑みもせず、ため息をつくのみだった。実際のところ、彼女はほんとうに疲れていた。一日の大半をサナトリウムで過ごしていたのだが、周囲のあらゆるものが誇示する白さや、看護婦たちの無音の白い動きのなかに、何か信じがたいほどに疲れさせるものがあったのだ。今もなお蒼白で、ひげが伸び、それでも清潔なシャツを着せられたルージンは、ぴくりともせず横たわっていた。確かに、シーツの下で膝を少し立てたり、ゆるやかに腕を動かしたりすることもあったし、顔にわずかな陰影の変化があらわれることもあり、ときには、開いた両目にほとんど理性を取り戻したかのような光が見えることもあった——だが、彼について言えることはただひとつ、じっと動かないということだけであり、それは、意識の動きの兆しをそこに探し求めようとする者をいたずらに疲労させる、重苦しい不動であった。そうかといって、視線をそらすこともできなかった——黄ばんで青白い額には、ときどき目に見えぬ内面の動きが皺となってあらわれたが、その額の向こう側にどうしても入り込みたくなるのだった——未知の靄がつらそうに震えつつ、おそらく、いったん霧散して、現実世界の個々の思考へと凝縮しようとしているのだろうが、まさにその靄の中へと入り込みたくなるのだった。実際、動きはあった、あったのだ。形なき靄は、輪郭と具象化を欲していた——あるときなどは、闇の中に鏡のように光る小さなしみがあらわれ、そのぼんやりとした光に、ルージンは、あの子ども時代の悪夢にあらわれた黒い縮れたあご髭の男の姿を見た。ぼんやりとした鏡のなかの男はこちらに向かって身をかがめたが、するとすぐに、かすかな光はおおわれてしまい、ふたたび靄のような闇と、ゆっくりと広がる恐怖だけが残った。そして、幾世紀もの暗闇の時間が流れたあと——地上ではたった一晩だったが——もう一度新たな光が生まれ、突然、何かがきらめくようにはじけると、闇は裂けて、溶けつつある黒い枠と成り果て、その真ん中に輝く青い窓があらわれた。その青い世界では、細かい黄色い葉が白い幹にまばらな影を投げかけながら輝き、その幹の下のほうは、モミの木の暗い緑色の枝に隠れている。するとまもなく、この光景は生命に満ちあふれ出し、葉は震え、まばらな影は幹の上を這い、緑色の枝はゆらゆら揺れ出し、ルージンは耐えられずに目を閉じたが、まぶたの裏には楽しげなゆらめきが残っていた。「あそこの木立にぼくは何かを埋めたんだ」彼はうっとりとしながら考えた。そして、いったい何を埋めたのかを思い出そうとしたそのとき、頭上で何かがさらさらいう音が聞こえ、静かなふたりの声が聞こえた。自分がどこにいるのか、なぜ額の上に柔らかくて冷たいものがのせられているのかがわかりたくて、彼は耳をそばだてた。しばらくして、彼はふたたび目を開いた。太った白い女が彼の額に手のひらを当てていた――少し離れたところに窓があり、先ほどと同じ幸せな輝きにあふれていた。彼は何を言ったらいいのかしばらく考えていたが、女の胸に小さな時計がピンで留めてあるのを見つけると、舌なめずりをしてから、何時かとたずねた。たちまち周囲に動きが生じ、女たちがたがいにささやきはじめると、ルージンは、自分が彼女たちの言語を理解でき、自分もその言語で話すことができることに驚いた。「何時ですか？」と彼はもう一度言った。「今は朝の九時ですよ」と女たちのひとりが言った。「ご気分はいかがですか？」少しだけからだを起こすと、窓の外に、やはり影でまだらになった木の塀が見えた。「どうやら、うちにたどり着いたらしい」考え込むような様子で彼はひとりつぶやき、空っぽの軽い頭をふたたび枕におろした。彼はしばらくのあいだ、ささやき声や、ガラスの触れ合う軽やかな音に耳を傾けていた……。自分の身に何か不合理なことが起きているとはいえ、そのすべてが彼にはなぜだか心地よく感じられたし、こうして動かずに横たわっているのはすばらしく気持ちよかった。そうしているうちに、彼は眠り込んでしまい、目覚めたときには、またしてもロシアの秋の青い輝きが目に入った。しかし、何かが変化していて、ベッドのかたわらには誰か知らない男性がいた。ルージンは頭を横に向けた——右側の椅子に、黒いひげを生やした白衣の男性がすわり、にこやかなまなざしで注意深くこちらを観察していた。ルージンはぼんやりと、この人物が製材工場の男と似ていると思ったが、彼が話しはじめた途端に、その思いは消えた。「きぶんはよいですか？《カラショー》」と彼は不正確なロシア語で、親しげにたずねた。「あなたはどなたでしょうか？」とルージンはドイツ語で質問した。「友人ですよ」と男性は答えた。「忠実な友人です。あなたは病気を患っていましたが、今はもう健康です。いいですか、もうまったく健康なのですよ」ルージンは彼の言った言葉について考えはじめたが、彼はそれをさえぎるようにやさしくこう言った。「静かに横になっていなければなりません。お休みください、もう少し眠っていてください」

こうしてルージンは長旅から帰還した——道中で手荷物の大半をなくしてしまったけれども、失ったものを取り戻すのは面倒だった。回復期の最初の日々は穏やかで、なめらかに過ぎていった——白衣の女性たちはおいしい食事を食べさせてくれたし、ひげを生やした魅惑的な男がやってきては、楽しい話をしてくれたし、彼の暗い瑪瑙のような目で見つめられると、全身があたたかくなるような気がした。まもなくルージンは、この部屋にもう一人誰かが、何かわくわくするようなとらえがたい存在がいることに気づきはじめた。あるとき彼がふと目を覚ますと、誰かが音もなく足早に去っていった——それはちょうど、聞き慣れたささやき声が耳元で聞こえたかと思うと、すぐに消え去ってしまうような感じだった。そして、ひげを生やした友だちがする話にも、秘められた幸福のようなものをほのめかす言葉がちらつき出した。その幸福感は彼の周囲の空気にも、窓から見える秋の美しさのなかにも感じられた――謎めいた、すばしこい幸福が、どこかドアの向こう側で、隠れるようにして震えていた。そして、彼の透き通った思考は天国のような虚無の中をさまよっていたのだが、今や、その虚無があらゆる方向から埋められつつあるということを、ルージンは少しずつ理解しはじめた。だが、ルージンは幸運だった――最初にあらわれたのが、彼のこれまでの人生で最高に幸せなイメージだったからだ。

素晴らしいことが近づいてくる予感がして、彼は枕元の手すりごしに白いドアを見つめ、それが開いて予感が実現するのを待った。しかしドアは開かなかった。すると突然、脇のほうの視界の外側で、何かがぴくりと動いた。大きな衝立に隠れて誰かが立ち、笑っていた。「今行くから、今行くから、ちょっと待っていて」ルージンはそうつぶやきながら、ベッドから両足を降ろし、かたわらの椅子の下に何か履く物はないだろうかと探した。「どこにも行かなくてよいのですよ」と声がして、ピンク色のドレスが一瞬にして虚無を埋め尽くした。

まず最初にその方向から彼の人生が照らし出されたということ――そのことが彼の帰還を楽なものにしてくれた。今まで彼の生活の神であった、あの残忍な巨体は、もうしばらくのあいだ影に隠れたままでいた。甘美な目の錯覚が起きたのだ――抜け出したときとは別の方向から彼は現実に戻り、彼を最初に出迎えたあのすばらしい至福が、彼の記憶を配置しなおす作業を引き受けたのだった。そしてとうとう、彼の人生のその領域が完全に復元されると、突然、壁の崩れる轟音とともに、トゥラーティや、あのトーナメント、さらには、これまでのすべてのトーナメントが姿をあらわした。だが、まさにあの至福が、抵抗するトゥラーティのイメージをうまく追い払ってくれたし、動き出そうとしたチェスの駒を首尾よく箱に戻してくれた。それらがまた生き返ったなら、すぐにまたぱたんと蓋をすればよかった――それに、この戦いもそれほど長くは続かなかった。医師も手助けをしてくれた――宝石のような彼の目は輝きにあふれ、溶け出すようだった。その医師が言うには、われわれのまわりには自由で明るい世界があり、チェスは暖かみのない慰みにすぎず、そんなことばかりしていると思考がひからびてだめになってしまう、チェスに熱中する人は、永久機関を発明しようとする狂人か、誰もいない海辺で小石を数える狂人みたいに馬鹿げた存在である、とのことだった。「あなたを好きじゃなくなりますよ」とフィアンセが言った。「もしチェスのことを思い出すようになったらね。それに私は、あなたの考えていることはすべてわかるんですから、そのつもりでいてください」「恐怖、苦悩、倦怠感」と医師は静かに言った。「それが、この疲れるゲームのもたらす症状なのです」医師の言ったとおり、ルージン自身がそのことをよくわかっていたし、チェスのことを考えれば必ず嫌悪感を催すのだった――そして、不可思議な具合に溶け出し、溢れ出し、安心しきって幸せを感じながら、ルージンは医師の結論に賛同した。それから、柔らかい革製の真新しい寝室用スリッパを履いたルージンは、サナトリウムの広大なかぐわしい庭園を散歩しては、ダリアの花を褒めるような言葉を口にし、かたわらを歩くフィアンセはといえば、子どもの頃に読んだ本のことをなぜか考えていた――ひとりのギムナジウムの生徒が、助けた犬と一緒に家出をし、作者の都合で熱病(チフスでもなく、猩紅熱でもなく、ただの熱病)にかかり、あらゆる問題がそれによって解決してしまうのだが、さらには、それまで好きになれなかった若い継母が優しく看病してくれたせいで、少年は突如として彼女のことを大切な存在だと感じはじめて「ママ」と呼ぶようになり、頬を熱い涙がつたって何もかもめでたし、めでたし、という筋書きの本だった。「ルージンはもう元気だわ」と言った彼女の目は、噛みつかれるかもしれないと恐れながら花の上にかがみ込むルージンの重たげな横顔（まるで皮膚のたるんだナポレオン）を見つめていた。「ルージンはもう元気。ルージンはもう散歩だってできる。ルージンはとっても優しい」「匂いませんね」と低い声でルージンが言った。「匂わなくてあたりまえよ」と彼女はルージンの手を取って言った。「ダリアはそういうものなの。ほら、あそこに白い無骨な花があるでしょ、あれ、煙草の花なのよ。夜になると強い香りがするの。子どもの頃、よく茎の汁を吸ってたんですよ。今はもう美味しいとは思わないけれど」「うちの庭に……」とルージンが切り出し、目を細めて花壇をながめながら考え込んだ。「まさにこの花です、この花があったんです」と彼は言った。「ほんとうに素敵な庭でした」「ああ、シオンの花ね」と彼女が教えてくれた。「私は好きじゃないわ。硬い感じがするから。私のうちにはね……」

子ども時代のこととなると、たいてい話が弾んだ。教授も話に加わり、ルージンにこんな風にたずねた。「お父様には領地がおありだったのでしょう？ そうですよね？」ルージンはうなずいた。「領地、そして田園――なんてすばらしい」と教授は続けた。「領地には馬や牛もたくさんいたのでしょうね？」うなずく。「お宅のことを想像させてください……昔からある木々が周囲を取り囲んでいて……お屋敷は大きくて、光にあふれている。お父様が狩りから戻っていらっしゃる……」あるとき父が太って不気味なひな鳥を溝で見つけ、それを家に持ち帰ってきたときのことをルージンは思い出した。「ええ」ためらいがちにルージンは答えた。「どんな些細なことでもいいですから、聞かせてくださいませんか」と教授は柔らかい口調で頼んだ。「どうか、お願いしますよ。子どもの頃にどんなことが好きで、どんな遊びをしておられたのか、私は知りたいのです。兵隊のおもちゃなんかがあったのでしょうね、たぶん……」

しかし、こうした会話の最中にルージンが生き生きと顔を輝かせることなどめったになかった。それでも、こうした質問攻めに後押しされるようにして、彼の思考は何度も何度も子ども時代という領域へ戻っていった。ルージンが思い出す内容を言葉で表現するのは不可能だった——子どものときの印象を語るのにふさわしい大人の言葉がなかったにすぎないのだが——彼がたとえ何かを語るとしても、気が向かない様子で途切れ途切れの言葉を口にするだけだった——彼の言葉は、さっと輪郭をスケッチするだけで、いくつもの可能性を秘めた複雑な指し手を説明するのは記号と数字に任せておく、といった様子だった。学校に通う前の、チェスに出会う前の子ども時代については、彼はそれまで一度も考えたことがなく、そこに眠っている恐怖や屈辱的な思いを見いだしたくなかったので、軽い身震いとともに遠ざけていたのだが、今では、心地がよく刺激たっぷりの遠足の目的地として驚くほど安全な場所となっていた。ルージンは、この興奮がいったいどこからやってくるのか自分でもよく理解できなかった——いったいどうしてなのか——あの太ったフランス人女性のスカートの脇には骨のボタンが三つ付いていて、ばかでかいお尻を肘掛け椅子に降ろすときには三つのボタンがぶつかり合ったものだが、当時はあれほど彼を苛立たせた彼女の姿が、どうして今は甘く胸を締めつけるような感覚を呼び起こすのだろうか。ペテルブルグの家でのことだが、喘息持ちの彼女の肥満体は、階段を上るよりも、玄関番がホールの壁にあるレバーで操作する古い水力式エレベーターを使うほうが好きだったな、と彼は思い出していた。「出発します」玄関番がいつものようにそう言って彼女の背後で扉を閉じると、すごい重さに喘いで揺れるエレベーターは太いビロードのケーブルを伝ってゆっくりと上の階へ這い上がっていく——すると、エレベーターのかたわらのはげ落ちた壁がガラス越しに見え、壁にできた地図を思わせるしみがゆっくりと上から降りてくるのだった（それは湿気と老朽が作るしみで、空に浮かぶ雲と同様、黒海やオーストラリアに見えることが多い）。ときにはルージン少年も彼女と一緒にエレベーターに乗ったが、たいていは下に残って、壁越しに、エレベーターが苦しみながらよじ登っていく音に耳を傾けていた――彼は、ルージン少年は、エレベーターが途中で止まってしまうことをいつも期待していたのだった。実際にそうなってしまうこともよくあった。やかましい音がぱたりとやみ、壁の向こうの未知の空間から助けを求める号泣が聞こえてくるのだった。階下の玄関番は喉を鳴らしてレバーを動かしたり、扉を暗闇に向けて開けて上のほうをのぞき込んだりしながら「動きましたか？」とそっけなくたずねるのだった。やっと何かがぶるぶると唸って動きだし、しばらくしてエレベーターが降りてくる――エレベーターは空っぽだ。空っぽなのだ。いったい彼女はどうなってしまったのだろう――もしかしたら、もう天までたどり着いて、喘息と、甘草のスティックと、黒いひものついた鼻眼鏡といっしょに、そこにとどまってしまったのか。空っぽのまま記憶がもどってきたのだ、そしてルージンはおそらく生まれてはじめてこんなふうに自問したのだった――そもそも、何もかもどこへ行ってしまったのだろう、子どもの頃のことはどうなってしまったのだろう、あのベランダはどこへ流れていってしまったのだろう、木々のざわめく馴染みの小径はどこに隠れてしまったのだろう。

知らず知らずのうちに、彼はそうした小径をサナトリウムの庭に探し求めたが、花壇の形も違えば、白樺の並び方も違っていて、白樺の赤茶けた葉と葉のあいだに見える青空の形を、記憶の中の白樺の木漏れ日にどうにかしてはめ込もうとしてみるのだが、記憶のなかの絵柄とはどうしても一致しなかった。あの遠い世界はもう再現不可能だとでもいうのか――そこでは、遠くかすんでいるせいでもう害がなくなり和らげられた両親のイメージがさまよい、木の板に似せて彩色されたブリキの車両を連結したゼンマイ仕掛けの蒸気機関車がジージー音を立てながら肘掛け椅子の裾飾りの下へと走り去っていく——蒸気機関車には大きすぎて炭水車に乗せられた機関士の人形は、そのときいったい何を考えていたのだろうか。

最近になってルージンの意識が好んで訪れるようになった子ども時代は、そんなふうだった。それに続くもうひとつの時代が長いチェス時代で、医師やフィアンセに言わせればそれは失われた年月であり、精神的盲目の時代であり、危険な思い違いであり、とにかくもう、失くした、失われた時なのだった。その時期のことは思い出してはいけなかった。そこには、ヴァレンチノフのなぜだか恐ろしい姿が、邪悪な霊のようにひそんでいたのだ。了解、そうしましょう、もうじゅうぶん——失われた歳月だ——清算なさい——忘れ去られた——人生から削除された。こうしてあの歳月を取り除いてしまえば、子ども時代の光は直接、現在の光に結びつき、フィアンセのイメージとして結実するのだ。子ども時代の記憶から引き出せる限りのあらゆるやさしさと誘惑を、彼女は体現していた——それはまるで、別荘の小径のあちこちに散らばっていたまだらな光が、一体となってひとつの暖かい輝きに結合したかのようだった。

「うれしいのかい?」娘の生き生きした顔を見ながら、母親は憂鬱げにそうたずねた。「もうすぐ結婚式を挙げることになるのかい?」「近いうちにね」彼女はそう答えて、丸いグレーの帽子を長椅子の上に放り投げた。「とにかく、彼は二、三日のうちにサナトリウムを退院するわ」「お父さんにとっては大変な出費だわね、千マルクくらいかしら」「本屋さんを片っ端からまわって探してきたの」と娘はため息をついた。「彼ったらどうしてもジュール・ヴェルヌとシャーロック・ホームズを欲しがってね。トルストイなんて一度も読んだことがないらしいのよ」「当たり前じゃないの、あの人は田舎者なんだから」と母親がつぶやいた。「お母さんはいつもそう言っていたじゃない」「あのね、ママ」娘は手袋で、本の包みを軽く叩きながらそう言った。「約束しましょうよ。今日からはもう、そういう心優しいご意見はいっさいなしにしてちょうだい。ママにとっても愚かで恥ずかしいことだし、それにだいたい、言わなくてもいいことでしょ」「彼と結婚するなんて、やめておくれ」顔色を一変させて母親が言った。「結婚しないでおくれ。お願いだから。ねえ、お母さん、おまえの目の前でひざまずくから……」そして、母親は肘掛け椅子に片手をつくと、つらそうに片足を曲げはじめ、かすかにきしむ巨体をゆっくりと沈めていった。「床に穴でもあけるつもり？」娘はそう言うと、さっと本をつかんで部屋を出て行った。

フォッグの冒険とホームズの回想録をルージンは二日間続けて読み、読み終えると、これは自分が欲しかったのとは違うと言い出した——不完全な版なのではないか、とのこと。そのほかの本のなかでは『アンナ・カレーニナ』が気に入った——とくに地方自治会の選挙のくだりと、オブロンスキーの注文したディナーが彼のお気に入りだった。『死せる魂』もまあまあの好印象で、おまけに、そのなかのある箇所を読んでいるときにふと気づいたのだが、かつて子ども時代につらい書き取りをさせられた長い文章が、そっくりそのままそこにあったのだ。こうしたいわゆる古典作品以外にも、フィアンセはフランス人作家の軽い風俗小説などを手当たり次第に持ってきた。ルージンを楽しませてくれそうなものなら、何でもよかった——彼はこれらのうさん臭い風俗小説に少し戸惑ったが、それでも興味深く読んでいた。そのかわり詩のほうは（たとえば、店員に勧められて買ったリルケの詩集などは）彼にはよく理解できず、読むと重苦しく悲しい気分になった。そのことを知った教授は、ルージンにドストエフスキーを与えることを禁じた——教授の言葉によれば、この作家は現代人の心理に悩ましい作用をひき起す、なぜなら、まるで恐ろしい鏡をのぞき込むように……。

「あら、ルージンさんは本のことで考え込んだりしませんわ」と彼女は陽気に言った。「ただ、韻律がじゃまして詩の内容がよくわからないんです、彼にとって韻律は厄介なんですよ」

とても不思議なことだった。ルージンのこれまでの読書量は彼女よりずっと少なかったし、ギムナジウムの教育も終えず、チェスにしか興味を持ってこなかった——それなのに、彼女は、自分自身にはない、何か教養らしきものの影を彼のなかに感じ取っていた。本そのものは一度も読んだことがないにもかかわらず、その本のタイトルや主人公の名前になぜかルージンが家族同然の親しみを持っているということがあった。ルージンの話し方はぎこちなく、粗雑で的を得ない言葉ばかりだった——だが、ときおりそのなかに、不思議なイントネーションが身を震わせることがあり、そのイントネーションは、彼が口に出すことのできないでいる、繊細な意味の詰まった生き生きとした言葉をほのめかすのだった。無知であるにもかかわらず、語彙が貧しいにもかかわらず、いつか耳にしたことのあるさまざまな音の影を、かすかに聞こえる音の振動を、ルージンは自らのうちに隠し持っていた。

ひとりひざまずいたまま取り残され、椅子の肘掛けに頬をすりよせて心ゆくまですすり泣いたあの日以来、母親はルージンに教養がないことも、その他の欠点のことも、もう何も言わなくなっていた。「何もかも受け入れてあげたっていいのよ」しばらくしてから彼女は夫にそう言った。「もしあの子が本当に彼のことを愛しているのなら、何もかも受け入れて、許してあげてもいいの。でも、そこが本当に心配なの……」「いや、それは全然違うよ」と夫がさえぎった。「ぼくだって、最初は、ただ頭のなかで考えているだけの愛だと思っていた。だけどね、病気の彼に対するあの子の態度を見ていたら、まったく反対のことを確信したんだ。そりゃあ、もちろん、あのふたりの組み合わせは危ないとも言えるし、それに、あの子はもっといい選択だってできるかもしれない……。彼は由緒ある家柄の人なのだけれど、あまりに専門的な職業のせいで、その影響が出てしまっている。女優になったイリーナのことを思い出してごらんよ——女優になったあとでぼくらのところへやって来たとき、どんなふうだったか、憶えているだろ？　同じことさ、いろいろと欠点はあるにせよ、あいつはいい男だとぼくは思っている。見ていてごらん、そのうち彼だって、何か役に立つ仕事に就くだろうさ。おまえはどう考えているかは知らないが、ぼくはもう、あの子を引きとめるつもりはないよ。ぼくは思うんだけれど、あ、ぼくの意見をまだ聞いてくれるかい？——どうにもならないことは、我慢してでも受け入れなくてはならないんじゃないかな」

彼はぴんとからだをまっすぐにして、シガレットケースの蓋を叩きながら、活気づいて長々と話したのだった。

「でも、これだけははっきりと感じるの」妻はくり返した。「あの子は彼を愛していないのよ」

訳注（＊）一五八頁「案ずるより産むが易し」に近い意味の「悪魔はその描かれた姿ほどには怖くない」というロシアのことわざをもじったもの。ロシア語では「子どもたち（малютки）」と「描かれた姿（малюют）」の音が類似している。

11

片方の袖がまだ付いていない作りかけのジャケットを着せられた新生ルージンは、姿見に向かって横向きに立っていた。禿げ頭の仕立屋はチョークをルージンの肩や背中に走らせたり、口から自然に生えてくるように見えるピンを驚くべき巧みさで引き抜いては、ルージンに突き刺したりした。色調の順にアルバムにきちんと配列されたラシャ生地の見本の中からルージンがダークグレーの正方形を選ぶと、仕立屋はその生地のロールをカウンターの上にドンと音を立てて投げ出し、またたく間に広げたかと思うと、身を乗り出して、まるで裸体をおおうかのようにルージンの胸に当てた。フィアンセはその生地を長いあいだ指でつまんでいたのだが、それはシワが寄りやすい生地だということがわかった。それから、カウンターの上には何本もの固いロールが雪崩《なだれ》のようにあふれはじめ、仕立屋は下唇で指を濡らしては、ひとつずつ転がして広げ、転がして広げ、転がして広げた。最終的に選ばれたラシャは、やはりダークグレーのものだったが、しなやかで柔らかく、ほんの少しむく毛が生えているかのようだった。今やルージンは人体モデルのように、部分ごとに、断面ごとに姿見に映し出された(……ほら、これが、髭をきれいに剃った丸い顔、これは、同じ顔ですが横向きのもの、一方、これは、モデル自身の目には見えにくい後頭部で、かなり短く刈り込んであり、首すじにはたるみが見られ、バラ色に透き通った耳がやや突き出し気味……)。ルージンは自分の姿と生地をしばらく見つめていたが、先ほどの生地見本のような滑らかで豊穣な未踏の地をそこに見いだすことはできなかった。「前をもう少し詰めてもらったほうがいいかと思うのですが」フィアンセがそう言うと、仕立屋は一歩下がり、目を細めてルージンの全身を眺めると、礼儀正しく微笑んで、このお方は肉づきがよろしいですからと優しい口調で言い、そのあと、生まれたばかりの折り襟にとりかかって、何かを引っぱったり、何かをピンで留めたりし、その間ルージンは、そういう状況の人がたいていするようなしぐさで、腕を少しだけ身体から離したり、肘を曲げて自分の手首を見たりして、袖に慣れようとしていた。通りすがりに仕立屋がルージンの胸をチョークで斬りつけてポケットの位置決めをし、続いて、すでに完成しているかに見える片方の袖を容赦なくもぎ取り、ルージンの腹からすばやくピンを抜きはじめた。

上等な背広以外にも、ルージンは燕尾服を仕立ててもらった。トランクの底に見つかった時代遅れのタキシードも同じ仕立屋に作りなおしてもらい、見栄えがよくなった。フィアンセはチェスの記憶を呼び覚ましてしまうのを恐れて、なぜ今までルージンがモーニングコートやオペラハットを必要としていたのかをあえて聞かずにいたので、彼女はバーミンガムでの盛大な晩餐会のことを知る由もなかった。ちなみにその席にはヴァレンチノフがいて……。まあ、彼のことはもういい。

ルージンの外貌の一新はそれだけに留まらなかった。ワイシャツ、ネクタイ、ソックスがいろいろとあらわれ、ルージンは関心があるのかないのか、とにかくすべてを受け入れた。サナトリウムを出た彼は、フィアンセの住む建物の二階に借りた明るい壁紙のこぢんまりした部屋へ引っ越した。引っ越しをしながら彼が感じたのは、かつて子ども時代に田舎から街へと戻ったときに感じたのとそっくりな感覚だった。子どもの頃、都会でまた生活を始めるときには、いつも奇妙な感じがした。眠ろうとして横になったとたんに、もう何もかもが新しいのだ――静寂のなか、ゆっくりとした蹄の音が夜の木煉瓦を少しのあいだ生き返らせ、窓は別荘のものより分厚くて豪華なカーテンでおおわれていて、きちんと閉まっていないドアの隙間から洩れる光の線が暗闇を少しだけ和らげてくれてはいるが、そこには、まだちゃんと暖まっていない物たちが、夏の長い中断のあとでまだ友好復活を達成できていない物たちが、待ちくたびれて凝り固まっていた。そして目が覚めると――窓のそとには冷静な灰色の光が見え、空の乳白色の靄に、月に似た太陽が滑るように昇ってくる――突然、遠くのほうで軍楽隊が鳴り響き、オレンジ色の波となってこちらに近づいてくるが、せわしない太鼓の早打ちがそれを遮って、それから、じきにまた静まり返り、頬をふくらませたラッパの音に代わって、ふたたび、蹄が響かせる泰然とした音、ペテルブルグの朝の軽やかにざわめく音。

「廊下の明かりを消すのをよくお忘れですよ」ルージンに部屋を貸している年配のドイツ人女性が微笑みを浮かべてそう言った。「夜、ドアを閉めるのをよくお忘れですよ」そして、彼のフィアンセにたいしても彼女は不平をもらした、いわく、まるで老教授のようにボーッとしていらっしゃる、とのこと。

「ルージン、住み心地はいかが?」フィアンセはいつもたずねた。「ルージン、よく寝られますか? いいえ、住み心地はよくないでしょうね、でも、もうすぐすべてが変わりますから」「もうこれ以上延期しなくていいんです」ルージンは彼女を抱擁し、彼女の腰のところで両手の指を組んでつぶやいた。「座ってください、座ってくださいったら、もう延期することはないんです。明日にでもやりましょうよ。明日です。正式な本物の結婚をしましょう」「そうね、もうすぐですよ、もうすぐ」と彼女は答えた。「でも、一日じゃ無理なんですよ。もうひとつ、決まりがあるのよ。壁にね、あなたと私のふたりの名前が二週間ずっと張り出されるの、すると、その間にあなたの奥様がパレルモからやってきて、ふたりの名前を見るなりこう言うの——だめです、ルージンは私の夫ですから」

「なくしたのよ」娘が自分の戸籍簿のことを聞くと、母親はそう答えた。「しまい込んで、なくしてしまったのよ。わからないの、ほんとうに全然わからないの」しかしながら、その書類はほどなくして見つかった。それに今となってはもう遅すぎた、警告するにも、禁じるにも、障害を考え出すにも。運命による滑らかさで婚礼は転がるように近づいてきて、まるで氷の上に立っているようにつるつる滑ってしまい、もはや押しとどめることができなかった。母親は抵抗するのをあきらめざるをえなくなり、人前で恥ずかしい思いをしないためには花婿をどうやって飾り立て、どうやって紹介すればいいのかを考えなくてはならなくなったし、婚礼で微笑み、満足げな母親を演じ、ルージンの誠実さと善良さを讃えるためにはどんな準備に励めばいいのかを考えなくてはならなくなった。それから、今までルージンにどれだけのお金がかかったのか、さらにこれからどれだけのお金がかかるのかといったことも彼女は考え、そして、空想の中のおぞましい光景を追い払おうとした——部屋着姿のルージンが、猿さながらの情欲に燃え盛り、何の感情も湧かない娘が意地を張ってその情欲に従う。そうこうするうちに、その光景の枠組みも準備されていた。近所に、家賃がそれほど高くない、設備も悪くないマンションを借りたのだった――五階の部屋だったが問題はなかった。ルージンの息切れのためにはエレベーターがあったし、階段も急ではなく、踊り場ごとに、ステンドグラスの窓の下に小さなスツールが置いてあった。広々とした玄関の広間には、小ぶりの黒い額縁に入ったシルエット画が数枚、お決まりのように飾られていて、そこから左手のドアを開ければ寝室で、右手のドアは書斎に通じていた。玄関広間の奥の右側には、客間へのドアがあり、客間の隣りのダイニングルームはやや長めに作られていて、それは、玄関広間がちょうどその場所で廊下へと変化しているからだった――この変化は、リングで吊るされたビロードのカーテンで清らかに覆い隠されている。廊下の左手にはバスルームがあり、その先は召使いの部屋、さらに先の一番奥にキッチンがあった。

この住まいの未来の女主人は部屋の間取りが気に入っていたが、家具はあまり彼女の趣味に合ってはいなかった。書斎にあったのは、褐色のビロードの肘掛け椅子と、肩幅の広い、鋭い顔つきのダンテ像が水泳帽をかぶって鎮座している書棚、そして、過去も未来も定かではない味気ない書き物机だった。オレンジ色のシェードがついた、黒い螺旋状のぐらつくランプが長椅子のかたわらにそびえ立ち、長椅子の上には、明るい毛の色の小熊と、足の裏が大きくてピンク色で、片方の目の上にぶちのある、鼻面の大きい犬が置き忘れてあった。長椅子の上の壁には、踊る農夫たちを描いた、まがい物のゴブラン織が掛かっていた。

書斎からは――観音開きのドアを軽く押せば――見通しのいい視界が得られる。客間の寄せ木の床が見え、その先にダイニングルームがあり、食器棚は遠近法によって縮小している。客間に行くと、椰子が緑色の光沢を帯び、寄せ木の床には小ぶりの絨毯がいくつも敷かれている。それから最後にダイニングルームまでたどり着くと、大きくなって自然なサイズに戻った食器棚があり、壁には何枚もの皿が掛かっている。テーブルの上の低い照明には、毛羽立ったひとりぼっちの悪魔の人形がぶら下がっていた。窓は出窓になっていて、そこから外を眺めると、通りの突きあたりに辻広場の噴水が見えた。彼女はテーブルのほうへ戻ってから振り返り、客間越しに遠くの書斎を眺めると、今度はゴブラン織のほうが縮小する番だった。それから今度はダイニングルームから廊下へ出て、玄関の広間を通って寝室に向かった。寝室には、ふっくらとしたふたつのベッドがぴったりと寄り添っていた。ランプは見た感じではモーリタニア風、窓のカーテンは黄色いので偽りの陽光を毎朝必ずもたらしてくれるだろう——そして窓と窓とのあいだの壁に一枚の版画が掛かっていた——踝まであるガウンをまとった神童が、巨大なグランドピアノを弾いていて、グレーのガウン姿の父親がろうそくを片手に、ドアを少し開けたまま立ちすくんでいる。

あれやこれやつけ足し、そして取り除く必要があった。客間からは、家主の祖父の肖像画が片づけられ、書斎からは螺鈿製のチェス盤をはめ込んだ東洋風のテーブルが大急ぎで追い出された。バスルームの窓は、下のほうがまるで極寒の霜でおおわれたように青みがかった火花を放っていたが、透明な上の部分にひびが入っていたため、新しいガラスに交換しなければならなかった。キッチンと召使い部屋は天井を白く塗り直した。客間の椰子の陰には蓄音機があらわれた。しかし全体的なことを言えば、「手早く借りた、足が出る豪邸」と父親が冗談めかして言ったこのマンションを点検し、手直しをしながらも、こうしたすべてはほんの一時的なことにすぎず、やがてはルージンをベルリンから連れ出し、外国でのんびり過ごさなくてはならなくなるだろう、という思いが彼女の頭から離れなかった。未来のことは何ひとつとしてわからないものである——とはいえ、ときおり、特別な霧が未来をおおってしまうことがある。それはあたかも、運命本来の秘匿性を何か別の力が手助けしにやって来て、その弾力のある霧を拡散させるかのようであり、思考はその霧にはじき返されてしまうのだ。

だが、この時期のルージンはとてもおだやかで優しかった……。真新しい背広を着て、薄いグレーのネクタイでめかしこんだルージンは、とても気持ちよさそうにティーテーブルのかたわらにすわり、あまり上手とは言えないにせよ、話し相手に対して礼儀正しくうなずいていた。将来の義理の母親は知人たちに、ルージンはもう十分に時間を費やしてしまったチェス競技をいっさいやめる決意をしたが、本人はそのことを話したがらないのだと説明していた——そして今では、オレグ・セルゲーヴィチ・スミルノフスキーも対局を求めなくなり、今度は目を輝かせてフリーメイソンのひそかな陰謀をルージンに打ち明け、すごいパンフレットを見せてあげようと約束さえしたのだった。

結婚の意志を伝えに行った役所では、ルージンはちゃんと成人らしく振る舞った——すべての書類を自分でうやうやしく大事に持ち、一字一字をはっきりと書いて、心をこめて書類の空欄を埋めていった。彼の筆跡は丸みがあり、異様なまでに几帳面だった——新しい万年筆のキャップを回転させてはずすのに長い時間をかけ、いざ書きはじめる段になると、ちょっと気取って万年筆を横に振り、そのあと、金のペン先の滑るような書き味を楽しんでから、また同じように用心深く、ぴかぴかのクリップを外側にして胸のポケットに戻したのだった。そして、フィアンセの買い物にも彼は喜んでついて行ったし、結婚式の当日までは見せてもらえないことになっている新居のことも、思いがけない贈り物をもらうときのように興味津々で楽しみにしていた。

ふたりの名前が公示されていた二週間のあいだに、花婿宛にも、花嫁宛にも、さまざまな抜け目ない業者からの申し出が届きはじめた——結婚および葬儀用の乗り物（疾走する二頭の馬に引かれた馬車の絵が添えてある）、燕尾服のレンタル、シルクハット、家具類、ワイン、貸しホール、医薬品一式。ルージンはイラスト入りのカタログを真剣に吟味してから、自分の部屋にしまっておいた——これらの興味深い申し出に対してフィアンセがなぜあんなに侮辱的な態度を取るのかと彼は驚きを感じていた。そうしたものとは別の種類の申し出もあった。それはルージンが「ちょっとした密談《アパルテ》」と呼んだもので、将来の義父との楽しげな会話のなかで、紹介するから商社に就職してみないかと提案されたのだ——もちろん、今すぐというわけではなく、ゆっくり静かに何ヶ月か過ごしてからでいいとのこと。「いいですか、生活というのはお金がかかるものなんですよ」その会話の最中にこんな言葉が出た。「ひとりの人間が生きていくのに、もっとも少なく見積もっても毎秒四百三十二分の一ペニヒかかる、でも、それじゃあ赤貧の生活だ。あなたは、贅沢な暮らしに慣れてしまった娘を養っていかなくてはならないんですよ」「はい、そうですね」とルージンはうれしそうに微笑んで言い、かくも優しく巧妙に相手が仕掛けた複雑な計算を頭のなかで解きほぐそうとしていた。「そのためには、もう少し余分にお金が要るんですよ」と彼は話を続け、ルージンは新たな手品を期待して息を殺した。「つまり、一秒が……もう少し高くつくことになる。もう一度言いますが、最初のうちは、最初の一年は、私も喜んで援助するつもりでいますよ……。しかし、やがては……。まあ、いつかそのうち私の事務所に立ち寄ってみてください、いい物を見せますから」

こんなふうに、この上なく好意的に、周囲のすべてがルージンの人生にぽっかり空いた空虚を飾り立てようとした。彼は自分を揺すって寝かしつけ、甘やかし、優しくくすぐった。そして、四方八方から自分を包み込もうとする穏やかな生活を、目を細めて受け入れた。彼がぼんやりと想像する未来は、幸せに満ちた薄闇のなかで延々と続く無言の抱擁のようなものだった——その薄闇のなかでは、この世のさまざまなおもちゃが笑ってよろめきながら彷徨し、光線のなかに浮かび上がっては、また消えていくのだった。だが、今はまだ婚約中の身なので、夜更けや早朝の避けがたい孤独な時間には、不思議な虚無感に襲われるのだった——それはまるで、テーブルクロスの上で組み上げた色彩豊かなジグソーパズルの絵をながめているときに、複雑な形のピースがいくつか欠けているのに気づくような感覚だった。そしてある日のこと、背を向けて座っているトゥラーティが夢にあらわれた。トゥラーティは片肘をついて深く考え込んでいるようだったが、彼の背中が広かったため、何の前で考え込んでいるのかは見えなかった。ルージンはそれを見たくはなかったし、見るのが怖かったけれども、それでもそっと、黒い肩越しにのぞき込んだ。すると見えたのは、トゥラーティの前に置かれたスープ皿で、トゥラーティは片肘をついているのではなく、ナプキンを襟のところに挟もうとしているだけだった。この夢を見た直後の十一月のある日、ルージンは結婚したのだった。

オレグ・セルゲーヴィチ・スミルノフスキーと、バルト海沿岸出身の某男爵が立会人となって、ルージンとフィアンセは大きな部屋に案内され、ラシャを張った長いテーブルに着席させられた。役人は普段のスーツから着古したフロックコートに着替え、婚姻の成立に関する文書を読み上げた。そこで全員が立ち上がった。そのあと、役人が仕事用の笑みを浮かべ、湿った握手で新郎新婦を祝福し、それですべてが終了した。出口では、太った守衛が五十コペイカ銀貨をもらえると期待しつつ、祝福の言葉を述べながら頭を垂れていたが、ルージンが心優しく手を差し伸べると、守衛はその手を自分の手のひらで受け取り、それが銀貨ではなく人の手だとわかるのに少し時間がかかった。

その同じ日に、教会での結婚式もおこなわれた。ルージンが最後に教会へ行ったのは、もう何年も前の、母の告別式のときだった。過去の深淵に向かってさらに深くさかのぼっていくと、ロシア正教の聖枝祭の夜にロウソクを手に持って教会から帰ったときのことが想い出された――暖かい教会から未知の夜へと持ち出されたロウソクの炎は、取り乱して手の中でもがいていたが、ネヴァ川からの風が通りの隅まで吹いてきて、とうとう心臓発作を起こして死んでしまった。いつも通っていたポチタムスカヤ通りの教会での懺悔も想い出された――寂しげな薄暗がりの中で、靴音が独特な響きを立て、順番待ちの人々が列をなして座っている椅子を移動すると、まるで咳払いのような音を立て、ときおり、神秘的に閉ざされたカーテンの向こうの空間からささやき声が漏れ聞こえる。復活大祭の夜のことも彼は憶えていた――輔祭が号泣するような低いバスの声で朗読し、さらには、すすり泣きながら大げさな身振りで福音書を閉じるのだ……。それから、やつれた司祭のくちびるが「パスハ」のことを「ファスハ」と発音したとき、空腹の身には、その言葉が軽やかに刺すように響き、鳩尾《みずおち》の下に痛みを感じたことも、彼は憶えていた。また、振り香炉の香りが、今、まさに自分に向かって、隣の人ではなく自分に向かって漂ってくるのだ、という瞬間をとらえるのはとても難しかったし、うまく身をかがめて、香りの流れが正確に自分に降りかかるようにすることもやはり難しかった――そんなことも彼は憶えていた。お香の匂い、指の関節にしたたるロウソクの熱いしずく、それに、接吻を待ち構えている聖像画の黒っぽい蜜蠟の光沢。ものうい追憶、浅黒い色、ちらつく光、教会の空気のいい匂い、そして、両脚のしびれ。そして今、こうしたすべてに加わったのが、ヴェールをまとった花嫁と、頭上で震えていて今すぐにでも落ちてきそうな冠だった。彼はおそるおそる横目で見ていたのだが、冠を支える誰かの見えない手が、やはり目に見えないもう一本の手にそれを手渡しているように見えることが二度ほどあった。「はい、はい」彼は司祭の質問に急いで答え、本当はそれにつけ加えて、何もかもすばらしいし、不思議な感じがするし、心が和らいでいると言いたかったのだが、興奮してしまって咳払いをするのが精一杯で、視界の中の光が涙でぼやけはじめたのだった。

そのあと、全員が大きなテーブルに着席したときに彼が感じていたのは、昔、朝の祈禱から帰宅し、立派な角をした脂身たっぷりの羊と、腿肉と、手つかずの滑らかなパスハ菓子が自分を待っていて、ハムや卵なんかより、何よりもさきにパスハ菓子にかぶりつきたかったあのときと、まったく同じ感覚だった。暑くて、騒々しくて、おそらく教会にもいた大勢の人たちがテーブルに着席している――まあいいや、まあいいや、終るまでは、しばらくのあいだ、ここにいさせてあげよう……。ルージン夫人は夫のほうに目をやり、彼の巻き毛と、きれいに仕立ててもらった燕尾服と、料理が出される度に彼が浮かべる歪んだ薄笑いを眺めていた。彼女の母親は厚化粧をして、胸元の大きくあいたドレスで、昔風に、エカテリーナ二世のように盛り上げた乳房のあいだのくぼみを見せつけ、終始元気いっぱいに振るまい、勢い余って義理の息子のことを「おまえ《トゥイ》」と呼んだのだが、ルージンは、彼女が誰に向かって話しかけているのか、しばらくのあいだわからなかった。彼はシャンパンを二杯飲んだだけだったが、心地よい眠気が波のように襲ってきた。みんなは通りへ出た。風の吹く暗い夜が、燕尾服の発育不全のチョッキが防ぎきれない彼の胸を柔らかく襲撃し、妻がコートの前を合わせるようにと促した。その夜のあいだずっと微笑み、少し変わったやり方でしきりにグラスを視線の高さまで黙って持ち上げていた父親は――それは優雅に「乾杯《スコール》」と口にする外交官を見ならった仕草だった――、今は目だけは先ほどまでと同じように微笑んでいたが、別れのあいさつがわりに持ち上げていたのは街灯の光を反射する鍵束だった。オコジョの毛皮の肩がけを手で押さえていた母親は、車に乗り込むルージンの背中を見ないようにした。ほろ酔い加減の客たちは、主人に別れを告げ、客同士で別れを告げてから、心優しい微笑みを浮かべて車を取り囲み、やっと車が動き出したときになって誰かが「万歳《ウラー》」とロシア語で叫びはじめ、すると、通行人が連れの女性にむかって「そうだね、騒いでいるのはぼくたちと同じロシア人だね」と言った。

車に乗るとルージンはすぐに眠り込み、ときおり扇形に広がる白い光の反映が彼の顔に生気を与えたり、鼻の柔らかな影が、頬や、さらには唇にまでゆっくりと弧を描いてみせたりした。それから車のなかはふたたび闇におおわれたが、そのうちに新たな光がやってきてルージンの腕を撫で上げる。そしてまた、薄闇があたりを占領すると、その腕はすぐに暗いポケットに滑り込むかのように見えた。そのあと、鮮明な光が列をなして押し寄せ、そのひとつひとつの光が、白いネクタイの下から影の蝶を追い出した。ちょうどそのとき、妻が彼のマフラーをそっと首に巻きなおした――というのも、閉め切った車の中にも十一月の夜の寒さが忍び込んできていたのだ。彼は目を覚まし、街灯のまぶしさに目を細め、自分が今どこにいるのかすぐにはわからなかったが、その瞬間に車は停まり、妻が静かにこう言った。「ルージン、うちに着いたのよ」

エレベーターに乗った彼は、少しぼうっとしていたが、酔いはすっかり抜けていて、微笑みを浮かべ、まばたきをしながら押しボタンの列を眺めていると、妻がそのなかのひとつを押した。「ずいぶん上の階ですね」彼はそう言ってエレベーターの天井を見つめ、そこに旅の頂上が見えることを期待しているかのようだった。「ひっく」とルージンが言うと、静かに笑い声が響いた。

新しく雇った女中が玄関でふたりを出迎えてくれた――ぽっちゃりした娘で、不釣り合いなほどに大きな赤い手をすぐにふたりのほうに差し出した。「あら、待っていてくれなくてもよかったのに」と妻が言った。女中はお祝いの言葉を述べ、早口で何かを言うと、ルージンのオペラハットをうやうやしく受け取った。女中はルージンはほんの少し微笑んで、それをパタンとたたむ方法を教えてあげた。「すごい！」と女中が叫んだ。「寝てください、もう寝ていいですよ」と妻が心配そうにくり返した。「戸締まりは自分たちでやりますから」

書斎、客間、ダイニングルームの順で明かりがともされた。「望遠鏡みたいに伸びていく」とルージンが眠そうにつぶやいた。彼は何もまじめに見はしなかった――まぶたがくっつきそうだったのだ。ダイニングルームに足を踏み入れようとしたときになって、足の裏がピンク色の大きなむく犬を自分が抱えていることにルージンは気づいた。彼がそれをテーブルの上に置くと、すぐさま、照明にぶら下がっている毛羽立った小さな悪魔が、犬めがけてクモのように降りてきた。そして今度は望遠鏡が折り畳まれるようにして、部屋の明かりが順番に消えていき、気がつくとルージンは明るい廊下に立っていた。「もう寝てください」妻が誰かに向かって大声でそう言うと、奥のほうで何やらがさごそと音がして、おやすみのあいさつが聞こえた。「あそこが女中部屋なの」と妻が言った。「それで、ここの左側がバスルームね」「ひとり部屋はどこですか？」ルージンはそうささやいた。「一番小さな部屋はどこです？」「ああ、バスルームのなかですよ。何もかもバスルームに揃っていますから」彼女がそう答えると、ルージンはそっとドアを少しだけ開き、何かに納得してから、入り込んで素早く鍵をかけた。妻は寝室に行き、うっとりするほどふかふかのベッドを眺めまわしながら肘掛け椅子に腰を下ろした。「ああ、疲れたわ」と彼女は微笑み、元気のない大きなハエを長いあいだ目で追っていたが、ハエは絶望的にブーンと音を立ててモーリタニア風のランプのまわりを飛んでいたかと思うと、そのうちどこかへ姿を消した。「こっちですよ、こっち」ルージンが自信なさそうにスリッパを引きずる音が廊下から聞こえたので、妻は大声でそう言った。「寝室ですね」と彼は確認するように言って、両手を背中で組み、しばらくのあいだあたりを見まわした。彼女は、昨夜のうちにふたりのものを入れておいた衣装棚を開けて、少し考え込んでから、夫のほうを振りかえった。「お風呂に入ってきますね」と彼女は言った。「あなたのものはみんなここに入っていますから」

「ちょっと待ってください」ルージンはそう言うと、突然大きなあくびをした。「待ってくださいよ」と口蓋から声を出してもう一度言いながら、弾力のあるあくびを音節の合間に押し殺そうとした。だが、彼女はパジャマと寝室用のスリッパをつかむと、足早に部屋を出て行ってしまった。

蛇口からは青くて太い流れとなってお湯がほとばしり、優しい湯気を立て、水面が上昇するにつれて音調を変化させながら、浴槽を満たしはじめた。ほとばしる輝きを眺めながら、こんなことを考えて軽い狼狽をおぼえた――自分の女としての気転にもそろそろ限界が来ているのではないか、自分が先導することのできない領域があるのではないかと。それから、浴槽のなかに身を沈めた彼女は、自分の肌や沈んでいく孔だらけのスポンジに、細かい泡が集まってくるのを眺めていた。首筋までつかり、石けんの泡で少し濁ったお湯を通して自分のからだを見てみれば、すっきりと細身で、透き通るようだったが、膝がちょっとだけ持ち上がって水面から顔をのぞかせると、ピンク色に輝くその丸い島は、確固たる肉体性で彼女の不意をつくのだった。「結局のところ、そんなことは私の知ったことじゃないわ」と彼女は言って、きらめく腕をお湯の中から出し、額にかかった髪を払いのけた。蛇口から熱いお湯をさらに注ぎ、温かい強い波がお腹をかすめていくのを楽しんでから、彼女はやっと、浴槽に軽い嵐を起こして風呂を出て、いそぐ様子もなくからだを拭きはじめた。「極上のトルコ美人ね」シルクのパジャマの下だけを身につけて鏡の前に立ち、湯気で少し汗ばんだ彼女はそう言った。「全体としては、なかなかいい出来ね」しばらくしてからそんなことも言った。鏡を見つめながら、パジャマの上をゆっくりと着はじめた。「脇腹が少しぷっくらしたかしら」と彼女は言った。浴槽のお湯はゴボゴボという軽い音を立てて排水していたが、突然ピューッと鳴って、静まり返った。浴槽は空っぽになり、排水口にだけ、まだ石けんの小さな渦が残っていた。鏡の前に立ったパジャマ姿の彼女は、自分がわざとゆっくり行動しているということに、ふと気づいた——すると悪寒が胸を襲ったのだが、それはちょうど、すぐに、今すぐにでも、ドアが開いて歯医者が現れるだろうとわかっていながら去年の雑誌のページをめくっているときと同じ感覚だった。

口笛を高らかに響かせながら彼女は寝室に入っていったが、突然、口笛がやんでしまった。糊のきいたワイシャツを、ボタンを外して膨らませ、ルージンは羽毛布団を腰まで掛けてベッドに横たわり、両腕を曲げて頭の下に置き、喉を鳴らしていびきをかいていたのだ。カラーはベッドの端にぶら下がり、ズボンはサスペンダーのついたまま床に脱ぎ捨てられ、燕尾服はハンガーの肩にゆがんで掛けられた状態で寝椅子の上に置いてあり、片方の尾が折れ曲がって服本体の下に隠れていた。彼女は静かにそれらすべてを集めて片づけた。横になる前に、ブラインドが降りているかどうか見てみようと、窓のカーテンをずらしてみた。ブラインドは降りていなかった。中庭の奥の暗がりで、夜風が何かの灌木を揺すり、どこからか流れてきたぼんやりとした光で、何かが輝き――ひょっとしたら、芝生を横切る石の歩道にできた水たまりかもしれない――、別のところでは、何かの格子状の影が現れたり隠れたりしていた。そして不意にすべては消え、あるのは、ただ黒い深淵のみだった。

　ベッドに倒れ込めばすぐに眠り込んでしまうだろうと彼女は思ったが、そうはならなかった。すぐそばで聞こえる鳩が鳴くようないびき、奇妙な淋しさ、慣れない部屋のこの暗がり、それらが彼女を宙ぶらりんの状態にし、眠りに滑り込ませてはくれなかった。それになぜか「パルチヤ」という単語がずっと脳裏を漂っていた――「すばらしい対局《パルチヤ》」「すばらしい相手《パルチヤ》を見つける」「パルチヤ」「パルチヤ」「決着がつかず中断された勝負《パルチヤ》」「なんとすばらしい対局《パルチヤ》」「マエストロに私のこの興奮ぶりをお伝えください……」「あの娘なら、人も羨むような結婚《パルチヤ》ができただろうに」闇のなかへと消えつつ、母親がはっきりとそう口にした。「乾杯しましょう」と優しい声が響いて、父親の目がグラスの端からあらわれ、泡が上へ上へと盛り上がっていく、新しい靴が少しきつい、それに教会の中はなんて暑いのだろう……。

12

どこか外国へ長期旅行をする計画は春まで延期された——それは、両親に対して示したルージン夫人の唯一の譲歩で、せめて最初の数ヶ月はそばにいてほしいと両親は望んでいたのだった。ルージン夫人自身は、夫のことを思うと、チェスの記憶が絡みついているベルリンでの生活が怖かったのだが、しかしながら、ベルリンにいても、ルージンに気晴らしをさせるのはそう難しくはないことがわかってきた。

外国への長期旅行、それをめぐる会話、旅の計画。ルージンは書斎がすっかり気に入ってしまったが、そこの本棚に、すばらしい地図帳があるのを見つけた。はじめは緯度と経度の網をびっしりと張り巡らされた濃密な球体として表されていた世界が、平らに広げられ、半分に切断され、さらに部分部分に切り分けられて提供される。グリーンランドなどは、最初はただのおまけであり虫垂にすぎなかったのだが、平らに広げられると、不意にふくれあがって、近くの大陸に近い大きさにまでなるのだった。南極と北極は白く禿げていた。一様な瑠璃色に広がっているのはいくつもの大洋だった。この地図上ですら、両手を洗うくらいの水はじゅうぶんにあるだろう――実際の海はどんなふうなんだろう――いったいどれだけの水と、深さと、広さが……。ルージンは子どもの頃に好きだった形を全部妻に教えた――ひざまずいた女性に似たバルト海、ブーツに似たイタリア、インド鼻から垂れたしずくはセイロン。赤道は運が悪いと彼は考えていた――海の上ばかりを横切っているからで、確かにふたつの大陸を横断してはいるのだが、上方に身体を伸ばしているアジアとは巡り会わないのだ。それに、赤道はたまたま手に入れたものをあまりに強く押しつけて潰してしまう――いくつかの先端部分と、変な形の島々のことだ。彼は世界で一番高い山や、一番小さな国も知っていたし、南北アメリカ大陸の位置関係を眺めて、その姿にアクロバット的なものを見出したりした。「でも全体的に見れば、もっと魅力的な形にできたはずだと思うんですよ」彼は世界地図を指してそう言った。「ここには何の意思も感じられないし、何の魅力もありません」そして、こうしたすべての複雑な輪郭の持つ意味を見出せないことに憤りさえ感じて、子どもの頃によくやったように、河川の迷路を辿って北海から地中海まで行き着けるかどうかとか、山脈の配列に何か道理にかなった模様を解読できるだろうかとか、そんなことに長い時間を費やすのだった。

「それじゃあ、どこへ行きましょうかね？」と妻は言って、子どもと遊び始めるときに大人が楽しい予感を演出しようとしてよくやるように、唇を鳴らしてみせた。そのあと彼女は大きな声で、ロマンチックな国々の名前を挙げた。「……ほら、まずリヴィエラに行くのよ」と彼女は提案した。「モンテカルロとニースね。それとも、そうねえ、アルプスかしら」「じゃあ、そのあとはちょっとあそこに寄りましょう」とルージンが言った。「クリミア半島は葡萄がとっても安いんです」「いったい何を言っているんですか、ルージン。私たちはロシアへは行けないんですよ」「どうしてですか？」ルージンはたずねた。「来てほしいと招待されましたよ」「ばかなことを言わないでちょうだい、お願いだから」彼女は、ルージンが無理なことを言っているからというよりも、間接的ではあるがチェスに関連する何かを想い出していることに腹を立ててそう言った。「ここを見てちょうだい」彼女がそう言うと、ルージンは従順に地図上の別の場所に視線を移した。「ほら、たとえばここ、エジプトよ、ピラミッドがあるわ。それから、ほら、ここはスペインよ、雄牛と恐ろしいことをするらしいわ……」

ふたりが旅行に行けそうな街の多くは、ルージンがすでに一度ならず行ったことがある街だということがわかっていたので、かすかな記憶を無駄に呼び覚ましてしまわないように、彼女は大都市の名前は挙げなかった。だが、それは無用の心配だった。ルージンがかつて旅して回った世界は地図上には描かれていなかったし、もしも彼女がローマとかロンドンの都市名を挙げたとしても、彼女の唇が発する音と地図上の大きな文字からルージンが想起するのは、何かまったく新しい、見たこともないようなものであっただろうし、ローマにも、ロンドンにも、あるいは彼女がうっかり口にした罪のないニースにもあるような、どこも似たり寄ったりの、ぼんやりとしたチェスのカフェを彼が思い浮かべることなどありえなかったのだ。鉄道の窓口から彼女がパンフレットをたくさん持ち帰ったことがあるのだが、双眼鏡を首からぶら下げた白いスーツの観光客がぞろぞろ歩くその新たな世界と、かつてのルージンのチェス旅行の世界がさらにきっぱりと、いわば分離したのは、まさにそのときだった。薔薇色の夕空に椰子の木々の黒いシルエットが映え、その同じ椰子の木々が逆さまになり、夕空と同じ薔薇色のナイル河にシルエットを作っている、そんなパンフレットがあった。けしからぬほどに青い海と、砂糖のように白いホテル――水平線上の汽船の煙とは逆方向にホテルのけばけばしい旗が翻っている、そんなパンフレットもあった。さらには、雪をかぶった山頂と吊り橋、ゴンドラを浮かべた湖、無数の古い教会、どこかの狭い路地、両脇に厚みのある梱を下げた小さなラバ等々……。どれも美しく、どれも楽しそうで、どのパンフレットの著者も――どこの誰だか知らないが――恍惚となり、息を詰まらせながら賞賛するのだった……。響きのいい地名の数々、無数の聖人たち、万病に効く鉱泉水、街の城壁の築年、一流、二流、三流のホテル――こうしたすべてのせいで目がちらちらし、何もかもがすばらしく思えた――いたるところで人々がルージンを待っていて、大声でルージンの名を呼び、自分の優しい誘い文句にうっとりとして、持ち主にことわりもなく太陽を分け与えるのだった。

結婚生活のこうした最初の時期に、ルージンは義理の父の事務所を訪ねた。義理の父は何かを口述しているところで、タイプライターがそれを復唱し、「タンタン」という音が早口でくり返された。その抑揚はこんな感じだ――「短文の単純な文だから淡々と打てばいいのに、一旦、短気を起こすと、淡々と打てなくて……」それから、何かがパタンと鳴って横方向に移動した。義理の父はルージンにいろいろなものを見せてくれた――伝票の束、ページにZ形の線が引いてある帳簿、背表紙に小窓のついた本、化け物みたいに分厚いドイツ商業白書、完全手動のとても賢い計算機。しかしながらルージンが一番気に入ったのは、「短」や「単」や「淡」ではない言葉を書き上げる例の「タンタン」であり、紙の上にすごい勢いで降り注ぐ言葉たちであり、薄紫色の行の奇跡的な直線であり、また、同時に出来上がる何枚ものコピーであった。「もし可能なら私も……。知っておかなければなりませんし」と彼が言うと、義理の父は賛成してうなずき、こうして、ルージンの書斎にタイプライターが姿をあらわしたのだった。事務所の職員をひとり彼のところへ来させて、いろいろと説明させようかという申し出があったのだが、彼は自分でおぼえるからと言って断った。彼の言う通りだった。かなり短時間で、彼は仕組みを理解したし、インクリボンをはめ込んだり用紙を巻き込んだりする方法も習得したし、小さなキーすべてと仲良くなったのだ。文字の配列をおぼえるのが思っていたより難しく、打つ速度は極度にのんびりしていたので、早口の「タンタン」にはほど遠かった——それに、なぜだか初日から感嘆符がうるさくつきまとい、まったく思いがけない箇所で跳び出してくるのだった。まずは、ドイツの新聞のコラムを半分ほど書き写し、そのあと少しばかり自分で文章を創作した。こんな内容の短い手紙が出来上がった——「あなたは殺人容疑で指名手配されています。本日、十一月二十七日。殺人および放火。こんにちは、貴女《あなた》。今、きみを探している、感嘆符、きみはどこにいるのだ？　死体は発見された。貴女！！　今日、警察がやってくる！！！」ルージンはこれを何度か読み返すと、用紙をまた挟み込んで元に戻し、必死に文字を探しながら、ひどく傾いた署名を打った——「ブゾーニ神父」ここまで来て、彼は飽き飽きしてしまった、あまりにゆっくりとしか事が進まないからだ。書き上げた手紙を何かに利用しなくてはならなかった。彼は電話帳をひっくり返して、ルイーザ・アリトマンとかいう年金生活者を見つけ出し、住所を手書きして自作を送りつけたのだ。

蓄音機もある程度は気晴らしになった。椰子の鉢植えの下に置かれたチョコレート色のキャビネットがビロードのような声で歌い、ルージンはソファに座り、片腕で妻を抱き寄せて耳を傾け、もうすぐ夜になるな、などと考えていた。妻が立ち上がって、盤を光にかざしながら新しいレコードに替える、そのとき盤上には、海に映る月光のごとく、なめらかな光がゆらめく扇形となって見えた。それから、ふたたびキャビネットから音楽が流れ出すと、妻はまたルージンと並んで座り、組んだ指の上に顎をあずけて、まばたきをしながら音楽に耳を傾ける。ルージンはメロディをいくつか憶えて、歌ってみようとさえした。うめくような、はぜるような、けしかけるようなダンス音楽もあれば、ささやくように歌うこのうえなく優しいアメリカ人歌手の曲もあり、また、オペラ全曲を収めた十五枚組のレコードには――『ボリス・ゴドゥノフ』――、一ヶ所で鐘の音が鳴り響き、不気味な間が数ヶ所あった。

　妻の両親はよく訪ねてきたし、週三回はルージン夫妻が彼らのところで食事することになっていた。母は娘から結婚生活の詳細を何か聞き出そうとして、幾度となく探るようにたずねたものである――「おまえ、妊娠しているんじゃないのかい？　きっとそうにちがいないわ」「何を言ってるの」と娘は答えた。「子どもならとっくに産んだわよ」彼女は相変らず落ち着いていて、微笑むときは相変らず上目遣いになったし、相変らずルージンのことを苗字と敬語の二人称複数《あなた》で呼んでいた。「私のかわいそうなルージン」と彼女は唇を優しく突き出しながら言った。「私のかわいそうな、かわいそうな人」すると、ルージンは頬を彼女の肩にすりよせてきて、彼女はこんなふうに思う――憐れみの心がもたらしてくれる幸せのほかにも、もっといろいろな幸せがあるのだろうけれど、今の自分にはそんなことはどうでもいいこと。彼女がふたりの生活で心がけていた唯一のことは、いろいろな物ごとにルージンの興味を向けてやり、楽に呼吸ができるよう、暗い水面の上でつねに彼の頭を支えてあげる、それを一分たりとも怠らないことだった。彼女は朝起きるたびに、ルージンにどんな夢を見たかと訊ね、彼の朝の食欲をときにはカツレツで、ときにはイギリスのマーマレードで楽しませてあげたものだし、彼を散歩に連れ出しては、よくふたりで店のウィンドーの前で長いこと立ちどまり、昼食のあとには『戦争と平和』を彼に朗読してあげたものだし、ふたりで楽しい地理学を勉強したり、彼女が口述してルージンがタイピングすることもよくあった。何度か彼を美術館に連れて行ったこともあり、彼女のお気に入りの絵を見せて、霧や雨の多いフランドルでは画家たちは明るい色彩で描き、太陽の国スペインでは、最も薄暗い作品を描く巨匠が誕生したのだと説明した。彼女はさらに、あっちの絵にはガラスの器の質感があるけれど、こっちの絵の画家は百合の花や天上の風邪で少し赤らんだ優しい顔が好きなのだとも語り、また、「最後の晩餐」の狭くて質素なテーブルの下で、飼い犬らしくパン屑を漁る二匹の犬にルージンの注意を向けさせようともした。罪人が地獄で経験するすべての苦しみを画家が描き出した巨大なキャンヴァスを、ルージンはうなずき、真面目ぶって目を細め、長い時間かけて隅々まで見ていた――すごく細かいところまで、とても興味深そうに調べていた。ふたりは劇場にも行ったし、動物園にも行ったし、映画館にも行った――それでわかったのだが、ルージンはこれまで一度も映画館に行ったことがなかったのだ。その映画は白く輝きながら駆け抜けていき、最後に、あまたの冒険を経験した少女が有名な女優になって生家に戻り、戸口に立ちどまっていると、部屋の中では、白髪になってしまった父親と、年月の経過にもかかわらずまったく変わっていない医者がチェスを指している――その医者は家族みんなにとっての親友なのだ。暗闇のなかでルージンの笑い声が断続的に聞こえてきた。「こんな駒の配置はありえない」と彼は言ったのだが、ちょうどそのとき、タイミングよく場面が切り替わって妻はほっとした――アップになった父親が観客席に向かって歩いてくると、ここぞとばかりに演技が活気づき、まずは目が見開かれ、続いてかすかな震えが起き、睫毛がしばたかれ、再度しばらく震えたあと、皺が和らいで善良な表情になり、限りない優しさにあふれたゆっくりとした微笑みが、震え続ける彼の顔に浮かんだのだった――みなさん、この老人は以前、娘のことを呪っていたんですよ……。ところが医者は――医者は脇に立って回想しています――貧乏で控えめな医者です――、映画の冒頭で、彼が草の上に寝そべって本を読んでいたとき、まだまだ小さかった娘が彼に向けて垣根越しに花を投げました――彼は頭を上げてみたが、垣根しか見えません、だが突然、いかにも少女らしい髪が向こう側からあらわれ、そのあとに大きなふたつの瞳があらわれる――ああ、なんてことだ、おまえときたら、とんでもないお転婆だ、どうしようもないいたずらっ子だ！　さあ、医者の先生、垣根を飛び越して行きなさい――ほら、わんぱく娘があそこを走って行きますよ、あ、木の幹の陰に隠れましたね――捕まえなさい、捕まえるんです、先生！　だが、こんなことはみんな、過ぎ去ったことなのであった。うなだれて、どうしていいかわからないままに両手をだらりと垂れ、片手に帽子を持ち、著名な女優は立ち尽くしていた――（何しろ彼女は堕ちた女、堕ちた女なのだから……）。一方父親は、震えつづけながら、ゆっくりと抱擁のため両手を広げはじめる、すると突然、娘は父の前にひざまずく。ルージンが鼻をかみはじめた。映画館を出ると、ルージンは真っ赤な目をしていたが、咳払いをして、泣いていたのではないと否定した。そして、翌朝コーヒーを飲みながら、彼は突然テーブルに肘をつくと、思いに耽った様子でこう言った。「すごく、すごくよかった」彼はさらに少し考えてから、言い添えた。「だけど、あの人たちはやり方がわかっていないようですね」「何のことです？」妻はびっくりして言った。「一流の役者さんばかりでしたよ」ルージンは彼女を横目で見てから、さっと目をそらしたのだが、そのことが彼女は何となく気に入らなかった。それが何を意味するのか、彼女はふと思い至り、あの馬鹿な映画監督が雰囲気づくりのために挿入しようと決めた忌まわしいチェスの対局シーンのことを、どうやってルージンに忘れさせたらいいのかという問題に取り組みはじめた。だがルージンは、どうやらすぐにそんなことは忘れてしまったようだった――妻の母親が送ってよこした本物のロシアの白パン《カラーチ》に心を奪われて、彼の目はふたたびすっかり澄み切っていたのだ。

そんなふうにして一ヶ月が経ち、二ヶ月が経った。その年の冬は白い冬で、まるでペテルブルグのようだった。ルージンは中綿コートを仕立ててもらった。赤貧の亡命ロシア人たちに、ルージンの古着をいくつか寄付した――たとえば、スイス製の緑色の毛織りマフラー。ナフタリンの小さな玉が、悲しげなざらざらした臭いを発していた。玄関には、捨てられる運命にある背広が掛かっていた。「こいつはとても着心地がいいんです」ルージンは懇願しはじめた。「ほんとうに、びっくりするくらい着心地がいいんです」「とりあえずそのままにしておいてください」妻が寝室から答えた。「まだちゃんとチェックしたわけではないので。たぶん、虫に食われているんじゃないかしら」ルージンは、ここ一ヶ月でかなり太ったのではないかと試しに着てみていたタキシードを脱ぎ捨て（太った、太った――それなのに明日はロシア人たちの盛大な慈善舞踏会があるのだ）、そして、その捨てられる運命にある代物に腕を通した。一番愛着のある背広で、虫食いなんてあるわけがない。ただ、ポケットに小さな穴が見つかったが、貫通しているわけではない――貫通していることもときどきあるのだが。「ありえないほどすばらしい」と彼は甲高い声を張り上げた。ソックスを片手に持った妻が玄関にあらわれた。「ルージン、脱いでください。ぼろぼろで埃まみれでしょう。どれくらい放ったらかしだったのか、わかったものじゃないわ」「脱ぎませんよ、脱ぎませんから」とルージンは言った。彼女はあらゆる角度から彼の姿をチェックした。ルージンは立ったまま腰のあたりを手で叩いていたが、ふとポケットに何かが入っているような気がして手を突っ込んでみた

――いや、何もない、穴があいているだけ。「もうかなりくたびれているわね」妻がしかめ面をして言った。「まあ、でも、仕事着としてなら……」「そうしてください」ルージンが懇願した。「まあ、好きにしていいですよ。でも、あとで女中に頼んで、よくはたいてもらってくださいね」「いや、これはきれいなんだけど」とルージンはひとりごとを言い、書斎のキャビネットにでもそれを掛けておいて、官吏たちみたいに、ハンガーから外してはまた吊るしたりしようと心に決めた。脱ぐときにもまた、背広の左側が少し重たいように感じたが、ポケットは空だったことを思い出し、重さの原因はそれ以上追及しなかった。それにしてもタキシードのほうは窮屈だ、まさに窮屈だ。「舞踏会か」とルージンは声に出して言い、たくさんのカップルがくるくると回りながら踊る様子を思い浮かべた。

　舞踏会が開催されたのは、ベルリンで最高級のホテルのホールだった。クロークのところには人だかりができていて、係員はまるで眠っている子どもを預かるかのようにして所持品を受け取り、運んでいった。ルージンは素敵な形の金属製の番号札を受け取った。ふと気がつくと妻がいなくなっていたが、ほどなくして見つかった――鏡の前に立っていたのだ。彼は、おしろいをはたいた彼女の滑らかな背中のやさしい窪みに、金属製の丸い札を押しあてた。「きゃっ、冷たい」彼女は肩甲骨を動かして叫んだ。「腕を組みましょう、腕を」とルージンは言った。「入場するときは腕を組まないといけませんから」ふたりはその通りにして入場した。最初にルージンの目に入ってきたのは義理の母親で、すっかり若返り、顔を赤らめ、華麗に輝く頭飾り《ココーシニク》をつけていた。彼女はパンチを売る担当で、初老のイギリス人男性が（ホテルの自分の部屋から、ただちょっと下に降りてきただけなのだが）、彼女のテーブルに肘をついたまま、あっという間に酔っぱらっていた。色とりどりの照明で飾られたモミの木のそばにある別のテーブルには、くじ引きの賞品が山となって積まれていた――モミの木の赤と青の光で照らされた堂々たるサモワール、サラファン姿の人形たち、蓄音機、それにリキュール（スミルノフスキーの寄付）。三つ目のテーブルにはサンドウィッチ、イタリア風サラダ、キャビアなどがあった――そして、ブロンドの美人が誰かに向かって叫んでいる――「マリア・ヴァシーリエヴナ、マリア・ヴァシーリエヴナ、どうしてまた持っていってしまわれるのかしら……、わたくしが頼んだものですのに……」

「ご機嫌うるわしゅう《ズドゥラヴィヤジェーラユ》」とすぐそばの誰かが古い軍隊用語であいさつをすると、妻は腕を白鳥の翼のように湾曲させて持ち上げた。その先にある別のホールに入るともう音楽が鳴り響き、テーブルの合間で踊る人々がステップを踏み、輪を描いていた――誰かの背中が猛烈な勢いでルージンにぶつかってきたので、彼は喉を鳴らして後ずさりした。妻はいつのまにか姿を消し、彼は妻を目で探しながら最初にいたホールへ引き返していった。そこに戻ると、またもや彼はくじ引きに心をひかれた。何度も、毎回一マルク払い、片手を箱に滑り込ませ、筒状に巻いてある紙切れをひとつ取り出した。鼻を鳴らしたり、唇を突き出したりしながら、彼はその紙切れを広げ、紙の内側に何も書かれていないことがわかると今度は裏返して外側をチェックした――無駄な試みだが、誰でもそうやってチェックするものだ。とうとう『子猫のゴロニャン』とか何とかいう児童書が当たったのだが、始末に困ってしまい、誰かのテーブルの上に置いた――そのテーブルにはなみなみとつがれたグラスがふたつ置いてあり、踊り終えたふたりが帰ってくるのをじっと待っていた。混雑と人の動き、それに音楽の爆発のせいで、ルージンは急に不快な気分になり始めたが、隠れる場所はどこにもなく、おそらくまわりのみんなは彼を見て、どうしてこの人は踊らないのだろうかと驚いていたのだろう。ダンスとダンスの合間の休憩時間に、妻はもうひとつのホールへ行ってルージンを探そうとするのだが、一歩進むごとに知人に呼び止められた。そのホールには大勢の人々がひしめいていた——やっとのことで来てもらうことになった外国の公使もいたし、ロシア人の有名歌手もいたし、映画女優もふたり来ていた。誰かがそのテーブルを彼女に指し示した——女優たちは見せびらかすように微笑みを浮かべ、取り巻き連中は——監督とか経営者といったタイプの太った男三人——、舌打ちをしたり指をはじいて鳴らしたりしては、哀れな汗まみれのボーイを遅いだの手際が悪いなどと言って罵倒していた。この三人のなかのひとり、歯が白く、輝く褐色の瞳をした男が、彼女にはとりわけ不快に感じられた——彼はボーイの件にけりをつけると、陳腐なドイツ語の言い回しをロシア語にはめ込みながら、何かについて大声で語りはじめた。これというきっかけもなく、彼女は急に悲しくなった。みんながこの映画女優や、歌手や、公使を見つめているというのに、世界に名を馳せ、不滅の名局をいくつも残したチェスの天才がここにいることを、まるで誰も知らないかのようだ。「あなたと一緒だと、びっくりするほど踊りやすいですね。ここの床はすばらしいですね。あ、ごめんなさい。すごく混んでいますね。あがりは相当なものでしょうね。ほら、あの人、フランス大使館の方ですよ。あなたは、びっくりするほど踊りやすいですね」たいていはここで会話が途切れてしまい、彼女と踊るのはみんな好きなのだが、そもそも何を話題にしていいのかわからなくなってしまうのだ。なかなかの美人だが、退屈なお嬢さん。それにあの奇妙な結婚、相手はさえない音楽家か何かそんなような人だ。「何とおっしゃっていましたっけ——元社会主義者？　何かの選手？　あのふたりのところへはよくいらっしゃるのでしょう、オレグ・セルゲーヴィチ？」

そのあいだにルージンは、階段からさほど離れていないところに深い肘掛け椅子があるのを見つけ、十三本目の煙草をくゆらせながら、円柱の陰から人の群れを眺めていた。となりにあったもうひとつの肘掛け椅子には、席が空いているかどうかをあらかじめ訊ねてから、うっすらと口ひげを生やした浅黒い肌の紳士が腰をおろした。ひっきりなしに人々が脇を通り過ぎ、ルージンはだんだん恐くなってきた。どちらの方向を向いても、物珍しそうに見つめる視線に出会ってしまい、それでもどこかを見ていなくてはならないという忌まわしい不可避性にしたがって、ルージンが隣の男の口ひげに目を向けると、その紳士もやはり、こうしたやかましい無用な喧噪のすべてに驚き、戸惑っているように見えた。男はルージンの視線を感じ、こちらに顔を向けた。「もう長らく舞踏会には来ていなかったものですから」と男は言って、頭を振りながらかすかに微笑んだ。「肝心なのは、見る必要などないということです」とルージンは手のひらで馬の目隠しのような形を作り、うつろな声で言った。「遠くから来ました」と男は淡々と言った。「ここへは知り合いにむりやり連れてこられたんです。正直言って、疲れましたよ」「疲れと暗い気分」ルージンはそう言ってうなずいた。「こうしたすべてにどんな意味があるのか、さっぱりわかりません。私の理解を超えています」「とくに、私みたいに、ブラジルの農園《プランテーション》で働いている人間にとっては」と男が言った。「農園《プランテーション》」まるでこだまのように、ルージンは彼の言葉をくり返した。「こんなところに住んでいらっしゃるなんて、不思議です」と男は続けた。「世界はあらゆる方向へ開かれているというのに、ここでは床のほんの限られた範囲内でチャールストンを踊っているんですから」「私も旅立つんですよ」とルージンは言った。「パンフレットを手に入れました」「足の向くまま気の向くままに」と男は叫んだ。「自由な旅人には、追い風が吹くものです。それに、何てすばらしい国々……。リオ・ネグロの森の中でドイツ人の植物学者と出会ったこともありましたし、フランス人技術者の妻とマダガスカルに滞在したこともありました」「ああ、それも手に入れなくては」とルージンは言った。「本当に魅力的なものですね――パンフレットというものは。何もかも極めて詳しく書いてありますから」

「ルージン、こんなところにいらしたの」突然、妻の声が彼に呼びかけたが、彼女は父親と腕を組んで通り過ぎていった。「すぐに戻りますから、空いているテーブルを見つけてきますね」彼女は振り返りながらそう叫び、姿を消した。「ルージンというお名前なのですか？」と男が興味深げに言った。「まあ、そうです」とルージンは答えた。「でも、そんなこと、たいした意味もないでしょう」「私の知り合いで、ルージンというのがひとりいたものですから」男はゆっくりとそう発音し、目を細めた（なぜなら人間の記憶は近視だからだ）。「ひとりいたのですよ。ひょっとして、あなた、バラショフ校に通っていませんでしたか？」「そうだということにしましょう」ルージンはそう答えると、いやな疑念にかられて相手の顔に見入った。「ということは、私たちはクラスメイトですよ！」男は叫び声をあげた。「私の苗字はペトリシェフです。私のこと、おぼえていますか？　もちろん、おぼえていますよね！　何という偶然でしょうか。あなたのお顔を見ただけでは全然わかりませんでしたよ。いや、あなたじゃなくて、きみでいいよね。ルージン、きみの名と父称は何だっけ……。ああ、おぼえているはずなんだけど――アントン……アントン……それから何だっけ？」「違います、違います」とルージンは身震いして言った。「そうか、ぼくは記憶力が悪いからな」ペトリシェフは続けて言った。「いろんな人の名前を忘れてしまったよ。たとえばさ、ほら、ぼくらのクラスにすごく無口なやつがいたじゃないか、おぼえているかい。彼はその後、ウランゲりの下で戦い、片腕をなくしたんだ、撤退する直前にね。パリの教会で彼を見かけたことがある。彼は何ていう名前だっけ?」「そんなことどうだっていいじゃないですか」とルージンは言った。「なぜ彼のことをそんなに話す必要があるんです?」「ああ、思い出せないな」ペトリシェフはため息をつき、手のひらを額から離した。「でも、ほら、たとえばグローモフっていうやつもいただろう。やつも今はパリにいるんだぜ。すっかり落ち着いちゃってさ。だけどさ、ほかの連中はどこにいるんだろうな? みんなどこにいるんだろう? ばらばらになって、蒸発しちゃったよ。そんなことを考えていると、不思議な気持ちになる。ところで、ルージン、あなたの暮らしぶりはどんなふうなんです? きみの暮らしぶりはどうなの?」「まあ順調です」とルージンは言ったが、不意に、ペトリシェフの顔が昔とまったく同じ、堪え難いほど人を馬鹿にしたような、小さなバラ色の顔に見え、どんどん迫ってくるその顔から思わず目をそらしたのだった。「すばらしい時代だった」ペトリシェフは声を張り上げた。「ルージン、おぼえていますか、おぼえているかい、ヴァレンチン・イワーヌィチのこと? 世界地図を抱えて疾風のごとく教室に駆け込んできたよね? それから、あの爺さん――また苗字を忘れてしまった――あの爺さんが身体を震わせて『おい、おまえの頭は空っぽだな……金メッキでもするしかないな!』って言っていたのをおぼえていますか。本当にいい時代だった。ああ、それに、中庭に向かってぼくたちが階段をパタパタ鳴らして降りていったのをおぼえていますか? それからパーティで、アルブーゾフのやつがピアノを弾けるってわかったときのこととか? やつのやる実験はいつも失敗ばかりだったのをおぼえていますよね? それで、ぼくたちが『実験』という言葉の語呂合わせで何て言ったかおぼえていますか?」「……とにかく反応しないに限る」とルージンは早口でひとりごとを言った。「何もかも散り散りになって消えてしまった」とペトリシェフは続けた。「でもこうしてぼくたちは舞踏会で出会ったわけです……。ああ、そうそう、なんだか思い出せそうだ……。きみが学校を辞めたとき、何かの仕事をしていたんだよね。何だっけ？　そうだ、間違いない――チェスだ！」「いやいや」とルージンは言った。「もうお願いですからやめてください、なぜあなたは……」「ああ、ごめんなさい」とペトリシェフは優しい口調で言った。「私の思い違いなんですよね。そうそう、まあそういうこと……。舞踏会はたけなわですな。その一方で、私たちはここで昔話をしてるわけです。いいですか、私は世界じゅうを旅してきたんですよ……。キューバの女性たちときたら、すごいですよ！　あるいは、あるときジャングルでこんなことが……」

「何もかも全部嘘ですよ」と背後から気だるそうな声が聞こえた。「こいつはジャングルなんて一度も行ったことがないんです」

「おい、なんだっておまえはすべて台無しにしてしまうんだ」とペトリシェフは振り返ってゆっくりと口にした。「こいつの言うことになんか耳を貸してはいけませんよ」はげ頭でひょろりと背の高い、気だるい声の持ち主が言った。「こいつはロシアからパリに流れてきて、それ以来パリを出たのはおとといが初めてなんですから」「ルージン、きみに紹介するよ」と笑いながらペトリシェフが切り出したが、ルージンは急いでその場を去り、頭を肩に埋めるようにして、あまりに急いだので変なふうに蛇行しながら、震えて遠ざかっていった。

「行っちまった」とペトリシェフは驚きの声を上げ、物思いに沈んでこう付け足した。「結局のところ、人違いだったのかもしれないな」

ルージンは、人の群れに突っ込んでは「すみません《パルドン》、すみません《パルドン》」と泣くような声で叫び、それでもまた人の群れに突っ込み、彼らの顔をみないようにしながら妻の姿を探していたが、不意に彼女が目に入り肘をうしろからつかんだので、彼女はびくっとして振り返った。だが、彼は最初、息切れが激しくて何も言うことができなかった。「いったい何があったの？」と彼女は怯えたように訊ねた。「帰りましょう、帰りましょう」と彼は妻の肘をつかんだままつぶやきはじめた。「落ち着いてください、お願い、ルージン、そんなに怖がらなくていいのよ」ほかの人たちに聞こえないように、彼を少し隅のほうへ押しやりながら彼女はそう言った。「なぜ帰りたいの？」「ある男があそこにいるんです」とルージンは苦しい息の下からとぎれとぎれに話した。「それで、ほんとうにいやな話をするんです」「……知っている人なの？」と彼女はそっとたずねた。「そう、そうなんです」とルージンはうなずいた。「帰りましょう。お願いですから」

　ペトリシェフに気づかれないように目を半ば閉じ、人ごみを押し分けて玄関まで行くと、番号札を探してポケットをまさぐりはじめ、大騒ぎと絶望の混じり合った異様に長い数秒間ののち、やっと見つかったのだが、クロークの女性がまるで夢遊病者のように預かり物を探しているあいだ、彼は待ちきれずにその場で足踏みをしていた。彼は真っ先にコートを着て、真っ先に外へ出ていき、妻は歩きながらモグラ皮のコートの前をかき合わせ、彼のあとを追った。車に乗り込むと、ルージンはやっと落ち着いて息ができるようになり、取り乱した陰鬱な表情が、うしろめたそうな薄笑いへと変わっていった。「かわいいルージンは不愉快な目に遭ったんですね」彼女はルージンの手を撫でながらそう言った。「学校のときの同級生で、怪しげなやつです」とルージンは説明した。「でも、私のかわいいルージンはもう大丈夫よね」妻はそうささやいて彼の柔らかい手にキスをした。「いやなことはもう全部終りました」とルージンは言った。

だがそうとは言い切れなかった。何かが残ってしまったのだ――謎、棘。夜になると、あの出会いがなぜあれほどまでに恐ろしかったのかを考え込むようになった。もちろん、不愉快なことはひとつひとつ、いろいろと思い当たった――学校でペトリシェフにいじめられたこと、ばらばらに引きちぎられたあの本のことを彼が何となく思い出したこと、それから、エキゾチックな誘惑に満ちあふれた全世界が実は軽薄な気取り屋の戯れ言だと判明し、パンフレットなんてもう信用できなくなってしまったこと。だが、出会いそのものが恐ろしかったのではなく、何か別の理由がある――この出会いに秘められた意味、それを解き明かさなければならない。夜ごとルージンは、シャーロックがよく煙草の灰を見下ろして考えこんだように、心を張りつめて考えに没頭するようになった――すると、徐々に明らかになってきたことがあった。それは、相手の連続技《コンビネーション》が当初考えていたよりずっと複雑なものだということ、ペトリシェフとの出会いは何かの続きにすぎないということ、そして、もっと深く探りながら過去を辿り、病気から舞踏会までの歩みをもう一度対戦しなおす必要があるということだった。

13

粉雪で薄化粧をしたくすんだ青色のスケートリンクでは（夏にはテニスコートになるのだが）街の住人たちがはしゃぎ回っていて、そのかたわらの歩道を朝の散歩中のルージン夫妻が通りかかったちょうどそのとき、スケーターのなかでも一番威勢のいいセーター姿の若者がオランダ式のステップで華麗に滑走してみせたあげくに、ズドンと氷の上に尻餅をついた。もう少し先に行くと、小さな辻広場があり、全身真っ赤な三歳くらいの幼子が毛糸の足でよちよちと台座のところまでたどりつき、いかにも美味しそうな雪の小山を指のない手でかき集め、それを口に持っていったが、すぐにうしろからつかまえられて頬をぶたれた。「まあ、かわいそうに」ルージン夫人はあたりを見回してそう言った。すっかり白くなった舗装道路をバスが通り過ぎ、二本の太くて黒い帯を残していった。しゃべったり遊んだりする機械を売る店からは寒がりな音楽が響いてきたが、音楽が風邪を引かないようにと誰かがドアを閉めてしまった。つぎの当てられた青い小さなコートを着て、耳を低く揺らしているダックスフントが立ち止まって雪を嗅ぎ回っていたので、ルージン夫人はタイミングよく撫でてやることができた。何か軽くて、鋭くて、白っぽいものが顔を打ち、空っぽの空を見上げてみると、輝く小さな点々が視界の中で踊っていた。ルージン夫人は足を滑らせ、とがめるような視線を自分のグレーのブーツに向けた。ロシア食材店のそばで、知り合いのアルフョーロフ夫妻に出会った。「ひどい寒さですな」とアルフョーロフが黄色いあご髭を震わせながら大きな声を上げた。「キスは抜きにしましょう、手袋が汚れていますので」ルージン夫人はそう言うと、微笑んで、アルフョーロフ夫人の魅惑的でいつも生き生きした顔を眺めながら、どうして一度も遊びに来てくれないのかと訊ねた。「ところでご主人、すっかりお太りになったようで」とアルフョーロフは、中綿入りのコートが誇張しているルージンのお腹をいたずらっぽい目つきで眺めながらつぶやいた。ルージンは哀願するように妻を見つめた。「そういうわけですからね、どうぞいらしてくださいね」と彼女はうなずきながら言った。「ちょっと待って、マーシェンカ、電話番号はわかっているのか?」アルフョーロフが訊ねた。「わかってる? よし。じゃあまた《ヌーバカー》――っていうのがソヴィエト式だそうで。お母様によろしくお伝えください」

「あの人は、何だか気の毒な人ね」ルージン夫人はそう言うと、夫の手を取り、歩調を合わせるためにステップを変えた。「でもマーシェンカときたら……なんて可愛いんでしょう、それにあの瞳……そんなに早く歩かないでくださいよ、ねえ、ルージンったら、滑ってしまうから」

雪がやみ、空の一箇所が青白く輝き出すと、血の気の失せた平べったい円盤みたいな太陽がそこを漂っていった。「ねえ、きょうは右のほうの道へ行ってみませんか」ルージン夫人がそう提案した。「この道は歩いたことがないと思うの」「オレンジ《アペリシーン》だ」とルージンはステッキで露店を指して言った。「買いましょうか」と妻が訊ねた。「ほら、チョークで書いてありますよ。まるで砂糖みたいに甘いって」「オレンジ《アペリシーン》だ」とルージンはもう一度美味しそうに言って、そう言いながら父の言葉を思い出していた——「レモン《リモーン》」と発音するときは知らないうちに顔が長く伸びて、「オレンジ《アペリシーン》」と発音するときには顔が横に広がって微笑んでしまうものなのだよ。売り子の女が紙袋の口を器用に広げ、痘痕面《あばたづら》の冷たい赤い球体を押し込んだ。ルージンは歩きながらオレンジの皮を剝きはじめ、汁が飛び散って目のなかに入るのではないかと顔をしかめた。皮はポケットにしまった、というのも雪の上に捨てると目立ってしまうし、それに、ひょっとしたらマーマレードを作れるかもしれないと思ったからだ。「美味しい？」と妻が訊ねた。彼は最後の一房を味わってから、満足げに微笑み、ふたたび妻の手を取ろうとしたのだったが、不意に立ち止まり、あたりを見回した。ちょっと考え込んでから、彼は角のところまで引き返し、通りの名前を見た。それから急ぎ足で妻に追いつき、すぐそばの家をステッキで指し示した——平凡な灰色の石造りの建物で、鉄格子の向こうに見える小さな庭園が通りと建物を隔てていた。「ここにパパが住んでいたんです。三十五Aです」とルージンは言った。「三十五A」妻は何を言ったらいいのかわからないままそう復唱し、窓を見上げた。ルージンは歩きはじめ、格子の上の雪をステッキで落としていった。少し先の文房具店の店先でルージンは棒立ちになった。ショーウインドーには、悲しそうな顔と嬉しそうな顔のふたつの顔を持った男の蠟人形が置かれていて、ジャケットの左胸と右胸を交互に開けて見せている——左ポケットの万年筆は白いチョッキにインクを振りまき、右ポケットの万年筆は決してインクを漏らさない。ルージンはこの二面相の男がすっかり気に入ってしまい、購入できないだろうかとさえ考えた。「ねえ、ルージン」彼がショーウインドーを堪能した頃に妻は言った。「以前から聞いてみたかったのですが――お父様がお亡くなりになったあとに何かしら残っていたはずですよね。それはみんなどこへいってしまったの？」ルージンは肩をすくめた。「フルシチェンコとかいう人がいました」しばらくしてから彼はそう口ごもった。「何のこと？」と妻はいぶかしげに言った。「パリの私のところへ手紙をよこしてきたんです」ルージンは仕方なく説明を始めた。「つまり、死んで、葬儀やら何やらで、故人のあとに残った物が彼のところにあるっていう内容」「もう、ルージンったら」と妻はため息まじりに言った。「あなたのロシア語はひどいわよ」そして、彼女は少し考え込んでからこうつけ加えた。「私には関係のないことだけれど、ただ、お父様の遺品を持っていればあなたの気持ちが安らぐのではないかと思うの。形見としてね」ルージンは黙り込んでいた。ルージン以外の人にはまったく無用の遺品の数々を彼女は思い浮かべてみた――たとえば、作家だった父ルージンが執筆していたペンとか、書類もろもろとか、写真とか――すると悲しい気持ちになってきて、薄情な夫を心のなかで非難した。「でも、これだけは今すぐにでも実行しなくてはならないわよ」と彼女はきっぱりと言った。「お父様のお墓参りをして、お墓が放ったらかしになっていないか、ちゃんと見てこないと」「寒いし、遠いですから」とルージンは言った。「二、三日のうちに行きましょう」彼女はそう決めた。「お天気もきっと変わるでしょうし。車が来るわ、気をつけて」

天候は悪化した、そしてルージンは物悲しい荒れ地と墓地の風を思い出し、小旅行を来週まで延期してくれないかと頼んだ。ちなみに、その年の寒気は異常で、スケートリンクも閉鎖されたほどだった――スケートリンクは不運続きで、昨年は暖かい日ばかりだったため氷ではなくてただの水たまりだったし、今年はこの寒さで子どもたちもスケートどころではなかった。公園では、胸を膨らませた小さな鳥たちが脚を上に向けて雪の上に転がっていた。意志薄弱な水銀柱は、まわりに影響されてどんどん低くなる一方だった。そして動物園のホッキョクグマでさえ、温度管理が行き過ぎていると思いながら、ときどき身を縮めていた。

ルージン夫妻の住まいは、英雄的なほどのセントラルヒーティングを備えたすばらしい住まいであることがわかり、毛皮のコートや厚い毛布を身体にまとって過ごす必要はなかった。妻の両親は寒さのせいで正気を失ってしまい、異常なほど熱心にセントラルヒーティングの世話になりに訪れてきた。ルージンは、廃棄を免れた古い背広を着て机に向かい、目の前に置かれた白い立方体を熱心に写生していた。義理の父は書斎を歩き回りながら長ったらしい、まったく上品なアネクドートを語るか、あるいは、ときおり息を吸い込んでから咳をしたりしつつ、長椅子で新聞を読んで過ごした。義理の母と妻はずっとティータイムを楽しんでいて、書斎から暗い客間越しに眺めると、ダイニングルームの明るい黄色のランプシェードや、食器棚の褐色を背景に明るく照らされた妻の横顔や、彼女のあらわな両腕が見えた——彼女はテーブルクロスの前方に肘をつき、指を組んだ両方の手のひらを片方の肩に引き寄せたり、そうかと思うと、突然、片方の腕をすらりと伸ばしてテーブルクロスの上の何か輝く物体に触れたりするのだった。ルージンは立方体を脇にどけて、真新しい紙を手に取り、水彩絵具がボタンのように並んだブリキの小箱を用意して、慌ててこうした遠景を描きにかかるのだが、定規の助けをかりて丹念に遠近法の線を引いているあいだに、奥のほうで何かが変化してしまうのだった——妻はダイニングルームの明るいフレームから姿を消してしまっているし、明かりが落とされたかと思うと今度はもっと近くの客間に明かりが灯り、そうなると遠近法も何も関係なくなってしまうのだった。だいたい、色をつけるところまではめったにたどり着くことがなく、実を言えばルージンは鉛筆のほうを好んだのだった。水彩絵具の湿気で画用紙は反り上がってしまうし、濡れた絵具は混ざり合ってしまうからだ――ときには、何やら異様に繁殖力の強い紺青《ベルリンブルー》の絵具から逃れられなくなることもあった――絵筆の先端に少しでもそれをつけようものなら、パレットのエナメル面全体に広がって、準備してあった色を台無しにし、コップの水も毒々しい青に染めてしまうのだ。白色や「中国の墨」という名の黒色の大きなチューブは、いつもキャップが行方不明で口のところが乾いてしまい、チューブを絞ると下のほうが破れ、そこから絵具の太いいも虫がうねりながら這い出してくるのだった。下手な筆はいつまでたっても実を結ぶことはなく、どんなに単純な対象でも――花と花瓶だとか、リヴィエラの旅行案内書から模写した夕空だとか――、絵具はにじみ、病的で恐ろしいものになってしまうのだった。デッサンのほうは気分よく楽しめた。彼は義理の母親をデッサンしては機嫌をそこない、妻の横顔をデッサンしては「もし私がこんなふうだったなら私と結婚しなかったでしょうに」と言われたが、その代わり、義理の父親の糊がきいた高い襟はすごく上手に描けた。ルージンは鉛筆を削るのも好きだし、親指を押しつけた鉛筆を持ち上げ、目を細めて何かを測ったりするのが好きだった。それに、手のひらで紙をしっかり押さえつけて慎重に消しゴムでこするのも好きだった――そうしないと、ビシっと音を立てて紙が寄ってしまうのだと経験からわかっていたのだ。それから、手を触れて絵を汚してしまうのを恐れて、細心の注意を払ってそっと消しゴムの滓《かす》を吹き払うのだった。彼が一番気に入っていたのは、白い立方体、三角錐、円柱、そして石膏の装飾品だった――それは妻のアドヴァイスで描き始め、いつもそこに立ち戻る対象だった。石膏の装飾品は、学校時代の図画工作の授業を思い起こさせたが、それは彼が唯一受け入れることのできる授業だった。これ以上望めないほどの繊細さと正確さと純粋さを極めようとして百回も引きなおした細い描線は心を癒してくれた。そして、やさしく、一様に、押しつけすぎないようにしながら、規則正しく増えていく細線で陰影をつけるのは、最高にいい気分だった。

「できました」と彼は言いながら、用紙を離して持ち、描き終えた立方体をまつ毛越しに眺めた。義理の父親は鼻眼鏡を取り出し、うなずきながら長いあいだその絵を見つめていた。客間から義理の母親と妻がやってきて、その絵の鑑賞に加わった。「ちいさな影もちゃんと描いてあるのね」と妻が言った。「とっても、とっても愛らしい立方体だわ」「よくがんばったわね。まさに未来派《フトゥリスト》だわ」と義理の母親が言った。ルージンは唇の片側に微笑みを浮かべ、絵を手に取って書斎の壁を眺めまわした。ドアの近くにはすでに彼の作品が一枚かかっていた――峡谷にかかる橋を疾走する列車。客間にも一枚掛かっていた――電話帳の上の頭蓋骨。ダイニングルームにもまん丸なオレンジの絵が掛かっていたが、なぜだかみんなそれをトマトと間違えるのだった。寝室を飾っていたのは木炭で作られたレリーフと、円錐と四角錐が交わす内緒話だった。彼は壁に視線を泳がせながら書斎を出ていき、妻はため息をついた。「私のルージンは、いったいどこにあの絵を掛けるのかしら」「まだ私には教えなくてもいいと思っているのね」テーブルの上に積んであるけばけばしいパンフレットの山を顎で指し示しながら母が切り出した。「でも、私にもわからないのよ」とルージン夫人は言った。「どこもみんな素敵だから、決めるのが難しくて。まずニースに行こうかなって私は思っているのだけれど」「私ならイタリアの湖を薦めるけどな」父は新聞をたたみ、鼻眼鏡を外すとそう言って、イタリアの湖がどれほどすばらしいか語り始めた。「あの人は旅行の話に少し飽き飽きしているのではないかと思うのよ」とルージン夫人は言った。「ある晴れた日に、ただなんとなく汽車に乗って私たちは出かけるの」「四月になってからでないとだめですからね」母は頼み込むような調子でゆっくり言った。「そう約束したでしょう……」

ルージンが書斎に戻ってきた。「画鋲が入っている小さな箱があったのだけれど」彼はそう言いながら机の上を見回し、ポケットを外から叩いてみた（このとき彼は、もう三度目か四度目かになるが、またしても左のポケットに何かが入っているような気がした――ただし小箱ではなかった――かといって、調べてみる時間もなかった）。画鋲は机の引き出しにあった。ルージンはそれを手に取ると急いで部屋を出て行った。

「そうそう、おまえに言うのをすっかり忘れていたわ。きのうの朝のことなのだけれど……」そして彼女は、ロシアから突然やってきたある女性が家に電話をかけてきたことを娘に話し出した。母の話によれば、その女性は若かりし頃、ペテルブルグの彼らの家をよく訪ねてきたとのこと。また、数年前にソ連の商人だか官吏だかと結婚し――正確なところは定かではない――、夫の英気を養うために保養地へ向かう途中、二週間ほどベルリンに滞在することになったらしい。「あの女が私のところに通うことになったとしたら、具合悪いじゃない。でも、彼女はこうと決めたら……。何も恐れずに私に電話してきたことだって、びっくりよ。もし彼女が私に電話したことをソヴィエトの連中が知ったら、いったい……」「ああ、ママ、その人きっと、とっても不幸な女性なのよ――つかの間自由になって、誰かに会いたくなったのだわ」「あら、そう、じゃあ彼女のことはおまえにお願いするわ」母はほっとして言った。「それに、おまえのところのほうがずっと暖かいし」

そして、数日経ったある日の正午に、その女があらわれた。ルージンは夜よく眠れなかったので、まだまどろんでいた。彼は悪夢に首を絞められ、喉から悲鳴をあげて二度目覚めたので、ルージン夫人もまだ客を迎え入れる気分ではなかった。訪問者はやせ形で、生き生きとしていて、化粧の仕方も髪型もきちんとしたご婦人で、服装も、ルージン夫人と同様に、高価でシンプルな装いだった。ふたりは大声で、競うように、ふたりともちっとも変わっていなくて、ただ前よりきれいになっただけだということを、互いに言い張り合いながら、客間よりも居心地のよい書斎へ移っていった。訪問者は内心、十年か十二年前のルージン夫人はなかなか上品で活発な少女だったのに、それが今ではちょっと太ってしまって、顔色もよくないし、無口になってしまったなと感じ、一方ルージン夫人が抱いた感想は、かつては家によく来ていたあのお嬢さんが、後に銃殺されることになる学生さんと恋に落ちた、あのつつましくて物静かなお嬢さんが、今や魅力的な自信たっぷりのご婦人に変わったのだなということだった。「もうあなたがたのベルリンときたら……そう、本当にありがたく思っています。寒くて、もう少しで凍え死ぬところでしたから。レニングラードの私どもの家はもっと暖かいんですよ、ほんとうに暖かいんですよ」「ペテルブルグの様子はどうです？　だいぶ変わってしまったのでしょうね？」とルージン夫人は訊ねた。「もちろん、変わりましたよ」と訪問者は威勢よく答えた。「生活は大変なんでしょうね、とても大変なんでしょうね」考え込むようにうなずきながらルージン夫人はそう言った。「あら、何を馬鹿なことをおっしゃるの？　全然そんなんじゃないのよ。私たちはみんな労働して、何かを作り上げているんです。私の坊やですら――あら、私に坊やがいること、ご存じなかったのね？　――ええ、そうなの、そうなの、すごくかわいいちびちゃんなのよ――それでね、うちのミーチカですら『ぼくたちのレニングリャードではみんなはちゃらいているのにベルリンのブリュジョヤはなんにもしてないんだね』なんて言うんですよ。それにだいたいあの子は、ベルリンはどうしようもないところだと思っているようでして、何も見たがらないくらいなんです。あの子はね、とっても観察眼が鋭くて、敏感で……。いいえ、真面目な話、あの子は正しいのよ。私自身も、われわれはヨーロッパを追い越したって感じているんです。我が国の劇場のことを考えてごらんなさいよ。あなたがたのヨーロッパには劇場がないわよね、全然ないわよね。私はね、いいですか、ほんのこれっぽっちもコミュニストを讃える気はないんですよ。ですけど、彼らが未来を見つめていて、何かを作り上げているということだけは認めなくてはなりません。集中して作り上げているところなんです」「私には政治のことはまったくわかりません」ルージン夫人は悲しげにゆっくりと、そう口にした。「ただ、私が思うには……」「私が言っているのは、広い視野で物ごとを考えなくてはならないということだけよ」訪問者は急いで続けた。「たとえばね、ここに到着してすぐに、亡命ロシア人向けの新聞を買ったんです。もちろん主人はおどけてこんなふうに言ったわ。『おまえ、なんだってそんな屑みたいなものにお金を使うんだい？』あの人はもっとひどい言い方をしたのだけれど、あまりにはしたないので、そう言ったことにしておきましょうか。そこで私はこう答えたわ。『すべてを見ておかなければならないの、すべてを知る必要があるの、限りなく公平に』って。それで想像してみてくれるかしら、私がこうやって新聞を広げて、読みはじめるの、するとそこには中傷やらひどい嘘ばかりが書かれていて、何もかも陳腐なのよ」「ロシア語の新聞はめったに読まないものですから」とルージン夫人はすまなさそうに言った。「ああ、うちの母はロシアの新聞を取り寄せていますわ。確かセルビアから……」「連帯責任よ」訪問者は勢いに乗って続けた。「悪口ばかりで、誰も肯定的なことを言おうとしないのよ」「そうなんでしょうね。でも、何かほかのことを話しましょうよ」ルージン夫人は途方に暮れてそう言った。「うまく言葉にすることができなくて、そういうことを話すのが苦手なんです。でも、あなたはどこか違っているんじゃないかしら。もし私の両親といつかそういうことをお話しになりたいのでしたら……」――そう言いながらルージン夫人は、母が目を丸くして、孔雀みたいな甲高い声を上げるのを想像し、ある種の満足感をおぼえずにはいられなかった。「そうね、あなたはまだお嬢ちゃんだから」と訪問者は言って、寛容な笑みを浮かべた。「あなた、ふだんは何をして過ごしているのかしら、ご主人はどんなお仕事なの、どんな人？」「以前はチェスをしていました」とルージン夫人は答えた。「すごい選手だったんですよ。でも、そのあと疲れすぎてしまって、今はお休みしているんです。ですから、主人とはチェスのことは話さないでくださいね」「ええ、ええ、チェスの選手だってことは知っていますよ」と訪問者は言った。「でも、いったいどんな人なの？　反動主義者？　白衛兵？」「ほんとうに知らないんですよ」と言ってルージン夫人は笑い出した。「ご主人のこと、少しばかり聞いたことがありますよ」と訪問者は続けた。「あなたがルージンっていう人と結婚したって、あなたのママンから聞いたとき、なぜか、あの人のことだ、きっとそうだ、って思ったの。レニングラードにいた親友の女性がね、私に話してくれたことがあるの――まったく無邪気に自慢げにこう言うのよ――幼い甥っ子にチェスのやりかたを教えてあげて、その後、その甥っ子はすばらしいチェス選手に……」

会話がそこまでたどり着いたとき、隣の客間で、まるで誰かが怪我をして叫び声をあげたかのような、奇妙な物音がした。「ちょっとお待ちください」ルージン夫人はそう言うと長椅子から飛び上がり、客間へ通じるドアを開けようとしたが、思い直して、玄関の間を通って客間へ向かった。そこで彼女が目にしたのは、まったく思いがけないルージンの姿だった。彼は部屋着姿で、スリッパを履き、片手に白パンをひと切れ持っていた――だがもちろん、彼女はそのことに驚いたのではなかった――彼女が驚いたのは、興奮に震えて歪んだ彼の顔や、大きく見開いた輝く両目だった。額は文字通りふくれあがり、血管は浮き上がっていた。妻を見てもすぐには彼女に注意を向けられないといった様子で、ぽかんと口を開けたまま書斎に向かって立ちつくしていた。次の瞬間、それが喜びの興奮なのだとわかった。なんだかうれしそうに妻のほうを向いて歯をがちがちと鳴らし、それから重いからだをぐるぐる回転させて、椰子の木をひっくり返しそうになり、片方のスリッパが脱げてしまうと（それはまるで生きているみたいに、ココアの湯気が立つキッチンに向かって滑っていった）、彼はそのスリッパのあとを素早く追いかけた。「何でもありません、何でもありません」とルージンは少しずるそうに言って、秘かな発見をして楽しい気分になっている人のように、膝を叩いて、目を細めて頭を揺らしはじめた。「あのご婦人はロシアからいらしてね」と妻は探るように言った。「あなたの叔母さんをご存知なんですって――うーん、つまり、あなたの叔母さんのなかのひとりをね」「すごい、すごい」ルージンはそう言うと、突然笑い出してむせてしまった。「何を私はおびえているのかしら？」彼女は少し考えてみた。「彼は今、ただ陽気なだけ、気持ちよく目ざめて、きっと何かしたかったんだわ……」「ルージン、何かおもしろいことでもあるのかしら？」「はい、はい」とルージンは言って、それから出口を見つけようと、こうつけ加えた。「できれば部屋着のままで自己紹介したいのです」「まあ、そうねえ、楽しそうでいいんじゃないかしら」と彼女は微笑んで言った。「まず食べちゃってくださいね、それから何か羽織ってね。今日はいつもより暖かいみたい」そしてルージン夫人は夫をキッチンに残して、急いで書斎に戻った。女の客は長椅子に座ったまま、旅行パンフレットのページに載っているスイスの風景を眺めていた。「ねえ」彼女はルージン夫人を目にすると言った。「あなたにつき合ってもらいたいの。買わなくてはならないものがいろいろあるんだけど、どこにいい店があるのか全然わからなくて。きのうもね、ショーウインドーの前で丸一時間も立って考えていたのよ、きっとほかにもっといい店があるはずだって。それに私のドイツ語は何だかおぼつかなくて……」

ルージンはキッチンに腰をおろしたまま、ときおり膝をたたき続けていた。彼が喜ぶのも、もっともなことだった。舞踏会以来、どうにか解明しようと必死になっていたコンビネーションが、隣室から偶然聞こえてきた言葉のおかげで、思いがけなく明らかになったのだ。その最初の数分間に彼がどうにか感じることができたのは、チェス選手としての大きな喜びと、誇らしさと、安堵感であり、また、創作者にはお馴染みの生理的な調和の感覚であった。彼がただごとならぬこの発見の本質を理解したのは、小さな動作をさらにいくつかおこなってからのことだった——ココアを飲み干し、髭を剃り、新しいワイシャツにカフスを取りつけた。すると不意に、歓喜は消え去り、濁った重苦しい恐怖感が彼を襲ったのだ。盤上での実際の対局において、理論的に証明された詰め手問題《チェス・プロブレム》のコンビネーションがぼんやりと反復されることがよくある——それと同様に、彼の人生において今、彼のよく知っているパターンが徹底的に反復されていることがわかってきたのだ。反復の事実そのものを明らかにしたときの最初の喜びが過ぎ去り、自分の発見の詳細を入念に確認しはじめるやいなや、ルージンは身震いした。ぼんやりと見とれながら、そしてぼんやりと怯えながら、彼はここしばらくのあいだに子ども時代のイメージ（別荘、街、学校、そしてペテルブルグの叔母）が、何と恐ろしく、優美に、巧妙に、一手また一手と反復されてきたかを跡づけていったが、自分の魂がこのコンビネーション的反復のどこにこれほどの怯えを感じるのか、まだまったく理解していなかった。ひとつ、彼がはっきりと感じていたのは、ある種の無念さだった。これほど長いあいだ、指し手の狡猾な連係に気づかなかったことが悔しくて、今になってあれこれと些細なことも含めて思い起こしてみると――それらは実に数が多く、またあるものは出方がとても巧妙なので、それが反復だとはほとんどわからないほどだったが――、ハッと気づくこともなく、主導権を握れず、安心しきって何も見ていなかったためにコンビネーションの展開を許してしまった自分に憤りを感じた。今こそ彼は心に決めたのだった、もっと用心深くして、さらなる指し手の展開がもしあるのならそれから目を離さないようにし、それにもちろん、もちろんのこと、この自分の発見を誰にも見つからない秘密の場所に隠しておこう、そして明るく振る舞おう、このうえなく明るく振る舞おうと。だがこの日以来、彼の心から安らぎが消えた――このずる賢いコンビネーションに対するディフェンスを考え出して、そいつから解放されなくてはならないのだったが、それには、そいつが最終的に狙うところを予見しなければならず、といってその可能性はまだ見えてきそうもなかった。そして、今後もたぶん反復が続いていくだろうと考えただけでも恐ろしくて、人生の時計を止めたいとか、対局そのものを中断してしまいたいとか、凍え死んでしまいたいなどと考えるのだが、それと同時に、自分は存在し続けるであろうとわかっていたし、何かが準備され、這い寄りつつ、成熟していて、自分にはその動きを止める力がないこともわかっていた。

この時期に彼ともっと多くの時間を過ごすことができていれば、妻はひょっとしたらもっと早くルージンの変化に気づいていたかもしれない。陰鬱さの合間にあらわれる、とってつけたような陽気さに気づいていたかもしれない。だが実際には、ちょうどこの時期、ロシアから訪れたしつこいご婦人が、約束通り、ルージン夫人を自分の思い通りに利用していたのだ――店から店へと何時間も案内させたり、急ぐそぶりも見せずに帽子やドレスやパンプスを取っ替え引っ替えしたり、ルージン宅に長居したりといった日々であった。彼女は依然としてヨーロッパには劇場がないと言い張り、「レニングラード」を冷たく軽く発音していたが、ルージン夫人はなぜかこの女性を哀れに思い、彼女をカフェに連れて行ってあげたり、人前では口がきけなくなってしまう陰気な肥満児の息子におもちゃを買ってあげたりした——その子は喜びもせずにびくびくしてそれを受け取り、しかも母親はといえば、ここにはこの子の気に入るものは何もなくて、この子はソ連のピオネール少年団のところに帰りたがっているなどと言うのだ。彼女はルージン夫人の両親にも会ったが、政治についての会話は残念ながら交わされず、昔の知り合いの思い出話ばかりで、ルージンはといえば黙ったままミーチカにひたすらチョコレート菓子を食べさせて、ミーチカも黙ったままひたすら飲み込んでいたが、そのうち急に顔が真っ赤になってきたので、あわてて部屋の外へ連れ出された。そうこうするうちに天気が暖かくなってきたので、この不幸な婦人が、不幸な子どもと人前に出せない夫といっしょに、とうとう帰っていってくれたら、その日にでも、もう延期なしで、お墓参りに行かなくてはとルージン夫人は二度ほど夫に言い、ルージンは無理して笑いながらうなずいた。タイプライターも、地理も、デッサンも、すべてはコンビネーションの一部であり、子ども時代に記録された指し手の反復なのだとわかり、彼はそれらすべてを放り投げてしまった。愚かしい日々——ルージン夫人は、夫の気持ちへの注意が足りなくて、何かが抜け落ちてしまっているのではないかと感じていたが、それでもなお、訪問者の無駄話に礼儀正しく耳をかたむけ続け、訪問者の要求をドイツ語に訳して店員に伝え続けた。とくに嫌な思いをしたことがあった——一度履いてしまったパンプスか何かを、どういうわけか不良品だと言うので一緒に店まで行かなくてはならず、このご婦人はロシア語で靴の会社をこき下ろし、別のものに交換しろとまくしたてるものだから、ルージン夫人は彼女をなだめて、ドイツ語に通訳するとき辛辣な表現に分厚いヴェールをかけなければならなかったのだ。出発の前夜、彼女はミーチカを連れて別れのあいさつをしにやってきた。書斎にミーチカを残したまま、自分はルージン夫人と一緒に寝室へ入っていき、ルージン夫人はもう百回目だというのに自分の持っている衣装を全部彼女に見せることになった。ミーチカは長椅子に腰かけて、ルージンを見ないようにしながら膝を掻いていて、ルージンもまたどこを向いたらいいのかわからぬまま、どうやったらこのぶよぶよした子の気を引くことができるのか、考えあぐねていた。「電話！」やっとのことでルージンは甲高い声でそう叫ぶと、指で電話を指し、わざとらしく驚いて笑い出した。しかしミーチカは、ルージンの指が指す方向を暗い顔でちらっと見ると目をそらしてしまい、彼の下唇はほんの少し下に垂れたのだった。「汽車と峡谷！」とルージンは再度挑戦し、もう一方の手を差し伸べて壁に掛かった自作の絵を指し示した。ミーチカの左の鼻に鼻水が満ちて光り、すると彼はつまらなそうに前を見ながら鼻をすすった。「神曲とやらを書いた人！」とダンテの胸像のほうに片手を持ち上げて、ルージンはわめいた。沈黙、かすかな鼻息。ルージンも運動して疲れてしまい、ミーチカと同じように動かなくなった。キッチンにお菓子はなかっただろうかと考えてみたり、客間の蓄音機を鳴らしてみようかとも思ったりしたが、長椅子の少年はただそこに存在するだけでルージンに催眠術をかけてしまうので、書斎から出ることはできなかった。「おもちゃならいいんだろうけれど」彼はひとりごとを言って机の上を眺めると、ペーパーナイフと少年の好奇心を天秤にかけたが、そんなものでは好奇心は刺激されないだろうと悟り、絶望しながら自分のポケットを探りはじめた。するとふたたび、すでに何度も同じことがあったが、左ポケットは空っぽなのに、何か秘密のやり方で、ほんの小さな何かがそこに隠されていると感じた。こういう不思議なことならミーチカが興味を持つのではないかとルージンは考えた。ルージンは長椅子の端に彼と並んで座って、ずるそうにウィンクしてみせた。「手品だよ」と彼は言って、ポケットが空っぽなのを見せはじめた。「この穴は手品とは関係ないんだよ」と彼は説明した。気だるそうに、そして悪意をこめて、ミーチカは彼の動きを見つめた。「ところが、ここには何かがあるのです」ルージンは有頂天になってそう言い放ち、ふたたびウィンクをした。「裏地のなかに入っているんでしょう」とミーチカはぼそぼそとつぶやき、肩をすぼめてそっぽを向いてしまった。「そのとおり!」とルージンは歓喜の声を上げ、片手で背広の裾を押さえながら、もう一方の手を穴に押し込みはじめた。はじめに何かの赤い角が見え、それから全貌があらわれた——革表紙の薄っぺらな手帳のようなもので、ルージンは眉を吊り上げてそれを眺め、両手のなかで転がしていたが、脇の留め金を外すと、慎重な手つきで開いてみた。それは手帳ではなくて、高級な山羊革でできた小さな折りたたみ式のチェス盤だった。ルージンは即座に思い出した、それはパリのチェス・クラブで彼に贈られたものだった——ただ単にクラブからの記念品としてだけではなく、どこかの会社の宣伝用に、そのときのトーナメントの出場者全員に配られた小さな細工品だった。盤の両側にあるポケットには爪に似たセルロイド製の小片がたくさん入っていて、それぞれにチェス駒の絵が描いてある。この小片の尖った部分は、すべての正方形の下部にある細い割れ目に入り込み、駒が描かれた丸い部分は正方形の上にぺったりと張りつくのだった。とても優雅で精巧な代物だった——小さな紅白の格子盤といい、使い勝手のいいセルロイドの爪といい、さらには、盤の水平線の端に沿って型押しされた金の文字と、垂直線の端に沿った金の数字。ルージンはうれしくて口を開いたまま、爪を盤に差しはじめた——最初は単純に二段目にポーンを並べただけだった——だがそのあとで考え直し、指先を注意深く動かしながら、押し込まれた駒を取り出して、トゥラーティとの対局で自分が中断した局面を並べたのだ。盤上に駒を並べる作業はほとんど瞬時になされ、すると現実の物質的側面はたちまちのうちに消え去ってしまった——手のひらに広げられたちいさな盤は触ることのできない、重みを持たないものへと化し、山羊革はバラ色の霞に溶け、とにかくみんな消えてしまい、ただ、複雑な、緊迫した、ただならぬ可能性を秘めた、あのチェス駒の配置だけが残った。ルージンはこめかみに指を当ててすっかり考え込んでしまっていたので、手持ち無沙汰になったミーチカが長椅子からおりてスタンドの黒い支柱を揺さぶりはじめたことに気づかなかった。突然スタンドが傾き、明かりが消えた。ルージンは暗闇のなかで我に返ったが、最初のうち、自分が今どこにいてまわりで何が起きているのかわからなかった。見えない生き物がもぞもぞと動き、どこかすぐ近くでのどを鳴らした。すると突然、オレンジ色のランプシェードにふたたび透明な光がともり、髪を刈り上げた青白い顔の子どもが膝をついてコードを元に戻していた。ルージンは身震いし、チェス盤をパタンと閉じた。小さい恐るべき彼の分身のために、ルージン少年のために、チェス駒は並べられたのだ。そして少年は膝をついて絨毯のうえを這い回っている……。これはすべて、前に一度あったこと……。彼はまたひっかかってしまったのだ、見慣れたテーマの反復が実戦においてどのように起こるのかをわかっていなかったのだ。次の瞬間には、すべてがバランスを取り戻していた。ミーチカは鼻をすすりながら長椅子によじ登り、オレンジ色のランプを取り囲む淡い薄明かりの中にルージンの書斎がゆっくりと揺れながら漂い、赤い山羊革の手帳が絨毯の上に無邪気に転がっていた——だがルージンは、こうしたすべては罠であり、コンビネーションの展開はまだ終っておらず、やがて新たな、運命的な反復がはじまるであろうとわかっていた。いそいでかがみ込むと、かくも甘美に恐ろしく彼の想像力を虜にしたものの物質的象徴を拾い上げてポケットに入れ、どこに隠せば安全だろうかと考えようとしたが、しかしそのとき声が聞こえてきて、妻と客が、ふたりとも煙草の煙をかきわけるようにして彼のほうへ泳いできた。「ミーチカ、立ちなさい、もう行く時間よ。そうなんです、奥様、まだまだ荷造りが終ってなくて」とご婦人は言うと、そのあとルージンのそばへ行き、別れのあいさつをはじめた。「お知り合いになれてほんとうにうれしかったです」と彼女は言ったが、そう言いながらも心の中では、これまでも一度ならず考えたフレーズが浮かんだ。「でくの坊の変わり者！」「ほんとうにうれしかったです。叔母さまにも話しておきますね、あなたのちっちゃなチェス選手に会いましたよって。すっかり大きくなって、有名になって……」「帰る途中にぜひまた寄ってくださいね」ルージン夫人はあわてて大声でさえぎり、相手の封蠟のように真っ赤な唇と残酷なまでに愚かな目を、初めて憎しみを込めてにらみつけた。「ええ、もちろんですとも、当然ですわ。ミーチカ、立ってごあいさつなさい」ミーチカはいやいやながらあいさつを実行し、全員が玄関の広間へ行った。「ベルリンでは人を送り出すのにいちいち大騒ぎするのね」ルージン夫人が鏡台から鍵束を手に取るのを見て、ご婦人はあざ笑うようにそう言った。「いいえ、ここはエレベーターがありますので」ご婦人の退散を気が狂うほど待ちわびているルージン夫人はとんちんかんな答え方をして、アザラシ革のコートを着せてさしあげるように眉で夫に合図した。ルージンはコート掛けから子供用のコートを取り……ちょうどそのとき、幸いにも女中がタイミングよくあらわれた。「失礼します。失礼します」と言いながらドアのところに立ってルージン夫人はお辞儀をし、その間に客は女中に付き添われてエレベーターに乗り込んでいった。ミーチカがベンチによじ登るところをルージンは妻の肩越しに見ていたが、やがて両側からドアが閉まり、鉄の籠に入ったエレベーターは沈んで消えていった。ルージン夫人は書斎に駆け込むと長椅子の上にうつぶせに倒れ込んだ。ルージンは彼女の隣に腰を下ろし、妻がこちらを振り向く瞬間に備えて、心の奥でどうにか微笑みを作り出し、張り付け、縫い合わせようとしはじめた。妻がこちらを振りかえった。微笑みの出来は大成功だった。「ふう」ルージン夫人はため息をついた。「やっと解放されたわね」それから急いで夫を抱きしめると、キスしはじめた——右の目、次に下あご、次に左の耳——いつだったか彼に気に入ってもらった厳格な順序通りに。「さあ、気持ちを明るくしてくださいな」と彼女はくり返した。「あのご婦人は帰ったんですから、消えたんですから」「消えたんですね」とルージンはおとなしく言ってため息をつくと、彼の首筋を撫でている手にキスした。「なんて優しいの」と妻はささやいた。「ああ、なんて愛しい優しさ……」

もう眠る時間だったので彼女は着替えに行き、ルージンのほうは、例のポケット版チェスをどこに隠したらいいのかと探りながら三つの部屋を全部歩き回っていた。どこも安全だとは言えなかった。どんなに思いがけないような場所であっても、毎朝、獰猛な電気掃除機が象みたいに長い鼻を突っ込んでくるのだ。物を隠すというのはほんとうに、ほんとうに難しい——自分の場所をしっかり守っているほかの物体たちは、嫉妬深く無愛想で、住む家もなく追っ手を逃れてきたばかりの物体にほんのわずかな隙間さえ貸そうとしない。その夜はとうとう山羊革の手帳を隠すことができず、それから、もういっそのこと隠すのはやめよう、そしてこいつとは縁を切ろうと決心したのだが、やはりそれも難しいことなのだった——結局それは背広の裏地の内側に残されることになり、それから数ヶ月後に、あらゆる危険がとっくにとっくに過ぎ去った頃になって、その山羊革の手帳はふたたび発見されることになるのだが、そのときにはもう、手帳の素性は誰にもわからなくなっていた。

14

ルージン夫人自身、ロシアから来た女性の三週間の滞在が跡形もなく過ぎ去って行ったわけではないことに気づいていた。ご婦人の会話の内容は間違ったことや馬鹿げたことだらけだった――だが、どうやってそれを証明できるというのか？　ここ数年のあいだ、自分が亡命について学問的に考えたことがなく、ニスと金メッキで輝く両親の考え方を鵜呑みにし、一時は参加するのが当たり前だった集会の演説も興味なく聞き流していたことなどに気づいて、ぞっとしたのだった。彼女はふと、ルージンもひょっとしたら政治問題を面白がってくれるかもしれないし、もしかしたら、学のある人ならみんなそうであるように、彼もそれに夢中になってくれるかもしれないと思った。それに、ルージンには新しい仕事がぜひとも必要だった。彼の様子は何かおかしくなってきていたし、彼女がよく知っている鬱状態があらわれてきていたし、さらに、まるで何かを隠しているかのように目が泳ぐことが多くなってきた。本当に熱中できるものがまだ彼にはないので彼女は不安を感じていて、自分の知的視野が狭いせいで、ルージンのなかに眠っている才能に仕事や糧を与えてくれる領域とか考え方とか対象を見つけ出してあげられないのだと、彼女は自分を責めるのだった。急がなければならないということが彼女にはわかっていた。というのもルージンの生活における無為な時間は、妄想がそこから姿をあらわす絶好の抜け穴だったからだ。絵のような国々へ出発するまでに、ルージンのために熱中できる遊びをぜひとも見つけ出さなければならなかった。そうすれば、あとはもう、ロマンチストの億万長者たちがふさぎの虫を治すのに使った決定的手段、つまり旅という秘薬に頼ればいいのだ。

まずは新聞から始めた。彼女は「旗《ズナーミャ》」「ロシア人《ロシャーニナ》」「亡命の声《ザルベージニイ・ゴーラス》」「連合《オブエジニエーニエ》」「叫び声《クリーチ》」を講読しはじめ、亡命雑誌の最新号と、比較のためにソ連の雑誌や新聞もいくつか購入した。それを毎日夕食後に、お互いに読んで聞かせることに決めた。彼女は新聞によってはチェス欄があることに気づくと、最初はその部分だけ切り取ってしまうほうがいいのではとも考えたが、そんなことをして彼の気持ちを傷つけてしまうのが怖かった。興味深い勝負の例としてルージンの昔の対局が二度ほど掲載された。それは不愉快であり、危険でもあった。チェス欄のある新聞だけ隠すわけにもいかなかった。というのもルージンはあとで大型の本の形に綴じようと思って新聞を集めていたからだ。彼が開いている新聞にチェス盤の黒い図面が見つかると、彼女はいつも彼の表情をじっと見守るのだが、すると彼は妻の視線に気づき、図面に目をやるとしてもほんのついでにといった様子だった。そしてチェス欄が載る月曜と木曜を彼がどれほど罪深い気持ちで待ちこがれていたかを彼女は知らなかったし、自分が席を外しているあいだに彼がどれほどわくわくしながら紙面の棋譜に目を通していたか、彼女は知らなかった。チェス・プロブレムの場合だと、彼は横目でちらっと見るだけで駒の配置を把握して憶えてしまい、あとで妻が社説を朗読しているあいだに頭のなかで解くのだった。「……すべての活動は結局のところ根本的修正と補足だと言え、それが保証すべきは……」と妻は棒読みしていた。「これはおもしろい構図だな」とルージンは考える。「黒のクィーンがまったく自由に動けるなんて」「……さまざまな重要な利害のあいだに明確な境界線を引くことになるだろうが、さらにこう指摘しておくのも無駄ではあるまい。つまり、この懲罰の手のアキレス腱は……」「h7への威嚇にたいして黒には明白な受けがある」とルージンは考えたが、妻が一瞬読むのをやめて突然、「何を言っているのかわからないわ」と小声で言ったので、機械的に微笑みを浮かべた。「もしこのような観点《プラン》で」と彼女は読みつづけた。「今後のさらなる計画《プラン》を検討するならば……」「すごい、すばらしい！」プロブレムを解く鍵を見つけて——うっとりするほど優雅な捨て駒だ——、ルージンは心の中で叫び声を上げた。「……そして破局もそう先の話ではないのである」妻は記事を読み終えると、やっと終ってほっとため息をついた。何が問題かといえば、彼女が新聞を熱心に読めば読むほど退屈になり、彼女がいつも感じてはいるが言葉にはできない明らかな真実が、単語と比喩の霧に、仮定と結論の霧に覆い隠されてしまうことだった。彼女が今度はあの世からの新聞、つまりソ連から届いた新聞に目を転じると、もう退屈さには限界がなかった。そこから漂ってくるのは、墓のような会計課の冷気であり、ハエだらけのお役所の憂鬱であり、それらの新聞を読んで彼女がどういうわけか思い出すのは、ある官庁で会った死人のような顔をしたちびの役人の姿だった——何かの書類を手に入れるために彼女とルージンが役所から役所へたらい回しにされた日々に、そこに立ち寄らなくてはならなかったのだ。ちびの役人は怒ってばかりでへとへとの様子で、糖尿病患者用の小さなパンを食べていたが、おそらくは惨めな額の給料をもらい、結婚していて、身体じゅう発疹だらけの子どもがいたのだろう。ルージン夫妻に足りない、必ずや手に入れねばならない書類にたいして、彼は宇宙規模の意義を付与したので、全世界はその書類に支えられることとなり、もしそれを失くしたりすれば全世界は絶望的に無に帰してしまうのだった。それだけではなかった——ルージン夫妻がその書類を手に入れるには絶望と空虚の数千年という途方もない年月を待たなければならず、この世界苦《ヴェルトシュメルツ》を和らげるには嘆願書を書くほかに方法はない、ということがわかった。官庁では煙草を吸ってはいけないと言って役人は哀れなルージンにくってかかり、ルージンは震え上がって吸いかけの煙草をポケットに突っ込んだ。窓の外には足場を組まれた建設中の建物と、斜めに降りつける雨が見えた——部屋の隅には黒い背広が掛かっていたが、役人は勤務中は裏地用木綿の服に着替えるのだ。そして彼のデスクは薄紫のインクと超越論的憂鬱というありふれた印象を放っていた。ふたりは何も得られないまま外に出て、ルージン夫人はまるで自分が灰色で盲目の永遠を相手に戦わなくてはならないような気がした——実際その永遠は、おずおずと差し出された地上的な賄賂（葉巻三本）を潔癖にも突き返すことで彼女を打ち負かしたのだった。ふたりが別の官庁へ行くと、瞬時にその書類を手に入れることができた。のちになってルージン夫人は、こんなふうに考えてはぞっとしたものだ——ふたりを追い出したちびの役人は、ひょっとしたら、ふたりが憂鬱な幽霊となって真空の中をさまよっている姿を想像しているのではないだろうか、そしてもしかしたら、ふたりが泣きながらおとなしく帰ってくるのをずっと待ち続けているのではないだろうかと。なぜモスクワの新聞を読みはじめた途端にこの役人の姿が浮かんできたのか、彼女にもよくわからなかった。似たような性質の退屈さと憐れみのせいだろうか、いやそれだけでは足りなくて、彼女の頭は満足しなかった——そして不意に、自分もやはりひとつの公式を求め、感覚が公に具体化されることを望んでいるのだが、実際にはそんなことは重要ではないと悟ったのだった。さまざまな亡命者向け新聞が発する靄のかかった意見による複雑な論争はとんとわからなかったし、これほど多様な意見が存在するという事実が彼女をことさら驚かせた。彼女はといえば、自分の両親のような考え方をしない人々は皆、笑い上戸な少女たちを相手に社会学を講じたあのびっこのひょうきん者と同じような考え方をしているのだと平気で思っていたのだ。意見というものには極めて繊細なニュアンスがあり、狡猾極まりない敵意もあるのだと少しずつわかってきた。そして、こうしたすべては頭で理解するにはあまりに複雑すぎるとしても、心のほうがはっきりとひとつのことを悟りはじめるのだ——つまり、ここでも、あそこでも、人は誰かをいじめている、あるいは、いじめたがっている、だが、いじめとその欲求は、ここよりあそこのほうが百倍も大きく、だからここのほうがよいのだと。

ルージンが読み上げる番になると、彼女はおかしなタイトルのエッセイか、短めの心にしみるような話を彼のために選んだ。彼は読みながらおかしな具合につかえたり、いくつかの単語を変なふうに発音したり、ときにはピリオドを通り越してしまったりピリオドにたどり着かなかったりもし、そして意味もなく声の調子を上げたり下げたりしながら読むのだった。彼が新聞に興味を持っていないということが、彼女には難なくわかってしまった。というのも、今しがた読んだばかりの記事に関連した会話を彼女が始めると、彼女の下す結論に彼はいつも大急ぎで賛成したものだし、彼を試してみるために、わざと、亡命者向け新聞はどれも嘘ばかり書いてあると言ってみたときでも、彼は同じように賛成したのだ。

新聞は新聞であって、人間はまた別物だ——人間の話を直接聞くのもいいかもしれない。さまざまな傾向の人々（母親の言葉を借りれば「ありとあらゆるインテリ」）が自分の家に集まる様子を彼女は想像してみた――ルージンが、最新の話題についての生々しい議論や会話に耳をかたむけながら、突然開花するということはないにせよ、少なくとも一時的な気晴らしを見出すことくらいはできるのではないだろうか。彼女の母親がある種のしなを作って断言するには、母親のすべての知り合いのなかでもっとも教養があり「左寄り」でさえある人物がオレグ・セルゲーヴィチ・スミルノフスキーだということで、ルージン夫人が彼に、「旗《ズナーミャ》」以外にも「連合《オブエジニエーニエ》」や「亡命の声《ザルベージニイ・ゴーラス》」も読んでいるような楽しくて自由思想の持ち主を何人か家に連れてきてもらえないかと依頼すると、彼はそういう仲間の輪《クルーグ》には縁《えん》がないとのことで、そういう類いの狂《くる》った仲間の輪《クルーグ》のことを延々と非難しはじめたかと思うと、今度は急いで、自分は別のいくつかの輪《クルーグ》と縁《えん》があって丸《まる》くつきあっているのだと説明したので、ルージン夫人はまるで遊園地の回転する円盤に乗っているかのように、頭の中が円を描いてくるくると回るようで気持ち悪くなったのだった。この失敗のあと、これまでにたまたま出会った人のなかですぐに協力してくれそうな人たちを、記憶の中のさまざまな個室から引き抜きはじめた。父親が民主主義の政治家で、工芸学校で隣の席に座っていたロシア人の若い女性のことを思い出した。かつて自分の腕のなかで老詩人の死を看取ったのだと、そこかしこで吹聴するアルフョーロフのことを思い出した。あるロシア語新聞の事務所に勤める、あまり評判のよくない親類のことを思い出した――夕方になると、街角の太った新聞売りの女がその新聞の名を喉をルーラードで震わせて叫んでいた。彼女はさらにあの人、そしてこの人と選び出したものの、それとは別にこんなことも考えた――作家ルージンをおぼえている人や、チェス選手ルージンを知っている人ならたくさんいるだろうし、喜んで家を訪れてくれるのではないかと。

だが、それほどまでに彼女が努力したとしても、それがルージンにとってどんな意味があっただろうか？　本当の意味で彼が関心を持っていた唯一のものは、なぜかわからぬまま巻き込まれてしまった、複雑で狡猾なあのゲームだった。ひとりきりで、沈んだ気持ちで、彼はチェスの反復の兆しを探し求めたが、その反復が最終的にどこへ向かっているのかはいまだに想像がつかなかった。しかし、たえず警戒し、たえず気持ちを張りつめているというのも無理な話だった。何かが一時的に彼のなかで弱まり、新聞に載った対局を無邪気に楽しんでいたりすると、突然はっとして、自分がまた見過ごしてしまったこと、そして、たった今、彼の人生において巧妙な一手が指され、運命的なコンビネーションが容赦なく続いていることに、憂鬱な気持ちで気づくのだった。そんなとき彼は、どこにでも罠が仕掛けられている可能性はあるので、これからは警戒心を倍増して生活のあらゆる瞬間を監視しなければと決心した。そして彼が何よりもうんざりしていたのは、相手の目的が見えてこない以上、賢明なディフェンスを考えつくことなど不可能なことだった。

年齢にしては太りすぎてぶよぶよした彼は、妻が考えついた人々のあいだを歩きながら静かな場所を見つけようとしていたが、そのあいだもずっと、どこかに次の一手をほのめかすものはないかとか、自分で始めたわけではないのに恐るべき力で攻めてくるあのゲームが今も続いているのではないかと、目と耳を働かせていた。ときには次の一手がほのめかされることもあり、何かが前に動いたりしたが、それによってコンビネーションの全体像が明らかになることはなかった。静かな場所もなかなか見つけられなかった——彼に質問を浴びせる人たちがいて、彼は何度もその質問を口の中で反芻しないと、その簡単な意味を理解し、簡単な答えを見出すことができなかった。望遠鏡のように伸びた三つの部屋はすべて明るくて――照明がどの部屋も容赦なく照らしていた――ダイニングルームにも、客間の座り心地の悪い椅子にも、書斎のオットマンにも人が腰かけていた。青いフランネルのズボンをはいた男が、デスクに陣取ろうと狙いをつけ、居心地をよくしようと絵具箱と未開封の新聞の束をしきりに片づけていた。初老の俳優で、多くの役柄に撫で回されたような顔をし、全身が柔らかく声まで柔らかい男が書斎のオットマンに座っていて――なぜか、うめき声とか、ため息とか、二日酔いのしかめ面とか、手の込んだバターたっぷりの台詞を要求されるシーンで、寝室用のスリッパを履いて役を演じるのが一番得意な役者だという印象を与える男なのだが――、その隣には、バルスというジャーナリストの妻で黒い瞳をした体格のいい元女優が座り、ふたりは、かつてヴォルガ川沿いのサマーラ市で『愛の夢』に共演したときの思い出話をしていた。「おぼえていますか、シルクハットの件でトラブルがあったことを？　私がうまくその場を取り繕ったことを？」と柔らかい口調で俳優が言った。「鳴り止まない拍手でしたわね」と黒い瞳の婦人が言った。「私にあんなに拍手喝采してくれたなんて、生涯忘れられないわ……」そんなふうにして、ふたりはお互いに相手の話の腰を折りながら、自分の思い出にひたっていたが、青いズボンをはいた男は、物思いに沈んだルージンにもう三回も「煙草を一本いただけますか、煙草を」と頼んでいた。彼は駆け出しの詩人で、かすかに頭を震わせ宙を見つめながら、情熱を込め、歌うように自作の詩を朗読した。いつも首をすっと伸ばしているので、よく動く大きな喉仏が特徴的だった。ルージンが物思いに沈んだまま客間に移動してしまったので、詩人は結局煙草を手に入れることができなかったが、畏敬の念を込めてルージンの太った後頭部を眺めながら考えた――この人はすごいチェス選手なんだ、いつか彼が十分に休んで回復したらチェスの話をしてみたい、とても楽しみだ――、詩人も大のチェス愛好家だったのだ。だが、そのあとドアの隙間からルージンの妻の姿を見かけた詩人は、この女は言いよる価値があるかどうかと、しばらく心の中で決めかねていたのだった。ルージン夫人は微笑みながら、長身であばた面のジャーナリストのバルスが言っていることに耳を傾けていたが、内心では、こんなにたくさんのお客様を一度にティーテーブルに座らせるのはかなり難しいので、今度からはそれぞれの場所でお茶をお出ししたほうがいいのでは、と考えていた。バルスは並外れた早口でしゃべり、ひじょうに曲がりくねった思想をその付属物と抜け落ちやすい尻尾もろとも、できるだけ短時間で表現し、そのすべてを捕獲し修正しなければならないとでもいった様子で、もし注意深い聞き手がいたならば、少しずつ、この早口の迷宮の中に驚くべきハーモニーが姿を見せはじめ、ところどころにアクセントの誤りや新聞用語が混ざっていたとしても、いわばそれまで語ってきた思想から美しさと高貴さを取り入れながら、彼の話そのものが突然変異を遂げることに、その聞き手は気づいたであろう。ルージン夫人は夫を見かけると、きれいに剝いたオレンジが載った小皿を夫に手渡し、彼の脇を通って書斎へ行った。「それにねえ、よろしいですか」みすぼらしい身なりの男が、新聞記者の思想を聞き終えて感想を述べてからそう言った。「よろしいですか、詩人チュッチェフの描く夜は涼しくて、星は光の色を変化させながら、丸く濡れているように見え、もはや単なる光の点ではないのです」彼はそれ以上何も語らなかった――そもそも彼は無口で、それは慎み深さからというより、どうやら、誰かから預かったとても貴重なものをこぼしてしまうのではないかという恐れから来るものらしかった。ちなみに、ルージン夫人はこの男のことがとても気に入っていたが、その理由は、まさに彼のみすぼらしさと顔立ちの平凡さのせいで、それはあたかも彼自身が何か神聖で珍しい液体をたたえた容器であり、その容器の外側を彩色することは冒瀆《ぼうとく》であるかのようだった。彼の名はペトロフといい、人生に何ら目立つところはなく、何かを書いたわけでもなく、乞食同然の暮らしぶりだそうだが、そのことを誰かに話したこともなかった。彼の人生における唯一の役割というのが、彼に託されたものを専念してうやうやしく運ぶことであり、それはあらゆる細部も純粋さもそこなうことなく必ずや保存し続けなければならないものであり、それゆえ、彼が歩くときはいつも小刻みで慎重な歩調で誰にもぶつからないように気をつけていたし、ただ、ごくたまに、話し相手が自分と同類の用心深さを持っているとわかったときにだけ――自分が捧げ持つ巨大な神秘の中から――、たとえばプーシキンの詩の一行だとか野の花の俗称などといった、何か優しくて、たわいのない小さなことをほんの一瞬だけ披露してくれるのだった。「彼の父親のことは思い出しますね」ルージンの背中がダイニングルームのほうへ遠ざかっていったとき、ジャーナリストはそう言った。「顔は似ていませんが、肩の下がり方に似たところがありますね。優しくていい人でしたよ、でも作家としては……。何ですって？ あなたは本当にそう思われるのですか、油絵風の挿絵が入った子ども向けの小説が……」「どうぞ、どうぞ、ダイニングルームのほうへ」書斎で見つけた三人の客たちを連れて戻りながらルージン夫人が話しはじめた。「お茶のご用意ができましたので、どうぞお願いします」すでにテーブルについていた人たちは片側にかたまっていて、反対側にはルージンがひとりきりで陰気にうつむいて、オレンジを嚙みながらカップの中の紅茶をかき回していた。そこにいたのは、アルフョーロフ夫妻、浅黒い肌に鮮やかな化粧をした、火の鳥を見事に描いた少女、おどけて自分のことを新聞社従業員などと言っているものの秘かに政界の立役者になりたいと願っている禿げた若者、弁護士の妻だというご婦人がふたり……。そしてもうひとり、一番なつかしいヴァシーリイ・ヴァシーリエヴィチもテーブルについていた――遠慮がちで、上品で、薄い色のひげを生やし、古くさい編み上げ靴を履いた、澄んだ心の持ち主だ。若い頃にシベリア流刑に処され、その後は国外追放となり、帰国すると今度は革命をほんの少しだけ目撃することができ、そしてまたもや国外追放されたのだった。彼は地下活動のことや、カウツキーのことや、ジュネーブのことを真摯に物語ったのだが、彼と一緒に民衆のために活動した、明るい瞳の、理想を抱いたあの乙女たちと似たものを彼はルージン夫人の中に見出し、彼女を見るたびに感動をおぼえずにはいられないのだった。

今回も、今までと同様、やっとお客さんが全員集まって、一緒にテーブルに座ってみると、やはり沈黙が訪れたことにルージン夫人は気づいた。それはあまりの静けさだったので、紅茶を注いで回る女中の息づかいがはっきりと聞こえるほどだった。なぜそんなに大きな音を立てて息をするのか、もっと静かに紅茶を注げないのかと女中に問いただしたらすっきりするだろう、という無理な考えにルージン夫人は何度かとらわれた。このむっちりした娘は、大体において気転が利かず、とくに電話となると悲惨だった――ルージン夫人は彼女の呼吸に耳を澄ましながら、数日前に女中が笑いながら電話を取り次いだときのことを思い出していた――「ファ……ファ……ファティさんから電話ありました。電話番号をここに書いておきました」ルージン夫人はその番号にかけてみたが、ここは映画事務所でファティなんていう男はいないとぶっきらぼうな声が答えた。救いようのない混乱だ。彼女はドイツ人の女中たちの悪口を言って隣の人を沈黙から救い出そうかと思ったが、そのとき、すでに会話が盛り上がり、新しい本が話題になっていることに気づいた。バルスが断言するには、その本は念入りに巧妙に書かれ、一語一語に眠れぬ夜の跡が感じられるとのことだったが、「あら、そうかしら、すごく読みやすかったですけれど」というご婦人の声がした――ペトロフがルージン夫人のほうにかがみこんで、「すらすら読めるのは労作なればこそ」とジュコフスキーからの引用を彼女にささやいた。一方、詩人は誰かの言葉を遮り、怒りに舌をもつれさせてラ行を不明瞭にしか発音できずに「その作者《アフトル》は阿呆《ドゥラーク》だ」と叫んだ——それに対して、どの本も読んでいないヴァシーリイ・ヴァシーリエヴィチはとがめるように頭を振っていた。玄関ではみんなが別れのあいさつのリハーサルをしていて（というのも、あとで通りに出たときに、みんな同じ方向へ歩いていくにもかかわらずまた別れのあいさつをするのだから）、そこまで来てからやっと、多くの役柄に撫で回されたような顔をした俳優が突然、手のひらで自分の額をつかんだ。「あやうく忘れるところでしたよ、かわいいお方」と彼は言いながら、単語ごとになぜか彼女の手を握りしめた。「先日、映画王国のある人物にあなたの電話番号を訊ねられたのです」そこで彼はびっくりしたような目をして、ルージン夫人の手を放した。「あれまあ、ご存知ありませんでしたか、私は今、映画に出演しているんですよ。そうです、そうなんです。大役ですから、クローズアップもありますしね」このとき詩人が彼を押しのけてしまったので、ルージン夫人は、その俳優がいったい誰のことを話したかったのかわからずじまいだった。

　客たちは行ってしまった。ルージンが身体を横に向けて座っているテーブルには、ごちそうの残りや、飲み干されたカップや、飲み残されたカップが、ゴーゴリの『検察官』の最後のシーンにおける登場人物たちのように勝手気ままなポーズのまま、静止していた。彼の腕が片方、テーブルクロスの上にどっしりとだらしなく投げ出されていた。ふたたびふくれあがり半ば閉じられた瞼の下から、今しがた指のなかで消えたばかりの、痛みに身を丸くしたマッチ棒の黒い先端を彼は見つめていた。鼻と口のところにたるんだ皺がある彼の大きな顔はわずかに光沢があり、両側の頬には、永遠に剃り続けられ永遠に伸び続ける髭が、一日を終えて芽生えはじめ、光に照らされて金色に見えていた。毛羽立った手触りのダークグレーの背広はゆったり目に作ってもらったのに、前よりも彼の身体をきつく包んでいた。こうしてルージンはみじろぎもせず腰かけていて、キャンディの入ったガラスの入れ物が光を放っていた。そしてテーブルクロスの上ではちっちゃなスプーンがひとつ、他のすべての食器から遠く離れて凍りついたようにじっとしていて、小さくて見かけはさえないがとてもとても美味しいケーキが、どういうわけかまったく手をつけられないまま残されていた。「これはいったいどういうことなの？」ルージン夫人は夫の姿を見ながら思った。「ああ、もう、いったいどういうことなの？」自分にとっては難しすぎる仕事に取りかかってしまったときのような、無力感と絶望感とぼんやりとした憂鬱を彼女は感じた。結局すべては無駄に終った、このケーキのようにすべて無駄に終ったのだ——苦労して彼の気晴らしを考え出し、面白い人々を呼び集めたのも無意味なことだった。彼女は、また盲目になりふさぎこんでしまったこのルージンと一緒にリヴィエラを歩く様子を思い浮かべようとしてみたが、目に浮かぶものといえば、ルージンがホテルの部屋でじっと床に目を向けて腰を下ろしている姿だけだった。運命の鍵穴をのぞいているような嫌な気持ちで、彼女は一瞬身をかがめて未来を見てみたが——十年、二十年、三十年先——、そこにあるのは、すべてそのままの、何もまったく変わらない、陰鬱な打ちひしがれたルージンと、沈黙と、絶望だった。馬鹿げた、意味のない想像だ。彼女の心がふたたびまっすぐ起き上がると、まわりにあるのは見慣れた光景と心配事だった——もう寝る時間だわ、次回はあのショートケーキはもういらないわね、ペトロフってすごく素敵な人だったわ、明日の朝はパスポートのことで出かけなくては、またお墓参りは延期ね。彼をタクシーに乗せて、荒れ地に囲まれた墓地に出かけるだけなんだから、これほど簡単なことはないと思うのだけれど。だけど、いつも行けなくなってしまう――ルージンの歯が痛くなったり、パスポートのことでいざこざが起きたり、その他にもなんだかんだと、つまらない邪魔が入ってしまって。今からしなくてはいけない雑用はいったいどれだけあるのだろうか……。とにかくまずはルージンを歯医者に連れて行かなくてはならない。「また痛むんですか？」と彼女は訊ねて、手のひらをルージンの腕に置いた。「ええ、ええ」彼はそう言って、顔をゆがめるとちゅっと音を立てて片側の頬をへこませた。気が沈んで黙ってばかりいる自分のために、歯が痛いという言い訳を最近思いついたのだった。「明日歯医者さんに電話しますから」と彼女はきっぱりと言った。「そんな必要はないです」とルージンはもごもごとゆっくり口にした。「いいんです、必要ないんです、お願いですから」彼の唇は震えていた。何もかもがあまりに怖くなり、自分が泣き出しそうになっていることをルージンは感じとった。「必要ないって、どういうことですの？」と彼女は優しく訊ね、唇を閉じたまま「ィム？」と発音してクエスチョンマークを表現した。彼は頭を横に振り、念のためもう一度歯を吸ってみた。「歯医者に行かなくてもいいっていうことですか？　いいえ、ルージンは歯医者に連れて行かれますよ。そうしないわけにはいかないんです」ルージンは椅子から立ち上がり、頬に手を当てて寝室に去っていった。「薬を飲ませましょう」と彼女は言った。「それがいいわ」

薬は効果を現さなかった。妻が眠ったあとも、ルージンはずっと眠らずにいた。実を言うと、閉め切った暗い部屋で眠らずに過ごすこの夜の時間は、心静かに考えることができ、恐ろしいコンビネーションの新たな一手を見逃してしまうことを恐れなくてもいい唯一の時間だった。夜、とくに目を閉じてじっと横になっているときは、何事も起こりえなかった。綿密に、できる限り冷静に、すでに相手が指してきた手の数々を確かめてみたが、彼の人生の過去のパターンが今後どのような形でまた反復されるのだろうかと推測しようとするやいなや、頭が混乱して恐ろしくなり、避けることのできない未曾有の災難が容赦ない正確さで彼に忍び寄っているように思えた。この日の夜はとくに、こうして徐々に進んでくる手の込んだ攻撃を前にしたときの自分の無力さをひしひしと感じてしまい、まったく眠らないで、この夜を、この静かな闇を、できるだけ引き延ばし、真夜中で時間を止めてしまいたかった。妻は寝息も立てずに眠っていた――より正確に言うなら、彼女はまったく存在していなかったのだ。ナイトテーブルの上の時計の刻む音だけが、時間が生き続けていることを証明していた。ルージンはこの細かな鼓動に耳を澄ませながら考え込んでいたのだが、突然時計の音が止まってしまったことに気づき、びくっとした。夜が永遠に凍結し、もはや夜の歩みを刻む音は何ひとつとして存在しない、時間が死んでしまい、何もかも快適で、ビロードのような静寂だ――彼にはそんなふうに感じられた。眠りがこの幸福感と安らぎを知らず知らずのうちに利用し、夢の中ではもはや安らぎはなくなってしまった――一面に六十四個の正方形から成る巨大な盤が広がっていて、その真ん中には、ポーンの背丈のルージンが震えながら素っ裸で立っていた。そして、せむしだったり、頭でっかちだったり、冠をかぶっていたりする巨大な駒たちのあいまいな配置に目を凝らしているのだった。

彼が目を覚ましたのは、もう着替えていた妻が彼の上にかがみこんで鼻筋にキスしたときだった。「おはよう、私のルージン」と彼女は言った。「もう十時ですよ。今日は何をしましょうね、歯医者、それともヴィザ?」ルージンは放心したような潤んだ目で彼女を見つめ、すぐにまたまぶたを閉じた。「寝る前に時計のねじを巻き忘れたのはどなた?」妻はそう言って笑い出し、彼のふっくらした白い首筋を軽く引っぱった。「そうすれば一生眠ったまま過ごせるわね」彼女は頭を横にかたむけて、枕のふくらみに包まれた夫の横顔を眺めながら、彼がまた眠り込んでしまったことに気づくと、微笑んで部屋を出て行った。書斎の窓の前に立った彼女は、冬ならではの、雲ひとつない緑色がかった青い空を眺めながら、きょうはとても寒くなるだろうから、ルージンにウールのチョッキを用意しなくては、と考えた。デスクの上の電話が鳴りはじめたが、それはきっと、ふたりが今夜食事に来るかどうかを母親が知りたがっているにちがいなかった。「もしもし？」とルージン夫人はデスクの端に腰かけて言った。「もしもし、もしもし」と興奮して怒ったような、聞き慣れない声が電話を通して叫んできた。「はいはい、聞こえていますよ」とルージン夫人は言い、肘掛け椅子にすわり直した。「そちらはどなたです？」とロシア語訛りのドイツ語で、不満そうな声が訊ねた。「そちらこそどなた様です？」ルージン夫人は問いただした。「ルージン氏はご在宅で？」その声はロシア語で訊ねた。「だからどなた様です？」微笑みながらルージン夫人は繰り返した。沈黙があった。まるでその声の持ち主が、打ち明けようかどうか決めかねているようだった。「ルージン氏とお話がしたいのです」とドイツ語に戻って、彼はまた話しはじめた。「急用なんです、とても大事な話なんです」「ちょっとお待ちください」とルージン夫人は言うと、二度ほど部屋の中を行ったり来たりした。いいえ、ルージンを起こすには及ばない。彼女は電話口に戻った。「まだ眠っています」と彼女は言った。「何か伝言がおありでしたら……」「ああ、それはとても残念だ」その声は最終的にロシア語を採用し、話しはじめた。「電話を差し上げるのはこれで二度目なんですよ。前回は、こちらの電話番号をお伝えしたのですが。彼にとってこれ以上ないほど重要な用件で、一刻の猶予も許されません」「私は、彼の妻なんですが」ルージン夫人は言った。「もしお望みであれば……」「どうも、はじめまして」その声は真面目くさって言った。「ヴァレンチノフといいます。もちろん、私のことはご主人から聞いていらっしゃると思います。まあ、とにかく、彼が目覚めたらすぐにこう言ってください――タクシーに乗って、私のところへ来るようにと。キノ・コンツェルン『ヴェリタス』です。住所はラーベン通りの八十二番地。彼にとってとても重要な、緊急事態なんです！」と彼はドイツ語に切り替えて話し続けたが、事の重要さがドイツ語を必要としたのか、それとも、ただ単に、ドイツの住所を言ったのをきっかけに、住所に応じて言語もドイツ語になったのかは、定かではない。ルージン夫人はメモを取るふりをして、そのあとにこう言った。「でもやはり、それがどんなお話なのか、まず私に教えていただかないと」すると、その声は不愉快そうにいらだって、「私はご主人の旧友なんです。一刻を争うんです。十二時ちょうどにお待ちしていますから。どうかそうお伝えください……」「わかりました」ルージン夫人は言った。「伝えておきます。でも、どうなるかわかりません――もしかしたら、きょうは都合が悪いかもしれませんし」「ヴァレンチノフが待っているって、そう彼にささやいてくれればそれでいいんです」その声は笑い出し、ドイツ語で歌うように「さよなら」を告げると、パチンとハッチを閉めて姿を消した。しばらくのあいだルージン夫人は思いに沈んで座りこみ、それから自分に向かって「ばか」と言った。真っ先に、ルージンはもうチェスをやめたんだと伝えるべきだったのだ。ヴァレンチノフか……。そのときになってやっと、オペラハットの中にあった名刺のことを彼女は思い出した。ヴァレンチノフは、もちろん、チェスを通じた知り合いだ。チェス関係以外の知り合いなんて彼にはいないのだ。昔の友人たちのことは、彼はまったく何も話してくれたことがないし。あの男の口調はまったくもってひどいものだった。いったい何のことなのか、ちゃんと説明するように食い下がればよかった。ばか。どうしたらいいかしら？　ルージンに訊ねてみようかしら？　──いや、それはだめ。ヴァレンチノフっていったい何をしている人かしら？　旧友か……。グラアリスキーが何か訊ねられたって言っていたっけ……。そうよ、とても簡単なことだわ。彼女は寝室に行き、ルージンがまだ眠っていることを確かめ──朝はいつもびっくりするほどぐっすり眠っているのだが──、電話のあるところへ戻った。運良くその俳優は家にいて、すぐさま、昨日話し相手をした女性がかつてどれほど軽薄で卑しい行ないをしたかについて、延々と語りはじめた。ルージン夫人は待ちきれない気持ちでその話を最後まで聞くと、ヴァレンチノフとはいったい何ものなのかと訊ねた。俳優は「ああ」とため息をつき、「私はほんとうに忘れっぽくて、プロンプターなしでは生きていけませんね、そう思うでしょう」と言って、やっとヴァレンチノフと自分の関係についての話を詳しく聞かせてくれて、話の途中でちらっと言ったところによれば、ヴァレンチノフは──自分自身でそう言うには──「ルージンのチェス後見人で、ルージンを偉大なチェス選手に育て上げた」とのことだった。そのあとで俳優はまた昨日の女性の話に戻り、彼女の卑しさを物語るエピソードをもうひとつ披露してから、ルージン夫人に長々と別れの言葉を述べたが、そのときの最後の言葉は「あなたのかわいい手のひらにキスを送ります」というものだった。

「そういうことだったのね」ルージン夫人は受話器を置くとそう言った。「まあ、いいわ」そこで彼女ははっとして、話の中でヴァレンチノフという苗字を二度ほど声に出して言ってしまったので、もし夫が寝室から玄関のほうへ出てきていたとしたら聞こえてしまったかもしれないと気づいた。心臓がどきどきして、彼がまだ眠っているかどうか確かめようと走って行った。彼は目を覚ましていて、ベッドで煙草を吸っていた。「きょうはどこへも行かずに家にいましょうか」と彼女は言った。「もう時間も遅すぎますし。でも、夕飯はお母さんのところで食べましょうね。もう少し横になっていらして。あなたはおデブちゃんだから、そのほうが身体にいいでしょ」寝室のドアと、さらに書斎のドアをしっかり閉めてから、彼女はあわただしく電話帳をめくり、「ヴェリタス」の番号を探し出して、ルージンがそばに来てはいないかと耳をそばだててダイヤルを回した。ところがヴァレンチノフはそう簡単にはつかまらなかった。三人の人物が代わる代わる電話に出て、今呼び出していますと答えたのだが、そのあと交換のお嬢さんが電話を切ってしまい、また新たにやり直さなくてはならなかったのだ。できる限り小さな声で話そうとしたし、何度も同じことを繰り返し言わなくてはならなかったので、彼女はとても嫌な気分になった。とうとう、ぱっとしないくたびれた声が、ヴァレンチノフは不在で十二時半には必ず戻ると彼女に告げた。そして彼女は、ルージンは病気なのでそちらへは伺えないし病気は長引きそうだということ、そしてもうこれ以上彼を煩わせないでほしいということを伝えてほしいと頼んだ。受話器を置くと、彼女はふたたび聞き耳を立て、聞こえるのは自分の心臓の音だけだとわかると、ため息をつき、底知れぬ安堵を抱いて「ふーう！」と言った。ヴァレンチノフの件はこれで終わり。電話を聞かれていなくてほんとうによかった。もう済んだこと。でも、もうすぐ出発だわ。ママと歯医者さんに電話しなくてはならない。でも、ヴァレンチノフのことはもう終わり。ヴァレンチノフって、甘ったるい名前だわね。そして、ほんの一瞬、彼女は思いにふけった——ときどきあることなのだが、その一瞬のあいだに彼女はのんびりと長旅をするのだった。その声から想像するとべっ甲ぶちの眼鏡をかけて脚の長いヴァレンチノフを従えて、彼女はルージンの過去へと向かい、軽やかな闇に浮かんで旅しながら、この怪しげで嫌な感じのするヴァレンチノフをどこに投げ落としたらいいかと適当な場所を探していたのだが、ルージンの若い頃のことはほとんど何も知らなかったので、いい場所が見つからなかった。彼女はさらに遠くへ、奥のほうへと分け入って進み、十四歳の神童が滞在する透明なホテルがある透明な保養地を通り抜け、どういうわけかとりわけ明るい幼年時代にたどり着いたが、そこにはヴァレンチノフの居場所はなかった。そこで彼女は、ますます忌まわしくなった荷物とともに後戻りしたが、するとルージンの霧のかかった青年時代のそこかしこにいろいろな島が見えてきた。ルージンは国外遠征して、パレルモで絵はがきを買い、神秘的な名前の書かれた名刺を手にする……。息を弾ませて勝ち誇っているヴァレンチノフを連れて、彼女は家へ戻らなければならなかった。そして、宛先不明の小包扱いで、彼を「ヴェリタス」社へ返送しなければならなかった。どこの誰だか知らないが間違いなく有害な人、「チェス後見人」という恐ろしい異名を持つ人、この人のことはそこにそのまま放っておこう。

両親の家へ向かう途中、彼女はルージンと腕を組み、霜が降りた陽当たりのいい道を歩きながら、遅くとも一週間後には出発しなければならないこと、そして、それまでには絶対に、誰からも忘れられたお墓に行かなくてはならないことを話しはじめた。その場で彼女は今後一週間の計画を立てた――パスポート、歯医者、買い物、送別会、そして金曜日には、お墓参り。母親の家は相変らず寒かった――一ヶ月前ほどではなかったが、それでも寒くて、母親は緑地にシャクヤクの花を散らした見事なショールにくるまり、くるまりながらもぶるぶると肩を震わせていた。父は食事中に帰宅してウォッカを所望し、乾いた音を立てて両手をこすり合わせていた。そしてルージン夫人は初めて、この響きのいい続き部屋がいかに陰鬱で空虚であるかに気づき、父親の陽気さが母親の微笑みと同様にわざと装ったものであり、ふたりともすっかり老いてすっかり孤独になり、かわいそうなルージンのことが好きじゃなくて、間近に迫ったルージン夫妻の旅立ちを思い出さないようにしていることに気づいた。彼女はフィアンセについて言い聞かされた恐ろしいことのすべてと、さらに、不吉な警告と母の金切り声を思い出した。「あいつはおまえを切り刻んで、暖炉で燃やしてしまうよ……」その結果として今どうなったかといえば、何だかとっても平和でそれほど楽しくない生活があり、何もかもが死んだような笑いを浮かべていた――嘘くさいほど元気な絵の中の農婦たちも、楕円形の鏡も、ベルリン製のサモワールも、そして、テーブルについている四人の人間も。

「凪だ」この日ルージンはそう考えた。「凪だけれど、秘かに準備がなされている。不意につかみかかろうっていう魂胆だな。注意、注意。集中すること、そして観察すること」

最近の彼の思考はすべてチェスの性質を帯びていたが、まだ彼は普通の状態を保っていた――トゥラーティとの中断された対局のことを考えるのを自分で禁じていたし、新聞のお気に入りの号を開くこともなかった――それでもなお、彼はチェスのイメージでしか考えることができなくて、彼の思考はチェス盤に向かっているときとまったく同様に働いていた。ときには夢で、瑪瑙のような目をした医者に向かって、もうチェスはしていませんと誓ったこともあった――そう、たった一度だけ、例のポケット盤に駒を並べ、新聞に引用された対局を二、三、検討してみたことがあるが、それは単なる退屈しのぎにすぎなかった。それに、こういう堕落行為も、彼の落ち度によるものではなく、それ自体が、謎めいたテーマを巧妙に反復してくるコンビネーション全体の中の一手なのである。難しい、次にあらわれてくる反復を事前に予測するのは難しい。だが、もう少しすれば、すべてが明らかになり、ディフェンスも見つかるだろう……。

しかし次の一手はきわめてゆっくり準備されていた。二、三日のあいだ凪が続き、その間ルージンは、パスポート用の写真を撮ってもらい、カメラマンは彼の顎をつかんで顔をほんの少しだけ回転させ、もっと口を大きく開けてくださいと言ってから、ギーンという張りつめた音を立てて彼の歯に穴を開けた。ギーンという音がやむと、歯医者はガラスの棚の上の何かを探していたが、それを見つけるとパスポートにスタンプを押し、猛スピードでペンを動かしながら書き込んでいた。「どうぞ」と紙を差し出して彼は言ったが、そこには二列に並んだ歯の絵が描かれ、二本の歯のところに黒い十字架が立っていた。こうした出来ごと全体には、何も疑わしいところはなく、この狡猾な凪は木曜まで続いた。そして木曜に、ルージンはすべてを理解した。

その前日のうちに彼は面白い方法を思いつき、それを使えばひょっとすると不可思議な敵の陰謀を欺くことができるかもしれないと考えていた。その方法とは、人生に備わった計画性そのものをすりぬけるような、何か不合理で、しかも思いもかけないような行動をわざと起こし、そのようにして、相手が考案した今後の一連の指し手を攪乱するというものだった。このディフェンスは試験的なもので、いわば運まかせのディフェンスだった——しかし、次なる反復が必ずやってくることに怯えて正気を失いそうなルージンには、それ以上のものを見つけることができなかったのだ。木曜の昼間のこと、妻と義理の母親につき合って店をまわっているとき、彼は突然立ち止まると大声を出した。「歯医者。歯医者を忘れていました」「何をばかなことを言っているんです、ルージン」と妻が言った。「だって、きのう治療が全部終わったって言われたばかりでしょう」「きつい」とルージンは口ごもり、指を一本立てた。「もし詰め物がきつく感じるようなら。そう言われたんですよ、もしきつく感じられるようなら、四時ちょうどに来るようにと。きついんです。四時まであと十分しかない」「何か勘違いしているんじゃないかしら」と言って妻は微笑んだ。「でも、もちろん、痛むのでしたら行ってくださいな。終ったら家に帰ってきてくださいね、私は六時には戻っていますから」「夕食はうちで食べてくださいよ」と母親が頼み込むように言った。「だめなの、今夜はお客さんが来るから」とルージン夫人は言った。「ママの嫌いなお客さんよ」ルージンは別れのしるしにステッキを振ると、背中を丸めて這うようにタクシーに乗り込んだ。「ちょっとした策略だな」彼は薄笑いを浮かべ、暑くなってきたのでコートのボタンを外した。最初の角を曲がったところで彼はタクシーを停め、支払いを済ませ、慌てずゆっくりと家路についた。そこにきて突然、いつだったか一度、そっくり同じ手順を踏んだことがあるという気がして、驚きのあまり、新たな意外な一手で相手の裏をかいてやろうと決心し、最初に出くわした店に入っていった。そこは髪を切ってもらう店で、おまけに女性向けの美容院だった。ルージンがまわりを見回しながら立っていると、微笑みを浮かべた女性が用件を訊ねた。「買おうと思いまして……」とルージンはまわりを見回しつづけながら言った。そのとき蠟でできた胸像に目がいき、ステッキでそれを指した（意外な一手、すばらしい一手だ）。「これは売り物ではないんですよ」と女性は言った。「二十マルクで」ルージンはそう言って、財布を取り出した。「このマネキンをお買いになりたいのですか？」と信じられない様子で女性が訊ねると、もうひとりの人がこちらへ近づいてきた。「そうです」とルージンは言って、蠟でできた顔をじっくり見定めはじめた。「用心しろ」彼は突然、自分自身に向かってそうささやいた。「どうやらぼくはつかまりかけているらしいな」蠟でできた女の視線、そのピンク色の鼻の穴——やはりこれもいつか見たことがある。「冗談ですよ」ルージンはそう言って、急いで美容院を出た。彼はとんでもなく嫌な気持ちになり、急いで行くべきところなどないのに歩みを早めた。「家に帰るぞ、家に帰るぞ」と彼はもぐもぐとつぶやいた。「家に帰れば、念入りに策を練ることができるさ」自宅のそばまで来ると、車寄せに黒く光る大きな車が停まっていることに気づいた。山高帽の紳士が門番に何か訊ねていた。門番はルージンを目にすると、突然指をさして叫んだ、「ほら、あの人です！」紳士は振り向いた。

……少し色が黒くなり、そのせいで白目が前よりも明るく見え、相変らずおしゃれで、アザラシ革のショールカラーのコートと、大きな白いシルクのスカーフを身につけたヴァレンチノフが、魅力的な笑みを浮かべてルージンのほうへ歩いてきた――まるでサーチライトのようにルージンを照らし、その光のもとで丸々として青白いルージンの顔としきりにまばたきする瞼を眺めたのだが、次の瞬間、その青白い顔は表情をまったく失ってしまい、ヴァレンチノフが両手で握りしめたルージンの手はまったく力が抜けていた。「やあ、きみ」そう言って口を開くと、ヴァレンチノフはぱっと輝き出した。「会えてほんとうによかったよ。病気で寝ているって聞いていたからね。だけど、何かの間違い《プータニツァ》だったみたいだな」……。「間違い《プータニツァ》」と発音するときアクセントのある「プー」のところで、ヴァレンチノフは赤く湿った唇を突き出し、甘い表情で目を細めた。「だがまあ、優しい言葉は後回しにしようじゃないか」と彼は自ら話を中断し、ポンと音を立てて山高帽をかぶった。「行こう。めったにない一大事なんだ、もたもたしていると……命取りだぞ」彼はそう言葉を結ぶと、車のドアをさっと開けた。それから、まるで地面から持ち上げるみたいにしてルージンの背中に手を回し、車へ運び去り、低くて柔らかいシートに自分もろとも倒れ込んで座らせたのだった。前の小さな座席には、鼻の尖った小柄な男がコートの襟を立てて横向きに腰かけていた。ヴァレンチノフはふんぞり返って脚を組むと、すぐにこの男との会話を再開した――、今、車が加速するにつれてコンマで中断されていた会話もスピードを増していった。ヴァレンチノフはルージンのことなどまったく気にせずに、毒舌を弄し、極めて詳細に、その男に文句を言っていた——ルージンは、そっと何かに立てかけられた彫像のようになってシートに座り、すっかり茫然自失し、まるで重い緞帳越しに聞くように、ヴァレンチノフの言葉の単調なリズムに耳を傾けていた。鼻の尖った男にとっては、それは単調なリズムなどではなく、とても辛辣で侮辱的な言葉だった——だが、力関係はヴァレンチノフが上であり、侮辱された男はただため息をついては、黒いコートについた脂のしみを惨めったらしくこするほかなかった。それでもときどき、格別ぐさりとくるような言葉を言われると、眉をつり上げてヴァレンチノフを見つめるのだが、その輝くばかりの存在感に耐えられずに目を細め、静かに首を横に振るのだった。ヴァレンチノフの小言は目的地に着くまで続き、彼が穏やかにルージンを歩道へ押し出し、後ろ手にドアをばたんと閉めてからも、叩きのめされた男は車中に残り、車はすぐさま彼をさらに先へと運んで行ったのだが、もう座席はじゅうぶん余裕があるというのに、男は低く身をかがめて相変らず前の席に留まっていた。そのあいだルージンは、黒い文字で「ヴェリタス」と刻まれた卵の殻のように白い看板にうつろな視線をじっと注いでいた。すぐにヴァレンチノフが彼をさらに先へ案内し、クラブにあるような革の肘掛け椅子に座らせたが、それは車の座席よりもさらにしっとりとして身体にまとわりつくようだった。その瞬間、誰かが興奮した声でヴァレンチノフの名を呼んだので、彼は蓋の開いた葉巻の箱をルージンの狭い視界のなかに押し込むと、ちょっと失礼、と言って姿を消した。彼の声の響きは部屋の中に残って振動しつづけ、ゆっくりと麻痺状態から回復しつつあったルージンにとってそれは、徐々に猫なで声のような、魅惑的なイメージへと変わりはじめた。この声の響きを耳にし、チェスをほのめかす誘惑の音楽を耳にすると、ルージンは、愛の思い出に特有のうっとりするような濡れた悲哀を感じながら、かつて自分が指した千にのぼる対局を思い出した。どれかひとつ対局を選んで涙に暮れながら楽しもうとしたが、どれを選んだらいいのかわからず、どれもこれもすべて想像力を引きつけて優しく撫でるので、彼はひとつ、またひとつと飛び移りながら、胸をかきむしるようなコンビネーションに瞬時に思いをめぐらせた。純粋で均整のとれたコンビネーションでは、思考が大理石の階段を勝利に向かって一歩一歩登りつめるかのようだった――盤の片隅で弱々しい戦慄が起こり、そして情熱的な爆発があり、それから、捨て駒となるのを決め込んで進むクィーンのファンファーレ……。何もかもがすばらしかった、愛の移ろい、愛によって選ばれた優しい起伏と、隠れた小径のすべてが。そして、この愛が命取りなのだ。

鍵は見つかった。攻撃の狙いは明らかだ。手を容赦なく反復することによって、人生の夢を破壊するあの同じ熱情へとふたたび導こうとしているのだ。荒廃、恐怖、狂気。

「ああ、やめろ！」とルージンは大声をあげ、立ち上がろうとした。だが、彼は力が弱く、太っていたし、まとわりつくような肘掛け椅子が彼を放してくれなかった。それに、彼に今さら何ができただろう？　彼のディフェンスは誤りだった。相手はすでにこの誤りを予測していて、ずっと前から準備してきた容赦なき一手が今指されたのだ。ルージンは呻きはじめ、咳払いをし、途方に暮れてまわりを見回した。目の前に丸テーブルがあり、アルバム類、雑誌類、ばらばらの書類、それに、びっくりした女性や獲物を狙って目を細める男性の写真が何枚か置いてある。そのなかの一枚の写真には、アメリカ風の眼鏡をかけた血の気の失せた青白い顔の男が写っていて、高層ビルの張り出した縁に両手でぶらさがっている――ほら、今にも奈落の底に落ちてしまいそうだ。そしてふたたび、耐えられないほど聞き覚えのあるヴァレンチノフの声が鳴り響いた。時間を無駄にしたくない彼は、ドアにたどり着く前からルージンに話しかけ、ドアが開くとその文章の続きを口にした。「……作るんだよ、新作映画をね。脚本は私が書いたんだ。なあ、きみ、想像してみてくれ、美しい情熱的な若い娘が急行列車のコンパートメントに座っている。ある駅で若い男が乗り込んでくる。良家の出だ。さあ、それで客車に夜が訪れる。娘は眠り込み、眠ったまま手足を広げる。まばゆいばかりの若い娘だ。男のほうは――きみもわかるだろう、血気盛んな年頃だ――、まったく純粋で経験のない若者なんだが、そいつが文字通り理性を失ってしまうんだよ。男はいわば恍惚状態に陥って娘に襲いかかる（……そしてヴァレンチノフは飛び上がり、荒々しい息づかいで襲いかかるまねをした……）。男は香水の匂いと、レースの下着と、とびきりの若い肉体を感じ取る……。娘が目を覚まし、彼を払いのけ、叫び声を上げる（……ヴァレンチノフはこぶしを口に押しあて、目を見開いた……）。車掌とほかの乗客たちが駆け込んでくる。男は裁判にかけられ懲役刑に処される。男の年老いた母親が娘のところへやってきて息子を助けてほしいと頼み込む。ここは娘のドラマだ。問題はつまり、まさに最初の瞬間に、あの急行列車のなかで、彼女が男に一目惚れしたってことなんだ、一目惚れしたのさ、一目惚れしたんだよ――彼女の全身が今、情熱で息づいている、ところが彼のほうは娘のせいで――いいかい、ここに切迫感があるんだ――娘のせいで懲役の身ってわけだ」ヴァレンチノフはひと呼吸置いてから、さっきより穏やかに話を続けた。「次に来るのが男の脱獄。冒険。彼は苗字を変えて有名なチェス選手になるんだが、なあ、まさにここなんだよ、きみの協力が必要なのは。すごい考えを思いついたんだよ。わが主人公を本物の、実在のチェス選手と対戦させて、まるで実際のトーナメントみたいに撮影したらどうかってね。トゥラーティはもう承諾してくれたし、モーゼルもだ。あとはグランドマスターのルージンがどうしてもかかせない……」

「私はこう思っているよ」しばらく間をおき、ルージンの無表情な顔を眺めてからヴァレンチノフは続けた。「私は彼が承諾してくれるだろうと思っているよ。彼は私にたくさん借りがあるからね。ほんの少し出演するだけで結構な額をもらえるしね。今回のことで彼は思い出すんじゃないかな、父親が彼を運命の手にゆだねたとき、私が惜しみなく散財したことをね。当時の私はそんなこと気にもしていなかったよ――身内の清算はあとでいいってことさ。今でもそう考えているよ」

そのときドアがばたんと開き、上着を脱いだ縮れ毛の男がドイツ語で叫び、その声には心配そうな哀願の色がうかがえた。「ああ、お願いします、ヴァレンチノフさん、ちょっとだけよろしいでしょうか！」「ちょっと失礼するよ、きみ」ヴァレンチノフはそう言ってドアのほうに向かったが、たどり着く前に急に振り返って、財布の中をひっかき回すと、一枚の紙切れをルージンの前のテーブルに投げてよこした。「最近作ったものだよ」と彼は言った。「とりあえず、それでも解いていてくれないか。十分したら戻ってくるから」

彼はいなくなった。ルージンは用心深く瞼を持ち上げた。機械的に紙切れを手に取った。チェス雑誌の切り抜きで、プロブレムの図面だった。三手詰。ヴァレンチノフ博士作。そのプロブレムは冷ややかでずる賢いものだったが、ヴァレンチノフをよく知っているルージンは一瞬のうちに初手がわかった。この手の込んだチェスの手品に、彼はその作者の狡猾さをまざまざと見たのだった。たった今、ヴァレンチノフがあれほど饒舌に語ったぼんやりとした話から彼が理解したのはひとつのことだけだった――映画なんてありはしない、映画は口実にすぎない……罠だ、罠だ……。ぼくを誘惑してチェスをやらせるつもりだ、そうなれば、そのあとの一手ははっきりしている。だけど、そんな手は指させない。

ルージンはもがいて苦しげに歯をむき出し、肘掛け椅子から這い出した。とにかく身体を動かしたくて動かしたくて仕方なかったのだ。ステッキをもてあそびながら、空いているほうの手の指を鳴らしながら廊下に出て、あてずっぽうに歩き出し、庭らしき場所にたどり着くと、そこから通りに出ることができた。見慣れた番号の路面電車が彼の目の前で停まった。乗り込んで席に座ったが、すぐにまた立ち上がり、肩を大げさに動かしながらつり革につかまると、窓のそばの別の席へ移動した。車両は空っぽだった。彼は車掌に一マルクを手渡し、釣りはいらないと、激しく首を横に振った。一ヶ所に座っているのは無理だった。もう一度急いで立ち上がったところで電車がカーブを曲がり、もう少しで転びそうになりながらドアの近くに座りなおした。だが、そこにも腰を落ち着けることはできなかった——そして突然、何の前ぶれもなく、小学生の騒がしい集団と、十人の老婆と、五十人の太っちょで車両が満員になってからも、ルージンは他の人たちの足を踏みつけながら移動し続け、出口に向かって押し分けて進んだ。自宅の建物を目にすると、彼は走行中の電車から降りた——アスファルトが左のかかとの下を疾走したかと思うと、ひっくり返って彼の背中を強く叩いた——ステッキは脚に絡まったあと、突然飛び跳ね、解放されたバネのように空中を舞って、彼の隣に落ちてきた。ご婦人がふたり彼のところへ駆け寄ってきて、起き上がるのを手伝ってくれた。彼は手のひらでコートについた埃を払い落とし、帽子をかぶり直すと、振り返りもせずに自宅のある建物に向かって歩いた。エレベーターは故障しているようだったが、ルージンは愚痴も言わなかった。身体を動かしたい欲求はまだ満たされていなかったのだ。階段を登りはじめたが、住んでいる部屋は高い階だったのでずいぶんと時間がかかり、まるで高層ビルを登っているように感じられた。やっと最後の踊り場までたどり着くと、一息ついてから鍵穴に鍵を入れてガチャガチャ言わせ、玄関に入った。妻が書斎から出てきて彼を迎えた。彼女は顔を真っ赤にして、目は濡れて輝いていた。「ルージンったら、どこに行っていたんですか？」と彼女は言った。彼はコートを脱ぐとフックに掛け、そのあと別のフックに掛け直し、さらにもっとやり直したいと感じたが、妻がぴったりと身を寄せてきたので、弧を描きながら彼女をやりすごして書斎に入ると、彼女もあとをついてきた。「どこに行っていたのか教えてくださいな。どうして手がそんなになってしまったの？ルージン！」彼は書斎をあちこち歩きはじめ、それから咳払いをすると、玄関の間を通って寝室へ行き、蔦模様のついた緑と白の大きな陶器製の洗面器で念入りに手を洗った。「ルージン！」と妻は途方に暮れて叫んだ。「知っているんですよ、あなたが歯医者には行かなかったってこと。今、先生のところに電話したところなんです。ねえ、何か答えてくださらないと」タオルで手を拭きながら寝室を歩き回り、ずっと前方を凝視したまま、書斎に戻っていった。妻が彼の肩をつかんだが、それでも立ち止まらず窓辺まで行くと、ブラインドを押しのけて、夕方の青い深淵を光がいくつも通り過ぎるのを眺め、唇をもぐもぐと動かしてからさらに先へ進んだ。

そこから不思議な散歩が始まった——ルージンは確固たる目的でもあるかのように、三つの続き部屋を行きつ戻りつし、妻はときには彼と並んで歩き、ときには何かに腰をおろしてぼう然としながら彼を眺め、さらに、ルージンは廊下のほうへ行き、窓が中庭に面した二、三の部屋をのぞき、また書斎に戻ってきたりするのだった。もしかしたら、これは全部、ルージン流の憂鬱な冗談のひとつなのかもしれない、と彼女はちらっと思ったが、しかし、ルージンの顔には彼女が今まで一度も見たことのない表情が浮かんでいた……おごそかな表情、とでも言えばいいのか……言葉で言い表すのは難しいが、彼女はその顔を見ていると、なぜだか、説明しがたい恐怖が流れ込んでくるように感じられた。そして彼は、咳払いをし、やっとのことで息を整えながら、相変らず同じ歩調で部屋を巡っていた。「ねえ、お願いですから、ルージン、お座りになって」と彼を視線で追いながら、彼女は静かに言った。「ねえ、何かお話ししましょうよ。ルージン！　あなたの旅行用ポーチを買ったのよ。ああ、お座りください、お願いです！　そんなにたくさん歩いたら、死んでしまいますよ。明日はお墓参りに行くんですから。それに明日はほかにもたくさんすることがあるの。ポーチは鰐革製なんですよ。ルージン、お願い！」

それでも彼は立ち止まらず、ただときどき窓のところで速度を緩めて片手を上げるのだが、よく考えた末、さらに先へ進むのだった。ダイニングルームにはすでに八人分の席が用意されていた。彼女は急に思い出した――もうすぐ、いますぐにでも、お客さんたちが来てしまう――お断りの電話をするにはもう遅いし――それなのに、このありさま……。「ルージン、お客さんがいらっしゃるんだから」と彼女は叫んだ。「どうしたらいいかわからないの……。何か言ってちょうだい。もしかして、何かいやなことがあったの？　もしかして、会いたくない人に会ってしまったの？　お願い、話してちょうだい。頼みますよ、もうこれ以上頼むのは無理ですから……」

突然、ルージンが立ち止まった。それはまるで、全世界が静止したかのようだった。客間の蓄音機のそばでの出来ごとだった。

「エンジン停止」と小声で言うと、彼女は突然泣き崩れた。ルージンはポケットの中身を取り出しはじめた――まずは万年筆、次はくしゃくしゃのハンカチ。きれいに畳まれたハンカチがもう一枚、これは今朝彼女が持たせたもの。そのあとで彼が取り出したのは、蓋にトロイカが描かれた煙草ケースで、これは義理の母からの贈り物。それから、少し傷んだ煙草が二本。義理の父親からの贈り物である財布と金時計は、とりわけ注意深く取り出された。これらすべてのほかに、大きな桃の種が出てきた。こうした物を全部、彼は蓄音機のキャビネットの上に置き、ほかに何かまだ入っていないか確かめた。

「どうやら、これで全部ですね」彼はそう言うと、背広のお腹のボタンをはめた。妻は涙に濡れた顔を上げ、ルージンが並べてみせたコレクションをあきれて見つめていた。

彼は妻に近づき、かすかにお辞儀をした。

見慣れた、あの歪んだ半笑いを見られるのではと期待しながら、彼女は彼の顔に視線を移した——するとその通りで、ルージンは微笑んでいた。

「たったひとつの出口なんです」と彼は言った。「ゲームを降りなければなりません」

「ゲームですって？　今からふたりでゲームをするんですか？」彼女は優しくそう訊ねると同時に、もうすぐお客さんたちが来るからお化粧しなくては、と思った。

ルージンは両手を差し伸べた。彼女はハンカチを膝の上に落として、あわてて指を差し出した。

「楽しかったですよ」とルージンは言って、まず彼女の片手に、それからもう一方の手に、キスをした。彼女に教わったとおりに。

「どうしたの、ルージン、まるでお別れみたいじゃないですか？」

「ああ、そうですね」と彼は言って、ぼんやりしたような表情を装った。それから向きを変え、咳払いをすると、廊下へ出ていった。このとき、玄関からベルの音が鳴り響いてきた——時間どおりにやってきた客の純真なベルの音。彼女は廊下で夫を捉えて、袖をつかんだ。ルージンは何を言ったらいいのかわからずに、彼女の脚を見た。奥から女中が駆け出してきて、廊下はかなり狭かったので、軽い、あわただしい衝突が起こった。ルージンは少し後ずさりしてから、また前方に戻り、妻も無意識のうちに髪を撫でつけながら、右往左往し、女中は何かをもごもご言いながら頭をかがめ、走り抜けるための抜け穴を見つけようとしていた。とうとう女中が走り抜けることに成功して、玄関と廊下を隔てているカーテンの向こうに姿を消すと、ルージンはさっきと同じようにお辞儀をして、すぐそばのドアをすばやく開けた。彼の妻は——自分でもなぜかわからぬまま——とっさにそのドアの取っ手をつかんだのだが、彼はすでに後ろ手にドアを閉めようとしていた。ルージンがドアを押すと、彼女はさらに力を込めてつかみ、引きつったように笑いながら、まだ十分に開いていた隙間に膝を挟み込もうとした——だがそのとき、ルージンがドアに全体重をかけたため、ドアは閉まり、閂《かんぬき》ががちゃんと音を立て、さらに鍵穴の中で二度、鍵が回された。そうこうするうちに、玄関からはすでに客たちの声が聞こえ、息を切らして喘いでいる者もいれば、ほかの誰かにあいさつしている者もいた。

ドアに鍵を掛けてしまってからルージンが最初にしたのは、明かりをつけることだった。白い光を浴びて、左側の壁のそばにエナメル製のバスタブが姿を見せた。右側の壁には、鉛筆で描いたデッサンが掛かっている——陰影のある立方体だ。奥の窓際には、低めのチェストがある。窓ガラスの下半分は、まるで一面霜におおわれたように、青くきらめいていて不透明だ。上半分は、正方形の夜が鏡のように黒く光っている。ルージンは窓の下側の取っ手をぐっと引っぱってみたが、何かがくっついているのか、ひっかかっているのか、開こうとしない。彼は一瞬考え込んでから、バスタブの脇にあった椅子の背をつかみ、その頑丈な白い椅子からガラスにぎっしりついた霜へと視線を移した。とうとう決心を固めると、彼は椅子の脚をつかんで持ち上げ、背もたれの縁を破城槌《はじょうつい》代わりにして叩きつけた。何かが砕け散り、彼がもう一度叩きつけると、不意に、霜だらけのガラスに黒い星形の穴があらわれた。一瞬、何かを待ち構えるような静寂が訪れた。そのあと、下のほうの深い深いところで、何かが優しく音を立てて砕け散った。穴を広げようとして、もう一度叩きつけると、くさび形のガラス片が彼の足元で粉々になった。そこで彼は動きを止めた。ドアの向こう側で何人かの声がした。誰かがドアをノックした。誰かが大声で彼の名を呼んだ。それから静まり返ったあと、明らかに妻のものだとわかる声がした。「私のルージン、お願いだから開けてください」荒々しい息をどうにか抑えながら、ルージンは床に椅子を置き、窓から身を乗り出してみようと試みた。大きなくさび形や尖った角がまだ窓枠から突き出ていた。何かが首をざっくりと切り、彼はあわてて頭を引っ込めた――だめだ、ここから這い出すのは無理だ。拳がドアを激しく叩いた。ふたりの男性の声が言い争っていた。そうした大騒音にまぎれて、妻のささやき声が悶えていた。あまりに大きな音を立ててしまうので、ルージンはガラスを叩くのはもうやめることにした。彼は目を上に向けた。上のほうに小窓がある。だが、どうやったらあそこまでたどり着けるだろう？　彼は音を立てないように、何もこわさないようにと気をつけながら、彼はチェストの上からいろいろな物を降ろしはじめた――鏡、何かの小瓶、コップ。彼は何もかもゆっくりとていねいに行ない、ドアの向こうの大騒ぎがいくらせき立てても甲斐のないことだった。テーブルクロスも撤去してしまうと、彼の腰の高さまであるチェストによじ登ろうとしたのだが、すぐにはうまくいかなかった。息苦しくなりジャケットを脱ぐと、そこで、両腕は血だらけだし、シャツの前にも赤いしみがついていることに気づいた。やっとのことでチェストの上にのぼると、チェストは重みできしんだ。彼はすぐさま窓枠の上の部分に向けて手を伸ばしたが、このときになるともう、ドンドン叩く音といろいろな声にせき立てられているように感じて、急がないわけにはいかなかった。片手を上げて窓枠をつかむと、窓はすぐに開いた。黒い空。その冷たい闇から、「ルージン、ルージン」と言っている妻の小さな声が聞こえてきた。左側の少し先に寝室の窓があるのを彼は思い出した。このささやくような声はその窓から飛び出して、ここまで届いてくるのだ。そうこうするうちに、ドアの向こうの声ととどろきはますます大きくなり、そこにはたぶん二十人くらいはいるのだろう——ヴァレンチノフ、トゥラーティ、花束を持った老紳士、荒い鼻息を立てている人、喉を鳴らしている人、それから、もっともっとたくさんの人たちが、みんなで一緒に、震えるドアを何かで叩きこわそうとしている。しかしながら、正方形の夜はまだ高すぎた。ルージンは膝を曲げて椅子をチェストの上に引き上げた。椅子はぐらつき、バランスを取りにくかったが、それでもルージンはよじ登った。こうなると、黒い夜の底辺に楽々と肘をつくことができた。自分の耳をつんざくほどの音を立てて彼はぜいぜいとはげしく呼吸していたので、ドアの向こう側の叫び声はもはや遠く、遠く離れていってしまったが、だがそのかわり、寝室の窓から抜け出してくる、心を突き刺すような声がさっきよりはっきりと聞こえた。何度も必死にがんばった末、彼は奇妙な痛ましい体勢になった。片足は外に垂れ下がっているがもう片方の足は行方不明で、胴体がどうしてもくぐり抜けたがらない。ワイシャツは肩のところで裂け、顔中がぐっしょり濡れていた。上にある何かに片手でしがみつき、身体を横向きにして彼は窓の穴に這い込んだ。今やもう両脚が外にぶらさがっているので、あとはただ、つかまっている手を放せばよかった——それで救われるのだ。手を放す前に、彼は下を見た。何かが急いで準備されていた——窓の反射が集合し、整列し、奈落全体がいくつもの白と黒の正方形に分裂しつつあった。そして、握る手の力を抜いた瞬間に、猛烈な勢いの氷のような空気が口の中にどっと押し寄せてきた瞬間に、彼が目にしたのは、迎合するように、かつ容赦なく彼の前に広がった永遠の、真の姿なのだった。

ドアが打ち破られた。「アレクサンドル・イヴァノヴィチ、アレクサンドル・イヴァノヴィチ！」数人の声が吠えるように叫びはじめた。

だが、アレクサンドル・イヴァノヴィチなどという男はそこにはいなかった。

英語版への序文

この小説のロシア語の原題Защита *Лужина*（Zaschita Luzhina）は「ルージンのディフェンス」という意味で、主人公であるグランドマスターのルージン氏が考案したと思《おぼ》しきチェスの定跡を指す。ルージンという名は、uをooのようにしっかりと低めに発音すれば、illusion（幻影）と韻を踏む。この小説を書きはじめたのは一九二九年の春、フランスのル・ブルでのこと——ピレネー＝オリアンタル県にある小さな保養地で、そこで私は蝶を採集していた——、書き終えたのは、同年、ベルリンにおいてだった。ハリエニシダ（ulex）やモチノキ（ilex）におおわれた丘の、ゆるやかに傾斜した岩盤のことを今でもとくにはっきりとおぼえているが、その場所でこの本のテーマを最初に思いついたのだった。もっと真剣に自分自身を振り返ってみるなら、興味深い情報をさらにいくつかは引き出せるであろうが。

Защита *Лужина*は「V・シーリン」というペンネームで、亡命ロシア人向けの季刊誌「現代《ソヴレメンヌイエ・》雑記《ザピースキ》」（パリ）に連載され、その後ほどなくして、やはり亡命系出版社のスローヴォ社から単行本として刊行された（ベルリン、一九三〇年）。二百三十四ページ、縦二十一センチ横十四センチ、渋めの黒地に金文字という体裁のその仮とじ本は、今や希少本であり、これからさらに希少になるかもしれない。

哀れなルージンは、英語版が世に出るまで三十五年間も待たなければならなかった。たしかに、一九三〇年代の後半にアメリカの出版社のある人物がこの作品に興味を示し、うまく行きそうな気配がにわかに生じたこともあったのだが、蓋をあけてみれば、その人物は自分が作者の男性版ミューズになることを夢見るタイプに属する出版人であり、チェスを音楽に変更してルージンを気のふれたヴァイオリニストにしてはどうかと私に提案してきた時点で、私たちの短いつきあいは突如として終わりを告げた。

今になってこの小説を読み返し、プロットの進行を一手一手演じ直してみると、不運ではあるが高貴なキゼリツキーに対してルークをふたつとも捨てたことを楽しげに思い起こすアンデルセンのような気分になる――キゼリツキーは、無限に連なる教科書群のなかで何度も何度も繰り返しアンデルセンの捨て駒をそのまま受け入れ、記念碑として疑問符を授かる宿命にあるのだ。この本を書き上げるのは苦しい作業だったけれども、私が大いに楽しんだのは、さまざまなイメージや場面を利用してルージンの人生に運命のパターン化を導入し、庭園や、旅や、一連の平凡な出来事の描写に技と技のぶつかり合いによるゲームの様相を与え、とくに結末近くの数章ではチェスにおけるアタックに似た形でわが哀れなる主人公の正気の最後のひとかけらまでも粉砕してしまうことだった。このことに関して、数をこなすだけの書評家たちと、読むときにはいつも唇を動かし、序文からそれなりの情報を得られれば会話のない小説など読む気にならない一般読者たちの時間と労力を無駄にしないように、今から彼らにいくつかヒントを与えておこう。すりガラスのテーマ(ルージンの自殺、あるいはむしろチェスの自殺詰と結びついているテーマ)はすでに第十一章に現れていること。我が気難しいグランドマスターのチェス行脚の記憶が繙《ひもと》かれるのは、スーツケースのラベルやスライド写真によるものではなく、痛ましいことに、いろいろなホテルの浴室や廊下のトイレに使われていたタイルによるものだということ——青と白の四角形が並んだあの床に、彼は進行途中の決勝戦の続きを玉座から想像力で見出し、綿密に調べ上げたのだ。からかうかのように微妙に対称ではない、業界用語で「瑪瑙」と呼ばれているチェスのナイトの動きを思わせる道化師の三色模様が、ロダンの「考える人」とドアのあいだにあるモノクロの市松模様のリノリウムをあちこちでさえぎっていること。光沢のある黒と黄色の大きないくつもの長方形にチェスのH筋があるのだが、それが垂直に走る黄土色の温水管によって痛々しくも切断されてしまうこと。あの豪勢なトイレの美しい大理石板の上に、かつて、ある夜に顎を拳にのせた格好で彼が長考したのとまったく同じ局面が、そっくりそのまま影のように形成されていることに気づいたこと。しかし、私が植え込んだチェス効果はこうした個々の場面で見出せるばかりではなく、この魅力ある小説の基本構造そのものに、チェス効果の連鎖がひそんでいるのだ。たとえば、第四章の終わりのほうで、私が盤上の隅で意外な一手を指すと、一段落のあいだに十六年の歳月が経過し、ルージンは突如としてみすぼらしい大人へと昇格してドイツの保養地へ移送される——庭のテーブルに座って、思い出したホテルの窓(四角形のガラスはこのあとも彼の人生に登場する)をステッキで指し示している彼の姿がわれわれの前に現れ、彼は誰か(鉄製のテーブルに置かれたハンドバッグから判断すると女性)に話しかけているのだが、われわれがその女性と再会するのは第六章になってからのことだ。第四章で始まった回想のテーマは、今度は亡き父のイメージへと徐々に変化していき、第五章では父の過去が取りあげられるのだが、今度は彼が息子のチェス人生の初期を回想する番となり、それをもとに少年少女向けのセンチメンタルな物語を作り出そうとして、頭のなかで美化する様子が描かれる。第六章でわれわれがドイツの保養地へ戻ると、いまだにハンドバッグをいじり、いまだにぼやけた女性に話しかけているルージンの姿を目にすることになるが、じきに霧が晴れて女性がはっきり見えるようになり、彼女がハンドバッグを彼から取り上げ、ルージンの父の死を口にしたところで、彼女は模様の明確な一部分となる。この中心となる三つの章での一連の指し手全体は、ある型の詰め手問題《チェス・プロブレム》を想起させる――あるいは想起させようと狙った、と言うべきか――そこでは、単に指定の手数でメイトすることが問題なのではなく、「逆解析（retrograde analysis）」と呼ばれるものが問題なので、解答者は問題図から指し手を逆に戻しながら検討していき、黒の最終手はキャスリングであったはずはないとか、白のポーンをアンパサンで取ったはずだ、などと証明しなくてはならないのだ。

　初歩向けのこの序文では、私のチェス駒や手順のさらに複雑な側面について詳しく解説する必要はないだろう。ただ、以下のことは言っておかなければならない。ロシア語で書かれた私のすべての本のなかで、『ルージン・ディフェンス』はもっとも大きな「暖かさ」を内包し発散している――これは、チェスがこのうえなく抽象的なものだと見なされていることを考えれば、奇妙に聞こえるかもしれない。実際のところ、チェスをまったく知らなくて、なおかつ私のほかの本はすべて毛嫌いしている人たち、もしくはそのどちらか一方の人たちからも、ルージンは魅力的だと思われてきた。彼は不器用で、不衛生で、不格好である――だが、私の優しいお嬢さん（彼女自身も魅力的な女性だ）が目ざとく気づいたように、ルージンには陰気な身体の不快さや、深遠な才能の不毛さを超えた何かがあるのだ。

私がロシア語で執筆した小説の英語版（今後もさらに出る予定）のために最近書いてきたいくつかの序文では、ウィーンからやってきた代表団に、私は必ず激励の言葉を贈ってきた。今こうして書いている序文も例外にするつもりはない。ルージンが倒れたあとに受けた治療の詳細（たとえばチェス・プレイヤーは自分のクィーンにママを、相手のキングにパパを重ねあわせるものだと遠回しにほのめかす治療）を精神分析医やその患者たちは楽しんで読むだろうし、鍵と鍵穴の対がこの小説を解く鍵だと勘違いしているフロイト派の坊やは、私の両親や恋人たちや私自身を漫画的に理解し、それをこの小説の登場人物たちに当てはめて考えることをやめないだろう。そんな探偵たちのためになるよう、ここで告白しておいたほうがよかろう――私が個人的にルージンに与えたのは、かつての私のフランス人家庭教師と、私が持っていたポケットサイズのチェスセットと、私の気質と、わが家の壁に囲まれた庭でもぎ取った桃の種だということを。

ウラジーミル・ナボコフ
一九六三年十二月十五日
モントルーにて

密偵

Соглядатай

秋草俊一郎 訳

I

あの女、マチルダと知りあったのは、私にとってはじめて迎える秋のベルリンだった。ちょうど、家庭教師の口を見つけてもらったところだった――この家は、いまだ零落する間もなく、いまだ慣れ親しんだペテルブルグ暮らしの幻にすがっていたのだ。こどものしつけなどまるで経験がなかったので、なにを話せばいいのか、どうふるまえばいいのか、皆目見当がつかなかった。こどもは二人、どちらも男の子だ。二人が居るところでは、みじめにも気づまりになった。二人はこちらが吸う煙草の本数を数えていた――その起伏のない好奇心に晒されると、はじめて喫ったときのように、煙草を持つ手が、妙な具合に横向きになって灰を膝上にぼろぼろ落としてしまうので、二人の澄んだまなざしはじっと、震える私の手から、けばだったラシャ地に擦りつけられる青灰色の花粉へと、何度も往復するのだった。マチルダは二人の両親のところによく遊びにきていた女で、一家と夕食をともにするのが常だった。一度どしゃぶりの日に、マチルダは傘を渡されてこう口にしたのだ

──「あらあら、どうもありがとう。このお若い方に送っていただけたら、帰りしな傘を持ちかえってもらえますのに」。この日から、マチルダを送ることが仕事に加わったのだ。マチルダのなにかがこちらの琴線に触れたようだ──快活で、よく太り、牝牛のように黒目がちの瞳をした女で、白粉をはたこうとしてコンパクトを覗きこむと、その大きな口がきゅっとすぼまって真っ赤なしわになってしまう。しかし細い足首と、軽やかな足どりのおかげで、たいていのことは許されてしまうのだ。女からは惜しげもなく暖気が発せられていた。女といると部屋が暖められて暑くなったように思えたので、この生きた暖炉を家まで送っていったあと、つれない夜が水銀のように輝いて滴るなかをひとりで帰った日など、芯から冷えきって気分が悪くなったほどだった。その後、パリから出てきた女の夫が一緒に訪ねてきたことがあった──どこにでもいるような夫で、とくに気にもとめなかったが、気になったのはただ、口を開く前に短くゴホンと痰のからまった咳をこぶしのなかに吐くことと、持ち手の部分が黒光りする重そうな杖だけで、その杖は、感きわまってむせたマチルダが、女主人への別れの挨拶を冗長な独白にしてしまうあいだ、床をゴツゴツと叩いていた。ひと月たって夫はパリに帰っていった──そして、私がふたたびマチルダを送っていくことになったまさに最初の夜、部屋にあがって本を持っていくように言われたのだ。本はだいぶ前から読むように諭されていたもので、フランス語の『アリアーヌ──ロシアの女』とかいうものだった。いつものように雨が降りしきり、街灯を縁どる光の輪が小刻みに震えていた──私の右手はマチルダのぬくぬくしたモグラの毛皮に埋もれてしまい、左手がさす傘には夜がドラムのように打ちつけていた。この傘といえば（あとで、マチルダのアパートメントで）スチーム暖炉の脇に磔にされた挙句三十秒ごとにぽたりぽたりと涙を滴らせ、大きな水たまりをこしらえるはめになった。本はといえば、借りるのを忘れた。

マチルダが最初の女というわけではなかった。以前ペテルブルグで家住まいのお針子に好かれたことがあった——同じように太っていて、同じようになにかの本を読むようすすめられた（『ムーロチカ——ある女の生涯の物語』）。二人とも、この二人の太った女とも、肉欲の発露のただ中では、甲高い、幼児じみた嬌声をあげたので、私には時折、自分のしてきたことはみな無駄だったのではないかと思われるのだった——すなわち、死の恐怖におびえながら、フィンランド国境を越えたのも（急行列車で、月並みにも通行許可証を携えてはいたけれど）、結局はある抱擁から、ほとんど同じ別の抱擁に身をまかせただけだったのではないか。その上、マチルダはじきにこちらをいらだたせるようになった。際限なく気の滅入る話をするのだった——夫についてだ。「あいつって、言うなれば育ちのいい野獣なの。もしこのことを知ったら、私のことをその場で殺すわ。私を崇拝していて、嫉妬深くて怖いぐらい。コンスタンチノープルでフランス人を雑巾みたいに床に何度も叩きつけたこともあった。ひどく情が深いの。だけど心底ぞっとするようなときでも、すてきなのよ」。私は話題を変えようとしたが、これはマチルダの十八番で、一度はじめたら最後、悦に入ってやめようとしないのだった。マチルダが創りだした夫のイメージは、私がろくに注意を払わなかった人間のなりとはうまく融合しないせいか、どうも話にのれなかった——そのせいもあり、それが女が首尾よくこしらえた幻なんかではなく、現実のパリにいる嫉妬深い悪党が、不幸の種を嗅ぎつけては、目をかっと見開き、歯ぎしりし、鼻息を荒らげていると考えるとひどく不愉快になった。

こんなことがよくあった——家までとぼとぼ歩いていると、煙草は切れ、顔面に明け方の微風が吹きつけてドーランを落とした後のようにひりひりし、一歩踏み出すごとに頭ががんがんする——

自分の幸運をあれこれ引っぱりだしてみるとその乏しさに驚き、自己憐憫に耽るばかりか、気が沈んで怖くなってしまう。実際、人間が幸せであるには、一日一時間でも、十分でも、機械のようになる時間が必要なのだ。私はと言えば、つねに剝きだしで、つねに目を見開いていて、夢の中でさえ自己を注視することをやめず、己の存在とはなにか皆目見当がつかず、無心になれず、あらゆる凡俗な人間どもを妬んでいた――官吏、革命家、店員――こういった人間たちときたら、自分の小市民的な関心事に傾注して自信満々なのだ。そしてこの恐ろしい、うっすら水色に染まった早朝、がらんとした街にかかとの音を響かせながら、私がよく想像したのは、地球の運動を手にとるように感じだしたせいで、気が狂ってしまった男のことだ。男はバランスをとるように家具につかまりながらよろよろ歩いたと思えば、上気した笑みを浮かべて窓に腰かけると、列車でふいに話しかけてくる乗客さながらにこう言ってくるのだ――「とんでもなく飛ばしますね!」。しかしぐらぐらするあまり、すぐに吐き気を催した男は、レモンや氷をぺろぺろ舐めてみたり、床にうつぶせになってみたりもするが、そんな努力はみな無駄になる。運動がやむことはなく、運転手は盲人で、ブレーキはどこにもない――速度が忍耐の限界を超えると、男は心臓破裂で死んでしまう。

そして、私はかくも孤独だ。マチルダは狡猾にも、詩は書かないの、と訊いてきたものだ――マチルダは階段や玄関口で、巧みにキスを迫った――ただ身を震わせて、甘いささやきをする口実が欲しいがゆえ――「困った坊やねえ……」という。もちろん、マチルダなんてどうでもいい。ほかにベルリンで誰を知っていただろうか？　亡命者支援団体の事務官、家庭教師先の一家、ロシア語書店の店主ヴァインシュトック、以前部屋を借りていたドイツ人の老婆――これっぽっちだ。つまりは、私の全存在が無防備な状態にあって、災厄にとってはうってつけの標的だったわけだ。そして、それは招きに応じたのだ。

時刻は六時頃だった。部屋の空気は黄昏に沈み、私はチェーホフのユーモア短編の活字をかろうじて判別して、生徒たちにつっかえつっかえ読みあげてやっていたが、あえて明かりを点けようとはしなかった。二人には、この子らには、倹約について、厭わしい家計のきりもりへの奇妙な、こどもらしからぬ意識が備わっていて、ソーセージ一本、肉、バター、電気代、種々の車がいくらするのか正確に知っていた。無益にも場を盛りあげようと、「コントラバス物語」を声に出して読み、自分、そしてこの哀れな作者への屈辱を嚙みしめていた――よくよくわかっていたのは、二人が薄暗がりの中でこちらの悪戦苦闘ぶりをじっと見つめているということで、つまりは向かいの家が手本を示して、最初のランプに灯をともす瞬間まで私が耐えられるかどうか、二人は冷ややかに見ているわけだった。私は耐えぬき、光の報酬にあずかった。声に生き生きとした調子を込めようとしたまさにそのとき（短編で一番滑稽な箇所にさしかかっていたのだ）、突然玄関の方で電話が鳴った。家には私たち三人だけだったので、こどもたちはさっと跳ねあがると、音がした方に先を争いながら飛んでいった。私はと言えば、膝に本を広げたまま、中断された箇所で曖昧な微笑を浮かべたまま座っていた。どうやら、呼びだされたのは私のようだ。ぎしぎし軋む肘掛け椅子に腰を下ろして、受話器を耳につけた。生徒たちはそばに立っていた――ひとりは右に、もうひとりは左に立って、こちらを泰然と見張っていた。「いまそっちに行くからな」――男の声だった――「そこにいてくれよ」。私は答えた――「どちらさまですか？」。「わからないのか？　そりゃいい――びっくりするぞ」――その声が告げた。「だけど、どちらさまですか?」――思わず噴きだして、そう主張した(後からでは、恐怖と羞恥を覚えずには自分の気どったような、おどけたような声の調子を思いだせない)。「すぐにわかるよ」――声はそっけなかった。ここにきて、私は完全に悪ふざけをはじめた――「でもなんで? なんで? こりゃ愉快だ……」。自分が無と会話していることに気がつくと、肩をすくめて受話器を置いた。客間に戻って腰かけると、私は言った――「どこまで行ったかな?」――そして、中断した箇所を見つけると読みあげを再開した。

だが、私はどこか不安だった。機械的に読み聞かせをつづけながら、客はだれなのか思いめぐらせていた。ロシアから来た男だろうか? 見知った顔、見知った声をひとつひとつぼんやりと思い浮かべていった――ああ、なんと乏しいことか――どういうわけか、ウシャコフという学生のところでふととまった……。ろくな出会いに恵まれなかった、一年ぽっちの学生生活で、私はこのウシャコフを宝物のように大事にしていた。学生歌「ガウデアームス・イギトゥル」と無軌道な学生生活についてたまたま話がおよんだとき、私はさもわかっているという、少し思わし気な顔をしたものだが、それこそウシャコフがらみのことを思い出していたのだ――たとえ、ああ、奴とは二度しか話さなかったとしても(政治についてか、ほかのよしなしごとについてだったか、思い出せないが)。しかし、電話であんなに思わせぶりにするだろうか……。どうやらソ連のエージェントや、秘書を探している奇人の百万長者のことを想像して、あれこれ推測をめぐらせているうちにぼんやりしてしまったようだ。

ドアベルが鳴った。こどもたちがふたたび玄関口に飛びだしていった。私も見にいった。二人が嬉々として手慣れた様子で鋼鉄製のボルトをスライドさせ、さらになにかごちゃごちゃいじったあとで、やっとドアが開いた……。

奇妙な記憶だ……。万事変わってしまった今でさえ――今でさえ、あたかも独房から凶暴な犯罪者を出すかのように、記憶から、あの奇妙な思い出を呼び起こすと、多少くらくらするほどだ。そのとき、無声映画のスクリーンの中の出来事のように、まったく無音のまま人生の一切の壁が崩れ落ちたのだった。理解したのは、いま震撼すべきなにかが起こったということだった。しかし、私の顔は（どうやら愛想のいい）笑みを間違いなく浮かべていて、私の伸ばされた腕は、虚無との邂逅を運命づけられていただけでなく、その虚無を予感さえしていたが、ジェスチャーをなんとか最後までやりとげようとし、頭の中で鳴りひびいた言葉といえば、「もてなしの基本です」というものだった。「手をどけろ」――私の差しのべた手を一瞥して、客が発した最初の言葉だった――私の手のひらは、すでにして奈落に沈みこんでいた。

さきほど、声に聞き覚えがなかったのも無理はない。つまり、電話ごしに伝わったのは、聞き覚えのある声が緊張のせいで歪んでしまったものだったのだが、緊張の正体とは度外れな怒気であって、その野太い声は、これまで私が一度たりとも人間の声のなかに聞きつけたことがないものだった。このシーンは、記憶のなかで活人画のように焼きついている。明かりが点灯した玄関口で、受けとり拒否された手の置き場をなくした私が立っていて、その左側には男の子がひとり、右側には男の子がひとり立っているのだが、二人とも客を見ないでなぜか私の方を見ていて、肝心の客はと言えば、流行のショルダーループが縫いつけられたオリーブ色のレインコートを羽織っており、顔はマグネシウムフラッシュを浴びたかのように蒼白で、目はぎょろりとし、毒々しくぷっくりふくらんだ唇の上に短く刈りそろえられた黒い二等辺三角形の口髭が並んでいる。突然、静かに、かすかに認めうる動作がはじまった。上唇と下唇が湿った音をたてて離れ、手にした黒い、硬そうな杖がかすかに動いた。私は杖から目が離せなかった。「どうしました？」──私は訊ねた──「どうしました……どうも誤解があるようです……誤解です……」。ここに至って、置きどころがなく、いまだ悩ましい手のために、私が見つけたのは、みじめかつありえない場所だった。己の威厳を保とうと漠然と思った私は、生徒の肩の上に手を下ろしたのだ。こどもは忍び笑いをし、横目で腕を見た。「やあ、きみ」──堰を切ったように客が話しだした──「もうちょっとどいてくれないかな。この子たちを傷つけたくないんだ──二人をかばわなくてもいい。ちょっとだけ場所を空けてもらえるかい。ほこりをはらってやるからさ」。「ここは他人のうちだぞ」──私は言った──「騒動を起こすなんてもってのほかだ。なにが望みかわからんが……」

男は私を殴った。熱い杖の一撃を肩口に派手にもらったせいで、私は横倒しになり、籐椅子が生きているかのように飛びのいた。歯を剥きだしにした男はふたたび振りかぶった。杖が私の掲げた腕に当たった。私は後ずさってすぐ脇の客間に入りこんだが、男は追ってきた。興味深い細部はまだあった──私は大声を張りあげていたにもかかわらず、男のことをご丁寧にも名前と父称で呼び、自分がなにをしたのかと訊ねていた。ふたたび追いつかれ、逃げる最中にひっつかんだクッションで身を守ろうとしたが、ひったくられてしまった。「あまりに無体だ」──私は叫んだ──「こっちは丸腰だ。これは高くつくぞ……」

ふたたび後ずさってテーブルの陰に逃げこんだ。するとまたもや、活人画のように一切が停止してしまった。歯を剝きだしにして、杖を振りかぶる男——その後方のドアの傍には立ちつくすこどもたち——たぶん、記憶が歪んでしまったのだろうが、ああ、どうやら二人のうちひとりは、腕を組んで、壁にもたれかかり、もうひとりは椅子の腕のところに腰を下ろして、私に制裁が加えられるのをじっと見守っていたようなのだ。ふたたびすべてが動きだし、四人全員で隣の部屋に移った——ふとももを打たれたと思ったら、目もくらむ速さで顔をしたたか打たれた。考えてみると不思議だが、私は自分では一度たりとも他人を殴ったことがない——これほどまでに侮辱され、重い杖で打たれた今でさえ、男の流儀とやらに昏いせいで行動に移れないだけでなく、いまこうして激痛と屈辱に塗《まみ》れてでさえ、隣人に手をあげようとは——とりわけ怒れる雄々しい隣人に手をあげようなどとは思えず、それでいて自室に逃げこむことすらできなかった。自分の部屋の戸棚の引き出しには、買っておいたリボルバーがしまってあったのだが、ああ、ただ幽霊を追い払う役にしかたたない。

まんじりともせずにこちらを凝視したままぼうっとしている生徒たちは、思い思いのポーズをとって部屋の隅でフレスコ画のように固まってしまい、私が暗い食堂に逃げこめば、すぐに明かりをつける気配りを発揮した——こうしたものはみな、錯覚にちがいない——私が永続的な意義を認めたというだけの、ばらばらのイメージだ——しかし、その予定調和さときたら、通信社の写真で、手さげカバンを持った通行人の膝がかならず曲がっているのと変わらない程度だ（なにかの会議に向かう途中なのだ）。実際、こどもたちはどうやら、私の処刑にずっと立ち会っていたわけではなく、両親の家具に配慮したのか、どこかの時点で警察に電話しようとしたようだった（すぐさま男が大声をあげてさえぎった）。だが、わからないのは、どこにその瞬間を置いたものかということだ――はじめのほうか、ことがすべて済んだあとなのか――苦痛と恐怖が神化され、ついに私はぼろ雑巾のように床に崩れ落ちて、丸めた背中を打擲《ちょうちゃく》されるままにして、かすれた声でこう繰り返していた――「もうたくさんだ、こっちは心臓が弱いんだ、たくさんだ、心臓が……」。ちなみに、私の心臓は常に規則正しく動いていた。

しばらくして、万事終わった。息を荒くした男は、音高くマッチを擦ると、煙草を一服した。しばしたたずみ、目を細めて、ちょっとした教訓をたれると、帽子をかぶりなおして、速足で出ていった。私はぱっと立ちあがると、自分の部屋に向かった。こどもたちは走って追いかけてきた。ひとりは私の部屋に入ろうとした。私は肘鉄をかまして突き飛ばしてやった――痛いだろうのは承知で。ドアに鍵をかけて、顔を洗ったが、水がしみるので声をあげそうになった。それからベッドの下からスーツケースを引っぱりだし、荷造りをはじめた。これは難事だった――背骨はじんじんし、左手は満足に動かず、涙で目もろくに見えなかったからだ。

コートを着て、重たいスーツケースをかかえ、玄関に向かうと、男の子たちはすぐにまた出てきた。私は二人を一瞥もしなかった。階段を下りながら、上の手すりから身を乗りだしている二人の視線を感じた。下で、毎週火曜日にやってくる音楽の先生に会った。眼鏡をかけ、曲がった太い脚をした、ちびのロシア娘だった。腫らした顔を背けた私は、お辞儀もしないまま、驚く娘が死んだように沈黙するのに追いたてられて外に飛びだした。

自殺する前に、どこか静かな場所に五分でも座って、型どおりになにか手紙でも書きたかった。タクシーを呼びとめて、前の住所を告げた。幸運にも、前に住んでいた部屋は空いていて、大家の老婆がベッドを整えてくれた……。無駄な気遣いだ。出ていくのをじりじりしながら待っていたが、婆さんはずっとせかせか動きまわっていた――水差しに水を入れたり、カーテンを結んだり、上を向いて大口を開け、なにかの紐を引っぱったりしていた。ついににゃあと一声鳴いて出ていった。

山高帽をかぶった、幸薄そうな小男がぶるぶる震えながら入ってきて、部屋の真ん中に立って、なぜだかもみ手をしていた。そんな風に、私は鏡の中の自分を目の端でとらえていた。それから私はスーツケースから紙と封筒を抜きだし、ポケットからちびた鉛筆を探りだすと、机に向かった。だが、わかったのは、なにも書けないということだった。私には知り合いがほとんどいないし、誰も愛していなかった。手紙は無意味になり、残る一切も無意味になった。漠然と思ったすべきことと言えば、手荷物を片づけ、清潔な下着を身に着け、封筒に全財産（二十マルク）を入れておくぐらいだった――だれだれに渡してくれというメモを添えて。だが、ことここに至ってわかったのは、こうした一切をとりきめたのは、今日にはじまったわけではなく、いつだったか、はるか昔に自殺する人間のことを呑気に思い浮かべて決めておいたのだ。偏見というのは根強いもので、知り合いの地主の招待をうけた都会人が真っ先にすることと言えば、水筒とがっしりした長靴の購入と相場がきまっているのだが、理由ときたら実際に役に立つからではなく、太古に森や山を歩きまわった誰も知るよしもない記憶かなにかが無意識に作用しているのだろう。だが待ちうけているのは、森や山どころか一面に広がる畑であって、暑い中アスファルトの道路をいやいや歩くはめになる。こうして私は自分が以前、死ぬための準備として想像したことが、いかにばかげていて、むなしいものか悟ったのだった。自己殺害を決意した人間は、日々の煩事からは乖離しており、腰を下ろして遺言をしたためるなど、言うなればこの期におよんで髪が抜けるのを気にするようなもので愚の骨頂だ——というのも、彼は自分と道づれに全世界を滅ぼすつもりだからであって、最後の手紙が塵になるどころか、もろともに郵便配達人も全員、居もしない子孫に譲るはずの実入りのいい住居まで、煙のように消えてしまうのだから。

私はずっと、世界が無意味ではないかとうすうす感じてきた——いまやそれは明らかだった。突然去来したのは、信じられないほどの自由だった——それはまさに無意味さを証《あかし》だてるものでもあった。私は二十マルク札を引っぱりだすと、びりびりに破いて丸めてしまった。腕から時計をはずして、動かなくなるまで床に叩きつけた。思えば、したいことが何でもできるではないか——いまやたどたどしい言葉とともに手近な女性に抱きついて、ぶつかった人間を片端から撃ち殺して、ショーウィンドーを粉々にすることもできる……。違法行為を想像してもこの程度だった——これ以上はなにも考えつかなかった。

おっかなびっくり、ぎこちない手つきで、リボルバーを装塡し、それから部屋の明かりを消した。かつて私を脅かした死の想念は、いまや身近で淡泊なものになった。怖かったのは、芯から怖かったのは、弾丸が身を貫いたときに走るだろう耐えがたい痛みだったが、黒いビロードのような睡眠にくるまれること、一面の闇を恐れるのは、不眠症のまだら模様のついた人生への恐れよりも、納得がいくものだろうか——いや、どうやってそれを怖がるというのか、あまりにばからしい……。暗い部屋の真ん中に立ち、私はシャツの胸ボタンをはずして、体をかがめると、肋骨のあいだでいたいけな小動物のように脈打つ心臓を探しだした――思わず安全な場所に移してやりたくなるが、怖がらなくていいよと言ってやれないどころか、その逆をしなくてはならないのだ……だが、それは、私の心臓は、こんなにも生きているのだ。銃口を薄い皮膚にぴたりと添えると、下でどくどく脈うっていた――それが私には不快だった――それで変なかたちに曲げた腕をそっとずらして、剥きだしの胸に触れないようにした。それから、全身の力を振りしぼって発射した。強い衝撃がはしり、背後でなにかが音高く鳴った――その音を忘れることは生涯ないだろう。すぐに音は水のせせらぎに、喉元を流れる水の音になってしまった。私は息を吐いたが、水が喉に詰まった――万事は私の中の話であり、周囲では水流がごぼごぼと荒れ狂っていた。いつのまにか膝から崩れ落ちていた私は、床に片手をついてこらえようとしたが、手は底なし沼のような床に水没してしまった。

2

しばらく時間がたち（ここで時間について話すことができればの話だが）わかったのは、死が押しよせてきたあとも、人間の想念は慣性のままに生きつづけるということだった。私が纏っていたのは白装束ではなく濃い闇であり、それにがんじがらめにされていた。ガラスのような明晰さで、私はすべてを悟った——名前も、地上の生活も。心底安堵したのは、いまはなにも気に病まなくていいという事実だった。きつく巻かれた包帯の不快な感触から、不埒と言ってもいいような呑気さで、病院のイメージに思い至ったとき、即座に意志が命じるがまま、周囲に幻の病室が育ったかと思うと、私と同じようなミイラたちが、両側に三体ずついたことになったのだ。人間の思念とは、なんとも結構なものだ——死すらも超えていくのだから。私の死せる脳細胞が、用をなさなくなってから、どれくらいのあいだ振動をつづけて、イメージをつくりだすものなのか。少々好奇心をそそられたのは、私がどのように埋葬されたのか——奉神礼《パニヒダ》はあったのか、葬式はあったのか——ということだった。

　だが、自分の役割にしがみつくかのごとく、あまりに勤勉かつ意固地な私の思考が着手したのは、病院のようなものや、寝台の間を動きまわる白衣の人間のようなものの製作だった——おまけにそのうちのひとりは人間の呻り声のようなものすらあげていたのだ！　こういった想念におとなしく屈した私は、むしろそれを焚きつけ、煽ったので、ついにはまったく自然なイメージ、ありふれた話をつくりだすに至った——つまりは盲撃ちの弾丸、かすり傷といったあたりだ——私がつくりだした医者が生起すると、大急ぎでこの呑気な推論にお墨付きを与えてくれた。それで私は笑いながら、リボルバーの弾丸を抜こうとしてへまをしたと証言していた——黒い麦わら帽子（桜の花が飾られていた）をかぶった大家の老婆が現れて、私が寝ている寝台に腰かけ、どんな気分か訊ね、いたずらっぽく指で脅すしぐさをしながら、弾丸で水差しかなにかが粉々になってしまったと言った。ああ、かくも見事に、かくも月並みに、わが想念は、私を非在への道連れにした音とせせらぎの由来を説明したのだ。

　わが想念の死後の滑走はじきに弱まると踏んだものの、どうやら存命中の想念があまりに強く、あまりに弾力があるせいもあって、相当のあいだもつようだった。回復という主題に取り組んだ想念はそれを仕上げると、さっさと私を病院から出してしまった。私は外に出た——ベルリンの街並みまで復元されていたのは見事だった。おっかなびっくりそろりそろりと、まるで肉体がないような、萎えきった脚で歩道を漂った。頭をよぎったのは、生活上のもろもろ、腕時計を修理して、煙草を少し入手しなくてはということ、にもかかわらず自分が一文無しだということだった。こういった想念に囚われて——それでも至極不安というわけではなかった——なお生き生きと思い起こしたのは、自殺する前にびりびりに引き裂いてしまった紙幣の、あの肌色と茶色の陰影で、そのとき感じた自由と何をしても咎められないという感覚だった。しかし、いまや私の活動はいくらか応報の色調を帯びることになった――自分が、表に出て狼藉を働くのではなく、たんなる悲観からの愚行に留まったことが嬉しかった。こうしたわけでやっとわかったのは、死後、肉体から解放された俗世の想念は、一切が生前と関連し、一切が相対的な意味を帯びた圏内を動きつづけるということだった。つまり死後の世界で罪人を苛む苦悶の正体とは、地上でおよんだ軽挙妄動が生んだ面倒な結果が清算されるまでは、その強靱な精神に安らぎが訪れないことなのだ。

　私は見知った通りを歩いていったが、すべてが現実に瓜二つといったありさまだった。だが、私が死んでおらず、一切が死後の空想ではないと証明するものはなにもなかった。パッサウアー通りを静かに歩いていく自分を、私は脇から見ていた――思わず感動し、同時に怯みもしたのは、未熟な霊魂のように、自分の人生を知り合いの人間のものとして眺めているせいだった。

　機械的な動作に流されるままにたどりついたのは、ヴァインシュトックの店だった。こちらの便宜のために瞬間的に刷りあがったロシア語書籍が、ショーウィンドーに現れた。数分の一秒のあいだ、タイトルの一部にはまだ霧がかかっていた。目を凝らすと霧は晴れた。足を踏みいれると店はからっぽで、鉄製の暖炉が隅でしけた地獄の炎をあげていた。カウンターのどこか下の方からヴァインシュトックの苦悶が聞こえてきた。「どこかにいっちまった」――張りつめた声でなにやら呟いていた――「どこかにいっちまった」。ちょっとしてヴァインシュトックは体を起こした――ここで期せずして自分の妄想の不正確さを暴露することになった――間違いなく、あまりに突貫工事を強いられたせいだ。ヴァインシュトックがたくわえていた口ひげがない――わが想念は仕上げをしくじったのだ。口ひげの代わりに、青白い顔にはそりあとが赤くなって残っていた。「うーむ、ひどい顔色だ」——挨拶しつつ、ヴァインシュトックは言った——「うーむ、うーむ、どうした？病気かい？」。私は実際に病気だったと返事をした。「いまはインフルエンザだ」——ヴァインシュトックは謎めいた発言をして息を吐いた。そして、また口を開いてこう言った——「ずいぶん久しぶりだな。仕事でも見つけたのか？」。いちど家庭教師の口を見つけたが、目下失業中で、煙草が吸いたくてたまらないんだと告げた。客がひとり入ってきて露西辞典がないか訊ねた。「あったと思いますよ」——ヴァインシュトックは言うと、棚の方を向いて、指を分厚い背表紙に走らせた。

そうこうするうちに、店の奥からか細い咳払いが聞こえることに気がついた。本の山の陰で誰かが、おーおーと口から漏らしながらがさごそやっていた。「助手を雇ったのかい」——客が出ていってから、ヴァインシュトックに訊ねた。「数日のうちに首にするつもりだよ」——声をひそめてヴァインシュトックは返事をした——「まったく役立たずの爺さんだよ。若いのがほしいんだが」。「ヴィケンチイ・リボヴィチ、「黒手組」（セルビアの民族主義的な秘密組織のこと）の件はどうなりました？」「もし、あんたがたちの悪い懐疑論者じゃなかったら」——ヴィケンチイ・リボヴィチ・ヴァインシュトックは悪びれもせずに言い放った——「いいことをいろいろ話してやろうって気にもなるんだが」。ヴァインシュトックは少々むっとしているようだ——しかし、これはまずかった。亡霊かつ金欠であるところの己につきまとう身の軽さに、どうにかして片をつけねばならなかったが、私の妄想が生みだすのはまったくろくでもない会話ときていた……「いやいや、ヴィケンチイ・リボヴィチ、なんだって私が懐疑論者なんですか。とんでもない。おかげさまで一度はずいぶんと遣わされましたよ」。実際、であってすぐ、同類の徴《しるし》を私はヴァインシュトックに認めたのだった——強迫観念的傾向である。ヴァインシュトックが信じこんでいたのは、ある種の人々（「エージェント」と、最初の音節に不吉なアクセントを置いて、うさんくさくも自信満々に呼んでいた）に常につきまとわれているという妄想だった。ヴァインシュトックによれば、ブラックリストが存在し、そこに自分の名前があるのは間違いないという。私はヴァインシュトックを笑っていたが、内心はぞっとしていた。一度、妙なことがあった。路面電車でたまたま目にした人物（きょろきょろ周囲を盗み見るいけすかない金髪男）を、その日のうちにもう一度見かけたのだ。奴は近所の街角に立って、新聞を読んでいるふりをしていた。不安になりだしたのはそのときからだ。私は己をたしなめ、心中でヴァインシュトックを嘲笑っていたが、それでも自分の想像をどうすることもできなかった。夜になると、誰かが窓から忍び込んでくるように思われた。しまいにはリボルバーを買って、すっかり安心した。さっきヴァインシュトックに思い出させたのは、このときの支出のことだった（さらに馬鹿馬鹿しいことに、武器所持許可証《ヴァッフェンシャイン》は失効していた）。「武器がなんだっていうんだね？」——ヴァインシュトックは答えた——「奴らはとんだくわせものだぞ。対抗する術はたったひとつしかない——頭脳だ。私の組織は……」。突然ヴァインシュトックは口を滑らせたとばかりに、こちらを疑りぶかい目で見た。ここで腹を決めて、冗談交じりの口調をつとめて崩さないまま、説明することにした——私の置かれた奇妙な状況、どこからも金を借りるあてがなく、生活と喫煙が喫緊の課題になっていること。洗いざらいぶちまけながら思い出していたのは、一度、教え子の母親を訪ねてきた、前歯のない口達者な男のことだった。男は同じように軽い調子でこんな話をした——その夜ヴィースバーデンに行く必要があったが、きっかり九十ペニヒ足りないのだという（「それじゃ、ヴィースバーデンの話は置いておきましょう」——至極平静にこどもたちの母親は言った——「二十ペニヒなら、まああげてもいいでしょう。これ以上は純粋な原則の問題として無理ね」)。しかし、今こうやってそのときの男とわが身を引き比べても、これっぽちの羞恥すらも感じなかった。あの発砲(当方の見方では、致命的な発砲)のあと、私は自分のことを興味津々に、わきから眺めていた。発砲までの苦しみに満ちた過去は他人事のように思われた。ヴァインシュトックとの会話は、私の人生の新たなはじまりになった。いま私は、自分自身にまったくの他人として接していた。自分の存在が幻だという信仰のおかげで、なにがしかの気晴らしの権利を受けたのだ。

普遍法則の発見に精を出すのは愚かだが、それを発見してしまうことはさらに愚かしい。人類の歩む道をすべて、惑星の複雑怪奇な位置関係から、空腹対満腹の闘争から説明してしまうのは心貧しきものなのだ。この手の人間は、町人階級から几帳面な秘書を、詩の女神の元に招き入れて、時代と大衆の大売り出しをはじめるのだ——こうなれば個々の個人は散々な目に合う——経済性の概念が猛威を振るう中で、その二つの「個」に開いた口の字が絶望の叫びをあげるのだ。幸いなことに、普遍法則など一切なかった——歯痛のせいで一敗地に塗れもすれば、*霧雨のせいで暴動が中止になりもしよう。万事は気まぐれ、万事は偶然——となれば、ヴィクトリア朝風格子柄のズボンをはいた、あの口うるさいブルジョワ、怪しい労作『資本論』(不眠症と偏頭痛の産物!)の著者の努力も無駄だったというわけだ。気の利いた気ばらしとは、過去を眺めて、こう自問自答してみることだ……もしこうしたら、どうなったか。ある偶然を別の偶然ととりかえたらどうだろう。気づかずにむだに過ぎてしまった人生の灰色の瞬間をよくよく見てみようではないか。するとそこから現実には咲くことなく、輝くことなく終わった驚くべきバラ色の事件が育つではないか。人生の枝わかれはかくも神秘なり。過去の瞬間一秒一秒にすべて分岐がある——実際はこうだった。でもこうなっていたかもしれない――伸びる枝は、分岐し、二本三本と増えていく――過去という暗黒の野の中で、錯綜した枝ぶりが無数に煌めいている。

これらの、不確かなる人生をめぐる他愛のない思いつきが閃いたのは、クジャク通り五番の一室を借りて、ヴァーニャにも、ヴァーニャの姉にも、ロマン・ボグダノヴィチにも、不意に私の周囲でぎこちなく生活をはじめた他大勢にも、まったく知りあうことのないまま生涯を終えるという事態が、いともたやすく起こりうるのだと考えているときだ。逆に……。病院から幻のように脱けでたあと別の家に落ち着いたとしたら、おそらくは想像を絶する幸せと私はねんごろになっていたかもしれないのだ……。誰が知ろう……誰が知ろう……。

私の上、建て増しされた最上階には、ロシア人たちが住んでいた。彼らとはヴァインシュトックを通じて知り合った。そう、ヴァインシュトックから本を借りていたのだ――これもまた、人生を差配する幻想が用意した心にくい手管だ。しかし、真の知り合いに至るまでには、階段でしょっちゅう顔を合わせて、在外ロシア人同士によくある、探るような視線を交わす必要があった。ヴァーニャの存在をすぐに認めるようになった私は、すぐに胸の高なりを感じるようになった――あたかも夢をみていると、夢みていた獲物が自分の部屋にいるので、さっと手にとればいいという具合ではないか。後になって、気立てのいいブルドッグとでも言うべきご面相の若い女性は、ヴァーニャの姉のエヴゲーニヤ・エヴゲーニエヴナだと判明した。エヴゲーニヤ・エヴゲーニエヴナの夫は、大きな鼻をした陽気な紳士で、やはり階段の所産だった。私は彼のためドアを開けてやったことがあるが、そのドイツ語「ありがとう《ダンケ》」は、「銀行《バンク》」のロシア語前置格「バンケ」と正確に韻を踏んでいた――そう言えば、銀行は男の勤務先だった。

親戚のマリアンナ・ニコラエヴナも一家と同居していて、夜な夜な客が訪れたが、ほぼ同じ顔ぶれだった。エヴゲーニヤ・エヴゲーニエヴナは女主人の役だった。彼女にはユーモアのセンスもあった——妹にヴァーニャと綽名をつけたのもエヴゲーニヤ・エヴゲーニエヴナだった——本当の名前ヴァルヴァーラが、どこか太った、そばかす娘を思わせる名前だからという理由で、妹が「モンナ・ヴァンナ」（モーリス・メーテルリンクの同名の戯曲（一九〇二）より）と呼ばれたがったときにそうつけてしまったのだ。ヴァーニャが男性名「イヴァン」の愛称だというせいもあって、最初のうちは慣れなかった。それでも、物憂げな女性名に混じってヴァーニャを心に浮かべるときのニュアンスに次第に馴染んでいった。姉妹はよく似ており、姉の顔の、ブルドッグを思わせる重々しさと闊達さは、ヴァーニャにもまずまず認められたが、それはまったく別の風に変奏されていて、あたかもごく普通に整った顔立ちに意義と個性を加えるかのようなのだった。特に似ていたのは目だった。黒褐色で、若干非対称で、わずかに斜視で、黒ずんだまぶたには愛嬌のあるしわがあった。ヴァーニャの目はさらに柔和で、姉とちがってやや近視が入っていた。あたかも美とは役に立たないもの、という主張でもあるかのようだった。二人とも髪色は暗めで、真ん中で髪をわけ、後頭部の低い位置で結ぶという同じ髪型にしていた。だが姉の方の髪には、この世のものとも思われないあの艶やかさや、宝石のような輝きに欠けていた……。姉妹を比べずにすむように、私はエヴゲーニヤ・エヴゲーニエヴナを振り落とし、完全に除去してしまいたかった。だが同時に、類似品がなければ、ヴァーニャの魅力はここまで完璧なものにならなかったと納得もしていた。ただ、その手だけは不格好だった——青白い手のひらは、節くれだち、赤らんだ手の甲とはどこか釣り合っていなかった。そして、なめらかな爪の表面にはいつも白っぽい斑点があった。

ある人間の視覚イメージを言葉で伝えようと思ったら、まだどれほど集中し、まだどれほど緊張しなくてはならないのだろうか？　姉妹は並んで長椅子に腰かけている――エヴゲーニヤ・エヴゲーニエヴナは、白い首元が映える、大きなビーズをあしらった黒いビロードのドレスを着ている。深紅のドレスに身を包んだヴァーニャはビーズの代わりに小さな真珠を身につけ、瞳を輝かせている――黒い眉と眉のあいだにはなぜか白粉が塗られていた。姉妹は同じおろしたてのブーツをはき、お互いの足元を眺めていた――どうも他人の足にあるものの方が自分のものよりよく見えるらしい。親戚のマリアンナ・ニコラエヴナは、金髪の女医で、スムーロフとロマン・ボグダノヴィチを相手に、ロシアでの内戦がいかに悲惨か断定的な口調で話していた。エヴゲーニヤ・エヴゲーニエヴナの夫フルシチョフ――陽気な御仁で、自分の青白い大きな鼻をひっきりなしにいじり、ひっぱり、ねじって外そうとしていたが、鼻の方は鼻孔にしがみついている――は、鼻眼鏡をかけたムーヒン青年と隣室への入口のところで話をしている。扉の両脇に向かいあって立っていたので、まるで立像だ。

ムーヒンと押し出しのいいロマン・ボグダノヴィチはもう常連になってだいぶ経つのに対し、スムーロフは新参者だがそう見えない。お互いに親しい人々のグループに入っていったときに感じる、あのはにかみの壁がスムーロフにはなかった――こうした人々は、一度内輪で流行った冗談の身内にしかわからない木霊や、自分たちにとっては身近でリアルな名前で固く結ばれているので、新参者にとっては、雑誌で読もうとした小説が、かなり前の、未読の号からはじまっていると不意に気づくようなものなのだ――周囲の会話を聞いても、未知の事柄へのほのめかしで溢れているので、黙ったまま話している人を眼で追い、周囲にちらちらと視線をやるようになってしまう――会話が丁々発止のものになるにつれ、新参者の眼はとんでもなく忙しくなるのだった。周囲の人間の言葉の中に生きている、見えない世界が、次第に重くのしかかりはじめると、自分が入ってこれないよう、わざとそうしているんだと思えてくる。しかし、ときに気づまりに感じていたとしても、スムーロフはけっして表にはださなかった。この最初の幾晩のうちに、スムーロフからかなりの好印象を受けたことは認めざるをえない。さほど長身ではないものの、すらっとして、如才なく、その質素な黒いスーツと、蝶結びにした黒ネクタイは、なにか秘密の喪に服していることをやんわりと表明しているかのようだった。その青白い細面は、まだ若さが目立ったが、目ざといものが見れば哀しみとすれてしまったあとが滲んでいた。身のこなしは優雅で、静かにほほ笑むと、口元にためらっているような、やや寂しげな影ができるのだった。口数は少なかったが、意見を述べればどれも機転がきいていて、適切で、まれにはさむ冗談は、笑いの渦を巻き起こすには少々エレガントに過ぎたが、会話に予期せぬ新風を吹きこむ隠し扉を開けるような具合なのだった。これは、たちまちヴァーニャのお気に入りにならないわけにはいかないだろう——気高い、謎めいた控えめさ、青白い額とほっそりした腕もあっては……。なにか——たとえば「かたじけない《ブラガダルストヴィチェ》」という台詞も、スムーロフにかかれば、子音のブーケを保ったまま見事に発音されるので、聞くべき人間が聞けばペテルブルグの上流階級出身であることはいかんせん明らかなのだった。

　戦争の惨禍についてしゃべっているマリアンナ・ニコラエヴナが、一瞬口ごもったときにやっと気がついたのは、あご髭を生やした押し出しのいいロマン・ボグダノヴィチが、なにかの言葉を、大きなキャラメルのように口の中でもごもご動かして、ずっと差しはさみたそうにしていることだった。しかし、運悪く、スムーロフのほうが速かった。

「戦争の惨禍に耳を傾けども」**──スムーロフは笑みを浮かべて言った──「友人も、その母親も哀れみません──戦争を経験したことがないものを哀れみます。いま、あの弾丸の呻りが奏でる音楽がいかに快いものか、お伝えするのは難しいです──あるいはギャロップで疾駆する突撃の……」

「戦争はいつも不快ですわ」──マリアンナ・ニコラエヴナがぴしゃりと言った──「たぶん、あなたは私と育ちがちがうんでしょう。他人の命を奪う人間はいつだって人殺しですよ。刑吏だろうが騎兵だろうが」

「私個人は……」──スムーロフは言いかけたが、マリアンナ・ニコラエヴナはふたたびさえぎった。

「勇猛果敢の武勲なんてものは過去の残滓ですよ。医者としてのキャリアの中で、しょっちゅう見てきたのは、戦争で不具になったり、まっとうに生きられなくなった人間ですよ。いま人間性は別の理想に向かっています。砲弾の餌食になるぐらい屈辱はありません。たぶん別の教育を……」

「私個人は……」──スムーロフは口を開いた。

「育ちがちがえば」──マリアンナ・ニコラエヴナは早口でまくしたてた──「人間性の理想、共通文化への関心のもち方も変わります。そのせいであなたとは違う目で戦争を見ているんです。私は誰も射殺しませんでしたし、刺殺しませんでした。まちがいなく、戦場じゃなくて、私のお仲間の医者の中にこそ、真の英雄はいますからね……」

「私個人は……」

「だけど、この話題についてはもうたくさん」──マリアンナ・ニコラエヴナは打ち切った──

「あなたは私を説得できないし、私もあなたを説得できないとわかりましたから。議論終了」

ちょっとした沈黙が訪れた。スムーロフはおとなしくお茶をスプーンでかきまぜていた。そう、彼は命知らずの元将校で、自分の冒険のことは奥ゆかしくも語らなかったのだ。

「でも、私には話したいことがありますよ」――ロマン・ボグダノヴィチは不意に爆発した――「マリアンナ・ニコラエヴナ、あなたはコンスタンチノープルについて触れましたね。私には某《ぼう》カシュマーリンという仲の良い友人がいるんです――結局、仲たがいしてしまったんですが。恐ろしく短気で激しやすいんです――といっても冷めやすくて、ある意味気のいい奴なんですが。そういえば、嫉妬でフランス人を殴って半殺しにしてしまいましてね。そうだ、こんな話をしてくれたことがあります。トルコの風習なんですが。ええと……」

「殴ったんですか」――スムーロフは笑顔でさえぎった――「そりゃすごい。私もけんかは好きなんですよ……」

「半殺しにね」――ロマン・ボグダノヴィチは言って、話をはじめた。

耳を傾け、うんうんとあいづちをうっているスムーロフは、外面こそ慎み深く、落ち着き払っていたが、己の中になにか情熱を隠していて、ロマン・ボグダノヴィチの話にでてくる某人物のように、一時激怒すれば人間をミンチにし、一時情熱に囚われれば風の強い夜に女をコートの下に拉致してしまいかねないように見えた。もし、ヴァーニャに人を見る目があれば、この性質に目をとめたにちがいない。

「すべて日記に詳細に記してあることです」――話を終えると、ロマン・ボグダノヴィチは満足気にお茶をすすった。

ムーヒンとフルシチョフはふたたび扉の側柱のところで固まってしまった。ヴァーニャとエヴゲーニヤ・エヴゲーニエヴナは寸分たがわず同じ身振りで膝のところで衣服を整えた。マリアンナ・ニコラエヴナは、自分に横顔を向けて座っているスムーロフの方をなんということはなしに見ていた。スムーロフはと言えば、その彼女の、好ましいとは言えない視線にさらされて、頬骨の隆起を男らしく痙攣させていた。私は奴を気に入った――そう、奴を気に入ったのだ。そして、私はこうも感じていた――教養ある女医マリアンナ・ニコラエヴナが凝視すればするほど、命知らずの若者のイメージは緊密さと、力強さを増していく――鉄製の神経が全身に張りめぐらされたその男は、草原の窪地や、砲撃で破壊された駅舎で眠れぬ夜を過ごしたせいで蒼白さが抜けない。どうやら、万事うまくいきそうだ。

訳注（＊）二八九頁　レフ・トルストイ『戦争と平和』の中の「歴史家たちの多くは、ボロジノの戦いでフランス軍が敗れたのは、ナポレオンが鼻かぜを引いたからだと言っている」（第三巻第二部二八章）を踏まえたもの。

訳注（＊＊）二九四頁　ニコライ・ネクラーソフの詩「戦争の惨禍に耳を傾けども……」（一八五六）の不正確な引用。

3

ヴィケンチイ・リボヴィチ・ヴァインシュトックは、自分の店で働かせているスムーロフ（役立たずの老人の代わり）について、ほかの誰よりもよく知らなかった。ヴァインシュトックの性格には、憎めないがどこか向こうみずなところがあった。多分、そのせいであまり知らない人物を雇うことになったのだろう。その猜疑心は、間断なく糧食を必要とした。他の点では至極平凡な、非の打ちどころのない尊敬すべき人物が、トンボや版画集めに熱中していると突然判明することがある。ヴァインシュトックはまさにそうした人物だった。古物商の孫、骨董屋の息子として、まじめで、穏やかなヴァインシュトックは、身も心も本屋の仕事に捧げ、ささやかな、自分だけの完結した世界を作りあげていた。不思議な事件が起こったのは、まさにその暗がりの中だった。

ヴァインシュトックはインドに一種神秘的と言ってもいい憧憬を抱いていた。ボンベイと聞けば、猛暑に顔をほてらせた英国官僚ではなく、行者の方を思い浮かべる類の人間だ。ヴァインシュトックは迷信と迷妄を、悪魔と魔女を信じていたし、象徴を、予言の力を、お腹を剝きだしにしたブロンズ像の女神を信じていた。夜な夜な、硬化してしまったピアニストのような格好で、両手を伸ばしてテーブルの上に置く。テーブルは軽量で、三つ脚が付いている。テーブルはコオロギのように、チッチッ、ツッツッとかすかな音をたてはじめ、力を溜めると、ゆっくり一方の端を持ちあげ、ぎこちないが力強く、脚で床を打つのだ。ヴァインシュトックはアルファベットを読みあげる。テーブルは丹念にそれを追っていき、必要な文字のところでノックする。カエサル、ムハンマド、プーシキンが現れ、ヴァインシュトックのいとこが現れた。ときおり、テーブルはふざけだして、脚を宙にあげたまま停止し、ヴァインシュトックに攻撃をしかけてお腹をつついた。じゃれついてきた獣に屈してみせる猛獣使いさながら、穏やかに霊魂をなだめるヴァインシュトックが、テーブルの上面を絶えず指で押さえながら後ずさると、テーブルはそのあとをのっしのっしと付いていくのだった。ヴァインシュトックは霊魂との会話のため、いいいしるしつきの小皿と、下に鉛筆が突き出したなにか複雑な小道具も用いた。会話は特別なメモ帳に記録された。こんなものだ——。

ヴァインシュトック：やすらかに眠っていますか？
レーニン：いいや。苦しんでいるよ。
ヴァインシュトック：死後の生についてお話しいただけないでしょうか。
レーニン：（少しの間）いいや……。
ヴァインシュトック：どうしてですか？
レーニン：いまは夜だから。

メモ帳は何冊にもなり、ヴァインシュトックいわく、いつか、意義深い会話を精選して出版する予定とのことだった。愉快だったのは、アブム某《なにがし》とかいう霊魂で、出自は不明、愚かで無味乾燥な人間ながら、仲介役をつとめ、ヴァインシュトックと物故した著名人を数多く引き合わせたのだ。ヴァインシュトック本人には、アブムはどこかなれなれしく接した。

ヴァインシュトック：霊よ、汝はだれだ？
霊魂：イヴァン・セルゲーヴィチ。
ヴァインシュトック：どちらのイヴァン・セルゲーヴィチですか？
霊魂：ツルゲーネフ。
ヴァインシュトック：創作をつづけていらっしゃるのですか？
霊魂：この痴れ者が。
ヴァインシュトック：なぜそんな口をきかれるのですか？
霊魂：（テーブルが暴れて）だまされおったな。おれはアブムだよ。

ときおりアブムのいたずらのせいで、会をお開きにしなくてはならなかった。「まったくサル同然だ」――ヴァインシュトックは愚痴っていた。

このゲームのパートナーは、背の低い、赤毛のご婦人で、むっちりした二の腕に、匂いのきつい香水をつけ、常時風邪をひいていた。後になって、二人のあいだには昔からつながりがあったということを知った――万事あけっぴろげなヴァインシュトックにしては珍しく、そのことについては一度も口をすべらさないで、互いに名前と父称で呼び合い、近しい知人のように振るまっていたせいだ。女の方は店に足繁く通ってきては暖炉で暖をとり、リガで発行されていた神智論の雑誌を読んでいた。ヴァインシュトックによる彼岸探求の実験を、女は励ました。さらに、こんな話もした――自分の部屋の家具は周期的に命を宿し、一組のトランプがひとところから別の場所へと飛んでいったかと思うと、絨毯の上に散らばってしまうのだという。一度など電気ランプがナイトテーブルから床に飛びおりると、焦《じ》れてリードを引っぱる犬の真似をはじめ、しまいにはコードが外れてしまった――闇の中をなにかが走り去っていったかと思うと、ランプは部屋をでたところの広間に落ちていたという。ヴァインシュトックいわく、残念ながら、自分は「力」に恵まれないせいで、神経がサスペンダーのように伸び伸びになってしまうが、霊媒師の神経は、もはや弦のようになっているのだという。しかし、実体化の点については、ヴァインシュトックは信じておらず、降霊術師がくれた写真を保管しているのも、物珍しさからだった――そこには太った女が、青ざめ、目をつむったまま、雲のようなドロっとしたものを吐き出しているのが写っていた。

　ヴァインシュトックが愛していたのは、エドガー・ポー、冒険譚、暴露話、予知夢、秘密結社の蜘蛛の恐怖だった。フリーメーソンのロッジ、自殺クラブ、悪魔崇拝のミサもそうだったが、とりわけ「あちら」（この「あちら」という言葉を意味深長かつ不気味に発音した）より亡命ロシア人を尾行するために派遣されたソヴィエトのエージェントがそうだった――奴らのおかげで、ヴァインシュトックにとってのベルリンは、驚異の街に変貌してしまい、そのさなかでこそ、ヴァインシュトックはわが家のようにくつろげるのだ。ヴァインシュトックがちらりと漏らしたところによれば、彼はさる大組織の一員であって、その使命とは、あたかも深紅の蜘蛛が織りなしたがごとき薄織物を解きほどき、引き裂くことだという——ひどく趣味の悪い指輪に刻まれたその蜘蛛の姿は、ヴァインシュトックの毛深い指になにがしかの異国情緒を添えてはいた。「奴らはどこにでもいる」——ヴァインシュトックは厳かに言った——「奴らはどこにでもいるぞ。どこぞの家に顔を出すと、五人、十人、二十人いたとする……。その中に、間違いなく、まったく間違いなく、エージェントがひとりはいるんだ。某イヴァン・イヴァーノヴィチと話していても、だれがイヴァン・イヴァーノヴィチがシロだと言えるだろうか？　うちの職場に勤めている男——そう、本屋じゃなくて、某職場（断っておくけど、特定の個人を指しているわけじゃないんだよ）——奴がエージェントではないとどうしてわかる？　どこにでも、そう、どこにでも……。監視の手口がきわめて巧妙なんだ……。私が誰かの家に行く、そこに客が集まっていて、顔みしりだとする。とにかく、あの慎み深く礼儀正しいイヴァン・イヴァーノヴィチがひょっこり顔を出さないという保証はなにもない……」——そして、ヴァインシュトックは意味ありげにうなずいた。

じきに疑いの念が起こった——ヴァインシュトックは、ひどく遠まわしにではあれ、誰か特定の人物のことを言っているのではないか。概して、ヴァインシュトックと話してみた人間は、この自分か、共通の知り合いの誰かを疑っているのではないかという印象を受けた。忘れてはならないのは、かつてヴァインシュトックの勘が過《あやま》たなかったことがあった件だ（ヴァインシュトックはこの件を思いかえしては悦に入っていたのだが）。よく知っている人物が——愛想がいい、飾らない（ヴァインシュトックの表現を借りれば）「シャツをひっかけたような」人物が——実際は毒々しいソ連のご同輩だとわかったことがあったのだ。私の見るところでは、ヴァインシュトックが悔やんでいるのは、スパイをとり逃してしまったことよりも、自分がそうと睨んだ人物に見破ったぞと言ってやれなかったことのようなのだ。

スムーロフからなんらかの摩訶不思議な風が吹いているとして、その過去が全面的に霧に包まれているとして……しかし、そんなことが本当にありえるだろうか？　そう、店のカウンターの後ろに立ったスムーロフは、黒ずくめの衣装を身にまとい、髪は丁寧になでつけており、端正な、青白い顔をしていた。誰か客がくれば、紫煙くゆらす煙草を灰皿の端にそっともたせかけ、骨ばった手をもみさすりながら、その人間の要望にじっくり耳を傾ける。時折、とくに客が女性だった場合などには、（本全般への慇懃さを示すものか、たんなる店番という立場への自嘲ともつかぬ）柔和な笑みを浮かべて価値ある助言をする――こちらは読んだ方がいいですが、こちらは少し重すぎます、などなど。こちらは男性、女性をめぐって繰り返されてきた闘いが愉快に描かれています。こちらの小説は深みはないですが、きらきらしていて、すっと入ってきて、まるでシャンパンみたいです。そして本を買う女性――オットセイの毛皮のコートを着て、口紅をさした女性は、素敵なイメージを持ちかえるのだ。すらりとした腕、お金を受けとるときの少々不器用な手つき、笑みを通じて漏れる艶のある声、洗練された接客態度。だが、エヴゲーニヤ・エヴゲーニエヴナの客たちは、スムーロフから少し違った印象を受けるようになっていたようだ。

クジャク通り五番に住むこの家族の生活は、例外的に幸福なものだった。一年の大半をロンドンで過ごす父親は羽振りがよく、フルシチョフ自身の稼ぎもよかった――しかし、そのことは本質ではない。たとえ一家が乞食でも、何事も変わらなかったろう。姉妹はあの同じ幸福の風に包まれていただろう。その風はどこから吹いてくるものともつかなかったが、それこそ、とことん陰気で、とことん鈍感な客にさえ感じとれるものだった。二人はなにか陽気な旅でもしているかのようだった。建て増しされた最上階は、飛行船のようにぷかぷか漂っていた。どこに幸せの源泉があるのか、たしかなことはなにも言えなかった。ヴァーニャを見つめたとき、私はその源泉を見つけたと思った……。ヴァーニャの幸せは寡黙なものだった。ときおり、ヴァーニャはだしぬけに疑問をぶつけてくることがあり、答えをもらうとしんと黙りこんだまま、びっくりしたような、あまり視力のよくない奇跡のような眼で相手をじっと見るのだった。「ご両親はどこに？」あるとき、スムーロフに訊ねたことがあった。「あの世です」――スムーロフは答えて、なぜか軽く頭を下げた。ヴァーニャは長椅子に腰かけたまま固まってしまったが、エヴゲーニヤ・エヴゲーニエヴナはピンポン用のセルロイドのボールを片手の上でぽんぽんほうりなげながら、自分は母を覚えているけど、ヴァーニャは覚えていないと告げた。その晩、スムーロフのほかには相変わらずのムーヒン以外はだれもいなかった。ムーヒンはおとなしく口をつぐんでいて、細い鼻すじにのった鼻眼鏡の留め具を直していた。身だしなみはきちんと整えられ、本物のイギリス製の煙草を喫っていた。

今までなかったことだが、スムーロフはその沈黙をいいことに、突如口火を切った。主にヴァーニャに向けて、自分がどうやって死を免れたのか話しだした。

「ヤルタでの話です」――スムーロフは語った――「白軍が脱出したあとでした。私は残っていた人間と一緒に撤退することを拒否し、パルチザン部隊を組織して戦闘を継続しようと考えました。まず、山中に身を隠しました。一度の交戦ののち、私は負傷しました。弾丸は肺を傷つけることなく貫通していました。目覚めると、あおむけに倒れていて、頭上には星々が漂っていました。どうしよう？　渓谷には自分ひとり、血は流れていきます。ヤルタまでたどりつこうと決めました。おそろしく危険でしたが、ほかになにも思いつきません。一晩かけて、信じられない力を振りしぼり、道中のほとんどを這っていきました。夜明けにはなんとかヤルタにつきました。街はまだ死んだような眠りに落ちていました。駅の方向から銃声が聞こえてくるだけでした。おそらく、だれかが銃殺されたのでしょう。

「私には歯科医の親しい知人がいました。その男の家に向かうと、窓の下で手をぱんぱんと叩きました。こちらに気づいた男が、すぐ中に入れてくれました。傷が癒えるまでかくまわれることになりました。私のせいで、歯科医の命が危険に曝されているのは明らかでしたので、なるべく早く出ていかなくてはなりません。しかしどこへ？　熟慮のうえで、まだ戦火が燃えさかっているらしい北に向かうことにしました。ある晩、心やさしい恩人と固い抱擁を交わしました。歯科医は金をくれました――いつの日か、返したいと思っています――そして私は見慣れたヤルタの街を、眼鏡、あご髭、着古した軍用コートといった格好で歩いていきました。まっすぐ駅に向かいました。プラットフォームの入口で赤軍兵士が身分証を調べていました。私が持っていたパスポートはソコロフという軍医のものでした。赤軍兵士は目を通し、書類をつっかえしました。万事順調のはずでした――あんなばかげた偶然さえなければ。突然、女の声が静かにこう告げるのが聞こえたのです。「あいつ白軍兵士よ。よく知ってるわ」。私はとりみださないよう、振り返らずにプラットフォームに抜けようとしました。ですが、三歩もいかないうちに今度は男の声が叫びました。「止まれ！」。私は立ち止まりました。二人の兵士と、だらしない太り方をした、軍用の円筒形の毛皮帽をかぶった女が近づいてきました。「そう、この男よ」――女は言いました――「連れていってちょうだい」。この共産党員は、友人のところで昔働いていた女中でした。周囲は、女中が私のことを憎からず思っていると冷やかしました。しかし、その肉づきのよさ、その好色そうな唇にどうにも我慢できなかったのです。さらに兵士が三人と、人民委員《コミッサール》のような戦時服を着た男が集まってきました。「さっさと歩け」――その男は言いました。私は肩をすくめ、へまをしたことを冷静に受けとめていました。「むこうで取り調べよう」――人民委員《コミッサール》は言いました――「歩け」

「尋問を受けるのだと思いました。どうやら、事態はもっとひどいようです。倉庫に連れていかれると、服を脱いで壁際に立つように命じられました。そこで私は腕を懐に突っこんで、コートのボタンをはずすふりをして、次の瞬間ブローニングで一人、二人と倒して、走って逃げました。もちろん残ったものはこっちに発砲してきました。弾丸は私から丸帽を奪っていきました。私は倉庫を迂回し、なにかの塀を飛び越え、こちらにショベルを手に向かってきた男を射殺し、それから鉄道が敷設されている堤防を駆けあがり、列車が来るまさに鼻先を抜けて線路の反対側に走り抜けると、長い車両が追手と私のあいだを隔ててくれて、なんとかうまく隠れることができました」

　スムーロフはさらに話を継いでいった――闇のとばりの中を海へとむかい、なにかの樽にまぎれて港で眠り、明け方に漁師のボートで単独航海にのりだしたこと。五日目にやつれきって、半死半生の状態でギリシャの帆船《スクーナー》に救出されたこと。こうしたことすべてを均一の、落ち着いた、退屈とさえ言えそうな声で話した。あたかもとるにたらない物事について語っているかのように。エヴゲーニヤ・エヴゲーニエヴナはのめりこんで喉をごくりと鳴らし、じっと、物思いに耽りながら耳を傾けていたムーヒンは、意志とは別に、話のせいで感情が波うってしまったとでもいうように、一、二度かすかに喉を鳴らした――尊敬とある種の（快い）嫉妬さえ、この恐れしらずにも、死を真正面から見すえた人間に感じていたのだ。ヴァーニャは……。そう、いまの話をすっかり聞いたあとで、スムーロフに惹かれないということはありえなかった——スムーロフの話に、ヴァーニャのまつげがいかに魅力的な句読点を打ったのか、スムーロフが話を終えたとき、いかにその余韻のドットがしばたたいたのか、ヴァーニャがいかに隣の姉の方を横目で見やったのか——湿りをふくんだ輝き——おそらくは自分の興奮が気どられなかったか確かめたのだろうが。

沈黙。ムーヒンはシガレットケースを開けた。エヴゲーニヤ・エヴゲーニエヴナは、夫をお茶に呼んでくる時間だと思いだしてばたばたしだした。ドアのところでエヴゲーニヤ・エヴゲーニエヴナは振り返ってケーキについてなにかもごもご言った。ヴァーニャは長椅子から跳びあがって後を追った。ムーヒンはヴァーニャのハンカチを床から拾いあげて、そっとテーブルの上に置いた。

「一本もらえますか」——スムーロフは訊ねた。

「どうぞ」——ムーヒンは言った。

「あっ、一本しか残っていませんよ」

「いいですよ、まだコートに残っていますから」

「英国ものはいつもハチミツの匂いがしますね」

「あるいはスモモのような」——ムーヒンは相槌をうった——「残念ながら」——同じ声調でつけ加えた——「ヤルタに鉄道駅はありません」

これはひどい不意うちだった。青みがかった虹色をした、奇跡のようなシャボン玉が、脇から窓の反射を浴びて艶やかに光り、大きく膨らんでいた——そう、それが不意にかき消えてしまい、残ったものはと言えば、顔にまともに浴びせかけられた、こそばゆい湿り気でしかなかった。

「革命前」——ありえない沈黙をうちきってムーヒンは口を開いた——「ヤルタとシンフェローポ

りを鉄道で結ぶ計画があったようです。ヤルタには一度ならず足を運び、よく知っています。なんであんなまったくのでたらめをでっちあげたんですか？」

ああ、スムーロフには、まだ体面をとり繕う余地もあったし、どうにかして機転を利かせて別の嘘を重ねて切り抜けることだってできたはずだ——最後の手段として、他愛もない冗談ということにして、この、吐き気を催す速度で崩壊していくものを支えることもできたはずだ。しかし、スムーロフは機転を利かせるどころか、採りうる手段で最悪のものを選んでしまった。低い、かすれた声でこう言ったのだ——「後生ですから……このことは内密に……」。ムーヒンはすっかりきまりが悪くなり、鼻眼鏡を直し、なにか訊ねようとしたが、その瞬間姉妹が戻ってきたので、なにも言えなくなってしまった。お茶のあいだ、スムーロフは無理に、つとめて明るく振るまっていた。だが、彼の黒いスーツはぼろぼろでしみだらけで、いつもは擦り切れた箇所を結び目でごまかすように結んでいたネクタイも、今日は哀れな破れ目を晒してしまっていて、顎のにきびは青白い白粉の下からでも気になるほど赤かった……。これが本当だった……。本当の本当に、スムーロフには謎なんてなにもなく、ただのちっぽけなほら吹きで、いまそれが露呈してしまったというわけなのか？　これが本当だった……。

いいや、謎は残っている。ある晩に、別の家で、それまではかすかに認められる程度だったスムーロフのイメージの一面が尋常ならざる成長をとげたのだ。部屋は暗く、しんとしていた。隅の小さなランプに新聞がかぶせられると、ただの紙が透き通って驚くほど美しくなった。スムーロフの話が飛び出したのは、まさにこの薄暗がりだった。

はじめはつまらないことだった。はじめは切れ切れの、曖昧な話が、次第に某技師を執拗にほのめかすようになり、さらにあるおぞましい名前と切れ切れの言葉になっていった――血……心配事……十分だ……。少しずつ話はまとまりのあるものになり、稀に見る卑劣な人生を締めくくったのは奇妙なことに、立派な病による静かな死だったというような短い物語のあとで、次のような話になった――「これは警告だ。あいつに用心しろ。奴と俺は同じ穴のむじなだ。奴は追跡し、おびき寄せ、売りわたす。奴のせいですでに大勢死んだ。若いリーダーは国境を越えるつもりだ。破壊工作をおこなう集団だ。だが網がはられているせいで壊滅することになる。奴は追跡し、おびき寄せ、売りわたす。用心したまえ。黒服の小男に用心しろ。控えめな外面に騙されるな。これは本当のことだ……」

「その男はだれです?」――ヴァインシュトックは訊ねた。

答えはなかなかでてこなかった……。

「アゼフ*、頼む。そいつがだれか言ってくれ」

ふたたび小皿が、アルファベットの文字列を縫うように、脇目も振らずに走りだした。ヴァインシュトックは書きとめると、その知った名前を声にだして読んだ。「聞こえたか?」――ヴァインシュトックは部屋の一番暗い方にむかって声をかけた――「たいしたもんだ! こんなこと、私が一瞬でも信じるとでも? 腹をたてんでほしい。どうして腹をたてることがある? この会ではどうしてもガセネタが飛びだすこともあるんだよ……」――ヴァインシュトックは作り笑いをした。

訳注(*)三〇八頁 エヴノ・フィシェレヴィチ・アゼフ(一八六九~一九一八)。ロシア革命期のテロリスト、二重スパイ。電気技師として働き、腎臓病で死去した。

4

状況は俄然おもしろくなってきた。私はすでにスムーロフの変種を三つ、数えることができたが、原名亜種は不明なままだった。これは科学的分類法だ。昔々、リンネは、in pratis Westmanniae（ウェストマニア牧場にて）という簡潔な注で、広範囲に分布する蝶の種を記載した。時がたつにつれ、精確さの追究という見上げた時流の中で、新しい世代の研究者はこの広範囲に分布する種の、品種と変種に名前をつけた。そのせいで、欧州で、地理的変種や変種ではなく、もともとのリンネの種が飛んでいる地域は早晩なくなってしまった。どこにタイプの、原名亜種の、もともとの種がいるのか？　そこで結局、慧眼の昆虫学者が、詳細な論文を書いて、名前のついた派生種のリスト全体を議論して、（リンネが捕まえた）二百年前の色褪せたスカンジナビアの標本が、タイプ標本として認定されることになる――万事、こんな条件づけで片がつくのだ。

そこで私は同様にしてスムーロフの本質を探りだすことに決めた。すでにわかっていたのは、スムーロフのイメージが、精神ごとの気候条件に影響されることだった——寒冷な精神でのスムーロフ像もあれば、開花期の精神ではまた別の色彩をしている……。私はこのゲームに熱中した。私自身はスムーロフにつとめて平静に接していた。当初感じた強い執着のようなものは、すでに純粋な好奇心に変わっていた。代わりに、未知なる興奮の味を覚えた。翅の色が美しいかどうか、その模様が繊細か雑かは、学者にとってはどうでもいいことであって、ただ分類上の特徴が重要になる——そこで、私はスムーロフを美的感興を削いだかたちで観察することにした——だが、代わってなにげなしに手をつけてしまった作業だったにもかかわらず、スムーロフの仮面の分類の方がはるかに刺激的だった。

仕事は簡単と言うにはほど遠いものだった。たとえば、無味乾燥なマリアンナ・ニコラエヴナは、スムーロフの中に、野蛮にして勇敢な戦士、「手当たり次第に人を吊るしてきた男」を見ているらしい——このことを私はよく知っていたのだが、それはたいそうな秘密といった風にして打ち明けてくれたエヴゲーニヤ・エヴゲーニエヴナのおかげだった。だが、このイメージを正確に見きわめるには、マリアンナ・ニコラエヴナの全人生だけでなく、あらゆる副次的なもの（つまり、マリアンナ・ニコラエヴナがスムーロフを見るとき、心に去来するもの）も知る必要があるだけでなく、その他の回想、偶然の印象、人それぞれで違う光の効果も全部知らなくてはならない。エヴゲーニヤ・エヴゲーニエヴナが打ち明け話をしたのは、マリアンナ・ニコラエヴナが発ったすぐあとだった。周囲の話では、マリアンナ・ニコラエヴナが向かった先はワルシャワということだったが、どうもそこには別の目的地が、口には出せないものがあるようだった*——ということは、すなわちだれかがその信念を正さないかぎり、マリアンナ・ニコラエヴナは完全に自分だけのスムーロフのイメージを持ち去ってしまい、人生の最後まで持ちつづけるということになる。「ところであなたは」──私はエヴゲーニヤ・エヴゲーニエヴナにたずねた──「ところであなたはどうお思いですか?」。「うーん、すぐ答えるのは難しいわ」──エヴゲーニヤ・エヴゲーニエヴナは答えて微笑んだが、その微笑みのせいで、柔和な目がついた人懐っこいブルドッグそっくりの顔がますます膨れるのだった。「それで?」──私はせまった。「まず、内気ですよね」──エヴゲーニヤ・エヴゲーニエヴナは早口でまくしたてた──「そうそう、まったく内気ですよ。私のいとこはすごくおとなしくて、やさしい若者なんですが、ホールで知らない人に大勢囲まれて座っていると、突然口笛を吹いて、近寄りがたい雰囲気をだすんですよ──横着で横柄に見えるように」。「それで?」「それで……思うに、繊細なんです。とっても繊細で、それからもちろん若さですよね、人ずれしていないというか……」

これ以上はなにも引きだせなかった。イメージは痩せた、魅力に乏しいものと言うほかない。私にとって、なによりも強い興味を惹いたのは、ヴァーニャのヴァージョンのスムーロフだった。そのことは常に念頭をさらなかった。いつだったかの晩に、みなで一緒に外出したのに、結局不首尾に終わってしまったことがある。というのも、どうやらみなは劇場に行くようで、私が六階まで登っていったのは無駄足だったのだ。することもないので、タクシーの停車場まで送っていくことにした。ふと、鍵を家に置いてきてしまったことに気がついた。「あら、鍵は二組あるから」──エヴゲーニヤ・エヴゲーニエヴナに声をかけられた──「一緒の家に住んでて、ついてたわね。これで開けて、明日返してちょうだい。おやすみなさい」

家に歩いて帰る道すがら、すばらしい考えがひらめいた。思い浮かべたのは、めかしこんだ映画の悪役が、他人の机の上に秘密文書や手紙を見つけて読むところだ。私の思いつきは、たしかに曖昧模糊としていた。かなり前に、スムーロフがヴァーニャに、どこかカエルに似ているような、黄色でまだら模様のランの花を持ってきたことがあった――いま、ヴァーニャがその大切な花の残りを秘密の引き出しに取っておいたかどうかわかるというものだ。一度いつか、スムーロフはヴァーニャに、勇敢な詩人グミリョフ（ニコライ・グミリョフ。アクメイズムを代表する詩人。一九二一年、反革命の陰謀に加わったとして処刑され、衝撃を与えた）の小冊子をあげたことがあった――ページがペーパーナイフで開けられているか、ナイトテーブルの上に冊子が置かれているかどうか見るのもいいだろう。そう言えば、マグネシウムフラッシュをたいて撮った写真もあった――あれにはスムーロフがよく写っていた――真っ青な顔で、眉を上げ、ちょっと横をむいている。スムーロフの隣にはヴァーニャがいて、ムーヒンは後列に立っている。概して、わかることは少なくあるまい……。万が一小間使い（話はそれるが、可愛らしい娘なのだ）に出くわしてしまったら、鍵を返しに来たと告げようと決め、そっとドアをあけ、勝手知ったる客間に忍び足で入りこんだ。

　他人の部屋を不意に開けるのは楽しいものだ。明かりをつけたとき、家具たちはびっくりして茫然自失していた。テーブルの上には手紙があった――空になった封筒が、年老いて要らなくなった母親のように寝かされ、便箋が大きなこどものように座らされていた。だが、焦燥、体の震え、すかさず伸ばした腕――万事空振りに終わった。手紙は、私の知らない人間からの、パーシャおじさんという人物からのものだった。スムーロフについては一言も書かれていなかった。暗号だとしたら、どちらにせよ鍵言葉がわからない……。食堂にも行ってみた。食器棚の、干しブドウと胡桃が入ったビンの隣に、本がうつぶせに寝かされていた――フランス語の『アリアーヌ――ロシアの女』だ。さらにヴァーニャの寝室に入ると、窓が開いていて寒かった。ベッドのレースや、祭壇のような化粧台(カットグラスが謎めいた光を放っている)を見て妙な気持ちになった。ランの花はどこにもなかったが、かわりにベッド脇のランプに写真がたてかけてあった。ロマン・ボグダノヴィチがマグネシウムフラッシュをたいて撮ったものだった。まばゆい両脚を組んだヴァーニャの後ろにはムーヒンの細面が写っていた。ヴァーニャの左隣に黒い肘があった——それが、切り落とされたスムーロフのすべてだった。なんたる証拠だ。ヴァーニャの、レースでくるまれた枕に、突然星形のくぼみができた——私の拳が一発食らわせた跡だ。気づくと、私は食堂にいて、震えがおさまらぬまま、干しブドウをむさぼり喰っていた。ふと客間の小机を思いだし、音をたてないように走りよった。だがその瞬間、玄関ドアから鍵が身をよじるあの金属音がした。私は明かりを消しながら慌てて退却した——いつの間にか、食堂のわきの、絹で仕切られた小さな婦人部屋にいた。闇の中を手探りして、ソファーを見つけると、横になった——あたかも入りこんでうたたねしてしまったという体《てい》で。

しばらくして玄関から声が響いてきた——姉妹とフルシチョフだ。私の肉体なき彷徨は、本当に三時間ものあいだつづいたのか? あちらでは芝居が一本終わったというのに、こちらではたった三つの部屋をうろうろしていただけなのか……。本当に私は、丸一時間客間の手紙について考え、丸一時間食堂の本について考え、丸一時間妙に肌寒い寝室で写真について考えていたのか……。私と他人の時間は、まったく重ならないようだ。

フルシチョフはおそらく、すぐに寝てしまったのだろう——そんなわけで食堂に来たのは姉妹だけだった。私の潜む絹製の闇の扉はきちんと閉まってはいなかった。裂け目が明るい。確信したのは、今こそ、スムーロフについて知りたかったすべてを知ることができるということだった。

「……だけど、まったく疲れちゃったわね」——そうヴァーニャは言って、あーあという声をあげたが、私にまであくびだとわかる音だった。「ルートビアをちょうだい。お茶はいらないわ」椅子がかたんと鳴って、テーブルの方に寄せられた。

長い沈黙。それからエヴゲーニヤ・エヴゲーニエヴナの声がした——あまりに近かったので、私は光の裂け目の方をおそるおそる横目で見てしまった。「……大事なのは、あの人に自分の条件を出させることよ。それが大事ね。このパスチラはあんまりね」

ふたたび沈黙。「わかった。あの人に言ってみる」——ヴァーニャは言った。なにかが落ちる音が響いた——スプーンか。そしてふたたび長い間。

「見て」——ヴァーニャの笑い声がした。「なにそれ、木でできてるの?」——姉が訊ねた。「さあね」——ヴァーニャは言ってまた笑った。

しばらくしてエヴゲーニヤ・エヴゲーニエヴナはあくびをしたが、ヴァーニャよりもくつろいだ雰囲気だった。

「時計が止まってるわ」——エヴゲーニヤ・エヴゲーニエヴナは言った。

それだけだった。二人はまだ長いこと座って、なにかをがちゃがちゃいじっていた。胡桃割りがぱちっぱちっと鳴ったあと、テーブルクロスの上にポンと置かれたようだが、これ以上会話はなかった。また椅子が動く音がしたが、エヴゲーニヤ・エヴゲーニエヴナがだるそうな口調でこう言った——「ああ、そのままにしておきましょう」。私が大いに期待をかけていた魔法の裂け目は、急に消えてしまった。どこかでドアが閉まり、遠くでヴァーニャの声がしたが、なにを言ったか判然としなかった——それから静寂と暗闇。私はソファーにまだ横になっていたが、もう夜が明けたことにふと気がついて、用心しながら階段に抜けだすと、自分の部屋に戻った。

ヴァーニャが小さなはさみを手にもって、要らないスムーロフを切り落とすところを、ありありと思い浮かべることができた。だが、そうではなかったかもしれない。写真立てに入れようとして切りとることはままあるではないか。それに——その最後の推論を証明するよう、パーシャおじさんがミュンヘンから藪から棒に現れたのだった。パーシャおじさんはロンドンに住む兄弟のところに行く途中で、ベルリンには二日間だけの滞在だった。姪とはずっと会っておらず、しきりに思い出していたのは、ヴァーニャが机の下をよちよち歩いていたとか、おそらくはそのせいで、自分が膝の上にのせてお尻をぴしゃぴしゃ叩いていたとかいったことだった。一見したところ、パーシャおじさんは五十がらみの精力旺盛な壮年のようだったが、よくよく見てやれば、そのイメージは瞳の中でばらばらになってしまうのだった。パーシャは五十どころか七十で、この若さと老いのごたまぜほどおぞましいものもちょっと思い浮かばないのだった。青いスーツをまとった陽気でおしゃべりな死体、肩はふけだらけで、眉は黒々として、あご髭はそりあげ、鼻孔にはびっしり毛が茂っているのが目立つ——パーシャおじさんはよく動き、よく騒ぎ、なんにでも首をつっこんだ。到着したその日、パーシャおじさんはエヴゲーニヤ・エヴゲーニエヴナに客一人一人についてひそひそ訊ねたが、大声なせいで丸聞こえであり、悪びれもせずに人をいちいち人差し指で指すのだが、その指には見事なほど長い、紫色の爪が生えていた。翌日起こったのは、なぜだかかくも頻繁に起こるあの偶然の一致というやつで、ヴァインシュトックのアブムにも似て悪趣味でいたずら好きな運命とやらがあたかも存在し、道中車両でたまたま道連れだった人物に、帰郷したまさにその日にひき会わせたりするようなものなのだ。ここ数日のあいだ、銃創がある胸に、隙間風じみた妙な感覚を覚えていた私は、ロシア人がやっていた医院に行ってみたのだが、もちろんそこに座っていたのはパーシャおじさんなのだった。パーシャおじさんに挨拶しようかしまいか思案しているうちに(どうやら昨夜のうちに向こうは私の名前と姓を忘れていたようだったので)、経験の倉庫にある穀物の種一粒たりとも隠す気などさらさらないこのおしゃべりな老いぼれは、見ず知らずの中年女性と話しはじめたのだが、この女もどうも誰とでも見境なく打ち解けるタイプらしかった。最初、会話を追ってはいなかったが、突然スムーロフの名前が飛び出したので身震いした。その口から漏れた、もったいだけはつけた陳腐な文句から判明したことは、あまりに重大だったので、やっとのことで医者のいるドアの向こうにパーシャおじさんが消えてしまうと、私は自分の番を待たずに即座に医院を出てしまった――そればかりか、我知らずのうちにこの行動をとっていたのだ。あたかも私が医者を訪ねたのはパーシャおじさんの話を聞くためだったかのようだった。つまりは演目が終了し、私は外に出たのだ。「思い描いてごらん」――パーシャおじさんはこう語ったのだ――「赤ん坊が本物のバラを咲かせる。古狸の私はすぐに察したよ――男がいるってさ。姉のジェーネチカ(エヴゲーニヤの愛称)も言ってたんだ――パーシャおじさん、これは重大機密よ。言いふらさないでね。だけど、ヴァーニャはあのスムーロフって男に惚れているのよ――もちろん、私の知ったこっちゃない。スムーロフ、結構じゃないか。だけど、こう考えてみれば愉快じゃないか。よくあの子のお尻をこう剝きだしにしてぱんぱん!ってやってたのに、今じゃびっくり、許嫁《いいなずけ》だとさ。あの子はひたすら男に惚れてるんだとさ。ところで奥様、他の者のことは放っておいて、我々もひとつ……」

そんな風に、ことが起こったのだ。スムーロフは愛されている。あのヴァーニャ、だが心優しいヴァーニャが、スムーロフのことをなにか普通ではない目つきで見ているのは確かだ。ヴァーニャはスムーロフの中のなにかを理解したのだ――いくら息をひそめても彼女を欺くことはできなかったのだ。その日の晩も、スムーロフはとりわけ静かで控えめだった。だがいまや、スムーロフの身を度外れな幸福が襲ったことが、観察者にはわかったのだ――まさに襲ったと言っていい――その破壊力、嵐もかくやというその轟音の点で、破局《カタストロフ》にも比せられる、そんな幸福があるものなのだ。いまや、寡黙さの奥に心震わすなにかがのぞき、謎めいた蒼白さの奥に歓喜の紅潮がのぞいていたのだ。ああ、スムーロフがヴァーニャを見る視線といったら！　ヴァーニャはまつげを伏せ、鼻孔をかすかに震わせ、唇を噛みさえして、感情の輝きを隠しおおせてしまうのだ。この晩、なにかに片がつくに違いない。

　哀れにもムーヒンはいなかった。フルシチョフもいなかった。かわりにロマン・ボグダノヴィチ（毎日、オールドミス然とした几帳面さで、手紙の体裁でレーヴェリ（エストニアの首都タリンの帝政ロシア時代の名称）に送る日記の材料を集めている）が、その晩はやかましく、しつこかった。姉妹はいつもどおり長椅子に座っていた。スムーロフは立ちあがって、ピアノに肘をつき、ヴァーニャの髪のなめらかな分け目や赤くなったほほをじっと見つめていた……。エヴゲーニヤ・エヴゲーニエヴナはなんどか長椅子から跳びあがって窓から顔をだした。別れを告げにくるはずのパーシャおじさんに、エレベーターの鍵を開けてやりたいのだろう。「私、おじのことが大好きなのよ」――エヴゲーニヤ・エヴゲーニエヴナは笑っていた――「ひどい変人でしょ。駅まで送っていかせやしないんだから」。「やりますか？」――ロマン・ボグダノヴィチがピアノに意味ありげに目をやって愛想よくたずねた。「いつだったかやったことがあります」――スムーロフは静かに答え、蓋をあげて、歯を剝きだしにした鍵盤を思わし気に見たのちまた蓋を閉めた。「私は音楽が好きです」──なにか打ち明け話でもするかのように、ロマン・ボグダノヴィチが言った──「たしか学生のときに……」。「音楽は」──スムーロフが口をはさんだ──「ときに言葉にできぬものを表しますね。そこに音楽の意味と神秘があります」。「来たわ」──エヴゲーニヤ・エヴゲーニエヴナは叫ぶと部屋を出ていった。「ヴァルヴァーラ・エヴゲーニエヴナ、あなたはいかがですか？」──ロマン・ボグダノヴィチがよく響く低音で訊ねた──「あなたは──「夢のように軽やかな指で」**──ですね？　なにかやってください……。リトルネロでも」。ヴァーニャはかぶりをふって、ほとんど顔をしかめたが、すぐに笑みをこぼして顔を伏せた。まちがいない──まさに胸が高鳴り、メロディを響かせているさなかに、ピアノの前に座れなどと言い出す馬鹿者がいることを笑ったのだ。その瞬間のスムーロフの顔を見たならば、狂気に満ちた願望が渦巻いていたことだろう──エヴゲーニヤ・エヴゲーニエヴナとパーシャおじさんを載せたエレベーターが永遠に止まってしまえばいい──ロマン・ボグダノヴィチは絨毯の柄の青いペルシャ・ライオンの顎に真っ逆さまに落ちてしまえばいい──一番の願いは、私が消えてしまえばいい──この冷たい、粘り強い、たゆまぬ観察者が消えてしまえばいい。

だが、すでに玄関でパーシャおじさんが鼻をかみ、笑う声が聞こえた。入ってきたパーシャおじさんは、ドアのところで立ち止まって、手をもみながら痴愚的な笑みを浮かべた。「ジェーネチカ」──パーシャおじさんが口を開いた──「どうやらここにいる方を誰も知らないようだ。紹介してくれんかね」。「まあ」──エヴゲーニヤ・エヴゲーニエヴナはあきれていた──「これはあなたの姪ですよ」。「そうそう」──パーシャおじさんは言って、なにか柔らかなほっぺたについてふとどきなことを口走った。「他の人のことは多分知らないわ」──エヴゲーニヤ・エヴゲーニエヴナは息を吐いて大きな声で紹介しはじめた。「スムーロフ！」――パーシャおじさんは声を上げ、眉を逆立てた――「ああ、スムーロフならよく知っとる。この果報者」。いたずらっぽく口にしながら、スムーロフの腕や肩をさわった――「きみはみんな知らんと思っとるだろうが……わかっとるんだよ。ひとつ言っとくよ。大事にしてやってくれ！　この子は天の恵みだよ。幸せになりなさい……」

パーシャおじさんはヴァーニャの方を向いたが、ヴァーニャは口元を丸めたハンカチで押さえると部屋から走りでてしまった。エヴゲーニヤ・エヴゲーニエヴナは奇妙な声をもらすと、急いであとを追った。しかし、パーシャおじさんは自分の悪ふざけが気持ちのやさしいものには耐えられず、涙を流させたという事実がまるでわかっていなかった。ロマン・ボグダノヴィチは目を見開いて、好奇心を剝きだしにしてスムーロフのほうをじっと見ていた――スムーロフは――その心中いかばかりか――見事な態度だった。

「愛は一大事だよ」――パーシャおじさんに言われて、スムーロフは慇懃に笑った。「あの娘は宝だよ。きみは若い技師だね？　仕事は上々かね？」。スムーロフは詳しくは語らず、うまくいっていると答えた。ロマン・ボグダノヴィチは突如膝を叩いて、顔を赤らめた。「ロンドンで周りにきみのことを話しといてやろう」――パーシャおじさんは言った――「いろいろコネがあるんだ。そう、行かなくちゃ……。今すぐにでも」

そして、この素っ頓狂な老人は、腕時計をちらっと見て、こちらに腕を伸ばしてきた。そして、スムーロフは幸せが抑えきれずに、思いがけずもパーシャおじさんと抱きあうことになった。

「うーん……まったく変な人だな！」――パーシャおじさんの背後でドアがぱたんと閉まると、ロマン・ボグダノヴィチは言った。

エヴゲーニヤ・エヴゲーニエヴナが客間に戻ってきた。「おじはどこ？」——おろおろして訊ねた。おじの姿が見えないことに気づいて、建物の下のドアの鍵が閉まっていることを心配しだした。階段を駆けおりていったが、パーシャおじさんは消えていた——その消失にはどこか魔法めいたものがあった。

エヴゲーニヤ・エヴゲーニエヴナはスムーロフに駆けよった。「おじを許してちょうだいね」——エヴゲーニヤ・エヴゲーニエヴナは語りかけた——「ヴァーニャとムーヒンのことをうっかり口にしてしまったのよ。どうやら、名字をごちゃまぜにしてしまったみたいで。はじめ、あんなにぼけているとは思わなかったの……」

「聞いてましたが、頭が変になりそうでしたよ」——ロマン・ボグダノヴィチはやれやれと大げさに両手を広げてみせて、のたまった。

「大丈夫よ、スムーロフ、大丈夫」——エヴゲーニヤ・エヴゲーニエヴナはつづけた——「どうしちゃったの？　あんまり思いつめないでちょうだい。あなたを馬鹿にしたわけじゃないんだから」

「なんともないです。ただ知らなかったので」——かすれ声でスムーロフは言った。

「知らなかったって？　みんな知ってましたよ……。ただ、ずっと前からのことでしたので。そうそう、お互い愛しあっていますよ。もう二年近くもね。パーシャおじさんについて話しておかなくちゃ。昔一度——まだ少し若かったころ——いいえ、聞いてくれなくちゃだめよ。すごく愉快なんだから——まだ少し若かったころ、ネフスキー通りを歩いていて……」

訳注（＊）三二〇頁　英語版では「さらに東方へ——おそらくは祖国に帰るのだ」と加筆されている。
訳注（＊＊）三二八頁　プーシキンの詩「預言者」（一八二六）からの引用。

5

この後、私はしばらくスムーロフの観察をやめていた——全身は重くなり、かつての肉体を纏ってしまった——あたかも、周囲の人生が私の想像力のゲームであることを一切やめて、実際に全身全霊を賭けて参加していたかのようだった。自分が愛されなくとも、潜在的な競争相手《ライヴァル》が愛されているかどうかは正確にはわからない——ライヴァルが複数なら、そのうちの誰がきみより幸運なのかわからない。無知という希望にすがりついて、他の方法ではいかんせん耐えがたい焦燥を、あれこれ推測するうちに発散させられるのなら、万事気に病むこともなく生きていける。だが、恐ろしいのは最終的に名前が告げられ、その名が自分のものではなかったときだ。あの人があまりに素敵で涙が出てくる……あの人をちらりとでも思うごとに、嗚咽とともにこみ上げてくるのはひどくみじめで塩辛い夜だ……。あの優しげな面持ち、近視がちな眼といったら!……繊細な唇は、寒さが厳しい日には乾燥して腫れてしまう唇は、端の方にいくにしたがって色が褪め、熱病にかかったような赤みに溶けてしまうので、コールドクリームを塗って冷やしてやらなくちゃね……あの明るい色の服――あの大ぶりな膝小僧ときたら、トランプ遊びをして、黒い絹のような頭をカードに屈めているときなんか、限界までぎゅっと締めつけられているんだから！……少々骨ばった手はひんやりしていて、とりわけ触れて口づけしたくなってしまう――そう、あの人のすべてが悩ましく、いかんともしがたい……ただ夢の中でだけ、涙にむせびながら、私はついに彼女を抱きしめると、唇で彼女の首筋と鎖骨の窪みを感じたのだ――だが、彼女はいつも身を振りはなしてしまうのだった……目を覚ますと、まだ涙がにじんでいた。彼女が賢いか愚かかなどどうでもいい――彼女がこどもっぽいかどうか、どんな本を読んでいるか、世界をどう見ているのかもどうでもいい――私は彼女のことをなんにも知らないのだ――私を盲目にしたのは、彼女のむせかえるような魅力であって、それこそすべてに優先し、すべてを正当化するもので、人間の心（ほとんど他人のものになってしまうこともある）とは違い、けっして横どりされることはないものだ――たとえるなら夜、強風にたなびく雲の輝きを自分の財産に加えることができず、朦朧とするまで鼻孔に力を入れても、花の香りを吸い込み尽くすことはできないのと同じだ。いつかのクリスマスの晩、私を除いてみながダンスパーティーに行ってしまう前に、ドアの隙間からのぞく一筋の鏡面に見えたのは、剝きだしの肩甲骨に姉が白粉をはたいてやっているところだった――別の時には、浴室で薄地のブラジャーを見つけてしまったこともある――両方とも私にとっては心身ともにへとへとになってしまう事件で、私の夢に、恐ろしくも甘美な作用を及ぼしたのだ。だが、認めなくてはならない――見込みのないキスの先には、けっして、一歩たりとも進まなかったことを（夢の中で、いつもああして泣いている理由が自分でもわからないのだ）。私がヴァーニャから欲しかったものは、獲得しても永遠に自分だけの所有と利用が認められるようなものではないのだ――それは、まさに雲の彩りと花の香りをけっして手にいれられないのと同じだ。私の欲望ははなから癒せないもので、そもそもヴァーニャ自体が私が一からこしらえた物だと悟るにいたってやっと、私はやすらぎを覚え、自分をつつむ高揚感に慣れ、そこから快楽をひきだそうとした――人が愛からなにがしかをえられるとしたら、それしかないのだ。

しだいに私は、ふたたびスムーロフに関心を持ちはじめた。しばらくしてわかったが、ヴァーニャに心を寄せていたにもかかわらず、スムーロフはひそかにフルシチョフ家の小間使い（十八歳の、瞳をよぎる夢みるような陰影が魅力的な娘）に目をかけていた。彼女自身は夢とは正反対のような女だった。ドアに錠を下ろしたとたん、この慎み深い乙女（グレートヒェンだかヒルダだったか覚えていない）が、あれほどまでに淫らではしたない愛の手管を考案したのかと思えば愉快だ――長い紐にぶら下がった裸電球同然の明かりが、チロル帽をかぶったフィアンセの若者の写真と、主人のテーブルから盗ったリンゴを照らしだしていた。それについてスムーロフは詳細に、かすかに自慢気な調子もないではなしに、ヴァインシュトックに語った。本屋の店主のほうはしたない話が嫌いだったが、「ふん！」と意味深長に力強く息を吐きながら、好色話を聞いていた。だからこそ、みなとりわけ喜んでこの手の話をヴァインシュトックにしたがったのだ。

スムーロフは裏口からこっそりと女のもとにあがりこむと、しばらくは出てこなかった――どうやらエヴゲーニヤ・エヴゲーニエヴナは、一度なにかに気がついたようだ――廊下の奥がばたばたと慌ただしくなり、扉の向こうからくぐもった笑い声がした――というのも、ヒルダ（だかグレートヒェンだか）が、消防士を連れこんだとむっとして話したことがあったからだ。この話を聞いているあいだ、スムーロフはひとり満足げにごほごほと咳払いをしていた。小間使いは遠くを見るような美しい瞳を伏せて歩いてきて、お盆をそろそろとテーブルに置き、そこで、こめかみに垂れた髪の房を夢みるように整えると、夢みるようにその場を離れた。スムーロフはもみ手をしてあたかもスピーチでも始めるんじゃないかという雰囲気を出したり、突然脈絡もなく笑ったりした。スムーロフの話は、小間使いが家事をするのを眺めるのがいかに楽しいかに及んだ――というのも最近、女の狭い部屋で靴を脱いでそっとステップを踏みながら、主人の部屋から聞こえるグラモフォンの遠い音色に合わせてダンスしたのだから――話を聞いたヴァインシュトックは思わず眉をひそめて、唾を吐いた。「このペテン師《アヴェンチュリスト》め」――ヴァインシュトックは言った――「アヴェンチュリスト、ドン・ファン、カザノヴァ……」。しかし、心の中ではヴァインシュトックがスムーロフを「クロ」と呼んでいたことは間違いない。そして、小さなテーブルがぴくぴく動いて、アゼフの魂が新たな、決定的な啓示をよこすのを待っていたのだ。だが、このスムーロフのイメージは、私にはもはやそこまで面白くなかった。それは、ゆっくり冷めて、消えていく運命にあった――ヴァインシュトックの琴線に触れるような証拠がないせいだ。もちろん、謎は残った。想像できるのは、数年後に別の街で、ヴァインシュトックがちらりと話す奇妙な人物のことだ――かつて自分のもとで店員として働いていて、今どこにいるともつかない人物。「うん、変な奴だった」――ヴァインシュトックは思わしげに口を開いた――「ほのめかしの塊と言うか、なにかの秘密を隠していた奴だった。乙女の名誉を傷つけることも平気でできた……誰かに送りこまれ、誰かをつけていた。口には出せないけど。だが、ある信頼できる筋からでは……でもこれ以上言うのはよしておこう」

はるかに注目すべきだったのは、グレートヒェン（ヒルダ）の想像するスムーロフのイメージだった。いつだったか一月に、ヴァーニャの洋服箪笥から新しい絹のストッキングが消えたことがあって、それをきっかけにして小物がたくさんなくなったままだとみんなが気がついた――テーブルの上に置いていたお釣りの一マルク、チェッカーのコマ、フルシチョフが「ソ連から逃げだしてきた」とうまいことを言っていたガラス製の白粉入れ、なぜか大切にされていたショールのハンカチ――「どこにしまいこんだのかしら?」……一度など、青いネクタイ(明るい青で、クジャクのような光沢のある)を着けて現れたスムーロフを見たフルシチョフが目をしばたたいて、自分も寸分たがわず同じネクタイを持っていると言いだし、すっかりうろたえてしまったスムーロフは、以降二度と同じものをつけてこなかったことがあった。だが、もちろん、あのばか女がネクタイをくすねては(そう言えば、女は「ネクタイこそ、男の最良の身だしなみ」と言っていた)、機械的な習慣でそれを当座の自分の恋人に贈っていたことなど、誰も夢にも思わなかった――そう、スムーロフはヴァインシュトックに苦々しく語った。その時は女中の悪事は露見しなかった――しかし、小間使いの不在中、エヴゲーニヤ・エヴゲーニエヴナが女中部屋に入ったとき、箪笥の引き出しから見覚えのある品々を、死体が復活したかのように見つけるにいたって露見してしまった。そして、グレートヒェン(だかヒルダだか)は行方知れずになってしまった。スムーロフは彼女を探しあてようとしたがあきらめて、ヴァインシュトックにもうたくさんだと漏らした。ある晩、エヴゲーニヤ・エヴゲーニエヴナは管理人の奥さんからとんでもないことを聞いたと言いだした。「消防士じゃない、消防士なんてとんでもない」――エヴゲーニヤ・エヴゲーニエヴナは笑った――「外国の詩人よ。素敵じゃない……不幸な恋をした外国の詩人……生家の領地はドイツほどもある……だけど、詩人はうちには帰れない。素敵なこと……あいにく、管理人の奥さんは名前を訊ねなかったの。

たぶんロシア人で、私はうちに来たことがある人じゃないかと思うわ……たとえば、昨年のあの人、黒髪が魅力的だった、あの……」。「わかるわ、姉さんが何を考えているか」――ヴァーニャが割って入った――「コルフだと思っているんでしょう」。「別の人かも」――エヴゲーニヤ・エヴゲーニエヴナはつづけた――「いいえ、なんて素敵なんでしょう……！ 管理人の奥さんによれば、本当にやさしい人、「知的な」男らしいし。頭がおかしくなりそう……」。「いつもどおりその話を全部書いてしまいましょう」――ロマン・ボグダノヴィチが太い声で告げた――「今回、レーヴェリの友人は格別愉快な手紙を受けとることになるでしょうな」。「本当にお飽きにならない？」――ヴァーニャが訊ねた――「自分でも何度か書きはじめるけど、投げ出してしまいます。あとから読みかえすと、書いたことが恥ずかしくなっちゃうのよ」。「いいえ、どうして」――ロマン・ボグダノヴィチがわざとゆっくりした口調で言った――「もっと詳しく、ずっと書きつづけていれば、よい感情が、自己保存の感情が（言うなれば自分の全人生を保存しておくわけですし）生まれて、あとから読んでも、楽しく読めますよ。たとえば、職業作家が書くように、あなたを書くことだってできます。ここに一筆、あそこに一筆、ほら全体の画が……」。「あら、見せてちょうだい」――ヴァーニャは言った。「だめですよ」――ロマン・ボグダノヴィチは笑った。「じゃあ、ジェーネチカに見せてちょうだいよ」――ヴァーニャはくいさがった。「無理です――見せたくても無理なんです。レーヴェリの友人は受けとった手紙を自分で保管しておくので、私は写しをわざと手元に残しておかないんです。後から訂正したり、抹消したりしたくなってもできないようにね。いつかロマン・ボグダノヴィチがもっと老いたとき、ロマン・ボグダノヴィチは机に向かって自分の人生を読みかえします。そのために書いていますーーサンタクロースのあごひげを生やした、未来の老人のためにね……。もしそのとき、私が豊かで、価値ある人生を送っているとしたら、自分の回想記を教訓として子孫に残しましょう」「全部無意味だったら？」――ヴァーニャがたずねた。「だれかにとって無意味でも、だれかにとってはそうではないんですよ」――苦虫を嚙み潰したような顔でロマン・ボグダノヴィチは言った。

この書簡形式の日記について、ずいぶん私は考えて、いくぶん不安にもなった。どこか日記の一部でも読みたいという思いは、次第に身を切るような熱情となって、頭を離れなくなってしまった。私は、その記述にスムーロフが出てくることを確信していた。私がよく知っていたのは、他愛のないおしゃべりや、散歩や、隣人のオウムや、たとえばそう、王が処刑された、うす曇りの日の朝食はなんだったのかとかそういう無内容な日記にありがちなこと――そう、そんな空疎な記述が、数百年生きのびて、広く読まれるようになることだ――古き時代の雅趣を味わい、料理の名称を調べ、いまは建築物がひしめいている場所で祭りがあったことを知るためだ。さらにありがちなのは、生前は無名だった著者が、二百年のちに大作家として認められると、古風な筆致で、どこか開けた景色、馬車の中でのうたたね、知り合いの変人を不滅にしてしまうということだ……。スムーロフのイメージが、微に入り細にわたって長文で焼きつけられているかもしれないと考えただけで背筋がぞくぞくし、焦れて気が変になりそうになった私は、なんとしてもロマン・ボグダノヴィチとそのレーヴェリの友人とのあいだに幽霊として割って入らなければと思いつめるようになった。いくぶんの経験も積んでいた私は、（読書家を喜ばせるため）永遠に生きるべく定められたスムーロフのイメージが、こちらにとっておそらくは不意打ちになるという心がまえをしていた――だが、なんとしても秘密を手に入れたい、未来世紀のスムーロフを垣間見たいと強く願うあまり目もかすむほどだったので、いかな幻滅も怖くはなかった。恐れるのはただ、開封検閲作業に手間どることだった――私が横取りした最初の手紙で、ロマン・ボグダノヴィチがすぐさまスムーロフについて特筆している（ラジオのスイッチを入れた瞬間に、ボリューム全開で耳の中に声が飛びこんでくるように）とはちょっと考えづらいではないか。

記憶にとどめているのは、闇に包まれた街と荒れ模様の三月の夜だ。頭上の雲は思い思いのポーズをとって、そりを駆る酔っぱらいさながら宙を疾駆していた。私はと言えば、背中を折り曲げて、帽子をしかと捕まえながら（その端を放したとたん、爆弾が破裂してしまうかのように）、ロマン・ボグダノヴィチの家の前に立っていた。唯一の目撃者である街灯は、あまりの風に目をしばたたかせているかのようだった。包装紙の紙切れが歩道を駆けてくると、むかつくはしゃぎぶりでじゃれついてきて、どんなに蹴りはなそうとしても、足元にしつこく巻きつこうとした。生まれてこの方一度もこんな風は経験したこともなければ、これほどまで髪をふり乱して疾走する空も見たこともなかった。そのせいで、いらだちがつのった。やって来たのは、秘儀をのぞき見るためだった――ロマン・ボグダノヴィチは金曜から土曜の深夜にかけて、郵便箱に手紙を投函する――考案した曖昧な計画に着手する前に、私は絶対にそれを自分の眼で見ることが必要なのだった。ロマン・ボグダノヴィチがなんとか郵便箱まで行こうと風と格闘するのを見るやいなや、私の実体なき計画は、すぐさま生き生きと、はっきりしたものになるだろう（袋をこしらえ、郵便箱の口に入れた手紙が、その袋に落ちるようにうまく固定しておこうと思っていた）。風は帽子の下で唸り声をあげ、ズボンをはためかせた上に、ひるがえして脚を骸骨の脚のようにしてしまっている――そのせいで、窃盗のイメージに集中できない……。深夜十二時が近づいていた。ロマン・ボグダノヴィチが時間に几帳面なことはわかっていた。私は建物を凝視して、明かりのついた三、四枚の窓のうち、どの向こう側に、真っ白い紙にのりだすように人が座っていて、不朽不滅のスムーロフのイメージを創っているのか当ててやろうとした。それから、鉄製の柵に固定された暗い立方体に視線を移した――数分もすればその暗い箱に、こちらの想像が及びもつかない手紙が、言わば永久に、跡かたもなく消えうせてしまうのだ。街灯から少し離れて立っている私を、激しく揺れ動く影が隠してくれていた。突如、玄関口が黄色の照明でぱっと明るくなったのが視界に入ったので、興奮のあまり帽子の端を押さえていた指をゆるめてしまった。次の瞬間、あたかも帽子がまだ頭上を舞っているかのように、私はその場で両手をあげてくるくる回転していた。だが、ぱさっという音が響いて、帽子が歩道を車輪のようにコロコロ転がりだしたので、私はただそれをなんとか踏みつけよう、なんとか止めようとあとを追いかけた。走りだしたとたん、ロマン・ボグダノヴィチとぶつかりそうになってしまった。帽子を拾いあげてくれたロマン・ボグダノヴィチは、もう片方の手で封をした封筒を持っていた――それが私の目には真っ白に、巨大に映った。どうやら、こんなに遅い時間に私が外にいたことに戸惑っているようだ。瞬間、周囲で風が唸りをあげて取り巻いたので、このひどい夜の騒音に打ち克とうと、声をはりあげて挨拶した私は、二本の指を使って、さりげなく、それでいてしっかりと、ロマン・ボグダノヴィチの手紙をひっつかんだ。「出しておきますよ、出しておきますよ、出しておきますよ」――私は声をはりあげた――「ついでなんで、ついでなんで」。ロマン・ボグダノヴィチの顔に不審と不安の色が浮かぶのに目ざとく気づいたが、素早く身を振りはなすと、二十歩ほど郵便箱まで走って、そこに押しこむよう見せかけながら、すばやく胸ポケットに手紙を押しこんだ。そこでロマン・ボグダノヴィチが追いついてきた。私は、彼が夜用の格子柄のスリッパをはいていることに気がついた。「こんなやり方あんまりだ」――ロマン・ボグダノヴィチは不服そうだった――「そんなつもりじゃなかったらどうするんですか……ほら、あなたの帽子ですよ……なんて風だ……」。「急ぎますので」――夜のスピードに息を切らして言った――「さよなら、さよなら」。街灯の明かりの中に落ちていた影が、長く伸びて私を追いこしたが、すぐまた闇に消えてしまい、その一角を出たとたんに風も止んでしまった――街は驚くほど静まりかえり、静寂の中を、明るく電気を点けた路面電車が、唸り声をあげて角を曲がっていった。

路面電車の祝祭的な光に引きよせられて、最初に当たった番号の電車に飛びのった――今すぐ、私には光が必要だったのだ……。前部ドアの脇に都合よく隅になった席を見つけたので、狂ったように急いで封筒を開けた。そこに誰かが近づいてきたので、びくっとして手紙をもみくちゃにしてしまった。ただの車掌だった。わざとらしくあくびをして、落ち着いて金を払ったが、手紙を隠したのは、裁判になったときに証言されるのを用心してのことだった――車掌、運転手、ドアマンのような、予期せぬ証人ほど厄介なものはないからだ。車掌が去って、私は手紙を広げた。手紙は長く、十枚もあり、丸っこい筆跡で埋め尽くされていて、訂正が一か所もなかった。はじまりの方は、あまりおもしろくなかった。何枚かめくっているとと突然、茫漠とした人波のなかに見知った顔が浮かぶように、スムーロフの名前が飛びだしてきた――これはなんという僥倖だ……。

「親愛なるフョードル・ロベルトヴィチ、しばらくのあいだ、あの輩に話を戻すつもりだと言っておきます。退屈かもしれませんが、ワイマールの白鳥が言ったように――偉大なゲーテを念頭に置いているのですが――（ゴシック体で書かれたドイツ語のフレーズがつづく）。それゆえなにとぞスムーロフ氏にとどまって、ささやかな心理学的所見《エチュード》を披露することをお許しください……」

私は、書面を手のひらで覆った。これが私にとって、不死なるスムーロフの秘密への侵犯を拒みうる最後の機会だった。この手紙が実際に次世紀に伝えられるかもしれないとして、それが私にとってなんだというのか？　その想像もつかない世紀の字面ときたら（二がひとつとゼロが三つ）、馬鹿馬鹿しいまでに非現実的ではないか。大昔に死んだ作者が、醜悪な筆致で、無名の子孫に「ふるまった」肖像画がどんなものかなんて、私になんの関係がある？　とにかく、この企てを放棄する潮時ではないか――狩りを、スパイ行為を、スムーロフをとらえるという愚行をやめる潮時ではないか？　しかし、ああ、これは修辞的に浮かんだ考えにすぎなかった――いかな力も、私に手紙を読むのを断念させる力はないと、骨身に沁みてわかっていた……。

「親愛なる友よ、すでに書いたように、スムーロフ氏は好奇心旺盛な人種に属しています――私が「性的ぎっちょ」とかつて名づけたものです。スムーロフ氏の外見全体、その華奢さ、退廃、きどった身振り、白粉の愛用、とりわけスムーロフが小生に絶え間なくちらちら投げかけてくる熱っぽい視線――こういった諸々の事項はすべて、私が抱いていた推論をかねてから裏づけるものでした。明記しておかねばならないのは、この手の性的に恵まれなかった輩は、よく知った――馴染みの薄い――あるいはまったく知らない婦人から、自分が恋い焦がれる対象（まったくプラトニックなものですが）を選びがちだということです。スムーロフ氏は倒錯しているにもかかわらず、ヴァルヴァーラを理想として選びました。この可憐な、しかしおつむの弱いお嬢さんは、技師ムーヒンと婚約していたので、スムーロフは責任（つまり、結婚ですが）をとらなくていいようになっていました。つまり、どんな女性相手（クレオパトラ相手でも）にも出来もしなければ、果たそうとは思いもよらないことを、果たすように迫られないと完全に保証されていたわけです。そのうえ「性的ぎっちょ」は（この表現が、いつになく成功したと自分で思っていることを認めますが）しばしば法律違反、道徳違反を犯す傾向があります。己という自然法則違反の実例がすでにしてこうして存在しているわけですから、いかな違法行為も彼にとってはお安い御用なのです。おまけに、スムーロフ氏は例外的な存在でもなんでもないのです。そう、フィリップ・インノケンチエヴィチ・フルシチョフがある日こっそり打ち明けてくれたところによれば、スムーロフは泥棒なのです——それも言葉の最悪な意味での泥棒なのです。フルシチョフは、スムーロフにカバラのマークの入った銀の煙草入れを貸しました——非常に古い品です——それを専門家に見せるように頼んだのです。スムーロフはこの美しい骨董品を持っていったのですが、翌日まったく茫然自失といったていで、無くなりましたとフルシチョフに報告したのだそうです。フルシチョフから話を聞いた私は、窃盗に手を出す人間というのは、ときに純粋な病的現象であって、学問上の呼び名さえつけられていると説明しました。窃盗症《クレプトマニア》です。フルシチョフは、善良で、あまり明敏ではない人にありがちなように、このケースが当てはまるのが犯罪者ではなく、精神異常者だという事実をナイーヴにも否定しだしました。こちらは論拠を出すつもりはありませんでしたが、出していたら間違いなく、フルシチョフを説得していたでしょう。私にとっては火を見るより明らかなのです。私はスムーロフを泥棒と呼んで蔑み非難こそしませんが、逆説的に見えようとも、心より憐れんでいます。

「天気は悪くなっています——もっと正確に言えば、よくなっています——というのも、このぬかるみや風は、春の、かわいい小さな春の先触れでなければなんなのでしょう。それは中年の胸にさえ、漠とした希望となるのです。私の頭に浮かぶのは、次のようなアフォリズムです——そう、疑いもなく……」

私は手紙を最後までざっと読み終えた。これ以上、興味を惹くものはなかった。こほんと軽く咳をすると、震えがおさまった手で便箋をきちんとたたみなおした。

「お客さま、終点です」――厳かな声が降ってきた。

夜、雨、街はずれ……

6

　スムーロフは女性的な襟のついた、派手な黒い毛皮のコートを着て、階段に座っている。おもむろに、やはりコートを着たフルシチョフが降りてきて、隣に腰かける。スムーロフは切りだしづらそうにしていたが、時間もなかったので腹を決めなくてはならない。スムーロフは、すらりとした、白い手先（その手には指輪がいくつも煌めいている――ルビー、全部ルビーだ）を毛皮の袖から出して、髪の分け目を整えながら、こう告げる――「フィリップ・インノケンチエヴィチ、お話ししたいことがあるのです。なにとぞ、よく聞いてくださるよう、お願いします」。フルシチョフはうなずき、鼻をかむ――階段によく座るので、ひどい鼻炎になってしまっていた――もう一度うなずき、腫れた鼻をぴくつかせる。スムーロフはつづける――「近頃起こったちょっとした事件についてお話しします。どうぞよく聞いてください」。「どうぞ、ご自由に」――フルシチョフは答える。「言いづらいのですが」――スムーロフは言う――「不用意な言葉を言ってしまわないかと心配しているのですが。よく聞いてください。よく聞いてください、お願いします。大事なのは、あの一件に立ちかえるうえで、私にはなんの裏もないのを、あなたがわかってくださるということです。あなたが私のことを泥棒と思っているなんて、いささかも考えておりません。同意いただきたいのは、そんなこと私には知りえませんし、ましてや他人の手紙を読むなんてとんでもないということです。ここでの会話は純粋に偶然の産物なのです。聞いておられますか？」。「つづけてください」——コートにぴったりくるまってフルシチョフは言う。「それで、フィリップ・インノケンチエヴィチ、思いだしてほしいのです。私に煙草入れを渡したときのことを。あなたはあれをヴァインシュトックに見せるよう頼みましたね。よく聞いてください、フィリップ・インノケンチエヴィチ。出ていくとき、私はそれを手に持っていました。いやいや、わかりきったことはやめましょう。そんなの抜きにして話しましょう……。私は誓います——ヴァーニャにかけて、これまで愛したすべての女性にかけて誓います。誓って、私が口に出すことはできない人物の言葉は（その名前を言ってしまうと、私が他人の手紙を読んだと思われるかもしれません、それで盗みもできるのだと）、あの男の言葉は全部嘘なのです。実際、私はそれを失くしたのです。うちに帰るとなかったのです。私は悪くありません。ただただぼんやりしていただけなのです。それほどまでに私はヴァーニャを愛しているのです」。だが、フルシチョフは信じず、頭を振る——スムーロフがいくら誓いをたてようが、いくらちかちか光る白い手先でおがもうが、どうせフルシチョフを説得する言葉などなかったのだ。（ここで私の夢は、乏しい論理の貯えを使い切ってしまった——フルシチョフと会話した階段は、開けた地形の真ん中にそびえていた——眼下のテラスには庭があって、花をつけた樹木は輪郭が靄がかかったようにぼやけている——テラスは遠くの方まで張り出していて、張り出した先にはポーチが広がり、青く透きとおる海が輝やいていた……。)「そう、そう」――脅すような声で、重々しくフルシチョフが言う――「煙草入れはあるものが入っていて、だから代えがきかないんだよ。中にあったのはヴァーニャだよ。そうそう、若い娘にはときたま起こることなんだ――非常にまれな現象ではある――だけど、実際に起こるんだ……」

私は目を覚ました。早朝だった。すぐそばをトラックが通ったせいで、窓ガラスが震えていた。窓はここ最近ずっと、藤色の霜の膜に覆われることがなくなっていた――春が近づいていたのだ。私は、色々なことがつづけざまに起こったなと思いをめぐらせた――新しい人々と大勢知りあったし、かくも魅力的だが、望みのない探索もあった――つまり本当のスムーロフを見いだしたいという衝動だ……。隠してもしかたない――すなわち、私が出会ったあらゆる人々は、生きた存在ではなく、スムーロフを偶然に映した鏡にすぎないのだ。だが、中でも一枚だけ、私にとって一番重要で、一番明るい鏡が、スムーロフ像の引き渡しをいまだに拒んでいた。ただ私の気晴らしのために創られた、クジャク通り五番の住人と客人たちが、眼前を軽やかに、悪びれもせずに光から闇、闇から光へと滑っていく。ムーヒンに戻ると、奴はソファーからなかば体を起こし、テーブルの上の灰皿に手を伸ばしていたが、その顔も、煙草を持ったその手も、私は見ていない。私が見ているのは、もう片方の手だけだ――奴はその手を(もはや、もはや無意識に!)一瞬ヴァーニャの膝についているのだ。ロマン・ボグダノヴィチの顔に戻ると、顎ひげをはやし、頬骨の代わりに二個の赤いリンゴがついているようなその顔でかがみこんでお茶をフーフー吹いている。マリア・ニコラエヴナに戻ると、杏子色のストッキングに包まれた痩せた脚を組んでいる。そして戯れに(どうもクリスマス・イヴのようだ)妻のオットセイのコートをむりやり身につけたフルシチョフは、鏡の前でマネキンのポーズをまね、部屋を行ったり来たりして、周囲の笑いを誘うのだが、冗談好きのフルシチョフはいつも少しばかりくどいせいで、笑いは少しずつ不自然になっていく。エヴゲーニヤ・エヴゲーニエヴナの魅力的な小さな手（まるで濡れているかのように爪が光っている）が、ピンポンのラケットをとりあげる――するとセルロイドのボールがうっとりするような音をたてて緑のネットの上を行ったり来たりする。暗がりの中を漂っているのは、ハンドルを握るような構えで降霊術用のテーブルに座っているヴァインシュトックだ。小間使いのヒルダだかグレートヒェンだかに戻ると、ドアからドアへと夢みるように通り抜けて来たかと思うと、突然耳元でなにごとか囁いて、大急ぎで服を脱ぐのだ。私の望みと言えば、こういった人間たちを速く動かすか、あるいは逆に滑稽なレベルまで遅く動かすこと、彼らを思いつくままのグループに分けること、彼らを使って様々な模様を作ること、今度は下から、今度は脇からというように光を当てること……。その存在はおしなべて、私を映すスクリーンにすぎなかった。

　だが人生は、私に最後の機会をくれたのだ――それが実在し、重苦しくも優しいものであること、言いかえれば興奮と苦悩を喚起するものであり、目も眩むような幸福への道、涙、柔らかな風を運んでくれるものであることを確かめる最後の機会をくれたのだ。正午にフルシチョフのところに上がっていくと、部屋は空っぽだった。窓は開け放たれており、どこかで、掃除機が貪欲かつ熱心にぶうんぶうんという音を発していた。ふと、客間とバルコニーを隔てるガラス戸越しに、うつむいたヴァーニャの頭が目に飛びこんできた。ヴァーニャは本を手にバルコニーに座っていた――妙なことに、ヴァーニャがひとりでいるのを見つけたのはこのときがはじめてだった。他同様ヴァーニャも私の想像であって、鏡にすぎないと思いこんで愛情を打ち消そうとして以来、一種独特の調子で接することができるようになり、いまや快活に挨拶をし、気恥ずかしさなど感じずに「高い塔から春をでむかえている王女のようですね」と声をかけることができた。バルコニーはとても狭く、春用の、空っぽな緑色のプランターがあり、隅にはひび割れた粘土製のポットがあった――私はそれを、心の中で自分の心臓と重ねていた――というのも誰かとある流儀で話していると、その人を前にした思考の流儀まで影響されてしまうのが常なのだ。その日はたいして明るい日ではなかったが、なにか靄がかかったような湿気があった――希釈された太陽と、ほろ酔い加減の微風が、どこかの公園に逗留したあとで訪ねてきたのだ――その公園ではもう、若草の緑色が黒土の地からけばだっている。この大気を吸いこんで、一週間後はヴァーニャの結婚式だと思いだした。そのせいで私はぐったりし、またスムーロフの存在を忘れ、呑気に話す必要があるのを忘れてしまったので、顔をそむけて街を見下ろした。ずいぶん高いところにいる――そして完全に二人きりだ。「なかなか来ませんの」――ヴァーニャが口を開いた――「役所では相当待たされますのね」。「あなたはロマンチックにも待ち焦がれている……」――私はこう切りだして、また救いを求めて軽薄さへと逃げこんだ――春風も俗な雰囲気だし、自分もひどく陽気なのだと思いこもうとして……まだ、ヴァーニャのことをしっかり見ていなかった。彼女を見るためには、まずその存在に慣れるための時間が少しいるのだった。今になってようやくわかったのは、ヴァーニャが襟ぐりが三角形に深く切りこんだ白いニットを着て、髪をいつにも増して念入りになでつけていることだった。ヴァーニャは柄付き眼鏡を使って、広げた本から目をはなさないでいた――地面よりもずいぶん高い所にいる――たおやかに波うつ空の真下で……そして、どこかでぶうぶういっていた掃除機の音がやんだ。「パーシャおじさんが亡くなったの」――ヴァーニャは頭をあげた――「そう、今日電報がきたの」

あの陽気な、半ば以上頭のおかしな老人の存在が終わったからといって、どうしたというのだろう？　だが、その死とともに、もっとも幸福かつ、もっとも儚いスムーロフのイメージが、花婿スムーロフのイメージが死んだと思ったときに、先程からわきあがってきた胸の高なりをこれ以上こらえきれなくなってしまった。どうやったのか正確にはわからない――おそらく予備動作があったのだろうが――気がつくと、ヴァーニャの腰かけていた籐椅子の幅広の腕に座っていて、彼女の手首を握りしめていた――長いあいだ夢にみた、禁断の接触だった。ヴァーニャは真っ赤になって、瞳には涙がぱっと輝いた――暗い下の目蓋が、きらりと光る滴で満たされるのがはっきり見えた。同時にヴァーニャは微笑んだ――あたかも、自分の美しさをあらゆる角度から、かつてないほど惜しみなく与えようとするかのようだ。「そう、とても気の毒ですわ」――ヴァーニャは言葉をついだが、私はそれをさえぎった。「これ以上は我慢できません」――私はヴァーニャの手首を握ったままつぶやいたが、膝の上でおとなしくしている本の頁をめくっていた腕にたちまち緊張が走った――「私はあなたに言わなくてはなりません……今となってはどうでもいいことです。私は出ていきますし、もうあなたに会いませんから。私はあなたに言わなくてはなりません。あなたは私をご存じないのです……私はたしかに仮面をかぶっています。私はつねに仮面の下にいるのです……」。「なんてことを」――ヴァーニャは言った――「私はあなたのことをよく存じていますわ、全部見ていますし、全部わかっています。あなたは善良な、賢い人です。ちょっとお待ちになって。ハンカチをとらせてください。あなたが上に座ってらっしゃるの。あら、落ちました。どうもありがとう。どうぞお手をお放しになって。そんな風に私に触らないでくださいな。どうぞお願い」

そして、ヴァーニャはふたたび微笑んだ――懸命に、滑稽に眉をあげたのは、こちらも笑うようにと促すかのようだった。だが、私はすでに自制心を失っていた——周囲でなにか思いもよらぬ希望が舞っていて、私は早口でまくしたて、その間中ずっと両手をやたらに動かした——そのせいで腰かけた籐椅子の腕が軋み、ヴァーニャの髪のつややかな分け目が幾度も私の口元にくる瞬間が訪れ、そのたびにヴァーニャは用心深く頭をそらした。

「命よりも大切に」——私は早口でまくしたてた——「命よりも大切に思っているのです——ずっと前、一目見た瞬間から。あなたが、私をいい人だと言ってくれた最初の人なのです……」

「どうぞお願いします」——ヴァーニャは懇願した——「あなたはご自分を侮辱しているだけです。私のこともです。ロマン・ボグダノヴィチが私に愛を告白したという話をさせてくださらない？とっても滑稽でしたから……」

「やめてください」——私は叫んだ——「あの道化師がどうしたって言うんです？　私にはわかるんです。あなたは私といれば幸せだってことをね。私のなにかが気に入らないとしても、あなたのいいように変わってみますよ。変わってみせますよ」

「全部気に入っていますよ」——ヴァーニャが口をはさんだ——「あなたの詩的な空想もね。ときどき大げさ過ぎますけれどそこも。大事なのは、あなたの善良さです——あなたはとってもいい人なの。あらゆるものをとっても愛していらっしゃるの。いつも、あなたは愉快でやさしいのよ。だけど、とにかくお願いですから、私の手をつかむのをやめてください。でないとここから出て行ってしまいますよ」

「つまり、とにかく希望はあるんですね？」——私は訊ねた。

「いいえ」——ヴァーニャは言った——「ご自分でよおくご存じのはずです。いまあの人が来るはずです」

「あいつを好きになれるはずがない」——私は声をはりあげた——「ごまかしです。あの男はあなたにふさわしくない。奴の、とんでもない話をお聞かせしましょうか……」

「もうたくさん」——ヴァーニャは言って立とうとした。しかしここで、押しとどめようとして、私はうっかり、ぎこちなくもヴァーニャを抱きしめてしまった——ブラウスのウールのぬくもりごしに伝わってきた感触のせいで、痛切かつ哀切な快楽が体の中を荒れ狂った。私はどんなこと、どんなきつい咎をも受ける覚悟をした——それでも、一度ヴァーニャにキスをしなくてはならない。

「なぜ抵抗するのです？」——私はささやいた——「なんだっていうんです？　わずかな慈悲を恵んでくれるだけで、私は生きていけるのです」。ついに、ヴァーニャは振りほどいて立ちあがった。ヴァーニャはバルコニーの手すりまでさがり、咳払いをし、目を細めてこちらを見た——空のどこからか、ぽーんという弦の響きが終止符のように聞こえてきた。すでに失うものはなにもなかった。私はヴァーニャに一切をぶちまけた。私は声を張りあげて、ムーヒンはきみを愛していない、きみを愛することなどできないと言い、私たち二人が手に入れるはずのバラ色の未来にさっと光をあてた——しまいには、自分がいまにも泣きだしそうだと感じて、なぜか持っていた本を床に力いっぱい投げ捨てていた。そして踵を返して、バルコニーにヴァーニャを永遠に残して出ていった——風も、靄のかかった春の空も、見えない飛行機が奏でる低音《バス》の謎めいた響きもそこに置いてきた。

ドアにほど近い客間では、ムーヒンが座って煙草をふかしていた。ムーヒンは私に目をやって、静かに言いすてた——「しかし、なんたる下司な」。私はさっと頭を下げて出ていった。

自分の部屋に下りていって、帽子をとると外に急いだ。最初に視界に入った花屋に入ったが、誰もいなかったので、かかとを打ち鳴らし、大きめに口笛を吹いた。新鮮な花の香りをかぐと、私の焦燥はなぜか強まった。正面脇のウィンドーのガラスでは街がつづいていたが、それは偽りのつづきだった。左から右にぬけていく瞬間、何くわぬ顔で待ちうけている街に呑まれて消えてしまう車があると思うと、別の車は真正面からその車へ突っこんでいく——一台はただの反射なのだ。やっと女店員があらわれた。私はスズランの大きなブーケを選んだ。ふくらんだつぼみから水の滴が落ちた。売り子の薬指には布きれが巻きつけられていた——棘を刺してしまったのだろう。店員はカウンターの裏にまわって、長いあいだせかせか動きまわり、紙がかさがさいう音が聞こえた。しっかり結わえられた茎は、太く、固くなっていた。スズランがこんなにも持ち重りがするものだとは、夢にも思わなかった。ドアを押したとき、視界に入ったのは、脇のガラスに映った私の反射——帽子をかぶって、ブーケをもった若い男——がこちらに向かってくるところだった。反射と私はひとつになって、外に出た。

極度に気が急いていた私は、スズランの湿り気のかすかなもやに包まれながら、小走りにとことこ足を運んだ——なにも考えまいとし、向かっている特異点の奇跡的な治癒力を信じようとした。それこそが不幸を未然に防ぐ唯一の方策なのだった。重苦しく熾烈なあの人生が、さんざん舐めさせられた辛酸に満ちた人生が、ふたたび私に襲いかかろうとしていた——私の存在が亡霊だということを、手荒に反証しようとしていた。現実が突然夢だとわかることは恐ろしい。だがもっと恐ろしいのは、(無責任で軽やかな)夢だと思ったものが突然現実に醒めはじめることだ。なんとしても食いとめなければ。そして、その方法はわかっていた。

目的地に着くやいなや、息を整える間もなく、私はベルを鳴らしはじめた——耐えがたい渇きを癒すかの如く、一心不乱に、完全に我を忘れてベルを鳴らした。「いま行きます、いま行きます」——つぶやきながら、ドアを開けてくれた。私は戸口に飛びこむと、そのために買ってきたブーケを相手の手に押しつけた。女は言った——「あら、きれいね！」。そして少しあっけにとられて、老いた、青白い瞳を凝らしてこちらをじっと見た。「お礼の必要はありません」——じれったいあまり手をあげて制しながら叫んだ——「でも、どうか前の部屋を見せてもらえないでしょうか」。「部屋ですって？」——老婆は問い直した——「ごめんなさい。残念ながら空いていないのよ。でもなんてきれい、なんてすてき……」。「あなたは私のことをまったくわかっていません」——私は焦りから身を震わせた——「ちょっと見たいだけなのです。それだけです。それ以上はなにも。ほら、あなたに花も持ってきたでしょう。お願いしますよ。住人も、勤めにでているんじゃないですか……」

老婆の脇を機敏に抜けると、廊下を走りだした。老婆が後を追ってきた。「なんてこと、部屋は貸してるのよ」——老婆は繰り返した——「ハメッツ博士は出ていくつもりはないわ。貸せないのよ」

私はドアを押し開けた。家具の配置は少し変わっていた。洗面台には別の水差しがあった。その後ろの壁に穴が入念に塗りこめられているのを見つけた——そう、私はそれを見つけるとすぐに落ち着きをとりもどした。自分の弾丸が残した秘密の跡をしげしげと見つめて、手で心臓を押さえた。それが証明するのは、私は実際に死んだということであって、世界はすぐに心安らぐ無意味さを取り戻すと、ふたたび力に満ち、何事にも揺らがなくなった。想像力の一振りで、過去からあの、おぞましい影を呼び戻す覚悟ができたのだ。

うやうやしく礼をして、私は部屋から出た。そこはかつてどこぞの人間が、体を二つに折って、死の衝動を放った場所だった。玄関を抜けるとき、テーブルに持ってきたブーケが置いてあるのに気づき、朦朧としているようなふりをして通りぎわに引っつかんだ――頭に浮かんだのは、耄碌した老婆にはこんな高価な贈り物はふさわしくない――そうだ、花束を別の風に使ってやろう――だれかに、たとえばヴァーニャに痛々しいユーモアにあふれたメモを添えて贈ろう……という考えだった。花のみずみずしさは快かった。薄い紙はあちこちでほどけてきていた。冷たい緑の茎のまとまりを指でぎゅっと押さえると、自分を非在に送りこんだあのせせらぎが思いだされた。歩道の縁に沿ってゆっくりと歩をすすめながら、目を細めて、奈落の淵を歩いているところを想像していると、突然後ろから呼びとめる声がした。

「スムーロフさん」――大きな、だがためらいがちな声だった。

自分の名前が聞こえた方に振り向いたせいで、つい片足を車道についてしまった。マチルダの夫、カシュマーリンが大慌てで手を差し伸べようとして黄色い手袋を引っぱっていた。あの有名な杖はなく、なにかが変わっていた――太ったのだ。その表情には当惑が浮かんでいた――大きな口は、黄ばんだ歯を頑固な手袋につきたてながら、同時に微笑んでいた。ついに、目前に解き放たれた手が迫ってきた。感じたのは妙なだるさと同時に心動かすなにかで、目の奥がひりひりしさえした。

「スムーロフ」――男は告げた――「お会いできて、私がどんなにうれしいかわからないでしょう。あなたを一心不乱に探していたんですよ。だれも住所を知らんのですから」

自分の過去の人生からやって来たこの幻の話を、興味津々で聞いていることに気がついてはっとした――少したしなめようとして、こう言ってやった――「何も話すことなんてありません。あなたを訴えなかったことを感謝してくれなければ」。「スムーロフ」――カシュマーリンはすまなそうにゆっくりと発音した――「私の短気を許してください。身の置き場がなかったのです――あの……激しいやりとりのあとでは。ぞっとしましたよ。ジェントルマン同士として話をさせてください。あの後わかったのですが、あなたが最初でも最後でもなかったんです。私は離婚しました。そう、離婚したのです」

「あなたとのあいだにはどんな会話もありえないですよ」――こう返して、自分のどっしりした、冷たいブーケを嗅いだ。

「ああ、そんなに恨まないでください」――カシュマーリンは叫んだ――「だけど、わかりました。私を殴ってください。思い切り一発食らわせてください。それで仲直りしましょう。やりたくない？　顔をスズランで隠さないでください。ほら、笑っているじゃないですか。それで、もう友人同士として話そうじゃありませんか。失礼ですが、稼ぎはいくらですか？」

まだためらいはあったが、教えてやることにした。なにかよい言葉をかけて、自分が感きわまっているということを伝えてやりたくて、さっきからたまらなかったのだ。

「なるほど」――カシュマーリンは言った――「二倍はもらいのいい仕事を見つけてきてあげますよ。明日の朝、私のところに来てください。ホテル「モノポール」です。何人か紹介してさしあげますよ。楽な仕事で、イタリアのリヴィエラへの旅もあるんです。自動車関係です。来てくれますね？」

カシュマーリンは、いわゆる「大当たり」をしたのだという。ヴァインシュトックと本にはもうだいぶ前からうんざりしていた。満足と感謝を隠そうとして、私はまた冷たい花の香りをかいだ。「ちょっと考えてみますね」――そう言うと、くしゃみした。「お元気で」――カシュマーリンは声をあげた――「忘れないでください。明日です。会えてとてもうれしい、うれしかった」

私たちは別れた。私はブーケに鼻をうずめて、そろそろと先に歩いていった。

カシュマーリンはスムーロフのもうひとつのイメージを持ち去ってしまった。だが、それがなんだというのだろう？　なにしろ、私はいないのだ。あるのはただ私を映す何千という鏡だけだ。新しく知り合いができるたびに、私そっくりの幻の人口が増加する。そいつらはどこかで勝手に暮らし、どこかで勝手に増えている。私はいない。だが、スムーロフは長く生きるだろう。私が教えた男の子二人も老いていく――二人の中に私のイメージが寄生虫のようにしつこく生きつづけるだろう。私のことを記憶にとどめる最後の人間が死ぬ日がやって来るだろう。おそらく、私についての偶然のエピソード、私が登場する他愛もないアネクドートが、そのこどもや孫へと伝わっていく――そんな具合にしばらくのあいだはまだ私の名前が、私の幻が浮かんだり消えたりするだろう。そして、それもおしまいになる。

それでも、私は幸せだ。そう、幸せなのだ。私は誓う、誓って幸せなのだ。私が理解したのは、この世で唯一の幸福とは、注視すること、スパイすること、目を皿のようにして、自分を、他人を見ることなのだ。誓って、これこそが幸せなのだ。俗悪だろうが、卑劣だろうが知ったことか――

私の中に秘められた素晴らしいものを、誰も知らず、評価してくれなくてもいい――私の空想を、私の博学を、私の文学的才能を評価してくれなくてもいい……。私は自分を見ることができて幸せなのだ。というのも、あらゆる人間はおもしろいからだ。そうだ、おもしろいのだ！ 世界がどんなに唾を吐きかけようとも、私は傷つかないのだ。あの女が別の誰かと結婚しようが、それがなんなのだろうか？ 夜ごとに彼女とおぞましい密会を果たしても、私の夢の中身など夫には金輪際知られないのだ。これこそが愛の成しうる最高の達成だ。私は幸せだ。幸せなのだ。私が幸せだと、これ以上どう論証すればいいのか、どう叫んだらいいのか――どうすれば、あなたがたは信じてくれるのだろうか――無慈悲で、独善的な人々よ……。

英語版への序文

この小ぶりな長編のロシア語タイトルは（旧式の翻字法で）Soglyadatayであり、音声学的にはSugly-dart-eyeと発音され、後ろから二番目の音節にアクセントがくる。古い軍隊でspy、watcherを意味するものだが、どちらのことばにも元のロシア語の柔軟性はない。emissary、gladiatorとかいう言葉をもてあそんでみたあとで、音と意味を混ぜあわせようとするのはやめ、長い単語の終わりの部分のeye（『密偵』の英語版タイトルは『目』）と同じもので満足した。このタイトルで、物語は一九六五年年頭から『プレイボーイ』での三回の掲載をうまい具合に切り抜けた。

原文が執筆されたのは、一九三〇年のベルリンだった——私たち夫妻は、閑静なルイトポールド通りにあるアパートで、ドイツ人家庭から二間を借りて住んでいた。年末になって、この作品はパリの『現代雑記《サヴレメンヌイエ・ザピースキ》』に掲載された。本作に出てくる人物は、若手作家時代に好んで書いたキャラクターだ。すなわち、ベルリン、パリ、ロンドンに住むロシア人たちだ。もちろん、実際にはナポリに住むノルウェイ人でも、アンブリッジに住むアンブラシア人でもよかっただろう。社会問題にずっと無関心をとおしてきたので、手近にあるものを使ったにすぎない。おしゃべりな食事客が、テーブルクロスの上に街角の風景を鉛筆書きしたり、わかりやすく図的に表そうとして、メニューと塩入れのあいだに、ひとかけらのパンと二粒のオリーブを並べるようなものだ。共同体の生活様式と歴史の介入に無関心だった結果、生みだされたおもしろい効果といえば、芸術的な観点から無造作に集められたはずの社会的集団が、偽りの普遍性を帯びてしまうことだ。それはある年代、ある場所では、亡命人作家とその読者にとってはあたりまえなものだった。一九三〇年にこの本を読んでいたイヴァン・イヴァーノヴィチとレフ・オシポヴィチは非ロシア人読者にとって代わられてしまい、彼らときたらいまや自分たちがまったく知らない社会について想像するはめになって、当惑し、いらいらしているというわけだ。私がおりにふれて、自由の破壊者が過去からページをごっそり破りとってしまったと口を酸っぱくしてくりかえしてきたのもそのためだ。それも、ソヴィエトのプロパガンダが、ロシア人移民の問題を無視、中傷するように国際世論を誘導してからのことで、もうほぼ半世紀にもなる。

　物語の舞台は一九二四年から二五年にかけてである。ロシア内戦は四年前に終結した。レーニンはやっと死去したところだが、その独裁制はいまだはびこっている。二十マルクは五ドルにも満たない。本書に登場するベルリンの亡命者は、貧民から、財を成したビジネスマンまで幅広い。後者の例として、マチルダの悪夢《カシュマール》のような夫、カシュマーリン（あきらかにコンスタンチノープル経由の南方ルートでロシアから脱出した）、エヴゲーニヤとヴァーニャの父親である年配の紳士（ドイツ企業のロンドン支社を波風を立てずに運営し、踊り子を囲っている）をあげられよう。カシュマーリンはおそらく英国人が言うところの「ミドルクラス」だが、クジャク通り五番の若い女性二人は、爵位があろうがなかろうが、あきらかにロシア貴族階級に属している。そのことは、二人が俗な小説を読んでいることと矛盾しない。エヴゲーニヤの丸顔の夫は、今日ではその名が愉快に響くが、ベルリンの銀行に勤務している。うっとおしい気どり屋ムーヒン大尉は、一九一九年にデニーキン麾下で、一九二〇年にウランゲリ麾下で戦い、四か国語に堪能で、クールかつ世慣れた雰囲気をまとって、未来の義理の父上のあてがってくれた仕事をたぶん率なくこなすのだろう。善きロマン・ボグダノヴィチは、ロシアというよりドイツ文化に染まったバルト人だ。エキセントリックなユダヤ人ヴァインシュトック、平和主義者の女性マリアンナ・ニコラエヴナ医師、無階級の語り手自身は、ロシア人インテリゲンチャの多様性を証だてるものだ。こうした情報は、マジャール語や中国語からの翻訳のなじみのない設定で、ぼんやりした人物が登場する小説にうんざりしている（私のような）読者にとっては、少しは助けになるだろう。

よく知られているように《カク・ハラショー・イズヴェストナ》（有名なロシア語の文句をつかって）、私の小説は社会的意義の欠落に恵まれているばかりか、神話の証《ミスプルーフ》もないのである。フロイト主義者たちは目ざとくひらひら羽をはばたかせ、卵管をうずうずさせながら近づいてきて、とまり、匂いをかぐとあとじさりする。他方で、まじめな心理学者は、私がこしらえた雨滴が光るクリストグラム（暗号文《クリプトグラム》をもじったナボコフの造語）ごしに、魂が溶けあう世界を識別するだろう。その世界ではあわれなスムーロフは、他人の脳に映るかぎりにおいてしか存在していない。その脳のほうでも、同じように奇妙な鏡じかけの苦境に置かれているのだ。物語のテクスチャーは推理小説をまねているが、読者をはめたり、あげあしをとったり、惑わせたり、さもなくば謀ったりする意図はまったくないと作者として断言しておく。実際、ごく素直な読者だけが『目』から真の満足をえるだろう。いくらだまされやすい人間でも、このまばゆい小説を読んで、スムーロフの正体がいつまでもわからないなんてことはないだろう。私はこのことを、お年を召した英国人女性、大学院生二人、アイスホッケーチームの監督、医者、隣人の十二歳のこどもにためしてみた。正体がわかるまでにかかった時間は、こどもがもっとも短く、その親がもっとも長かった。

『目』のテーマとは、ある種の実験であって、主人公に鏡地獄を通過させたのち、双子のイメージが溶けあうところで終わる。語り手の探求が迎える種々の局面を、ある種ミステリアスなパターンの中で調整するうちに三十五年前の私が覚えた強烈な悦びが、いまの読者に伝わるかどうかはわからないが、ともかく力点があるのは、ミステリーではなく、パターンなのだ。時間も本も流れ過ぎ去っていき、ある言語で生まれた蜃気楼が別の言語のオアシスに移ってしまっても、スムーロフを見つけるのはいまだすばらしい気ばらしになると信じる。私が読みちがえていなければの話だが、読者の心のなかで、プロットは、悲惨すぎるラブ・ストーリー（悶える心が、けとばされるのみならず、恥をかかされ、裁かれてしまう）に成りさがりはしないだろう。イマジネーションの力は、結局は善き力であって、スムーロフの側にぴたりとよりそっている。そして、心病ましむ愛の酸《す》いこそが、まさに人を酔わしめる活力の源であるとわかるのだ——そのもっとも甘美な返礼がそうであるように。

ウラジーミル・ナボコフ

モントルー、一九六五年四月十九日

作品解説

『ルージン・ディフェンス』作品解説

杉本一直

不死鳥

今回ロシア語の原作から訳出した『ルージン・ディフェンス』（原題 Защита Лужина）は一九二九年から翌年にかけて、パリの亡命ロシア人系雑誌「現代雑記《ソヴレメンヌイエ・ザピースキ》」に三回に分けて連載され、連載が終って間もなく『マーシェンカ』（一九二六年）や『キング、クイーン、ジャック』（一九二八年）と同じくベルリンの「スローヴォ」社から単行本として刊行された。

「現代雑記《ソヴレメンヌイエ・ザピースキ》」は当時のヨーロッパの亡命ロシア人社会においてはもっとも人気と権威を誇る季刊誌で、帝政ロシア時代の「分厚い雑誌（総合雑誌）」の伝統を引き継ぎ、ページ数は五百ページを超えることもあった。いわばこの雑誌は当時の亡命ロシア人作家にとって晴れ舞台であり、そこに小説を連載できるのはブーニン、レーミゾフ、クプリーン、アルダーノフ、ザイツェフといった、すでに名を馳せたベテラン作家だけだったのだが、まだ三十歳になりたての新進作家が初めてその晴れ舞台に立ったのである。それも、誰も今までに読んだことのないような、不思議な魅力で読者を虜にする小説を携えて。

おもにパリとベルリンで先の見えない亡命生活を送っていたロシア人たちにとって、それはひとつの幸福な事件だった。のちにフランスで映画化されヒットした『伴奏者』（一九三五年）の原作者である亡命ロシア人女流作家ニーナ・ベルベーロワが、当時、連載されはじめた『ルージン・ディフェンス』を読むや興奮とともに書き記した文章が、そのことを象徴している。「偉大な、円熟した、複雑な現代作家が目の前に現れた。革命と亡命の火と灰のなかから不死鳥のように、偉大なロシア作家がよみがえったのだ。われわれの存在は、これで意味を持ちはじめた。われわれの世代全体が正当化されたのだ。われわれは救われたのだ」ベルベーロワがナボコフを「偉大なロシア作家」だと認めざるをえなかった『ルージン・ディフェンス』の魅力とは、いったい何なのか。

夢のなかの夢

こうして「訳者による作品解説」を書きはじめながら、どうしても意識してしまう魅力的で模範的な「訳者による作品解説」がある。それは、ナボコフが十九世紀ロシアの詩人ミハイル・レールモントフ（一八一四―四一）の小説『現代の英雄』（一八四〇年）をロシア語から英語に翻訳し出版した際に付した作品解説である。自作の英訳版へのいくつかの序文におけるシニカルな口調とはうってかわって、文学者としての真摯な視線がひしひしと伝わってくる良質な解説だ。翻訳者としてのナボコフの仕事は、やはり十九世紀ロシアの代表的詩人アレクサンドル・プーシキン（一七九九―一八三七）の韻文小説『エフゲーニイ・オネーギン』（一八二五―三二年）の翻訳とそれに付した四巻に及ぶ膨大な注釈があまりに突出しているため、『現代の英雄』の翻訳のほうはほとんど論じられることがないが、こちらもロシア文学の古典を英語圏に紹介しようとする亡命作家ナボコフの力のこもった仕事である。ここで勝手ながら、ナボコフが『現代の英雄』の英訳版に付した作品解説の冒頭部分を紹介し、それから『ルージン・ディフェンス』の作品解説に戻りたい。

ナボコフは『現代の英雄』について語りはじめるとすぐに、レールモントフの一編の詩を読者に紹介する。この〝Сон（夢）〟というタイトルの詩は、恐ろしいことに、それを執筆してから数ヶ月後に決闘で倒れて早逝するレールモントフ自身の運命を予言している。

真昼の灼熱のなか、ダゲスタンの谷間で
胸に鉛を打ち込まれた私は、みじろぎもせず横たわっていた。
深い傷がまだくすぶっていた。
一滴、また一滴と、いつまでも血がしたたりつづけた。

谷間の砂地に、私はひとり横たわっていた。
岩棚のひしめく絶壁がせまり、太陽がその頂きを焼く、
そして私を焼く。
だが、私は、死の眠りにつこうとしていた。

そして、夢のなかで、私は夕べの宴をながめていた。
煌煌と輝くあかりに照らされて、

花を戴く故郷の若い女たちが、
楽しそうに私のことを話している。

だが、ひとりだけ、楽しげな会話には加わらず、
座ってもの思いに沈んでいる女がいた。
悲しげな夢のなかで、何が彼女の若い魂をとらえていたのか、
だれも知る者はいなかった。

彼女は、ダゲスタンの谷間を夢見ているのだった。
谷間には、なじみ深い男の屍が横たわっていた。
彼の胸には、くすぶる傷が黒く見えていた。
まだ血が流れ続けていたが、流れはしだいに冷たくなっていった。

そしてナボコフは、自ら「三重の夢」と題したこの詩を次のように解説し、『現代の英雄』との構造的類似を指摘する。

まず、最初の夢想者（レールモントフ、より正確に言うなら叙情詩特有の「私」）が、西コーカサスの谷間で横たわっている自分を夢想する。これが第一の夢想者による第一の夢である。そしてこんどは、致命的な傷を負ったその男（第二の夢想者）が、ペテルブルグかモスクワの

宴で座っている若い女を夢想する。これが第一の夢に内包される第二の夢である。その若い女はもの思いのなかで、はるか彼方のダゲスタンにいる第二の夢想者（彼の命は詩の終わりとともに消えていく）の姿を目にしている。これが、第二の夢に内包され、さらに第一の夢に内包される第三の夢である。この第三の夢はわれわれを詩の第一連へと連れ戻すことによって、らせん的循環を描き出す。

この詩の五つの連が形作るらせんは、『現代の英雄』を構成する五つの話の結びつきと構造的に類似しているのである。

このあとナボコフは、『現代の英雄』の「作者（fictional impersonator）」を第一の語り手、マクシム・マクシーミチを第二の語り手、そしてペチョーリンを第三の語り手とし、五つの章における物語の時間と語りの相関的な構成について論じていく。

祖国ロシアの古典的文学作品を英語圏に紹介するにあたって、亡命作家ナボコフがこうした純然たる構造分析を解説として付しているのはじつに興味深い。そこには祖国や、祖国の文学への感傷的回顧の姿勢はひとかけらも見当たらない。それと同時に、この解説はナボコフ自身の文学観や創作態度をも映し出している。この解説で強調される内包性、重層性、作る者と作られる者＝夢想する者と夢想される者との相関性は、まさにナボコフ自身の作品を特徴づける要素だからだ。ナボコフによって夢想された虚構空間のなかでつかの間の生を享受する主人公たちの多くは、自身のなかに独自の精神世界の空間を内包し、それによって作品の空間は階層化され、重層化していく。そして、ナボコフが虚構性と階層性をあえて目立たせることで、作る者と作られる者との相関性が、手品の種明かしのように読者にとってははっきりと見えるように仕組まれている。ジュリア・ベイダーはナボコフの小説の登場人物たちについて次のように指摘する。

ナボコフの登場人物たちは、俳優のように、自分の役への没頭とその仮のパーソナリティからの離脱との両方を体現している。彼らは自分のパーソナリティを、入念に組み立てられたパターンが形作る芸術上の外貌として眺める。ナボコフの小説のほとんどが、主人公たちは自分自身の物語の作者であると同時に全能の作者のより大きな機構の内側にいる役者であるという印象を作り出している。

もともと小説とは作者によって夢想された虚構であり、登場人物は作者の見た夢のなかの「役」にすぎない。一般には、この当たり前すぎるほどの構図をテクスト上では隠蔽しようとするが、ナボコフの作品では逆にこうした構図が誇示されることが多い。いわゆる「自然さ」や「現実らしさ」をそこなうことにもなりかねないそうした側面を、たとえばルーシー・マドックスは次のような表現で評価する。

ナボコフの小説の登場人物たちが住んでいる世界は、住人を狂気に追いやってしまうような場所にもなりかねない。それは、その世界のさまざまな成り行きがでたらめで無意味だからなのではなく、逆に、あらゆる行程が念入りに設計され、もっとも些細なディテールにいたるまで、異様に几帳面な注意が払われているという刻印を誇示しているからだ。偶然の一致、パターン、反復、伏線などのすべてが、自然と運命による系統だった慎重な計画を示す確かな証拠に見えてくるのだ。

登場人物を狂気に追いやる場所に「なりかねない」とマドックスは述べているが、「なる」か「ならない」かは、登場人物がこうした人工性をどの程度意識するかにかかっている。その意味で、ナボコフの作品は、作者の施した計画性や人工性とそれに対する主人公の意識とのあいだの駆け引きの場になっているとも言える。もちろん『ルージン・ディフェンス』の主人公は、その極度に繊細な才能によって、作者の施した計画性を十分すぎるほど意識し、それと対決しようとして狂気に追いやられてしまったわけだが。

見えない模様

さて、最初の長編小説『マーシェンカ』においても、ナボコフはすでにパターン化や反復を主人公に浴びせかけている。たとえば主人公ガーニンの住むベルリンの下宿屋の空間は次のように紹介される。

廊下に沿って両側に三部屋ずつ並ぶドアにはそれぞれ大きな黒い数字が貼りつけてあったが、それは古い日めくりカレンダーをそのまま貼っただけの代物で、つまり六つの部屋には四月一日から六日までの日付が割り振られているのだった。四月一日の部屋——向かって左側の最初の居室には越してきたアルフョーロフが住み、その次がガーニン、三号室には大家のリディヤ・ニコラエヴナ・ドルンおばあさんが住んでいる。

六日間の時間を六部屋の空間に転用するナボコフらしい代替の手法だが、物語が進行していく過程で、こんどは逆に六部屋が六日間に還元されていく。『マーシェンカ』の物語は四月一日に始まり、四月七日に主人公ガーニンがベルリンを去るところで終るが、最初の六日間に、ガーニンは一号室から六号室までの隣人たちの六部屋を一日ずつ順番に訪問している。それぞれの部屋への訪問は物語によって動機づけられていて、ガーニンはそうした偶然の一致には気づいていない。四月七日にガーニンが下宿屋を出てベルリンから去るという行為も、物語の成り行きがガーニンに選択させた結果には違いないが、そうした時間と空間の意図的な構成に目を向けるなら、四月七日に訪れるべき「七号室」が存在しないために主人公は小説の舞台を降り、その時点で小説が終ったのだと考えたくなる。いずれにせよ、この長編処女作においてすでに、物語の論理の裏側に構成の論理を周到に縫い付けるという創作方法をナボコフは採用していた。そしてここでは、主人公には裏側の論理展開を知覚させず、読者だけにこっそりと種明かししている。

また、たとえば最初に英語で執筆された『セバスチャン・ナイトの真実の生涯』(一九四一年)においても、語り手であり主人公でもあるVは作者の施したさまざまな計画性に気づかないまま、一人称の語りによってその計画性を知らず知らずのうちになぞることになる。この作品のそうした側面について、アンソニー・オルコットは次のように述べる。

Vは、彼が目にした一見でたらめに見える出来事を描くが、自分がそれらのパターンを描いていることを知らない。彼は、いわば刺繍の裏側を描写しているのだ。だが、目ざとい読者にはそのパターンが見え、パターンの創出者であるナボコフが見えるのだ。

詩人とテクスチャー

ロシア語時代の集大成『賜物』（一九五二年）や、もっとも異形な作品『青白い炎』（一九六二年）の主人公たちは少し様子が違い、自分の生に刻まれたパターンを自ら読み取ろうとし、それらのパターンに愛着さえ感じているのだが、それはふたりが詩人であることとおそらく関係がある。詩人たちは、言葉のパターンやイメージの連鎖によってひとつの世界を作り出し、その世界の統治者となる。そして、自然や運命のさまざまな事象に対して意味とパターンを付与することが彼らの「仕事」である。『賜物』の主人公フョードルは自伝的小説の創作を夢見て、恋人にこう語る。

ぼくが書いてみたいものはね、ぼくたちに作用してきた運命のはたらきみたいなものなんだ。三年あまり前にどうやって運命がそれに取りかかったか考えてごらんよ。ぼくたちを引き合わせようとする最初の試みは大がかりだけれど大雑把だったよね。

フョードルは三年間の生活を何者かによって創作された「作品」としてとらえる。そして、「自伝的なものはほとんど細かい塵しか残らないようにして」小説の創作に取り組むことを宣言する。このようにフョードルは、自分が計画性に満ちた人工的世界のなかに、つまり「作品」のなかにいることを意識し、その計画性を利用して「もうひとつの作品」を創作しようとする。このフョードルの志向は、自分を「主人公」から「作者」へと配置換えしようという願望を示している。『青白い炎』の詩人シェイドも、自分の住む世界を創作している「何者か」の存在をつねに意識している。彼の詩にはたとえばこんなくだりがあらわれる。

編み目のように複雑で職人芸的なこのゲームのなかの
相関的パターンのようなものを見出せただけで十分だ
そのゲームをする者たちが見出すのと同じ喜びを
見出せただけで十分だ

さらには、『ルージン・ディフェンス』を思わせるチェスの形象を用いたこんな表現も見られる。

だが彼らはそこにいたのだ、超然として
沈黙したまま　世界ゲームをしたり、歩《ポーン》を
象牙の一角獣や黒檀の牧羊神に替えたりしながら

自伝的作品の創作に向かったふたりの詩人、フョードルとシェイドに共通して言えることは、彼らが自分の住む世界に施されたパターンや暗示を鋭く感じ取り、その世界の創作者の存在に気づいているということ、そして、他者によって創作された自分の人生をもう一度自分の言葉で語り直し、再創造し、自ら「第二の作者」になろうとしていることである。ここでは、「運命」「ゲームをする者」と呼ばれる世界の創作者の存在が彼らを狂気に追いやるどころか、彼らに喜びを与え、創作へと向かわせるのだ。そして『ロリータ』（一九五五年）のハンバート・ハンバートや『アーダ』（一九六九年）のヴァンもまた、自分の人生を自分の言葉で語り直すことによって、それを他者（ちなみに『ロリータ』では「運命の息子《マクフェイト》」と名づけられる）から取り戻し、生の再創造を目指したという点で、このふたりの詩人の系譜に名を連ねる。

悲劇『ルージン・ディフェンス』

さて『ルージン・ディフェンス』だが、ナボコフは無慈悲にも、主人公ルージンに対して狂気を逃れる術を与えていない。この小説はルージンという奇妙で孤独なチェス選手の物語であり、徐々にチェスの世界に入り込んでいく少年時代のルージンと、のちに世界的なチェス選手となるが精神的に破綻をきたして自殺に追いやられる晩年のルージンが、不思議な対比のもとに描かれる。英訳版への序文でナボコフは次のように語る。

私が大いに楽しんだのは、さまざまなイメージや場面を利用してルージンの人生に運命のパターン化を導入し、庭園や、旅や、一連の平凡な出来事の描写に技と技のぶつかり合いによるゲームの様相を与え、とくに結末近くの数章ではチェスにおけるアタックに似た形でわが哀れなる主人公の正気の最後のひとかけらまでも粉砕してしまうことだった。

主人公の人生に「運命のパターン化を導入する」という点では、これまで述べてきたナボコフの他の作品と同様だが、ここでのナボコフは主人公を甘やかさない。自らチェスプレイヤーとなって物語の盤上の駒を動かすナボコフは、自分が生み出した強敵ルージンと対局し、完膚なきまでに相手を打ち負かしてしまう。最後の三章は作者の分身である「チェスの神」のコンビネーションに対してルージンが模索するディフェンスが描かれ、それが作品の題名になっているのだが、そのディフェンスが不可能であり無効であることをルージンは自ら感じ取っている。そのことは彼の夢のなかに象徴的な形であらわれる。

> 夢の中ではもはや安らぎはなくなってしまった――一面に六十四個の正方形から成る巨大な盤が広がっていて、その真ん中には、ポーンの背丈のルージンが震えながら素っ裸で立っていた。そして、せむしだったり、頭でっかちだったり、冠をかぶっていたりする巨大な駒たちのあいまいな配置に目を凝らしているのだった。

夢のなかでルージンはもっとも弱いチェス駒である歩《ポーン》になり下がる。ルージンがディフェンスを模索するとき、「相手の陰謀」とか「相手が考案してくる今後の一連の指し手《コンビネーション》」などのように、「対戦相手《プロチヴニク》」という言葉で「チェスの神」を自分の対戦相手としてとらえようとするが、「チェスの神」とルージンの関係は作者と主人公の関係、あるいはチェスプレイヤーとチェス駒の関係であり、そこにディフェンスの不可能性があらかじめ宣告されている。

こうして容赦ない作者によって自殺という悲劇に追いやられたルージンだが、不思議なことに、ルージンの最期は晴々としているように感じられる。そして作者にもてあそばれる弱い立場のルージンはなぜかとても魅力的だ。以前から不思議だと思っていたのだが、ナボコフの短編小説には悲劇がとても多いのに、長編のほうはといえば、はっきり悲劇だと言えるのはこの『ルージン・ディフェンス』と『ロリータ』くらいだ。そして、監獄で手記をつづり終えて死んでいくハンバート・ハンバートと、「チェスの神」との対局に負けてこの世を去るルージンには、どういうわけか、ほかの長編小説の主人公たちにはない人間的なぬくもりが感じられる。それは悲劇の主人公ゆえのものなのだろうか。

さいごに

いくつか補足して、この冗長な解説を終わりにしたい。まず、ロシア語原典と英訳版との相違だが、ひとつひとつの語句や表現においてニュアンスの違いは見られるものの、英訳版が原作の「改訂版」であるとまでは言えない。だが、マイケル・スキャメル氏の英訳はところどころでやはり味気なさを感じてしまう。それはおそらく、彼ができるだけ逐語訳に努めたせいなのだと思われる。そして、一点、ロシア語で読んだときと英訳版を読んだときの決定的な違いがある。それは、二人称代名詞 вы（丁寧表現）と ты（くだけた表現）の区別（フランス語の vous と tu とほぼ同様）を英語では表現できないため、ルージンが生涯のあいだ執拗に вы を使い続けたことの異様さが英訳版では伝わらないことだ。ルージンが両親にも、さらには妻にも вы を使用していることから、原作の読者には半ば自閉症的な人物像が浮かび上がってくる。ルージンが ты を使用するのは唯一、叔母に対してだけなのだ。このことは、周囲の状況や他者の気持ちをうまく把握できない独特の言動と相まって、物語のほかの人物たちとはまったく違う異形な存在としてのルージン像を決定づけている。

そのことにも関連しつつ、もうひとつ指摘しておきたいのは、『ルージン・ディフェンス』にはその習作と見なされる短編小説が存在することだ。『ルージン・ディフェンス』の四年前に執筆された「バッハマン」（一九二四年）である。ナボコフ自身、この短編の主人公であるピアニスト兼作曲家の奇才バッハマンについて、「彼は『ルージン・ディフェンス』のチェスプレイヤー、ルージンに関係がある」とひと言だけほのめかしている。ルージンの軽い自閉症を拡大し、ルージンの異形性を極限まで誇張したかのようなバッハマンは、他者とまともにコミュニケーションを取ることすらできないが、言動や風貌の異様さにもかかわらず、ルージン同様、ペローフ夫人というこの上なく優しい理解者兼恋人に恵まれる。そしてやはり、この上ない女性に恵まれたにもかかわらず、バッハマンの常軌を逸した行動は、狂気を帯び、悲劇を免れないのである。『ルージン・ディフェンス』を好ましく読んでいただいた読者には、ぜひこの短編も楽しんでいただきたい。

なお、底本には『マーシェンカ』、『キング、クイーン、ジャック』同様、ロシア語版全集（Владимир Набоков. Соб. соч.русского периода в 5 тт. Т. 2. Симпозиум. СПб. 1999.）を使用し、英語版はNabokov, Vladimir. *The Luzhin Defense*. Trans. Michael Scammell. Penguin Classics. London: Penguin, 2010を参照した。

『密偵』作品解説

秋草俊一郎

ナボコフの長編第四作である本作は、パリで刊行されていた亡命者の文芸誌『現代雑記《サヴレメンヌイエ・ザピースキ》』四十四号（一九三〇年十一月）に発表された。その際の目次には「中編小説《ポーヴェスチ》」と銘打たれていた。一九三二年に現代雑記社から刊行された『偉業』の単行本の巻末の広告によれば、同社はこの作品を『偉業』と間をあけず刊行する予定だったようだが、結局果たされなかった。その後、ほかの三〇年代に執筆された一群の短編とともに、一九三八年にパリのロシア雑記社から作品集『密偵』として単行本が刊行された。

伝記作家ブライアン・ボイドが言うところの「最初の傑作」である『ルージン・ディフェンス』を発表して、同世代最高の作家として認められつつあったナボコフが乗り出したのは、人称の探究だった。ベルリンで暮らすロシア人亡命者である語り手の「私」は、関係をもった女の夫に、家庭教師先で暴行をうけたことがきっかけで拳銃自殺する。しかし、死後もその想念は生きつづけ、周囲の観察をやめなかった。「私」がとりわけ惹きつけられたのはやはり亡命者たちのグループにいるスムーロフという謎めいた男だった。肉体なき観察者となった「私」はスムーロフの全貌をあらゆる手段を通してとらえようとするのだが……。

死後の人物の語りが特徴の『密偵』は、ナボコフの長編としては一人称で書かれた最初期の作品にあたる。本作を起点にしてロシア語作品『絶望』や、あるいは英語作品の『ロリータ』、『青白い炎』といった一連の「信用できない語り手」が登場する作品群が生まれていったと見ることもできる。また形而上的な世界の探究という点では、さらに後期の英語作品『透明な対象』と結びつけてもいいだろう。

ナボコフ自身と、息子ドミトリイ・ナボコフの手による英語版は、『目』というタイトルで一九六五年、『プレイボーイ』一月号から三月号まで連載されたのち、ニューヨークのフィードラ社より刊行された（当時、ナボコフはこの新興の小出版社から著作を出す契約を結んでいた）。『プレイボーイ』誌の連載は、毎回、冒頭に画家ロバート・アンドルー・パーカーによるカラーの挿画がつくという豪華さで、当時の編集部がナボコフの作品の掲載にかける意気込みが伝わってくるものだ。この挿画を、ナボコフも気に入っていたという。

現在、『プレイボーイ』にナボコフが、などと言うと驚かれるかもしれない。しかし、六〇年代以降、ナボコフにとって同誌は、やはり男性誌の『エスクァイア』と並んで作品の有力な発表先になった。一九五三年にヒュー・ヘフナーによって創刊された『プレイボーイ』は、雑誌の権威づけのため、有名作家からの寄稿を募っていた。高額の原稿料を求めていたナボコフとの利害が一致したのである。『目』の獲得のために『プレイボーイ』が提示した金額は当時としては破格の八千ドルだった。

それだけではない。同誌の文芸部門を一手に担当していた敏腕の編集者A・C・スペクトースキーは、ゲラを送付する際にナボコフに「クリスマス・ボーナス」をちらつかせて、現在の英語作家――『ロリータ』の作者であるナボコフの文体に近づけるように依頼した。ナボコフは千ドルのボーナスを自分から条件に出して、それを快諾した（！）。*[1]
「ボーナス」のせいかどうかは定かではないが、『密偵』／『目』はナボコフの作品の中でもロシア語版と英語版の差が大きいものとして研究者のあいだでは知られている。文章のところどころに文体的な味付けが見られるが、もちろん、一番大きな——目につく変更点はタイトルである。英語版単行本に付した「英語版への序文」でナボコフ自身は英語版のタイトルの選定理由について、ロシア語原題の単語の一部からとったと韜晦しているが、その単語が呼ぶ連想 Eye＝I は誰の目にも明白だろう。これは、小説の核心がやはり一人称の語りの部分にあることを示唆している。同時に、英語版では「目」をめぐる連想が明らかに強められている。物語の結末に触れることになるため、ここでは取り上げないが、拙著『ナボコフ　訳すのは「私」——自己翻訳がひらくテクスト』（東京大学出版会、二〇一一年、五二－五四頁）でも変更点については部分的に紹介したので、気になる方は参照していただければと思う。

いくつかのごく小さな点をのぞき、本邦訳は基本的にロシア語版から訳出した。そのため、英語版からの翻訳である後述の小笠原訳とくらべていただけると、多少、ナボコフが英訳時にした文体的味付けの雰囲気を感じとってもらえるのではないかと思う。
英語版のタイトルが技法や文体に目を向けるよう読者を誘うのなら、ロシア語版タイトルの『密偵』が暗示するのは、当時のコンテクストである。「密偵」とは、一義的には謎の人物スムーロフを監視する物語の語り手の「私」のことだが、一九二〇年代ベルリンの亡命ロシア社会という、作品の舞台を考えたとき、タイトルの持つ意味はより具体的なものになってくるだろう。

二〇年代前半のベルリンでは、ソ連から逃れてきた膨大な数のロシア人が暮らしていた。一説によれば、最盛期には二十五万人以上のロシア人がいたという。当時はまだソヴィエト政権が持続的なものかどうかわからず、必然的にその亡命者たちも帰国するのか、あるいは国外に留まるのかわからないまま一緒に生活していた。実際作中で、ソ連の（表向きに）掲げる主義に共感しているらしい女医のマリアンナ・ニコラエヴナは、故郷に帰ったことがほのめかされている。

そういった環境では、ソヴィエトのスパイの存在は身近なものだった。一九二〇年代前半には、ナボコフの教え子だった文学者のイヴァン・コノプリンという人物が、秘密警察のスパイだったと判明したこともあった。また、これは後年になってからわかったことだが、亡命者に絶大な人気を誇った歌手ナジェジダ・プレヴィツカヤも、白軍の元将軍の誘拐事件に関与したスパイだった。ナボコフもこうした出来事に関心を持っていたことは間違いなく、前者を題材にロシア語短編「ロシア語話します」（一九二三）、後者の誘拐事件を題材に初の英語短編「アシスタント・プロデューサー」（一九四三）を書いている。*2

ナボコフ自身が「英語版への序文」で述べるように、多様な出自・階級出身の亡命ロシア人が混在して暮らすような状況では、ばったり出会ったときにも（安堵どころか）「在外ロシア人同士によくある、探るような視線を交わす」のはむしろ当然だろうし、書店店主ヴァインシュトックのように陰謀論と降霊術に傾倒した挙句、周囲の人物に疑惑の目を向けることも十分にありえたことだったろう。こうして見ると、海外のロシア人と頻繁に手紙をやりとりしているロマン・ボグダノヴィチをはじめ、登場人物がある程度怪しく見えてくるから不思議である。ロシア語版では「スパイ探し」がひとつのサブプロットになり、同時代の読者にとってひとつのサスペンスを生んでいたのではないか。*3

しかし、そういった語りの技法や当時のコンテクストのような話を抜きにしても、小説は問題なく魅力的なものだ。語り手の「私」は自意識過剰ではなもちならず、スムーロフはどこまでもうさんくさい。しかし、肉体なき観察者として超然とした態度をとっているように見えても、理想と現実の落差に右往左往する「私」の行動のはしばしには滑稽なものがのぞき、どこか憎めない。あまり先行の指摘はないが、今回訳していて思ったのは、この小説はかなり笑えるものなのではないかということだ。ナボコフでユーモラスな作品と言えば、『プニン』があげられるが、その独特のユーモアの感覚を本作でも読者とわかちあうことができれば幸いである。

なお、邦訳は一九六八年に小笠原豊樹訳で白水社より、『四重奏/目』のうちの一編として刊行された(ちなみに、作品集がおさめられたシリーズ「新しい世界の短編」には、マンディアルグやボルヘス、デュラス、モラヴィアといった作家の短編集が入っていた)。故・小笠原豊樹氏と言えば、マヤコフスキーの専門家としての顔も持つロシア語の達人でもあった。ただし、この邦訳にかんするかぎり、ロシア語版を参照したあとは管見のかぎりでは見当たらなかった。純粋に英語版からの翻訳と思われる。

当時三十代だった小笠原氏による翻訳は、半世紀前に出版されたとは思えないほどいきいきとして読みやすいものである。正直なところ、はじめにこの再訳の話をいただいたときには、氏のすぐれた翻訳があるところに私の拙い翻訳を出すのは、屋上屋を架すようなものではないかというためらいの念が強かった（また、私は常に新訳がいいものであるという考え方ではなく、古くても優れた訳は再版すべきと思ってきた）。そのことは原文の選択にも影響を及ぼした。英語版にはすぐれた既訳が存在する以上、今回の版は全面的にロシア語版に拠ることにしたほうがいいのではないかと考えた次第である。この翻訳にあきたらない読者は、ぜひ旧訳も手にとっていただければと思う。

本作第四章の蝶の学名の記述の翻訳については、京都大学の荒木崇先生のご助言をあおいだ。荒木先生にお礼申しあげる。本作の訳出全体にあたっては、新潮社の佐々木一彦氏と前田誠一氏のお世話になった。長きにわたる編集作業に心より感謝する次第である。

二〇一八年十一月　訳者

注記

＊1　三七一頁　ここで書いたような『プレイボーイ』とナボコフの関係については、研究者のユーリー・レヴィングの未刊行の論文による（Yuri Leving, "Nabokov and Playboy," a manuscript copy of an article to be published in Yuri Leving's forthcoming monograph）。

＊2　三七二頁　ベルリンの亡命ロシア社会についての記述は、諫早勇一『ロシア人たちのベルリン――革命と大量亡命の時代』（東洋書店、二〇一四年）を参考にした。

＊3　三七三頁　関連して興味深いのは、内戦に参加したかどうかが亡命者社会でひとつのステータスになっている点だ。白軍の将校として各地を転戦したムーヒンに対するスムーロフのコンプレックスはかなりのものだ。ちなみにナボコフ自身は白軍に参加しなかったが、一つちがいの友人の亡命文学者グレーブ・ストルーヴェは従軍していた。

ウラジーミル・ナボコフ略年譜

（太字は本コレクション収録作品）

1899（0歳）	4月22日、サンクト・ペテルブルグの貴族の長男として生まれる。父は帝国法学校で教鞭をとり、母は鉱山を所有する地主の娘。 3歳からイギリス人家庭教師に英語を学び、7歳からはフランス語も学ぶ。10歳からトルストイ、フローベールをはじめ、英語、ロシア語、フランス語で大量の詩や小説を読む。
1911（12歳）	テニシェフ実業学校の2年生に編入。
1915（16歳）	夏、ヴァレンチナ・シュリギナと恋に落ちる。
1917（18歳）	10月、テニシェフ実業学校を卒業。11月、クリミアに逃れる。
1919（20歳）	赤軍の侵攻を受け、4月、クリミアを脱出。ギリシア、フランスを経由してロンドンに着く。10月、ケンブリッジ大学トリニティ・カレッジに入学。当初は動物学とロシア語、フランス語を専攻。
1920（21歳）	8月、一家はベルリンへ移住。
1922（23歳）	3月、父がロシア人極右に撃たれ死去。6月、大学を卒業しベルリンへ移住。スヴェトラーナ・ジーヴェルトと婚約する（翌年破棄される）。12月、詩集『房』刊行。
1924（25歳）	多くの短篇のほか、映画のシナリオや寸劇を書く。
1925（26歳）	4月15日、ヴェーラ・スローニムと結婚。
1926（27歳）	3月、『**マーシェンカ**』刊行。秋、戯曲『ソ連から来た男』執筆。
1928（29歳）	9月、『**キング、クイーン、ジャック**』刊行。
1930（31歳）	9月、『**ルージン・ディフェンス**』刊行。
1932（33歳）	10月から11月にかけてパリ滞在。朗読会を行いながら多くの編集者、文学者、芸術家らと交わる。11月、『偉業』刊行。
1933（34歳）	12月、『カメラ・オブスクーラ』刊行。
1935（36歳）	6月から翌年3月にかけ「現代雑記」誌に『**処刑への誘い**』を連載。
1936（37歳）	2月、『絶望』刊行。
1937（38歳）	4月から翌年にかけて「現代雑記」誌に『**賜物**』を連載。6月、フランスへ移住。
1938（39歳）	3月、戯曲『**事件**』パリで初演。自ら英訳した『暗闇の中の笑い』（『カメラ・オブスクーラ』改題）がアメリカで出版される。9月、戯曲『**ワルツの発明**』執筆。『**密偵**』刊行。11月、『**処刑への誘い**』刊行。
1939（40歳）	10月から11月にかけて、「魔法使い」（邦題『**魅惑者**』）執筆。

1940（41歳）	5月、フランスを離れ、アメリカに移住。アメリカ自然史博物館で鱗翅類研究にとりかかる。
1941（42歳）	ウェルズリー大学、スタンフォード大学などで講義。12月、『セバスチャン・ナイトの真実の生涯』刊行。
1942（43歳）	ハーバード大学比較動物学博物館の指定研究員となり、以降4年間は文学作品以上に鱗翅類研究に勤しむ。
1947（48歳）	6月、『ベンドシニスター』刊行。
1948（49歳）	肺疾患に罹る。コーネル大学でロシア文学の教授に就任。
1952（53歳）	ハーバード大学スラヴ文学科で客員講師。4月、**『賜物』**のロシア語完全版が初めて単行本として出版される。
1953（54歳）	12月、**『ロリータ』**脱稿。
1955（56歳）	アメリカの出版社に**『ロリータ』**刊行を拒否されたため、ヨーロッパへ原稿を送る。9月、パリのオリンピア・プレスから出版される。
1956（57歳）	12月、フランス政府は**『ロリータ』**を発禁とする。
1957（58歳）	5月、『プニン』刊行。
1958（59歳）	8月、アメリカでもようやく、パトナム社から**『ロリータ』**刊行。3週間で10万部を売る。
1959（60歳）	9月、息子ドミトリーとの共訳で**『処刑への誘い』**出版。10月、フランス語版**『ロリータ』**刊行。11月、イギリス版も出版。
1962（63歳）	4月、『青白い炎』刊行。9月、スイスのモントルーに居を定める。
1963（64歳）	5月、英語版**『賜物』**刊行。
1964（65歳）	9月、英語版『ディフェンス』（ロシア語版原題は**『ルージン・ディフェンス』**）刊行。
1965（66歳）	英語版『目』（ロシア語版原題は**『密偵』**）刊行。
1966（67歳）	2月、戯曲**『ワルツの発明』**英語版刊行。
1967（68歳）	1月、『記憶よ、語れ』刊行。8月、ロシア語版**『ロリータ』**刊行。
1968（69歳）	4月、英語版**『キング、クイーン、ジャック』**刊行。
1969（70歳）	5月、『アーダ』刊行。
1970（71歳）	9月、英語版『メアリー』（ロシア語版原題は**『マーシェンカ』**）刊行。
1971（72歳）	息子ドミトリーとともにロシア語短篇の英訳を始める。
1972（73歳）	10月、『透明な対象』刊行。
1974（75歳）	2月、映画脚本**『ロリータ』**刊行。8月、遺作となる『見てごらん道化師を！』刊行。11月、ロシア語版**『マーシェンカ』『偉業』**がアーディス社から再出版される。以降、同社がナボコフの全ロシア語作品を再出版することになる。
1977（78歳）	6月末、気管支炎発症。7月2日、ローザンヌ病院にて死去。

本作品中には、現代においては差別表現と見なされかねない表現が含まれているが、著者が執筆した当時の時代背景や文学性に鑑みて、原文を損なわない範囲で翻訳している。

Владимир Набоков
Избранные сочинения

ЗАЩИТА ЛУЖИНА

СОГЛЯДАТАЙ

ナボコフ・コレクション

ルージン・ディフェンス

密偵《みってい》

発　行　2018年12月25日

著　者　ウラジーミル・ナボコフ

訳　者　杉本一直《すぎもとかずなお》　秋草俊一郎《あきくさしゅんいちろう》

発行者　佐藤隆信

発行所　株式会社新潮社
〒162-8711　東京都新宿区矢来町71
電話　編集部　03-3266-5411
読者係　03-3266-5111
https://www.shinchosha.co.jp

印刷所　株式会社精興社

製本所　加藤製本株式会社

ISBN978-4-10-505608-7 C0397

Владимир Набоков
Избранные сочинения

ナボコフ・コレクション［全5巻］

Машенька / Король, дама, валет
マーシェンカ　奈倉有里 訳　［ロシア語からの初訳］
キング、クイーン、ジャック　諫早勇一 訳　［ロシア語からの初訳］　＊

Защита Лужина / Соглядатай
ルージン・ディフェンス　杉本一直 訳　［ロシア語からの初訳］
密　偵　秋草俊一郎 訳　［ロシア語からの初訳］　＊

Приглашение на казнь / Событие / Изобретение Вальса
処刑への誘い　小西昌隆 訳　［ロシア語からの初訳］
戯曲
事件 ワルツの発明　毛利公美　沼野充義 訳　［初の邦訳］　＊

Дар / Отцовские бабочки
賜　物　沼野充義 訳　［改訂版］
父の蝶　小西昌隆 訳　［初の邦訳］

Лолита / Волшебник
ロリータ　若島正 訳　［増補版］
魅惑者　後藤篤 訳　［ロシア語からの初訳］

＊は既刊です。

書名は変更になることがあります。